INA TAUS &
MAYA PRUDENT

Alles, WAS ICH MIR WÜNSCHE

im.press

© privat

Ina Taus wurde 1986 geboren und lebt mit ihrem Mann und ihren Kindern in Niederösterreich. Wenn sie nicht gerade als Sachbearbeiterin mit Zahlen jongliert, lässt sie die Buchstaben tanzen und bringt die vielen Ideen, die ihr im Kopf herumschwirren, zu Papier. Bereits als Kind steckte sie ihre Nase am liebsten in Bücher und war eine große Geschichtenerzählerin. Mit »Bandstorys« veröffentlichte sie ihren Debütroman bei Impress.

© privat

Maya Prudent wurde quasi mit der Nase im Buch geboren. Bereits während der Schulzeit erfreute sie ihre Umwelt mit ersten literarischen Ergüssen, doch zu ihrem Debütroman kam es erst Jahre später. Nun lebt sie mit ihrer Familie in Mittelhessen und freut sich jeden Tag aufs Neue darüber, ihre Leidenschaft fürs Schreiben ausleben zu dürfen. Besonders das gemeinsame Schreiben mit ihrer Autorenkollegin Ina Taus beflügelt sie.

Prolog

»Aber Mom! Da wird es stinklangweilig sein.« Even sah seiner Mutter in die Augen und wunderte sich, wieso sie lächelte. Nichts an seinen Worten war lustig.

»Du wirst es überleben, mein Schatz«, antwortete sie nur.

Schon den gesamten Morgen hatte er versucht sich vor der Silvesterfeier zu drücken. Er hatte so ziemlich jede Ausrede, die ihm eingefallen war, an seinen Eltern ausprobiert.

Bauchschmerzen? Fehlanzeige.

Übelkeit? Auch nicht besser.

Fieber? Hundertdreizehn Grad Fahrenheit waren wohl ein bisschen zu dick aufgetragen.

Also blieb Even nichts anderes übrig, als mit den Händen tief in den Hosentaschen vergraben neben seinen Eltern durch den Schnee zu stapfen, zur wahrscheinlich ödesten Veranstaltung des Jahrhunderts. Seiner Zwillingsschwester warf er einen bösen Blick zu. Nora hätte sich ruhig auf seine Seite schlagen können, anstatt einer braven Weihnachtselfe Konkurrenz zu machen. Gemeinsam hätten sie ihre Eltern bestimmt überreden können und in der Blockhütte bleiben dürfen. Sie hätten sich eine Pizza liefern lassen und einen Horrorfilm geguckt. Doch nun würde Even das ekelhafte Essen auf dieser ätzenden Party runterwürgen müssen, obwohl er viel lieber eine Salami-Pizza gefuttert hätte.

Sein Vater ging voraus und hielt ihnen die Tür auf. Als auch Even trotzig an ihm vorbeimarschierte, strubbelte sein Dad ihm durch das kurze, blonde Haar. »Wenn du erwachsen bist, kannst du machen, was du willst. Bis dahin wirst du Silvester leider mit uns verbringen müssen, Champion.«

Even kam nicht dazu, ihm zu antworten, denn schon hatte sein Vater die Hand seiner Mutter ergriffen und schlenderte mit ihr davon. *Na toll! Zuerst zerren sie einen hier her und dann verschwinden sie einfach. Alles Verräter!*

Im nächsten Moment liefen die Freundinnen seiner Schwester an ihm vorbei und fielen sich überschwänglich in die Arme. Wie Flummis hüpften die drei immer wieder auf und ab. Mädchen waren manchmal wirklich albern. Even konnte nur den Kopf über sie schütteln.

»Na? Doch hier?«, riss ihn die Stimme seines Kumpels Logan von den wild gewordenen Mädchen los. Wenigstens war einer da, mit dem er sich unterhalten konnte. Hinter Logan konnte er außerdem Mat, seinen anderen neuen Freund, entdecken.

»Ja, leider. Ihr habt eure Eltern aber anscheinend auch nicht rumbekommen, was?« Missmutig sah er die beiden Jungs abwechselnd an.

»Nope. Ich bin noch zu jung.« Mat verdrehte die Augen und strich sich mit den Fingern durch seine braunen Haare. »Haben zumindest meine Alten behauptet. Ich versteh überhaupt nicht, was die für einen Aufstand machen.«

Nun kamen auch die Mädchen zu ihnen. »Wenigstens sind wir zusammen hier«, versuchte Amy, das Küken, Even gut zuzureden. Er hatte aber keine Lust von ihr aufgeheitert zu werden.

»Aber wir wollten allein feiern. Ohne die Erwachsenen!«, motzte er. »Meint ihr, hier kann man heute irgendwie noch Spaß haben?«

»Eher unwahrscheinlich«, flüsterte Amy. »Aber vielleicht können wir das ja irgendwann ändern?« Alle Augen richteten sich auf sie.

»Wie meinst du das, Küken?« Als Even sie forschend ansah, wurde das Mädchen so nervös, dass sie begann mit ihren Fingern am grünen Samtkleid herumzuspielen.

»Na ja, wir könnten ja später mal hier zusammen feiern, wenn wir achtzehn sind.« Sie machte eine kurze Pause. »Also, wenn wir *alle* achtzehn sind.« Verlegen betrachtete sie den Fußboden, da ihr vermutlich gerade erst so richtig bewusst wurde, dass die anderen ihretwegen noch ein Jahr länger bis zur Feier warten müssten.

»Eine Silvesterparty ohne Eltern? Nur wir sechs?« Nora sah in die Runde und Even wusste, dass sich auf seinem Gesicht das gleiche Lächeln ausbreitete wie auf ihrem. »Das ist eine geniale Idee, Amy! Wer ist dabei?« Einer nach dem anderen nickte.

»Okay, lasst es uns schwören.« Mat hielt als Erster seine Hand an die Brust und die andere in die Luft. Amy, Lin und Nora grinsten breit, machten die Geste aber nach. Als endlich auch Logan und Even seinem Beispiel folgten, fuhr Mat fort: »Schwört ihr, dass ihr unseren Pakt niemals vergessen und alles daransetzen werdet, dass wir – sobald auch unser Küken achtzehn ist – unser erstes gemeinsames Silvester hier feiern können? Mit haufenweise Spaß, Essen, das uns schmeckt, und vor allem ohne Eltern und ohne Regeln?«

»Ich schwöre«, sagte Even und bekam eine Gänsehaut, weil dieselben Worte gleichzeitig auch aus den Mündern seiner Freunde kamen.

UNGEFÄHR SECHS JAHRE SPÄTER …

1.

2. November (Nachmittag)

Even

Wie ein Topmodel – oder ein Hund – schüttele ich das Wasser aus meinen Haaren, während ich versuche den Neoprenanzug von meinem Körper zu schälen.

Aus dem Augenwinkel nehme ich wahr, dass mich mein Mitbewohner Cooper beobachtet. Er schaufelt immer noch sein Müsli in sich hinein, doch sein angewiderter Blick spricht Bände. Die Cerealien schmecken bestimmt lausig, denn an meinem Körper kann es ja wohl nicht liegen.

Als ich den Anzug über meinen Arsch schieben will, gehe ich wohl etwas zu weit, denn Cooper schreit: »Alter, musst du dich im Wohnzimmer ausziehen? Mach das irgendwo anders!« Er hat schon viel Schlimmeres von mir gesehen als meinen nackten Hintern, also verstehe ich die Aufregung nicht.

Aber wie es sich für einen artigen Mitbewohner gehört, stoppe ich meinen Strip und zwinkere ihm fröhlich zu. »Nur, weil du so nett fragst.«

Cooper ist cool, ich sollte ihn also nicht unnötig reizen. Erstens machen wir eine ganze Menge Scheiß zusammen, seit ich in die WG gezogen bin, und zweitens gehört ihm die Wohnung. Es wundert mich echt, dass er sich so anstellt. Als ich vor ein paar Tagen meinen nackten Hintern betrunken aus einem fahrenden Auto gestreckt habe, fand er es noch witzig.

Die WG – ach, eigentlich ganz Kalifornien – ist so etwas wie ein wahr gewordener Traum für mich. Ich gehe aufs College, habe den Strand fast vor der Haustür und jede Menge Spaß. Auf mein Gesicht stiehlt sich ein kleines

Lächeln, wenn ich daran denke, wie ich eben noch auf meinem Surfbrett durch die Wellen geprescht bin.

Ich winke Cooper, der mir kopfschüttelnd nachsieht, während ich den Weg zum Badezimmer einschlage. Hat er sich ja so gewünscht. Kein nackter Even im Wohnzimmer.

Als ich schon außer Sichtweite bin, schreit er mir hinterher: »Du sollst Nora anskypen. Sie hat vor zehn Minuten angerufen.«

»Auf meinem Handy?«, rufe ich. Ich bin mir ziemlich sicher, dass ich mein Smartphone in meinem Zimmer gelassen habe. Weniger sicher bin ich darüber, ob ich es cool finde, dass Cooper einfach hineingegangen ist.

»Wo sonst?«, brüllt er zurück.

Ich zucke mit den Schultern. Bringt ja jetzt nichts, eine Diskussion vom Zaun zu brechen. Mich ärgert sowieso viel mehr, dass ich meine Dusche verschieben muss. Denn Nora sollte man nie allzu lange warten lassen. Ich kenne sie einfach zu gut. Jahrelange Erfahrung sozusagen. Sogar schon vor unserer Geburt haben wir regelrecht aneinandergeklebt, denn wir teilten uns den Bauch unserer Mutter. Nora sitzt bestimmt schon nervös vor dem Bildschirm und wartet ungeduldig auf meinen Rückruf.

Ein bisschen unmotiviert schnappe ich mir mein Surfbrett und schlurfe in mein Zimmer. Das Board lehne ich neben der Tür an die Wand, bevor ich mich vor meinem Schreibtisch niederlasse. Da der PC noch läuft, dauert es nicht lange, bis meine Zwillingsschwester vor mir auf dem Bildschirm auftaucht.

Ich wedele zur Begrüßung mit meiner Hand herum. »Hallo!« Auch wenn ich mir eher einen Arm abhacken würde, als es zuzugeben: Ich vermisse sie. So sehr, dass ich mich mehrmals im Jahr in einen miefenden Bus setze, um sie zu besuchen. Natürlich alles unter dem Deckmantel, mit ihr Party machen zu wollen.

Auf Noras Gesicht stiehlt sich das gleiche Grinsen, was vermutlich auch meines ziert. In ihre blauen Augen zu schauen, die meinen nicht unähnlich sind, fühlt sich immer ein bisschen wie nach Hause kommen an. Wie gern würde ich ihr jetzt durch die blonden Haare wuscheln.

»Eveeeeeeen«, begrüßt sie mich langgezogen. »Es wird Zeit, dass wir uns mal wiedersehen.«

Natürlich wird es das. Aber das sage ich jetzt nicht. »Wir sehen uns doch Weihnachten.«

Nora neigt ihren Kopf zur Seite. »Du hast also viel Zeit? Keine anderen Verpflichtungen, außer mit deiner Schwester abzuhängen?«, fragt sie und klimpert mit den Wimpern. Diesen Blick kenne ich. Sie hat etwas ausgefressen. Oder sie will irgendwas.

Zusätzlich macht mich auch noch der zuckersüße Tonfall stutzig, also hake ich nach: »Hast du etwas geplant? Ich dachte, wenn Mom und Dad ...«

»... verreisen, sollten wir das auch tun? Ich hatte genau dieselbe Idee. Freut mich, dass du das auch so siehst, Bruderherz«, plappert sie gut gelaunt drauf los.

Mit meinen Händen forme ich das internationale Zeichen für *Time Out*. »Urlaub?«, möchte ich irritiert wissen. »Ehrlich gesagt, hatte ich mich auf ein paar Tage zu Hause gefreut. Entspannen. Alte Freunde wiedertreffen. Du weißt schon.« Vielleicht in Gedenken an die Highschool hinter der Tribüne des Footballfeldes rummachen. So etwas in der Art eben.

»Alte Freunde wiedersehen?«

»Ja?«, frage ich mehr, als dass ich es sage. Ich habe das Gefühl, gerade ziemlich tief in irgendeine Falle zu tappen.

»Du erinnerst dich bestimmt an unsere Urlaube in Breckenridge, oder?«

Beim Gedanken an das ach so idyllische Städtchen in Colorado habe ich das Gefühl zu ersticken. Es fühlt sich an, als würde jemand eine Schlinge um meinen Hals legen und diese immer fester zuziehen. Heiser krächzte ich. »Ich bin doch kein Idiot.«

Nora reagiert nicht auf meinen neu einsetzenden Stimmbruch – ehrlich, ich dachte, die Zeiten lägen hinter mir – und erzählt begeistert von ihrer Idee: »Es ist einfach zu lange her, dass wir in Breckenridge waren und deshalb verbringen wir die Ferien dort. Du freust dich doch auch, oder?« Ungefähr so sehr, wie wenn ich von einer Welle gegen einen Felsen geschleudert werden würde.

Erwartungsvoll starrt Nora mich über den Bildschirm an. Ich sollte dringend etwas sagen, doch ich kämpfe immer noch gegen den Kloß in meinem Hals an. *Alter, krieg dich wieder ein,* schimpfe ich mich in Gedanken selbst aus.

»Ich kann nicht glauben, dass du wirklich dorthin willst ...« Fassungslos starre ich Nora an. Gott sei Dank sind wir durch einen Computermonitor voneinander getrennt, sonst würde ich sie vermutlich leicht schütteln, damit sie wieder zur Vernunft kommt.

»Nicht nur wir beide«, verbessert sie mich. »Die ganze Truppe.« Bei meinem Surfbrett! Auch das noch!

Nora spricht eindeutig von unseren alten Freunden, bei denen ich mich so selten melde, dass ich keine Ahnung habe, wie ihre Leben sich in der Zwischenzeit entwickelt haben. Na gut. Ganz so schlimm ist es nicht. Mat zum Beispiel geht aufs gleiche College wie Nora und ich sehe ihn regelmäßig, wenn ich sie besuche. Aber den Rest der Gruppe habe ich ziemlich vernachlässigt.

Unbeirrt quasselt meine Schwester weiter. »Even, wir sind jetzt alle über achtzehn. Du hast unseren Schwur doch nicht vergessen, oder?«

Ich lasse meinen Kopf auf die Tischplatte fallen, um Noras Argusaugen zu entkommen. Jetzt kommt sie mir mit dem Scheiß. Ich sollte mal zu Cooper gehen und ihn fragen, ob er zufällig eine Zeitreisemaschine in seinem Schrank versteckt. Zuzutrauen wäre es ihm. Mir gefällt die Idee, meinem früheren Ich nachträglich ordentlich die Meinung zu geigen und ihm etwas über Gruppenzwang zu erzählen. Leider eine Wunschvorstellung.

»Natürlich«, nuschele ich gegen die Tischplatte. Wie könnte ich diesen Tag jemals vergessen? Wir haben uns am Silvesterabend in einem stickigen Ballsaal geschworen niemals mehr einen so öden Abend zu verbringen. Welches Versprechen hat Mat – sein jüngeres Ich sollte ich mir ebenfalls zur Brust nehmen – uns damals abgenommen? Spaß, gutes Essen, keine Eltern und vor allem keine Regeln? Und das in Breckenridge? Mit Uralt-Freunden, die sich seit Ewigkeiten nicht getroffen haben? Wir waren so dumm! Und wie kam er gerade auf achtzehn? Einundzwanzig wäre doch viel klüger, denn dann könnten wir endlich legal Alkohol trinken. Ich werde definitiv Hochprozentiges brauchen, um Breckenridge zu überstehen. Wieso muss es ausgerechnet dieser Ort sein?

Aber irgendwie will ich jetzt auch nicht den Spielverderber geben. Nora scheint von ihrer Idee total begeistert zu sein und ich will meine Schwester unbedingt wiedersehen. Die Feiertage allein in der WG oder zu Hause in Kansas zu verbringen, ist alles andere als verlockend. Außerdem hat die Erinnerung an die Worte *Spaß* und *keine Regeln* mein Interesse geweckt.

Nora werde ich es trotzdem nicht allzu einfach machen. Ich hebe meinen Kopf, um sie wieder ansehen zu können. »Du weißt schon, dass wir längst volljährig sind«, erinnere ich sie.

»Aber unser Küken war es noch nicht.«

Ich versuche mich an das unscheinbare Mädchen zu erinnern. Braune Haare. Augenfarbe ... fraglich. Zumindest kann ich mich nicht mehr daran erinnern. Was ich jedoch noch weiß, ist, dass wir uns eigentlich immer gut verstanden haben. Bis ich irgendwann nicht mehr auf ihre Nachrichten geantwortet habe. Das schiebe ich einfach mal auf meine Unfähigkeit in Sachen Kommunikation und nicht auf mein Desinteresse. Fühlt sich besser an. Ähnlich wie von den anderen, mit denen ich früher jede Weihnachtsfeiertage verbracht habe, gibt es auch nicht mehr viel, was ich von Amy weiß. Außer, dass sie noch zur Highschool gehen muss, weil sie immer die Jüngste war. Unser Küken.

»Sie hatte übrigens vorige Woche Geburtstag.«

Ganz toll! Ich habe ihr natürlich nicht gratuliert. Nicht mal über *Facebook* – ich Arsch. Ich würde jetzt gern sagen, dass ich ein schlechtes Gewissen habe, aber ... Fehlanzeige.

Nora holt tief Luft und wirft mir diesen Welpenblick zu, mit dem sie mich schon früher weichgekocht hat. »Du hast damals versprochen, dass du dabei sein wirst«, erinnert sie mich unnötigerweise. Jetzt schiebt sie auch noch ihre Unterlippe vor. Ein ziemlich mieser Versuch an mein schlechtes Gewissen zu appellieren.

Warum skypen wir eigentlich immer miteinander anstatt zu telefonieren?

Am Handy könnte sie diese *Die-Schwester-ist-traurig-Nummer* bestimmt nicht so oscarreif durchziehen.

Genervt fahre ich mit der Hand durch meine blonden Haare, die sich an den Spitzen bereits wieder ein wenig kringeln. Wenn ich nicht aufpasse, sehe ich bald aus wie Nora, nachdem sie wieder eine Stunde mit ihrem Lockenstab im Bad verbracht hat.

»Du solltest mal wieder zum Frisör gehen«, spricht sie auch schon aus, was ich gerade denke. Das ist vermutlich so ein Zwillingsding. Es ängstigt mich wirklich, dass sie manchmal genau die gleichen Gedankengänge wie ich hat.

»Ich muss mir erst einen neuen Laden suchen«, murmele ich.

»Was ist mit dem al…« Sie hält inne und verdreht entnervt ihre Augen. »Wieso frage ich überhaupt?« Natürlich ahnt sie, dass ich meine Finger nicht von der Frisörin lassen konnte. Aber sie war wasserstoffblond und hatte ein Piercing in ihrer Lippe, an dem ich unbedingt einmal knabbern wollte.

»Zurück zum Thema«, versuche ich unser Gespräch von meinem Sexleben – über das ich wirklich nicht mit meiner Schwester sprechen will – weg und in Richtung der eigentlich gar nicht so schlechten Idee zu lenken. Auch wenn ich dafür leider nach Breckenridge muss, gefällt mir die Aussicht, endlich mal wieder auf meinem Snowboard zu stehen, tagsüber mit meinen Kumpels von früher die Pisten unsicher zu machen und nachts durch die Clubs zu ziehen, eigentlich ganz gut. Nach und nach wird mir Noras Idee sogar immer sympathischer. Doch das würde ich nie zugeben.

»Nora, wollen wirklich alle kommen? Wenn sich irgendwer drückt, muss ich ja wohl auch nicht mit.«

Sie nickt aufgeregt. »Jap, die ganze alte Truppe kommt.«

Okay. Also insgesamt drei Jungs und drei Mädels. Es gibt schlechtere Kombinationen. Und wenn wirklich alle dabei sind, werde ich ganz bestimmt nicht der Einzige sein, der einen Rückzieher macht. Mit Mat ist es sowieso immer witzig. Logan habe ich schon ewig nicht mehr gesehen, aber wir schicken uns häufig per *WhatsApp* Bilder von den Frauen, die wir aufreißen. Ich habe keine Ahnung, wann und wieso wir damit angefangen haben. Jedenfalls versuchen wir uns regelmäßig mit heißen Bräuten zu übertrumpfen. Da sich das auch in unserem kleinen Silvesterurlaub nicht ändern wird, überlege ich Logan später eine Nachricht zu schicken. Vielleicht hat er ja in Breckenridge Lust auf einen kleinen Wettstreit in Sachen Frauen aufreißen.

Ich kann sehen, wie Nora ungeduldig herumzappelt. »Jetzt zier dich doch nicht so«, mault sie. Und hat damit natürlich recht. Wer sagt schon zu einem Urlaub mit Freunden Nein, nur weil er nicht gerade die besten Erinnerungen an den letzten hat?

»In Ordnung«, gebe ich mich gespielt geschlagen. »Ich nehme an, du hast schon mit Mom und Dad wegen der Kosten gesprochen?« Immerhin sind wir Studenten und haben kein eigenes Einkommen. Und seit wir nicht mehr alle gemeinsam in den Urlaub fahren, verbringen meine Eltern den Jahreswechsel bei unseren Verwandten in Norwegen. Sie sparen so eine Menge Kohle, also würde ihnen unser Trip auch kein Loch in die Tasche reißen.

Natürlich könnten wir auch unsere Eltern begleiten, um … bin ich eigentlich bescheuert? Wieso fliege ich nicht nach Norwegen? Da sind doch alle so superoffen und … blond? Die Frauen dort wären genau nach meinem Geschmack.

»Natürlich.« Nora zwinkert mir zu. Verflucht, kann sie jetzt wirklich Gedanken lesen? Obwohl wir Zwillinge sind, wäre mir *das* dann doch neu. Ich brauche eine Weile, bis ich kapiere, dass sie mir auf meine Frage wegen der Bezahlung unseres kleinen Ausflugs geantwortet hat und nicht auf den Totalausfall in meinem Hirn.

»Sponsern sie uns den Urlaub?«

»Ja«, kreischt sie in einer Lautstärke, die man bestimmt im All noch messen kann.

Als sie sich endlich wieder beruhigt hat, fährt sie fort. »Ich habe ihnen gesagt, dass wir sonst am Weihnachtsabend nicht nach Hause kommen, da es sich für zwei gemeinsame Tage zu Hause nicht wirklich lohnt.« Wahnsinn! Wenn Nora etwas will, dann fährt sie wirklich harte Geschütze auf.

Mit beiden Händen wische ich mir über das Gesicht, um mein Lächeln zu verbergen. »Also eine kleine Erpressung gepaart mit dem schlechtem Gewissen unserer Eltern? Kluge Taktik.«

»Dann ist es also beschlossene Sache?« Nora strahlt mich so glücklich an, dass ich mich frage, wieso ich sie eigentlich absichtlich hingehalten habe. Schieben wir es einfach darauf, dass sie mich bei meinem letzten Besuch in Kansas geschlagene eineinhalb Stunden am Flughafen hat warten lassen, bis sie endlich aufgetaucht ist, um mich abzuholen.

»Ich freu mich so«, jubelt sie, klatscht in die Hände und hüpft vor dem Bildschirm auf und ab, sodass ich sie nur noch verschwommen erkennen kann.

»Teilen wir uns alle eine Hütte oder wie läuft das ab?«, unterbreche ich ihren Freudentanz. Früher wohnten wir mit unseren Eltern immer in einer mittelgroßen Blockhütte, in der es drei Schlafzimmer gab.

»Ja.«

»Mit wie vielen Zimmern?«

»Ich denke, es sind drei ... oder vielleicht sogar vier. Und es gibt auch eine Couch im Wohnzimmer.« Also ich hätte kein Problem damit, mir mit den Mädels ein Zimmer zu teilen. Bei dem Gedanken muss ich sofort grinsen.

»Denk nicht mal dran«, mault Nora. »Keine. Meiner. Freundinnen!« Verdammt. Vielleicht kann sie doch Gedanken lesen.

»Schon gut.« Ich strecke meine Hände von mir, als würde ich mich ergeben. »Dann sehen wir uns ja bald zu Hause«, versuche ich sie abzuwimmeln. Ich brauche jetzt echt eine Dusche. Der Neoprenanzug nervt.

Kurz bevor ich meine Schwester wegklicke, fällt mir noch etwas ein. »Warte mal.« Aus verengten Augen schaue ich sie an. »Hast du diesen Ausflug eigentlich allein geplant? Und wie lange stand der Plan schon?« Tja, auch ich habe dieses Zwillingsding drauf. Zumindest tue ich so als ob.

Nora dreht ihren Kopf leicht zur Seite. Ich kenne sie gut genug, um zu wissen, dass mir ihre Antwort nicht gefallen würde, wenn sie es nicht einmal schafft, mir in die Augen zu blicken. »Frag das doch besser Mat.« Entschuldigend lächelt sie mich an, bevor sie noch kurz »Bye« ruft und das Programm schließt.

Ich starre auf dem Bildschirm, auf dem wenige Sekunden zuvor noch das Gesicht meiner Schwester zu sehen war.

»Mat«, knurre ich, während ich auch schon durch meine Kontaktliste scrolle, um ihn anzuskypen. Natürlich ist er nicht online. So wie immer. Also stehe ich vom Schreibtisch auf und gehe zum Bett. Ich setze mich und fische das Smartphone vom Kissen. Es dauert nicht lange, bis mir Mats brauner Haarschopf vom Anrufbild entgegen grinst.

Nach dreimaligen Klingeln nimmt er ab. »Hey, Picasso«, begrüße ich ihn.

»Was ist?«, murmelt er verschlafen.

Ich beuge mich nach vorne, um auf meinem Radiowecker die Uhrzeit zu checken. Es ist fast vier Uhr nachmittags.

»Hab ich dich geweckt?«, frage ich irritiert. Ich weiß, dass er auch gern mal Party macht, wobei er kein so schlimmer Aufreißer ist wie ich. Oder Logan.

»Ja«, murrt er. Soweit ich mich erinnere, ist Mat genauso wenig ein Morgenmensch wie ich. Allerdings kann man die fortgeschrittene Uhrzeit nicht gerade als *Morgen* bezeichnen.

»Wieso? Es ist beinahe wieder Abend«, weise ich ihn auf das Offensichtliche hin.

Im Hintergrund höre ich es rascheln. Vermutlich strampelt er sich gerade die Decke von seinem Körper. »Ich habe gestern bis spät in die Nacht an meiner Graphic Novel gearbeitet.« Ich habe immer noch keine Ahnung, was genau das sein soll, aber immer, wenn ich seine Arbeiten als Comics bezeichne, wird er sauer. Also höre ich im Normalfall einfach zu, ohne viele Zwischenfragen zu stellen. Mat quatscht irgendetwas über seine Bilder, aber ich verstehe ihn erst wieder ab dem Satz »Es hat ein bisschen länger gedauert und deshalb bin ich heute Morgen gleich direkt in die Vorlesung gegangen. Mann, ich hatte echt Probleme die Augen offen zu halten.«.

Neugierig frage ich: »Bist du eingepennt und stilecht mit dem Kopf auf die Tischplatte geknallt?« Das wäre wirklich zu witzig. Obwohl es vermutlich jedem dritten Studenten schon einmal passiert ist.

»Nope, so schlimm war es dann doch nicht. Ich habe die gesamte Vorlesung wie ein Profi durchgezogen.«

Beneidenswert. Mir gelingt das nicht immer. »Du bist so ein Musterstudent.«

»Ganz im Gegensatz zu dir«, kontert er.

Eigentlich nehme ich mein Studium ziemlich ernst. Dafür gönne ich mir zum Ausgleich auch gern mal etwas. Partymarathons zum Beispiel.

»Ach, so schlimm bin ich gar nicht«, versuche ich mich in Schadensbegrenzung. Wer weiß, wie oft Mat und Nora in San Diego aufeinanderhocken und sich über mich austauschen. Meine Schwester muss nicht alles wissen.

»Das sehe ich anders. Wie war das noch mal, als du in der Highschool aus dem Fenster kotzen musstest, nachdem du die ganze Nacht durchgesoffen hattest? Kann mir kaum vorstellen, dass sich das großartig geändert hat.«

Nicht gerade meine Glanzstunde. Ich habe ziemlich viel Ärger wegen der Aktion bekommen.

»Zu meiner Verteidigung«, grummele ich. »Meine Mom hat mich damals genötigt in die Schule zu gehen. Es war also quasi ihre Schuld.« Mat braucht gefühlt mehrere Minuten, bis er sich wieder beruhigt hat und endlich kein lautes Gelächter mehr durch den Telefonhörer kommt. Sofort frage ich ihn: »Woher weißt du eigentlich davon?«

»Von Nora«, kommt es prompt zurück.

»Was sonst«, maule ich. Aber schön, dass er das Gespräch von ganz allein auf meine Schwester gelenkt hat.

»Wieso hast du mir nicht erzählt, dass ihr beide diesen Ausflug plant?«, möchte ich von ihm wissen.

Er räuspert sich einige Male, bevor er mir eine Gegenfrage stellt: »Wärst du denn mitgekommen, wenn wir dich nicht vor vollendete Tatsachen gestellt hätten?«

In seiner Stimme schwingt ein stummer Vorwurf mit. Natürlich hätte ich sofort Nein gesagt. Ich habe mich in den letzten Jahren immer weiter von den anderen entfernt, denn ich wollte nicht mehr an Breckenridge erinnert werden. Mat und die anderen gehören für mich einfach zu diesem Ort und damit auch zu allen Erinnerungen. Zu den guten, leider aber auch zu den schlechten.

»Nein«, gebe ich ganz ehrlich zu.

»Eben!« Er klingt nicht, als würde er irgendwas bereuen. Trotzdem entschuldigt er sich im nächsten Atemzug bei mir. »Sorry, Even! Wir wollten dich unbedingt dabeihaben.«

Da mir Mat gerade zu gefühlsduselig wird, versuche ich die Situation ins Lächerliche zu ziehen. »Mit mir abhängen ist einfach ein Erlebnis. Ich kann verstehen, dass du nicht darauf verzichten wolltest.«

»Tust du mir einen Gefallen«, bittet er mich.

»Jeden.«

»Lass dein übergroßes Ego über die Feiertage zu Hause.« Als ich meinen Mund öffne, um zu protestieren, murmelt er nur noch: »Ich schlaf jetzt weiter. Wir sehen uns« und ist weg.

Mit großen Augen starre ich auf das Handy. Mat hat gerade einfach aufgelegt. Ich lasse mich zurückfallen, strecke die Beine auf dem Bett aus und atme tief durch. Mir passt es nicht, dass Nora und Mat auf einmal so dicke miteinander sind, dass sie gemeinsam Pläne schmieden und mich als Allerletzten einweihen. Aber vor allem will es einfach nicht in meinen Kopf, dass ich wirklich zugestimmt habe die Winterferien in Breckenridge zu verbringen.

Amy

Wir liegen auf meinem Bett. Aus den Boxen schallt ein Song vom neuen Ed Sheeran Album, während Jamie eine meiner braunen Strähnen immer wieder um seinen Finger wickelt.

»Und du willst wirklich über Silvester weg sein? Ich werde dich schrecklich vermissen.« Er schiebt seine Unterlippe leicht nach vorn und setzt einen Dackelblick auf. Ich presse meine Lippen fest aufeinander, damit ich nicht anfange zu lachen, denn es sieht einfach zu witzig aus, wenn er einen auf traurig machen will. Und leider bewirkt er damit bei mir jedes Mal genau das Gegenteil von dem, was er eigentlich erreichen will. Denn ich kann ihn dann nicht mehr wirklich ernst nehmen.

»Ach, komm schon, Jamie. Die Diskussion hatten wir doch jetzt schon ein paar Mal. Dieses Silvester ist schon seit sechs Jahren geplant. Wir werden doch noch genug gemeinsame Silvesterabende haben.«

Eine seltsame Erleichterung macht sich in meiner Brust breit. Ich habe noch ein Jahr lang Zeit, bis ich das Versprechen, mit ihm zusammen Silvester zu feiern, zum ersten Mal einlösen muss. Um das Zittern in meiner Stimme und meine eigene Unsicherheit über meine Gefühle so gut es geht vor meinem besten – und mittlerweile festen – Freund zu verbergen, fahre ich mit dem Daumen langsam über seine Unterlippe, bevor ich meinen Mund vorsichtig auf seinen lege. Ich schließe meine Augen und warte. Es tanzen keine Schmetterlinge durch meinen Bauch. Auch dieses Mal nicht. Ich kann mir gerade noch einen enttäuschten Seufzer verkneifen und setze ein leichtes Lächeln auf, als wir uns wieder voneinander lösen.

Jamie richtet sich auf dem Bett auf. »Aber wir haben uns doch gerade erst richtig gefunden. Da ist es doch klar, dass ich mit dir ins neue Jahr starten möchte. Du bist die Liebe meines Lebens.«

Ein eiskalter Schauer läuft mir über den Rücken. Ich glaube ihm, dass ich *die Liebe seines Lebens* bin. Hätte er sonst drei Jahre lang versucht mich zu überzeugen? Schließlich mangelt es ihm nicht an anderen Angeboten. Mit seinen tiefschwarzen Haaren, die gerade so lang sind, dass sie ihm nicht die Augen verdecken, und den braunen Augen, seinem vom Basketballspielen durchtrainierten Körper, ist Jamie bei den Mädels durchaus beliebt. Doch er hat nur Augen für mich. Und das schon solange ich mich erinnern kann. Trotzdem konnte ich mich lange Zeit nicht dazu durchringen, auf seine Avancen einzugehen. Bis vor einer Woche. Da habe ich dem Drängen meines besten Freundes nachgegeben und nun sind wir ein Paar. Und dennoch gibt es immer wieder Momente wie diesen, in denen ich das ungute Gefühl nicht unterdrücken kann, dass ich ihn irgendwann bitter enttäuschen werde. Ich weiß nicht, ob ich ihm jemals die Liebe zurückgeben können werde, die er mir schenkt. Aber wenn ich mich nicht darauf eingelassen hätte, wäre er mit Sicherheit über kurz oder lang aus meinem Leben verschwunden. Wer kann schon ewig mit jemandem befreundet sein, wenn er eigentlich mehr will? Und ein Leben ohne Jamie kann ich mir definitiv nicht ausmalen. Mit ihm ist alles so vertraut. Aber reicht das wirklich aus, um auf die Schmetterlinge im Bauch und das wohlige Kribbeln auf der Haut, von dem man in Liebesromanen liest, zu verzichten? Vor drei Wochen war ich noch sicher, dass ich es kann, denn kein Junge hat diese Gefühle jemals in mir ausgelöst. Bis auf einer. Aber der bleibt unerreichbar.

Wie gerufen, um meine trüben Gedanken zu unterbrechen und mich aus der Situation zu retten, erklingt *Punk Rock Song* von Bad Religion von meinem Nachttisch und mischt sich mit der Stimme von Ed Sheeran. Der Klingelton kündigt einen Anruf von meinem anderen besten Freund Logan an. Jamie reicht mir zwar das Handy rüber, verdreht dabei aber die Augen. Auch wenn er ihn noch nie kennengelernt hat – oder gerade deshalb – ist Jamie immer eifersüchtig auf Logan gewesen. Totaler Blödsinn. Schließlich ist Logan für mich nie mehr gewesen als einer meiner besten Freunde.

»Mach aber nicht zu lange«, schiebt Jamie noch hinterher, bevor ich mit dem Handy in der Hand auf den Flur verschwinde. Ich hasse es, mit Logan zu telefonieren, wenn Jamie zuhört. Ich versuche die Clique aus den Skiurlauben damals und mein Leben hier so gut es geht auseinanderzuhalten. Einfach, damit – ja damit was? Niemand dahinter kommt, was eigentlich in mir vorgeht? Weder Jamie noch die anderen? Oder warum habe ich in den letzten Tagen nicht einmal daran gedacht, mein Handy zur Hand zu nehmen und Logan zu erzählen, dass ich jetzt mit Jamie zusammen bin?

»Hey, du Punk«, sage ich und konzentriere mich auf das Telefonat statt auf meine verwirrenden Gedanken.

»Na, Küken? Alles fit bei dir?«, erklingt Logans kratzige Stimme durch den Hörer. Wahrscheinlich war er gestern mal wieder zu lange auf irgendeinem Punk-Konzert unterwegs und hat laut mitgegrölt. Der Klingelton geht natürlich auf sein Konto. Eigentlich nicht unbedingt meine Musik, aber Logan war der Meinung, ich müsste stilvoll erfahren, dass er am anderen Ende der Leitung ist. So etwas Grandioses wie einen Anruf von ihm könne nicht einfach irgendeine verweichlichte Pop-Stimme ankündigen.

»Bei mir schon. Und bei dir? Die Frisur gehalten?«, ziehe ich ihn auf.

»Ach, bitte«, mault er. »Wie lange haben wir uns schon nicht mehr gesehen? Zwei Monate? Drei?«

»Ungefähr. Aber was hat das mit deinen Haaren zu tun?«

»Der Iro ist jetzt weg. Und rot sind sie übrigens auch nicht mehr. Schwarz kommt bei den Frauen einfach besser an.«

»Wie meinst du das?«

»Die neue Frisur hat meine Chancen bei den Ladys um hundert Prozent gesteigert«, lässt er mich selbstgefällig wissen, was mir ein Lachen entlockt. Ich klemme mir das Handy zwischen Ohr und Schulter, während ich meine Hände auf der alten Kommode meiner Eltern abstütze und mich darauf hieve. Das Gespräch wird bestimmt länger dauern und ich habe keine Lust die ganze Zeit hier dumm im Flur rumzustehen.

»Und wofür ist das gut? Du hast doch schon genug Kerben in deinem Bettpfosten.«

»Komm, wenn du hier bist, habe ich noch nie ein Mädchen abgeschleppt«, verteidigt er sich und ich frage mich insgeheim, was das bitte für eine Antwort auf meine Frage sein soll.

»Was daran liegen könnte, dass ich normalerweise in deinem Zimmer übernachte, wenn ich bei dir bin. Ich rechne es dir übrigens hoch an, dass du keinen deiner One-Night-Stands mitbringst, denn auf Zuschauen stehe ich dann doch nicht so.«

»Du könntest natürlich …«

Sofort unterbreche ich ihn: »Komm gar nicht erst auf dumme Ideen!«

Logan lacht am anderen Ende aus vollem Hals. Natürlich wollte er mich mal wieder nur aufziehen und ich bin voll drauf angesprungen. Wann lerne ich endlich, dass mein Kumpel es liebt, mich auf die Palme zu bringen?

»Nein, keine Angst. Das wird in hundert Jahren nicht passieren. Schließlich bist du unser Küken.« Ich überlege gerade, ob ich mich nun geschmeichelt oder beleidigt fühlen soll, als er fortfährt. »Womit wir uns auch schon der Antwort auf die Frage nähern, warum es interessant sein dürfte, wie meine neue Frisur bei den Mädels ankommt. Ich habe eben eine SMS bekommen.«

Er macht eine Pause, die wahrscheinlich bedeutungsvoll sein soll, aber ich habe immer noch keinen blassen Schimmer, worauf er hinauswill. Manchmal frage ich mich wirklich, ob alle kreativen Menschen – oder doch nur Logan – so verquer denken.

»Wer hat dir geschrieben?«, frage ich deshalb nach, als er immer noch keine Anstalten macht, das Ganze auszuführen.

»Even.«

Allein die Erwähnung seines Namens lässt mich erstarren. Auch wenn ich immer noch keine Ahnung habe, was das nun mit Logans Frisur zu tun haben soll.

»Ach, Amy. Nun steh doch nicht so auf dem Schlauch. Er kommt mit in unseren Urlaub. Da werden wir ja dann sehen, wer bei den Frauen in Breckenridge die besseren Chancen hat. Der blonde Sonnyboy oder doch eher der Punk mit Nieten.«

»Er kommt mit?« Meine Stimme droht zu ersticken, während sich in meinem Inneren Freude und Angst einen erbitterten Kampf liefern. Vielleicht hatte ich gehofft, dass er aus irgendwelchen Gründen nicht mitfährt. Vielleicht aus den gleichen, aus denen er sich seit einigen Jahren kaum noch bei uns anderen meldet. Sofort macht sich aber auch das schlechte Gewissen in mir breit, denn ich weiß genau, dass es Nora wichtig war, dass ihr Zwillingsbruder mit dabei ist.

Als hätte Logan meine Gedanken gelesen, kommt er auf sie zu sprechen: »Frag mich nicht, wie Nora das hinbekommen hat, aber Even scheint dabei zu sein. Es wird also wirklich das Silvester, was wir uns versprochen haben.«

»Fantastisch. Dann sind ja wirklich alle dabei. Ich freue mich.« Ich rutsche von der Kommode runter, um im Gang auf und ab zu laufen. Mein Herz pocht wie wild in meiner Brust und ich weiß nicht, was ich denken soll. Even wird mitkommen. Aber sollte ich mich darüber wirklich freuen? Doch bevor ich den Gedanken auch nur weiterspinnen kann, reißt mich Logan wieder heraus.

»Ich mich auch. Könntest du mir noch einen Gefallen tun?«

»Kommt darauf an«, erwidere ich leicht misstrauisch. Bei ihm weiß man schließlich nie.

»Kannst du bei Lin anrufen und ihr Bescheid sagen, dass Even mitkommt? Dann kannst du auch gleich mit ihr klären, wann wir dich abholen sollen.«

Ich muss grinsen, denn wie immer ziert er sich, auch nur mehr als nötig mit unserer Prinzessin zu sprechen. Obwohl die beiden seit der Sandkastenzeit ständig zusammengesteckt wurden, waren sie nie wirklich miteinander befreundet.

»Und das willst du nicht selbst machen, weil …?«

»Meine Mom mich schon wieder dazu drängen will, sie am Wochenende auszuführen.« Nun muss ich doch lachen. Wann Logans und Lins Eltern auf die grandiose Idee gekommen sind, ihre beiden Kinder zu verkuppeln, weiß ich nicht. Aber unterschiedlicher als die beiden können zwei Menschen kaum sein.

»Schön, dass du das amüsant findest«, gibt er angesäuert zurück.

»Tut mir leid. Klar rufe ich sie an.«

»Danke. Dann sehen wir uns also nach Weihnachten, Küken.«

»Ja, bis dann.« Ich lege auf. Als ich mich wieder an den eigentlichen Grund für seinen Anruf erinnere, verebbt mein Lachen. Ich bleibe vor meiner Zimmertür stehen und lasse mich an ihr hinabgleiten, bis mein Hintern den Boden berührt. Mein Kopf sinkt nach hinten und ich öffne langsam die Augen. Auch die Decke scheint mein Dilemma nicht zu interessieren.

Jetzt sitze ich vor meiner Tür, hinter der mein Freund auf mich wartet und geknickt ist, dass ich Silvester nicht mit ihm verbringen werde. Doch ich denke nur an den einen Jungen. An den einzigen, der es jemals geschafft hat, meinen Herzschlag in ungeahnte Höhen schnellen zu lassen. Und der hat natürlich null Ahnung davon. Ausgerechnet mit ihm werde ich nun tatsächlich Silvester verbringen. *In was hast du dich da reingeritten, Amy Harper?*

2.

26. Dezember (Nachmittag)

Amy

»Aaaaah, da ist sie ja.« Ein blonder Wirbelwind rast auf mich zu. Ich muss lachen, als Lin mir in die Arme fällt. »Ich freue mich schon so auf die Autofahrt, Küken. Noch weitere vier Stunden allein mit ihm und ich hätte mir die Kugel gegeben.« Sie nickt mit dem Kopf in Logans Richtung, der gerade hinter ihr auftaucht und es sich ebenso wenig nehmen lässt, mich in seine Arme zu schließen und mir einen Kuss auf die Stirn zu drücken.

»Hey, Schwarz steht dir echt gut.« Ich schiebe ihm den Pony zur Seite, damit ich in beide Augen schauen kann. »Danke, dass du extra bis zur Haustür kommst, um meine Tasche zu tragen«, sage ich mit einem Grinsen.

»Schlimmer als ihre Koffer zu tragen, kann es nicht sein«, gibt er kopfschüttelnd zurück und schnappt sich die rote Reisetasche, die ich auf den Stufen zu unserer Haustür abgestellt habe.

Lin hakt sich bei mir unter und flüstert mir leise ins Ohr: »Meine Mom hat ihn gezwungen alle meine Koffer in den Wagen zu bringen.«

Ich beiße mir auf die Lippe, um nicht laut loszuprusten, doch Lin fährt unbeirrt mit ihrer Erklärung fort. »Ich wollte sie ja selbst tragen, aber du kennst Logan. Er lässt mich dann ja doch nicht mehr. In solchen Momenten ist er eben der brave Sohn ihrer besten Freundin.« Lin zuckt mit den Schultern. »Dafür hat er mich dann von Salt Lake City bis zu dir mit Schweigen gestraft und seinem unmöglichen Musikgeschmack gefrönt. Bitte, Amy«, fleht sie, »überrede ihn das Radio einzuschalten. Ich ertrage diesen Punkschrott nicht länger.«

»Ich bemühe mich.« Am Wagen angekommen setzt sich Lin sofort auf die Rückbank und überlässt mir den Platz vorn neben Logan, steckt aber den Kopf zwischen unseren Sitzen hindurch, um sich weiter mit mir unterhalten zu können.

»Und wie war Weihnachten? Hast du etwas Schönes bekommen?«

»Diese Reise«, erwidere ich, während ich mich am Radio zu schaffen mache und einfach ohne Logans Einverständnis von CD auf Radioempfang wechsele. Seinen missbilligenden Seitenblick quittiere ich mit einem leichten Schulterzucken.

»Und sonst nichts?« Es war zu erwarten, dass Lin das nicht nachvollziehen kann, schließlich ist sie – wie Logan, Even und Nora auch – in einem reichen Elternhaus aufgewachsen und hat schon als Kind alles bekommen, was sie wollte. Meine Eltern sind zwar nicht arm, aber trotzdem ist es für sie nicht so leicht, mir einfach mal zwischendurch einen Skiurlaub zu sponsern. Deshalb habe ich mir zum Geburtstag und zu Weihnachten Geld von meinen Eltern und meinen Großeltern gewünscht, das nun in diesen Urlaub fließt.

»Diese Reise ist genug«, gebe ich mit einem Lächeln zurück, denn ich weiß, dass Lin es nicht böse gemeint hat. »Und du?«, versuche ich Logan in unser Gespräch mit einzubeziehen.

»Konzerttickets. Ich konnte meine Eltern sogar überreden, mir zwei Karten für die *Warped Tour* zu besorgen. Du hast nicht zufällig Lust mich zu begleiten?«

Hilfesuchend blicke ich nach hinten zu Lin, denn, ehrlich gesagt, teile ich Logans Musikgeschmack ebenso wenig wie sie.

»Schau mich nicht so an. Mich hat er nicht gefragt.«

»Würdest du denn mitkommen, wenn ich fragen würde, Prinzessin?«

»Im Leben nicht. Was würden sonst unsere Eltern denken?« Beide prusten gleichzeitig los und ich muss mitlachen.

»Also, Küken?«, fragt Logan erneut, als wir drei uns beruhigen.

»Sei mir nicht böse, aber ich glaube, ich besuche dich dann doch lieber mal wieder am College und wir machen ein Wochenende lang den Campus unsicher.«

»Mich hast du noch nie besucht«, kommt es natürlich prompt vom Rücksitz.

Ich wollte schon längst mal bei Lin vorbeischauen und mir ihre neue Wohnung anschauen. Aber was soll ich ihr sagen? Ich bin ja noch Schülerin und muss schauen, wo ich das Geld für die Flüge hernehme. Und nachdem ich offiziell mit Jamie zusammengekommen bin, wäre es noch schwieriger geworden. Er hätte mich bestimmt nicht ohne Diskussionen gehen lassen. Zu Logan natürlich erst recht nicht.

Allein beim Gedanken an Jamie, wird mir schon wieder flau im Magen, denn ich bin immer noch unsicher, was ich eigentlich für ihn fühle. Ich schüttele mich ein bisschen, um die Gedanken an ihn aus meinem Kopf zu vertreiben. Schließlich will ich mir den Urlaub nicht vermiesen lassen. Er soll eher eine Richtung vorgeben, wie es mit uns weitergeht. Wenn Jamie wirklich der Eine, der Richtige, für mich ist, werde ich ihn nach ein paar Tagen bestimmt vermissen. Obwohl ... müsste es mir nicht eigentlich schon zu denken geben, dass ich Logan, Lin und Nora immer noch nicht von ihm erzählt habe und auch jetzt nicht vorhabe es zu tun?

Mit einem entschuldigenden Lächeln auf den Lippen drehe ich mich zu Lin um. »Es hat sich einfach noch nicht ergeben.«

»Nehmen die Zwillinge Mat eigentlich mit?«, rettet mich Logan vor weiteren Kommentaren von Lin.

»Soweit ich weiß, wollte er allein fahren. Es ist von ihm aus ja nur eine Stunde bis Breckenridge«, gebe ich das Gespräch zwischen Mat und mir von gestern Abend wieder. »Er wollte die Schlüssel für die Hütte bei seiner Tante zu Hause abholen, um noch ein bisschen mit ihr zu quatschen.«

Lin lehnt sich weiter nach vorn und strahlt mich an. »Hoffentlich hat sie uns die hübscheste Hütte von allen reserviert.«

Logan schüttelt seinen Kopf über Lins Worte. »Ganz bestimmt, Prinzessin.« Sein Tonfall klingt spöttisch.

Sofort mische ich mich ein. »Also ich glaube schon. Dafür hat Mat bestimmt gesorgt.« Soweit ich weiß, muss er auch gar nichts für die Unterkunft bezahlen. Die Hütten gehören seiner Tante und sein Aufenthalt in Breckenridge ist ihr Weihnachtsgeschenk an ihn.

Logan nimmt den Fuß vom Gas. »Dann brauche ich mich ja nicht so beeilen und Mat kann in Ruhe den Vormittag bei seiner Tante verbringen.«

Ich ziehe meine Augenbrauen hoch. »Ich versteh sowieso nicht, warum du so rast. Wir haben doch alle Zeit der Welt. Immerhin geht es in den Urlaub, Leute!«

***

»Du parkst ja wie meine Granny«, murrt Lin, als sie die Tür des schwarzen Audis öffnet, mit dem Logan uns nach Breckenridge gefahren hat.

»Hey, ich nenne das astrein geparkt. Wo soll ich hier denn bitte falsch stehen?«

In Lins Gesicht wandert eine Augenbraue nach oben, während sie mit ihren Highheels durch den Schnee fährt. »Nur weil man keine Linien erkennen kann, heißt das nicht, dass man sich hier quer hinstellen sollte. Weißt du, auch die Häuser da vorn können als Anhaltspunkt dienen.«

Ich strecke mich genüsslich, indem ich meine Arme in die Luft recke und mich auf die Zehenspitzen stelle, und lausche dem Gespräch der beiden Streithähne, die es wohl einfach nicht lassen können, sich gegenseitig aufzuziehen. Als ich meinen Blick über die Hütten schweifen lasse, sehe ich Mat aus einer von ihnen kommen. Sein braunes Haar ordentlich nach oben gestylt, ein weißes Poloshirt an und ein freundliches Lächeln, so kommt unser Musterknabe auf uns zu. Ich kriege bei seinem Anblick eine Gänsehaut. Ist ihm nicht kalt?

»Da seid ihr ja endlich. Ich dachte schon, ich muss den Urlaub hier ganz allein verbringen.« Er zieht mich in eine Umarmung. »Endlich kann ich dich mal wieder in die Arme nehmen, Küken.«

»Was musstest du auch so weit wegziehen, um aufs College zu gehen. Hättest du nicht hier in der Nähe bleiben können?« Ich boxe ihm leicht gegen den Oberarm und er grinst mich frech an, bevor er, ohne mir eine Antwort zu geben, zu Lin und Logan geht. Lin hievt gerade ihre pinken Koffer aus dem Kofferraum – natürlich passend zu ihrer Jackenfarbe. »Sind die Zwillinge noch nicht da?«

Mat schüttelt den Kopf. »Nein. Dass sie sich damals immer verspätet haben, lag wahrscheinlich nicht nur an ihren Eltern, wie sie uns versucht haben weiszumachen. Jetzt kommt's raus.«

Mit ihrem Beautycase unter dem Arm und ihre Koffer durch den Schnee ziehend, verschwindet Lin in Richtung Hütte. Als sie merkt, dass niemand ihr folgt, dreht sie sich um und schaut uns ungeduldig an.

»Worauf wartet ihr? Lasst uns reingehen und uns schon mal über die Zimmeraufteilung Gedanken machen.«

»Willst du nicht mit mir in einem Zimmer übernachten, Blondie?« Logan zwinkert Lin zu.

»Ganz sicher nicht. Davon darfst du gerne weitere fünfzig Jahre heimlich träumen.«

Logan hebt meine Reisetasche aus dem Kofferraum und drückt sie mir in die Hand, bevor er seine eigene nimmt und Lin ins Haus folgt.

Ich sehe mich noch einen Moment auf dem Parkplatz um und atme tief ein, bevor ich mir meine Tasche über die Schulter werfe und mich bei Mat einhake.

»Es ist schön wieder hier zu sein. Irgendwie riecht es noch genau wie damals.«

»Hier hat es nie anders gerochen, Küken. Auch die letzten Jahre nicht.«

»Geht es deiner Tante gut?«, erkundige ich mich nach der Frau, die schon früher immer eine der Hütten an meine Eltern vermietet hat.

»Ja, alles bestens. Sie lässt dich grüßen.«

Ein Grinsen breitet sich auf meinem Gesicht aus, während ich eine Stufe nach der anderen zur Haustür hochgehe. Da wir zu zweit nicht durch den braunen Türrahmen passen, lasse ich Mat los, der – natürlich ganz der Gentleman – einen Schritt zur Seite macht und mir den Vortritt lässt. Hinter der Haustür empfängt mich wie erwartet ein Wohnzimmer. Anscheinend sind die Hütten wirklich alle gleich aufgeteilt. Obwohl es mir viel kleiner vorkommt als früher. Ob es daran liegt, dass wir größer geworden sind?

»Wo bleibt ihr?«, schreit Lin schon aus dem oberen Stockwerk.

»Da hat es wohl jemand eilig«, flüstere ich leise vor mich hin. Mit einer

Hand fahre ich über das braune Geländer der Treppe und genieße das Gefühl von glatt poliertem Holz unter meinen Fingern, während ich Lin und Logan nach oben folge.

»Hier gibt es drei Zimmer und ein Bad«, ertönt da auch schon Logans Stimme.

Also ist zumindest die Zimmeranzahl nicht in allen Hütten gleich. In der meiner Eltern gab es immer nur zwei Schlafzimmer. Eins für sie und eins für mich.

»Ich würde vorschlagen, dass unsere Zwillinge sich ein Zimmer teilen« reißt mich Mat, der plötzlich direkt hinter mir steht, aus meinen Gedanken. Ich fasse mir an die Brust, in der mein Herz wie wild klopft. Ich habe überhaupt nicht bemerkt, wie er mir nach oben gefolgt ist. »Außer eine von euch hat den dringenden Wunsch sich nachts an einen starken männlichen Körper zu schmiegen. Dann könnt ihr es jetzt sagen.«

»Schock mich nicht so!« Ich mache eine kurze Pause, um meine Worte wirken zu lassen. Mat zuckt jedoch nur mit den Schultern. »Und nein danke. Lin ist mir als Mitbewohnerin dann doch lieber«, füge ich dann hinzu, auch wenn mein Herz für einen Moment verräterisch geschlagen hat bei der Vorstellung, ich könnte mir ein Zimmer mit Even teilen. Oder stehe ich einfach immer noch unter Schock, weil Mat mich so erschreckt hat?

Ich öffne die Tür zum ersten Schlafzimmer, um mich auf die Suche nach Lin und Logan zu machen. Keiner hier. Da mir das Zimmer mit dem kleinen hübschen Tisch vor dem riesigen Spiegel an der Wand aber auf Anhieb gefällt, beschließe ich es in Beschlag zu nehmen.

»Das hier nehmen Lin und ich«, wende ich mich an Mat. »Wenn ihr schnell seid, sucht euch auch eins aus. Dann müssen die Zwillinge mit dem zufrieden sein, was übrig bleibt.«

Da taucht ein blonder Lockenkopf hinter Mats Rücken auf. »Lässt du mich vielleicht auch mal vorbei?«

Lachend dreht sich Mat ein Stück zur Seite, sodass der Platz in der Tür gerade so breit ist, dass Lin an ihm vorbeispazieren kann. Trotzdem lässt sie es sich nicht nehmen und stößt ihn leicht mit ihrem Ellenbogen in die Brust, bevor sie sich auf dem Weg zum Bett macht und sich auf die linke Seite fallen lässt. Sofort lobt sie mich: »Du hast wirklich das schönste Zimmer gefunden.«

Meine Wangen röten sich und ich schaue verlegen auf den Boden. »Freut mich, dass es dir gefällt.«

»Und du, raus hier! Das ist jetzt unser Gebiet«, wirft Lin Mat mit einem Lächeln auf den Lippen unmissverständlich aus unserem Zimmer. Kopfschüttelnd verlässt er den Raum.

Gerade als ich den Reißverschluss meiner Tasche öffne, um sie auszupacken, höre ich durch das geöffnete Fenster das Motorengeräusch eines herannahenden Autos. Even und Nora. Mein Herz beginnt erneut verräterisch schnell zu schlagen. Sofort laufe ich am Bett vorbei und sehe aus dem Fenster. Nora steigt auf der Beifahrerseite aus und sieht zu uns hoch. Ein Lächeln zieht sich über ihr Gesicht und sie winkt mir zu. Im nächsten Moment öffnet sich die Fahrertür. Even quält sich mit grimmiger Miene aus dem Wagen. Meine Finger krallen sich am Fensterbrett fest und ich habe Angst nach hinten umzukippen, während ich zu ihm hinunterschaue. Dieses verdammte Herzrasen scheint meinem Kreislauf nicht ganz so gut zu bekommen. Natürlich habe ich mich auf *Facebook* immer wieder durch Fotos von ihm geklickt, aber ihn nun hier live vor mir zu sehen, übersteigt die Fotos doch bei weitem. Einige blonde Haare schauen frech unter der dunkelgrünen Mütze hervor, die er trägt, obwohl es im Wagen bestimmt nicht allzu kalt war. Aber sie steht ihm fantastisch. Seine Schultern sind breiter geworden, aber was habe ich auch erwartet? Hier vor mir steht eben kein Fünfzehnjähriger mehr.

Lin tritt hinter mich und sieht über meine Schulter. »Dann sind wir ja endlich komplett.« Sie legt einen Finger unter mein Kinn und drückt meinen Unterkiefer sanft nach oben. Ich habe überhaupt nicht gemerkt, dass ich Even mit offenem Mund angestarrt habe. Wie peinlich!

»Ich weiß, er ist heiß, aber das solltest du ihm nicht zu offensichtlich zeigen. Wir sind schließlich keine vierzehn mehr.« Sie zwinkert mir zu.

Meine Augen weiten sich und die Gedanken rasen nur so durch meinen Kopf. Hat sie mich etwa durchschaut? Wie soll ich reagieren? Das Ganze sollte doch mein kleines Geheimnis bleiben. Panik überfällt mich und ich knete nervös meine Finger, versuche aber trotzdem unwissend zu tun. »Wie meinst du das?«

»Ach, komm schon, Amy, man hat dir damals schon angesehen, wie sehr du auf ihn stehst.«

Erschrocken reiße ich die Augen auf. »Meinst du, Nora ahnt es auch?«

»Nora blendet gerne aus, dass es Menschen geben könnte, die ihren Bruder attraktiv finden. Ich denke, das ist ihre Art, damit umzugehen, dass Even eben ist, wie er ist. Und bevor du fragst: Ich glaube, auch die Jungs haben keine Ahnung. Und ich denke, es ist auch besser, wenn das so bleibt. Sei mir nicht böse, Küken. Aber er ist einfach eine Nummer zu groß für dich. Er würde dir nur dein Herz brechen.« Lin legt ihren Arm um meine Schulter. Ich nicke, denn ich weiß ja, dass sie recht hat.

Even

Ziemlich angepisst von der langen Fahrt steige ich aus dem Wagen. Eigentlich hatten Nora und ich abgesprochen nach der Hälfte zu tauschen, doch mein liebes Schwesterlein war einfach nicht wachzubekommen. Sie schläft wie eine Tote, wenn sie wirklich müde ist.

Ich schlendere zum Kofferraum. Dabei werfe ich einen Blick über das Wagendach zu den unzähligen Hütten, die sich aneinanderreihen. Ich kann nicht fassen, dass ich wieder hier bin. Doch anders als erwartet, fühle ich mich nicht mies. Tatsächlich fühlt es sich sogar richtig gut an.

Der Schnee knirscht unter meinen Schuhen und ich freue mich darauf, morgen die Pisten unsicher zu machen. Bevor ich unsere Taschen auslade, strecke ich mich einmal genüsslich. Mein T-Shirt rutscht nach oben und ich spüre die Winterluft auf meinem nackten Bauch. Eigentlich ist es nicht wirklich kalt, aber da ich die milden Temperaturen in Kalifornien gewöhnt bin, bekomme ich eine leichte Gänsehaut.

Lautes Kichern lässt mich innehalten. Ich drehe meinen Kopf in Richtung der zwei Mädchen, die auf meine Schwester zustürmen. Manche Dinge ändern sich wirklich nie. Lin wirft sich, ohne auch nur eine Sekunde zu zögern, in Noras Arme. Obwohl ich sie schon lange nicht mehr gesehen habe, erkenne ich sie sofort. Sie hat diesen unverkennbaren Reiche-Mädchen-Style. Fehlt nur noch die Perlenkette um ihren Hals.

Einige Meter hinter den zwei Blondinen steht ein braunhaariges Mädchen und wartet geduldig darauf, dass Lin und Nora sich endlich loslassen. Bis jetzt allerdings vergebens.

Ich muss einige Male blinzeln und erst dann bin ich mir sicher, dass das Mädchen tatsächlich Amy ist. Sie hat sich verdammt verändert, seit wir uns das letzte Mal gesehen haben. Nichts ist mehr übrig von der schlaksigen Zahnspangenträgerin. Ich beiße mir auf die Lippe und lasse meinen Blick über ihren Körper schweifen. Sie ist wirklich verflucht heiß. Wie von selbst bewege ich mich auf sie zu. Scheiß auf das Gepäck.

Amys scheinbar endlos lange Beine stecken in einer schwarzen Wollstrumpfhose. Dazu trägt sie ein Ding, das aussieht wie ein langes T-Shirt. Obwohl in Kalifornien die Devise »Weniger ist mehr« gilt und der Anblick halbnackter Frauen für mich nichts Neues ist, bin ich im Moment so fasziniert von Amy, dass ich mich fast auf die Fresse lege, weil ich den Blick nicht abwenden kann. Was für eine Verschwendung, dass ihre schönen Beine in dieser Strumpfhose stecken.

»Küken?«, krächze ich, als ich vor ihr stehe. Super, nicht nur, dass ich beim Anblick ihrer Beine wie ein pubertärer Teenager zu sabbern beginne ... nein, jetzt setzt auch schon wieder mein *Stimmbruch* ein. Ich dachte, ich hätte das alles hinter mir.

Schüchtern lächelt sie zu mir hoch. Ich kann in diesem Moment einfach nicht anders und ziehe sie fest in meine Arme. Wahrscheinlich wundert sie sich, wieso ich sie so überschwänglich begrüße, nachdem ich den Kontakt zwischen uns extrem schleifen gelassen habe. Ich wundere mich ja selbst über mein Verhalten.

Ein leichtes Räuspern neben mir lässt meinen Verstand wieder anspringen. Ich lasse Amy los und mache einen großen Schritt nach hinten. Sofort umarmt Nora unser Küken. So. Und jetzt stehe ich vor einem großen Problem. Da ich die Kleine in den Arm genommen habe, was sonst eigentlich nicht meine Art ist, muss ich jetzt wohl oder übel auch Lin dementsprechend begrüßen. Mit einem hochgezogenen Mundwinkel gehe ich auf das blonde Mädchen zu, lege ihr eine Hand auf die Schulter und tätschele sie zweimal leicht. Das muss jetzt aber reichen.

»Das College tut dir gut, Even.«

»Wieso?«, frage ich Lin.

»Du bist plötzlich ausgesprochen höflich.« Na ja, jetzt bin ich nun mal hier und kann nicht mehr so tun, als würden die anderen nicht existieren.

Ich zucke nur mit den Schultern und gehe auf Mat und Logan zu. Keine Ahnung, woher die beiden gerade gekommen sind. Irgendwie hat mich das Wiedersehen mit Amy so aus der Bahn geworfen, dass ich auf nichts anderes mehr geachtet habe. Aber, verdammt noch mal ... sie sieht so scharf aus. Die langen braunen Haare, ihre funkelnden grünen Augen und das ebenmäßige Gesicht mit der kleinen Stupsnase lassen mich vergessen, dass ich eigentlich nur auf Blondinen stehe. Mat grinst mir aus einigen Metern Entfernung entgegen. Langsam gehe ich auf ihn zu und versuche dabei krampfhaft meinen Kopf nicht wieder zu Amy zu drehen und sie anzugaffen. Ich strecke Mat meine Faust entgegen. Er schlägt mit seiner leicht dagegen. Das sind Begrüßungen, wie ich sie mir vorstelle. Logan scheint das ganz anders zu sehen, denn er zieht mich in eine halbe Umarmung. Ich mache mich von ihm los und packe ihn bei den Schultern.

»Scheiße, Bro, ich sag das nicht gerne, aber mit dieser Frisur hast du echt gute Chancen bei der Frauenwelt.« Vielleicht wird es doch nicht so leicht für mich, mehr Mädels klarzumachen als er. Beim Gedanken, dass er mal wieder bessere Chancen haben könnte als ich, zieht sich mein Magen leicht zusammen. Die Aussicht gefällt mir ganz und gar nicht.

Logan zwinkert mir zu. »Die hatte ich vorher auch. Guck dir nur mein hübsches Gesicht an.«

Fest beiße ich meine Zähne zusammen und gehe kopfschüttelnd zurück zum Wagen, um endlich die Taschen auszuladen. Ich erwarte nicht, dass mir jemand folgt, trotzdem stehen Mat und Logan keine zehn Sekunden später neben mir. Ich schaue mich um und beobachte meine Schwester und die anderen Mädels dabei, wie sie aufgeregt quatschend in die Hütte gehen.

Ist klar. Sobald Nora ihre Freundinnen wiederhat, ist alles andere vergessen.

Ich drehe mich zu Mat und sehe ihn vorwurfsvoll an. »Und du hast mir gesagt, *ich* soll mein Ego zu Hause lassen. Hättest du das mal besser Logan und seinem hübschen Gesicht klargemacht«, murmele ich leise.

Mit einem Schmunzeln im Gesicht sieht Mat zwischen Logan und mir hin und her. »Stimmt. Hätte auch ihm mit Sicherheit gutgetan.«

Ich drücke Mat Noras unzählige Gepäckstücke in die Hand, während er fortfährt: »Aber macht euch keine Sorgen. Mein Ego ist auch mit von der Partie und unterstützt euch bei eurer kleinen Challenge.« Mat ist ebenfalls gern Gast auf Partys, nur hält er sich in Sachen Mädchen meistens zurück. Keine Ahnung, wieso. Wir sind doch nur einmal jung. Es irritiert mich, dass er sich dieses Mal in unseren Wettstreit einmischen will. »Woher weißt du überhaupt davon?«, frage ich ihn.

Logan hebt schuldbewusst seine Hand. »War das ein Geheimnis?«

Ich verdrehe die Augen. »Natürlich nicht, du Depp.« Meine Reisetasche übergebe ich Logan und schnappe mir stattdessen mein heiliges Snowboard und Noras Skier samt Skistöcken von der Rückbank.

»Geht ihr schon mal rein? Ich bringe das Zeug noch in den Schuppen.« Die Jungs nicken mir zu und stolpern vollbepackt auf das Haus zu. Amy lehnt im Türrahmen und wartet offensichtlich darauf, dass wir reinkommen. Logan deutet mit dem Kopf in meine Richtung. Sofort nickt sie eifrig und kommt auf mich zugelaufen. Ach du Scheiße. Ich habe keine Ahnung, was ich mit ihr reden soll.

»Ich nehme eure Skischuhe und hole danach mein eigenes Board«, meint sie und greift in den Wagen, um sich die kleinen Taschen zu schnappen.

»Okay«, murmele ich. »Kannst du den Kofferraum schließen?«

»Klar«, sagt sie mit einem Lächeln. Sie muss sich ein wenig strecken, um an die Heckklappe zu kommen. Dafür, dass sie so klein ist, knallt sie das Ding ganz schön ins Schloss.

»Wollen wir?«, fragt sie dann. Mist. Ich habe mich nicht bewegt und sie angestarrt. Hätte ich meine Hände frei, würde ich mir jetzt meine Schläfen massieren. Oder mir durch die Haare fahren. Oder sie betatschen. Könnte auch passieren.

»Sicher.« Ich gehe an Amy vorbei zu dem kleinen Schuppen, der ans Haus angebaut ist. Kurz bevor wir ankommen, überholt sie mich wieder und öffnet die Tür.

»Sollte ich das nicht machen?«, murmele ich.

Amy wirbelt herum. »Wie bitte?«

»Dir die Tür öffnen. Das machen doch im Normalfall immer die Typen«, erkläre ich ihr. Alle, bis auf mich. Woher kommt dieser Gedanke überhaupt?

Sie schenkt mir ein unglaubliches Lächeln. »Ich glaube, dazu bräuchtest du erst ein weiteres Paar Hände.«

Einer meiner Mundwinkel zuckt kurz nach oben. Ja, manchmal wäre das wirklich von Vorteil. Nicht nur beim Türen öffnen.

Ich gehe in den Schuppen und lehne die Ausrüstung gegen die dunklen Holzbretter. Als ich mich zu Amy umdrehe, ist sie verschwunden. Stirnrunzelnd stelle ich die Taschen mit den Skischuhen, die auf dem Boden stehen, zum Skiequipment. Etwas verloren sehe ich mich um. Sie kann sich doch nicht einfach in Luft aufgelöst haben. Und eine Falltür oder einen Geheimgang kann ich hier auch nirgendwo entdecken. Da quetscht Amy sich auch schon mit ihrem Snowboard in der Hand zurück in den Schuppen. Natürlich stoßen wir zusammen, da es hier verdammt eng ist. Aber ich mag das. Von mir aus könnte sie sich auch gern noch näher an mich pressen.

»Sorry«, entschuldigt sie sich.

»Kein Problem.« Sie steht immer noch dicht vor mir und bewegt sich keinen Millimeter. Nur ihr Atem kommt schneller.

»Ich nehm dir das mal ab.« Gott sei Dank scheint sie nun auch wieder fähig sich zu bewegen und streckt mir das Snowboard entgegen. Ich frage mich, wieso sie mich so fasziniert betrachtet hat. Etwas verwirrt lehne ich ihr Brett neben meines und betrachte es stumm. Es gefällt mir, dass sie sich wie ich für die Variante mit Softboots entschieden hat. Die Schuhe stecken bereits in der Bindung. Intelligente Lösung. Muss ich mir unbedingt merken.

Amy geht zu ihrem Board und streicht mit der Hand darüber. Anscheinend liebt sie ihr Baby so sehr wie ich meins.

»Es sieht toll aus. Was machst du damit?«

Sie dreht sich zu mir und sieht verlegen hoch. »Nicht allzu viel. Ich habe versucht einige Tricks nachzumachen, die ich in *YouTube*-Videos gesehen habe. Das war aber gar nicht so einfach.« Gott sei Dank versteht sie meine Frage, ohne dass ich lange Erklärungen abgeben muss. Ich hasse nichts mehr als das.

Seite an Seite verlassen wir den Schuppen. Ich finde es irgendwie cool, dass Amy sich nicht scheut etwas Neues zu probieren. Nur deshalb mache ich ihr den Vorschlag. Ehrlich. »Wir können gerne gemeinsam ein paar Sachen ausprobieren.« Klang das jetzt nur in meinen Ohren so zweideutig? Besser ich fasele einfach direkt weiter. »Du weißt schon. Eine kleine Sprungschanze bauen, zum Beispiel ... Also nur, wenn du Lust hast ...« Ich überhole sie und gehe schnell weiter in Richtung Haus. Warum zum Teufel renne ich auf einmal so?

»Sehr gerne«, höre ich Amys Stimme von weiter hinten. Ich werfe ihr einen Blick über meine Schulter zu und zwinkere. »Cool.« Danach werde ich langsamer, damit sie zu mir aufschließen kann. »Komm, gehen wir rein, Küken.«

Keine Ahnung, was mich reitet, als ich ihr den Arm über die Schulter lege. Auf der Veranda ziehe ich ihn zurück, denn dieses Mal *will* ich Amy die Tür öffnen. Mit einer kleinen Verbeugung lasse ich ihr den Vortritt.

Die gesunde Luft in Colorado setzt mir eindeutig zu.

Drinnen fühle ich mich sofort zum letzten Aufenthalt in Breckenridge zurückversetzt. Ich muss einige Male schlucken, denn diese Hütte sieht genauso aus, wie unsere damalige. Durch die Einrichtung fühle ich mich an unsere Familienurlaube erinnert. Viele gute, aber auch einige schlechte Erinnerungen prasseln auf mich ein, während ich regungslos stehen bleibe.

Als ich mich wieder einigermaßen unter Kontrolle habe, sehe ich zu Amy. »Wo sind denn alle?«, will ich von ihr wissen.

»Ich schätze oben.«

Ich wackele mit den Augenbrauen. »Mit wem teile ich mir eigentlich das

Zimmer?« Hoffentlich mit Amy. Als hätte sie meine Gedanken gelesen, öffnet sie ihren Mund ein paar Mal, bleibt aber stumm. Ich ziehe mir meine Mütze vom Kopf und werfe sie auf die Couch, um ihr ein wenig Zeit zu geben. Eigentlich habe ich die Hoffnung auf eine Antwort schon aufgegeben und will mich gerade selbst auf die Suche machen, als sie ihre Stimme wiederfindet. Oder so etwas in der Art. »Du schläfst mit Nora in einem Zimmer.«

»Was?«, schreie ich laut. »Das könnt ihr gleich wieder vergessen.« Wütend stapfe ich nach oben. Seit meinem vierten Lebensjahr teile ich mir mit meiner Schwester kein Zimmer mehr und ich werde verflucht noch mal in diesem Urlaub nicht wieder damit anfangen.

»Wer von euch hatte diese Idee?«, schreie ich, während ich wie ein Irrer durch jeden verdammten Raum laufe. Doch die Angsthasen verstecken sich vor mir. Mit grimmigem Gesichtsausdruck öffne ich die Tür zum letzten Zimmer im ersten Stock.

Mat, Logan, Lin und Nora sitzen auf einem großen Doppelbett und starren mir entgegen. Mit dem Finger deute ich auf meine Zwillingsschwester. »Ich werde mir kein Bett mit dir teilen.«

Ihre Stirn legt sich in Falten. »Wieso nicht?«

Ähm. Gute Frage. »Aus Gründen.« Die ich im Moment selbst nicht genau benennen kann.

Mat klatscht in die Hände. »Eine wirklich tolle Erklärung.« Jaja, fall mir nur in den Rücken.

»Was ist, wenn ich ein Mädchen auf mein Zimmer mitbringen will?«, frage ich provokativ in die Runde. Der Grund ist nicht gut, aber zumindest der einzige, der mir gerade einfällt.

»Dann häng halt eine Socke an die Tür«, murmelt Logan. »Machen wir im Studentenwohnheim auch immer so.«

»Igitt«, kreischt Nora. »Dann will ich aber definitiv nicht mehr in diesem Bett schlafen.« Manchmal ist sie echt zartbesaitet. Mat legt beschützend einen Arm um Nora. »Dann schlafe ich eben bei dir. Logan und Even teilen sich ein Zimmer und alle sind glücklich.«

Sicher nicht. Mat ist zwar ein Freund und ich weiß, dass er sowieso viel

Zeit mit Nora verbringt, aber er soll trotzdem seine Flossen von meiner Schwester lassen. »Du wirst nicht mit ihr in einem Bett schlafen«, lasse ich ihn mit bestimmendem Tonfall wissen.

»Irgendjemand muss es aber tun«, motzt sie. »Du tust ja gerade so, als hätte ich …«

»… eine ansteckende Krankheit«, unterbreche ich sie, indem ich den Satz für sie beende. Frustriert fahre ich mit beiden Händen über mein Gesicht. »So ist das doch nicht gemeint, Nora«, entschuldige ich mich sofort. Ich mache mir einfach Sorgen. Und auch wenn Mat kein Aufreißer wie ich ist, traue ich ihm trotzdem zu, dass er in einem schwachen Moment vielleicht etwas tut, was beide später bereuen werden.

Amy macht einen Schritt nach vorne. Ich hatte sie irgendwie ausgeblendet. »Nora kann gerne bei Lin im Zimmer schlafen«, lässt sie uns wissen. »Ich schlafe unten auf der Couch. Das stört mich nicht.« Fasziniert sehe ich sie an. Was das angeht, hat sie sich anscheinend kein Stückchen geändert, denn auch als wir noch jünger waren, versuchte sie immer jede noch so kleine Meinungsverschiedenheit zu schlichten. Es ist irgendwie süß, dass sie das heute auch noch macht.

»Das kann ich nicht annehmen«, meint Nora. »Und er auch nicht.« Mit dem Kopf deutet sie in meine Richtung. Natürlich hat sie recht und ich überlege fieberhaft, wie ich die Sache wieder geradebiegen soll.

Logan stößt mich mit dem Ellbogen an – wann ist er aufgestanden? – und funkelt böse in meine Richtung. »Ich kann mir ein Zimmer mit Amy teilen«, bietet er an. Diese Alternative gefällt mir gar nicht. Dann springe ich lieber über meinen Schatten und teile mir das Zimmer mit Nora.

Gerade als ich meinen Mund öffnen will, beginnt Amy ihren Kopf zu schütteln. »Logan, danke, aber nein.« Danach wendet sie sich an Nora. »Und du kannst mein Angebot ruhig annehmen, ohne ein schlechtes Gewissen zu haben.« Amys Stimme klingt klar und fest, als würde sie uns Anweisungen geben. Auch das erinnert mich an früher, an Situationen, in denen wir anderen uns stritten und alles irgendwie aus dem Ruder zu laufen drohte. Als Amy sich zu mir dreht, sehe ich die gleiche Entschlossenheit wie damals in ihren grünen Augen aufblitzen. »Du kannst das Zimmer haben. Ich würde nur gerne mein Zeug in den Schrank räumen. Aus dem Koffer zu leben mag ich nämlich nicht.«

Ich fühle mich wie hypnotisiert, nicke aber leicht. »Ich kann aber auch unten schlafen«, murmele ich. Irgendwie fühlt es sich nicht richtig an, Amy auf die Couch zu verbannen.

Amy

»Die Couch ist doch viel zu unbequem für dich.« Ich schaue an ihm hoch. Even schiebt sich seine blonden Haare aus den Augen und bringt mein Herz dazu, schneller zu schlagen. Er muss in den letzten Jahren noch ein Stückchen gewachsen sein, denn mein Kopf geht ihm nun nur noch bis zum Kinn. Früher waren wir gleich groß. Auch seine Brust ist breiter geworden, muskulöser, da ist nichts mehr zu sehen von dem Teenager, der er damals war. Mit Grauen denke ich an das Sofa unten im Wohnzimmer. Wie soll er denn bitte auf dieses Ding passen, ohne jeden Morgen mit Rückenschmerzen aufzuwachen? Nein, ich passe viel besser darauf. Solange ich einen Ort habe, an dem ich meine Klamotten unterbringen kann, ist alles in Ordnung.

Logan sieht mich immer noch zweifelnd an, aber ich schüttele nochmals stumm den Kopf, in der Hoffnung, dass er versteht, dass ich kein erneutes Angebot von ihm bekommen möchte. Natürlich habe ich schon oft mit ihm in einem Zimmer geschlafen. Aber ich habe keine Lust, dass Even einen falschen Eindruck von Logan und mir bekommt.

Lin rappelt sich vom Bett hoch und kommt zu Even und mir herübergeschlendert. Einen Arm legt sie mir um die Schulter, bevor sie die Diskussion für uns beendet. »Da das jetzt geklärt ist … wollen wir heute Abend gemeinsam kochen oder gehen wir was essen?«

»Ich wäre für zusammen Kochen.« Mat sieht in die Runde. Ich nicke nur schnell. Von Nora weiß ich, dass Mat – auch wenn er für das Haus nichts zahlt – auf sein Geld achten muss. Seine Eltern haben leider auch nicht so viel Kohle wie die der übrigen Anwesenden. Es muss schön sein, wenn man seinen Weihnachtsurlaub einfach mal aus Daddys Spesenkonto bezahlt bekommt. Ich habe zwar genug Geld geschenkt bekommen, um jeden Abend mit meinen Freunden essen zu gehen, aber gemeinsam kochen macht sowieso viel mehr Spaß.

Even sieht nicht besonders motiviert in die Runde, »Aber nur …«

»… wenn du nicht abspülen musst«, fällt Nora ihm ins Wort und verdreht die Augen. Die beiden kennen sich einfach richtig gut.

Offenbar hat Mat den gleichen Gedanken. »Irgendwie macht es mir Angst, dass du weißt, was Even denkt«, sagt er an Nora gewandt

Nora ignoriert Mat und stemmt die Hände in die Hüften. »Even, wenn wir zusammen kochen, spülen wir auch zusammen ab, du kleiner Macho.«

»Ich bin für Aufgabenteilung«, versucht er sein Glück erneut und richtet seinen Blick auf mich. Warum? Erwartet er Unterstützung von mir? Bestimmt nicht, ich bin ganz Noras Meinung.

»Wenn Mat unbedingt kochen möchte, kann er das ja mit jemandem von euch übernehmen. Zwei kümmern sich jeden Tag um den Abwasch und Amy und ich gehen dafür immer einkaufen, sobald etwas anfällt.« Meine Kinnlade fällt herunter.

Ich und er.

Einkaufen.

Immer.

Nur zu zweit.

Ich weiß nicht, ob dieser Urlaub sich langsam zu einem Glücksgriff oder einem Alptraum entwickelt. Einerseits würde ich gern mehr Zeit mit ihm verbringen, andererseits sollte ich mich besser von Even fernhalten, schließlich hat er meine Gedanken in den letzten Tagen genug beschäftigt. Und schon bei der Begrüßung vorhin, als ich seine Arme an meinem Körper gespürt habe, ist mir ganz heiß geworden. Ich werde ihn den ganzen Tag sehen. Auf der Piste, abends beim Feiern. Ich weiß wirklich nicht, ob ich diese Stunden mit ihm allein dann auch noch brauche. Lin scheint mir meine Zweifel anzusehen und möchte mich mit Sicherheit retten.

»Es gibt eine Spülmaschine in der Hütte, deshalb muss niemand abwaschen. Also brauchen wir auch keine Aufgabenteilung. Wenn jeder seinen

Teller nach dem Essen brav in das Ding räumt, haben wir keinerlei Probleme«, erklärt sie. Dass Lin überhaupt weiß, wie so etwas funktioniert. Bei dem Gedanken daran muss ich schmunzeln. Normalerweise übernimmt das Spülmaschine einräumen mit Sicherheit das Personal für sie.

Erleichtert stoße ich die Luft wieder aus und merke erst in diesem Moment, dass ich den Atem angehalten habe. Was hat Even nur an sich? Erst bekomme ich meinen Mund nicht zu, jetzt höre ich auf zu atmen? Fällt mein Gehirn immer weiter aus, wenn ich noch länger Zeit mit ihm verbringe?

Even sieht zwischen Lin und mir hin und her und ich meine, für einen kurzen Augenblick das Aufflackern von Enttäuschung in seinem Blick gesehen zu haben. Kann das sein? Mein Herz macht einen kleinen Sprung, doch mein Kopf schimpft es sofort aus. Bestimmt habe ich mich getäuscht.

»Okay. Wer geht dann heute einkaufen?« Nora erhebt sich vom Bett und schnappt sich ihren Rollkoffer, der neben dem Schrank steht.

»Viel wichtiger: Was wollen wir essen?«, lacht Mat auf, der es sich immer noch auf dem Doppelbett bequem macht.

»Was Einfaches«, bestimmt Logan. »Nudeln und Tomatensoße oder so. Viel wichtiger ist doch, dass diejenigen, die einkaufen, auch genug Getränke mitbringen.«

»Darüber musst du dir keine Gedanken machen.« Das Grinsen auf Evens Gesicht wird immer breiter. »Ich habe ein paar Spirituosen mitgebracht.«

Logans Mundwinkel wandern belustigt nach oben. »Musste Daddys Bar herhalten?«

Auch Even grinst schelmisch über das ganze Gesicht. »Er ist nicht zu Hause, sondern bei unseren Großeltern in Norwegen und plündert vermutlich Grannys Bar.« Wie gern würde ich auch einmal durch Europa reisen. Verwandte dort zu haben, würde die Umsetzung meines Traums, irgendwann einmal durch Europa zu trampen, wesentlich einfacher machen.

Nora nickt zustimmend. »Das Zeug vermisst er nicht und wir dachten, wenn wir schon außerhalb dieses Hauses an gewisse Getränke nicht herankommen, dann sollten sie zumindest hier vorhanden sein, für den Fall, dass die Ausweise, die Even hat machen lassen, nicht überzeugen.« Sie zuckt mit den Schultern. »Wir wussten nicht, ob ihr an eure gedacht habt.«

»Sicher ist sicher. Kein Silvester ohne Alkohol!« Even hält Logan die Faust entgegen.

»Oder ohne Ladys!«, stimmt Logan ein und streckt seine auch aus.

»Die machen wir auch so klar. Dazu muss ich nicht betrunken sein. Du vielleicht.« Auf Evens Gesicht macht sich ein teuflisches Grinsen breit.

In meinem Herzen sticht es verräterisch. Doch ich versuche, es mir nicht anmerken zu lassen.

»Ich hatte gehofft, wenigstens diese eine Woche könntest du dich mal ein wenig zurückhalten.« Nora geht auf ihren Bruder zu und schlägt ihm auf den Oberarm, bevor sie sich an Logan wendet. »Musst du ihn denn auch immer darin bestärken?« Die beiden grinsen sich nur an und geben keinen Laut von sich.

Lin legt Nora einen Arm um die Schulter. »Du kannst einen Wolf nicht zum Schaf machen. Könnten wir uns jetzt wieder dem Essen zuwenden?« Sie blickt von einem zum anderen. »Also, ich habe nichts gegen Nudeln. Ich bin dafür, dass heute die Jungs einkaufen. Das nächste Mal übernehmen wir Mädels.«

Bevor die Jungs protestieren können, verlassen Nora und Lin fröhlich plaudernd das Zimmer. Ich folge ihnen, um meine Tasche zu holen.

»Und das ist wirklich in Ordnung für dich?« Nora sieht mich immer noch etwas zweifelnd an. »Ich habe keine Ahnung, warum er sich so anstellt«, entschuldigt sie sich für ihren Bruder.

»Ja, alles gut. Mir macht es nichts aus, die Couch zu nehmen. Ich könnte mich natürlich auch zwischen euch quetschen«, sage ich und zwinkere Lin zu, die sofort die Augen aufreißt.

Von meinen früheren Besuchen bei ihr weiß ich, wie viel Platz sie zum Schlafen braucht. Wenn Nora nur ein Viertel des Bettes bekommt, hat sie Glück. »Keine Angst, ich schlafe unten. Und ein Plätzchen für meine Sachen habe ich ja drüben im Zimmer.«

»Wir könnten auch versuchen dir ein wenig Platz in unserem Schrank freizumachen.« Bei Lins Kommentar muss ich lachen. Denn eins bin ich mit Sicherheit nicht: auf den Kopf gefallen. Ich kenne Nora und Lin lange genug, um zu wissen, dass die beiden bei weitem mehr Klamotten eingepackt haben, als ich für drei Wochen mit auf eine Urlaubsreise nehmen würde. Wenn sie genug Platz im Schrank haben, um ihr eigenes Zeug unterzubekommen, können sie sich glücklich schätzen.

»Nein, nein. Ist schon gut. Ich vermute mal, dass Even nicht genug dabeihat, um den Schrank drüben zu füllen. Da passen meine Sachen noch rein.« Ich schnappe mir meine Tasche und gehe zurück in das Zimmer, das ich eben verlassen habe.

Mat und Logan sind mittlerweile verschwunden, denn ich treffe Even allein an. Da er die Mütze unten auf die Couch geschmissen hat, kann ich seine Frisur – wenn man das überhaupt so nennen kann – genauer bewundern. Seine blonden Haare sind einen Tick zu lang, denn sie locken sich bereits leicht am unteren Ende. Unsere Kinder hätten später also auch Locken.

Ich schlucke hart. Das habe ich jetzt nicht wirklich gedacht. Schnell wende ich mich von ihm ab und gehe zum Schrank, um die Sachen hineinzuräumen.

»Rechts oder links?« Fragend drehe ich mich zum Bett um, auf dem Even es sich inzwischen bequem gemacht hat, und ertappe ihn doch wirklich dabei, wie er mich ungeniert von oben bis unten mustert. Schon wieder schleicht sich diese verräterische Röte in mein Gesicht.

»Wie rechts oder links?« Es ist süß, wie er die Stirn runzelt. »Übernachtest du doch nicht unten?«, fragt er mit rauer Stimme. Erschrocken sehe ich ihn an und stammele nur: »Ich ... meinte eigentlich den Schrank ... welche Fächer du für dich haben möchtest.«

Er zuckt mit den Schultern und grinst mich an. Was für ein Lächeln. Meine Knie werden weich. Kein Wunder, dass ihm nicht viele Mädchen widerstehen können. Wie viele ihm wohl schon das Bett gewärmt haben?

»Wäre übrigens kein Problem. Such dir einfach ein paar Fächer aus, ich nehme die, die noch übrig sind.«

»Okay.« Ich versuche mich auf meine Klamotten zu konzentrieren, doch schon nach einer Minute zerrt die Stille im Raum an meinen Nerven. »Wo studierst du jetzt eigentlich?«

»In LA.« Natürlich weiß ich das schon von *Facebook*. Aber ich hatte gehofft, dass er etwas mehr erzählt, als meine Frage nur knapp zu beantworten. Vor allem, da ich mich ebenfalls dort am College beworben habe.

»Und gefällt es dir da?«, versuche ich das Gespräch weiter in Gang zu bringen, während ich meine Unterwäsche in das oberste Fach lege. Zum Glück habe ich meine feinen Spitzensachen eingepackt und nicht nur die Sportunterwäsche. Jetzt, wo die Sachen hier direkt neben seinen Klamotten liegen.

»Ja, kann nicht klagen.« Da er immer noch kurz angebunden ist und sich in meiner Tasche keine weiteren Kleidungsstücke befinden, die ich noch in den Schrank räumen könnte, drehe ich mich um und gehe in Richtung Tür.

»Wo willst du hin?«, kommt es da vom Bett. Seinen Tonfall kann ich nicht wirklich deuten.

»Wieder rüber zu Nora und Lin?« Even verunsichert mich so sehr, dass meine Antwort nun wie eine Frage klingt. »Du scheinst ja momentan nicht für ein Gespräch aufgelegt zu sein.« Dann gehe ich schnellen Schrittes aus dem Raum hinüber ins Mädchenzimmer.

Mühsam kann ich den Impuls unterdrücken, die Tür hinter mir zuzuwerfen und mich daran hinabsinken zu lassen. Aber das wäre wohl wirklich zu theatralisch. Lin hat mich ja nicht ohne Grund ermahnt, ich sollte besser niemanden meine Gefühle spüren lassen. Erst recht nicht Nora.

»Wie weit seid ihr?«, frage ich stattdessen die Mädels und sehe auf den Tisch, der vor Make-up, Deo, Haarspray und Ähnlichem überquillt.

Lin folgt meinem Blick, lächelt, schnappt sich eine Spange und steckt mir den Pony zur Seite.

»Wenn du mal was brauchst, scheu dich nicht und bedien dich. Habe ich kein Problem mit. Ich bin fertig.«

»Ich auch.« Nora schiebt uns beide aus dem Zimmer. »Ich glaube, wir sollten jetzt mal raus an die frische Luft und schauen, was hier sonst noch so los ist.«

»Wir sind mal weg. Viel Spaß beim Einkaufen«, ruft Lin noch in den Flur und dann machen wir drei uns auf den Weg in das kleine Städtchen Breckenridge.

Even

Schneller als Speedy Gonzales verlässt Amy den Raum. Perplex starre ich ihr hinterher. Was war das denn? Sonst haben die Frauen doch auch kein Problem damit, dass ich nicht gerade viel rede. Das übernehmen meistens sie und ich blende ihr Gequatsche meistens einfach aus. *Never change a running system.*

Ich rappele mich hoch und öffne den Kleiderschrank. Genau in Augenhöhe hat Amy ihre Unterwäsche deponiert. Leider keine Micky Maus-Unterhosen, sondern wirklich heiße Teile. Will mich dieses Mädchen foltern?

Ein gequältes Stöhnen entringt sich meiner Brust. Jedes Mal, wenn ich sie sehe, werde ich mich fragen, welches Wäscheset sie wohl unter ihrer Kleidung trägt. So schnell wie möglich stopfe ich mein Zeug in den Schrank und schließe ihn wieder. Mit meinem Kopf lehne ich mich gegen das dunkle Holz und atme einige Male tief ein und wieder aus.

Danach torkele ich zurück zum Bett und lasse mich darauf fallen. Meine Hand lege ich mir über die Augen, bis Lins unverwechselbare Stimme durch die Tür dringt. »Wir sind dann mal weg. Viel Spaß beim Einkaufen.«

»Okay«, murmele ich mir selbst zu. Es ist Zeit, Logan und Mat ein wenig mit meiner Anwesenheit zu beglücken. Mit überkreuzten Beinen lehne ich mich gegen den Türrahmen ihres Zimmers und räuspere mich einige Male. »Hey. Sollen wir einkaufen gehen?«

Logan grinst mir entgegen. »So folgsam kenne ich dich gar nicht«, zieht er mich auf.

»Ich habe Hunger«, brumme ich.

Die beiden rappeln sich zwar auf, aber Mat sieht nicht gerade motiviert aus. »Dann mal los«, grummelt er lustlos. Hey. *Er* wollte doch unbedingt kochen. Aber das halte ich ihm besser nicht vor.

Ich mache einen Schritt nach hinten, um die Tür nicht länger zu blockieren. Logan und Mat kommen Seite an Seite auf mich zu. Keiner weicht ein Stück zurück. Das kann nicht gut gehen. Die beiden versuchen sich gleichzeitig nach draußen zu quetschen, doch dafür sind ihre Schultern einfach zu breit. Ich richte meinen Blick kurz gegen die Decke, bevor ich mich umdrehe und ihnen nach auf die Stufen zugehe.

Unten angekommen, bin ich ein wenig enttäuscht. Irgendwie hatte ich gehofft, Amy wäre noch hier. Innerlich verdrehe ich die Augen über mich selbst. Ich muss mich dringend ablenken. Ich hole mir meine Mütze von der Couch, dann laufe ich an meinen Freunden vorbei, über die Verandastufen nach unten und schnurstracks auf mein Auto zu. Mit der Fernbedienung entriegele ich es und schnappe mir meine Snowboardjacke.

»Sollen wir nicht mit dem Wagen fahren?«, rufe ich Logan und Mat zu, die vor dem Haus stehen und keine Anstalten machen, ins Auto zu steigen.

»Nee, lass uns zu Fuß gehen.« Meinetwegen. Ich nicke und gehe zu den Jungs zurück.

»Kennt ihr den Weg noch?«, will Logan wissen.

Mat wedelt mit seiner Hand unbestimmt herum. »Ich glaube einfach immer geradeaus.« Ich würde auch dann niemanden nach dem Weg fragen, wenn wir keine Ahnung hätten. Es ist aber auch wirklich nicht viel los in der Feriensiedlung. Entweder verstecken sich alle Urlauber in ihren Hütten oder sie befinden sich auf der Piste.

»Denke ich auch«, stimme ich zu und gehe einfach los. Wir wohnen etwas außerhalb von Breckenridge, dafür sehr nahe an der Liftstation. Ich hatte ganz vergessen, dass der Ort eigentlich ganz okay ist. Auch die Aussicht, morgen Abend mit dem Board direkt bis zur Haustür fahren zu können, hebt meine Laune erheblich.

Nachdem wir die Hütten hinter uns gelassen haben, gehen wir neben der Straße her in die Richtung, in der wir die Stadt vermuten. Nach einer Viertelstunde weiß ich alles über Mats und Logans Zeit an den jeweiligen Unis und dass beide, so wie ich, nicht an festen Beziehungen interessiert sind. Da ich wirklich nicht der Typ für viele Worte bin, fühle ich mich richtig erleichtert, als endlich der Supermarkt auftaucht.

Drinnen schnappt Mat sich einen Einkaufswagen und plündert die Gemüseabteilung.

»Was willst du mit dem Löwenzahn?«, frage ich ihn und starre auf die Salatpackung.

»Kannst du nicht lesen?« Logan lacht laut los. »Da steht Rucola drauf.«

Ich nehme die Verpackung in die Hand und mustere sie genauer. »Sieht trotzdem aus wie Löwenzahn.«

Mat findet meinen Spruch nicht besonders witzig. »Den mache ich als Beilage zu den Nudeln«, meint er nur. Logan beobachtet Mat dabei, wie er immer mehr Grünzeug in den Wagen lädt. Das ist echt nicht mein Ding, also sage ich kurz »Ich gehe mich mal umsehen« und verschwinde. Vorn bei den Cornflakes habe ich ein hübsches Mädchen gesehen, das ich aus der Nähe betrachten muss. Das ist schon eher *mein Ding.*

Sie starrt mit angestrengtem Gesichtsausdruck auf eine Packung mit Zerealien, als ich mich neben sie stelle und so tue, als gäbe es nichts Interessanteres, als die verschiedensten Cornflakes-Packungen miteinander zu vergleichen.

Nach einer Weile bemerke ich, wie sie mich verstohlen mustert. Mit einem Lächeln im Gesicht drehe ich mich zu ihr. »Wo hast du die her? Genau diese Sorte suche ich verzweifelt.«

Sie zuckt kurz zusammen.

»Nimm sie ruhig.« Das fremde Mädchen reicht mir lächelnd ihre Cornflakes. Natürlich berühre ich – ganz unabsichtlich – ihre Fingerspitzen und streichele sanft darüber.

»Danke«, raune ich mit tiefer Stimme. »Weißt du, wo man hier abends gut feiern gehen kann?«, frage ich sie dann.

Ein Lächeln schleicht sich auf ihr Gesicht. »In der Talstation der Seilbahn gibt es immer tolle Après-Ski-Partys«, teilt sie mir stolz mit. Auf dieses Wissen muss sie sich nichts einbilden. Ich habe auf dem Weg hierher schon Plakate gesehen.

»Vielleicht sehen wir uns …«

»Da bist du ja!«, unterbricht uns Amy und strahlt mich an, als wäre ich ein berühmter Rockstar. Das Lächeln kann ich gerade nicht wirklich erwidern, denn sie versaut mir die Tour.

Amy streckt dem anderen Mädchen die Hand entgegen. »Amy. Ich bin gemeinsam mit Even hier.« Für mich klingt das, als würden wir einen Pärchenurlaub machen. Trotzdem verbessere ich sie nicht, denn sie hat ja recht. Wir sind gemeinsam hier, teilen uns eine Hütte und in gewisser Weise auch ein Zimmer.

»Ähm. Hallo«, stottert mein Ex-Urlaubsflirt. »Sorry, ich muss jetzt weiter.« Sie dreht sich um und geht mit schnellen Schritten auf den Ausgang zu.

»Was sollte das?«, knurre ich.

Amy zuckt zusammen und sofort bereue ich meinen harschen Tonfall. »Ich ... ähm ... wollte mich nur vorstellen?«

Ich seufze laut auf. »In Ordnung, Küken. So bist du eben.«

Sie legt ihren Kopf in den Nacken und blickt mir aus ihren großen grünen Augen entgegen. »Wie bin ich?«

»Freundlich. Zuvorkommend.« Mit meinem Finger stupse ich ihre gegen die Nasenspitze. »Und man kann dir nicht böse sein, weil du so verdammt süß bist.« Vor allem, da sie gerade eine Mütze mit einem Riesenbommel auf dem Kopf trägt.

»Was machst du hier?«, frage ich sie.

Sie senkt den Blick auf den Boden und spricht mit meinen Füßen. »Ich wollte nur kurz Kaugummi kaufen.«

Ich greife nach ihrem Kinn und zwinge sie mich anzusehen. »Dann gehen wir mal deine Kaugummis holen und suchen danach die anderen. Wo sind überhaupt Nora und Lin?«

»In einem Café um die Ecke. Eigentlich wollte ich auch gleich dahin.«

Mat und Logan biegen mit einem vollbeladenen Einkaufswagen um die Ecke. »Amy«, begrüßt Logan sie freudig und legt seinen Arm und ihre Schulter. »Hattest du schon Sehnsucht nach mir?«

Mit gerunzelter Stirn beobachte ich die beiden. Sie wirken sehr vertraut miteinander. Sehen sie sich öfter?

»Träum weiter«, meint Amy kichernd, während sie Logans Arm abschüttelt.

»Unser Küken ist gegen meinen Charme immun.« Er zwinkert mir zu. Vielleicht sollte ich mal testen, wie es mit meinen Flirtkünsten aussieht. Ob sie mich ebenfalls abblitzen lässt?

Ich zeige auf die Kasse. »Lasst uns bezahlen.« Mat schiebt den Wagen an mir vorbei und Logan folgt ihm. Als Amy an mir vorbeigeht, versuche ich mein Glück und lege meinen Arm über ihren Rücken. Mit großer Genugtuung bemerke ich, dass sie meine Hand nicht zu stören scheint. Sanft schiebe ich sie weiter.

Mat räumt bereits die Einkäufe aufs Band, während Logan geistesabwesend in den Ausschnitt der Kassiererin starrt. Mit einem leichten Schlag auf seinen Oberarm lasse ich ihn wissen, dass er das lassen soll. Amy muss ja nicht unbedingt wissen, was für hormongesteuerte Idioten wir sind. Obwohl ich annehme, dass wir das bis jetzt nicht sonderlich gut verborgen haben.

Ich beuge mich zu Amy und flüstere ihr ins Ohr: »Such dir eine Packung aus.« Sie dreht ihren Kopf zu mir und blinzelt ein paar Mal, als würde sie mir nicht ganz folgen können. »Die Kaugummis«, präzisiere ich meine Worte.

Mit zittrigen Händen greift sie sich eine Packung und legt sie zu den restlichen Sachen. Logan und Mat packen alles in Tüten und ich halte der netten Dame mit dem hübschen Dekolleté meine Amex-Karte entgegen. Ich kann verstehen, wieso Logan sich nicht von dem Anblick losreißen konnte.

Mats Stirn legt sich in Falten. »Wollen wir den Einkauf nicht gemeinsam bezahlen?«

»Nope«, erwidere ich. »Das ist mein Weihnachtsgeschenk an euch alle.« Ist mir lieber, als irgendeinen Mist zu besorgen.

»Heißt das, du hast dich mal wieder gedrückt?«, fragt Logan prompt. Wir schicken uns an Weihnachten eigentlich immer Kleinigkeiten zu. Ich kann mich gar nicht mehr erinnern, wann wir damit angefangen haben, uns gegenseitig zu beschenken. Und wann ich als Einziger damit aufgehört habe, weiß ich auch nicht.

Auch Mat funkelt mich böse an. »War ja klar, dass du keine Geschenke mitbringst.«

»So stimmt das auch wieder nicht. Amy bekommt Kaugummis.« Ich drehe mich zu ihr um und strahle sie an. »Fühl dich geehrt. Du bist der einzige Mensch, der in diesem Jahr ein Geschenk von mir bekommt.«

3.

26. Dezember (Abend)

Amy

»Das war wirklich lecker.« Even nickt Mat anerkennend zu. »Ich hätte nicht gedacht, dass du so gut kochen kannst.« Er fährt sich lässig durch die Haare, bevor er zugibt: »Ich kann nur ein einziges Nudelgericht zubereiten.« Jeder andere wäre vermutlich verlegen, aber Even sagt das so, dass ich mir sofort wünsche, er würde genau dieses eine Gericht für mich kochen.

»Mich wundert, dass du das überhaupt hinbekommst. Du weißt doch nicht mal, wie man ohne Wasserkocher einen Tee zubereitet«, erwidert Nora lachend und streckt ihrem Bruder die Zunge raus.

»Heißes Wasser. Direkt aus der Leitung?«, antwortet er grinsend. »Aber ist doch egal. Wer will auch schon Tee trinken?« Er verzieht das Gesicht, als hätte er in eine Zitrone gebissen.

»Also ich trinke schon gerne mal einen«, flüstere ich mehr, als dass ich es sage, doch Even sieht mich sofort aufmerksam an.

»Echt jetzt?«, fragt er mit einem Stirnrunzeln.

Ich zucke mit den Schultern und sehe unschlüssig in die Runde. Seit wann interessiert er sich dafür, was ich mag?

»Sollten wir nicht langsam die Geschenke verteilen?«, wechselt Mat das Thema. »Auch wenn der hier«, er nickt in Evens Richtung, »sich mal wieder gedrückt hat.« Lin verdreht ihre Augen. Vermutlich hat sie schon damit gerechnet.

»Even ...« Nora sieht ihren Bruder enttäuscht an.

»Ach, kommt«, sagt er abwehrend. »Ich erwarte ja auch nicht, dass ihr mir was schenkt.« Natürlich wissen wir das. Aber die Hoffnung stirbt zuletzt. »Dafür habe ich das Essen bezahlt«, setzt er noch hinterher.

»Lass ihn, Nora. Even ist eben Even«, bringt Lin lachend hervor, steht dann auf und geht die Treppe hoch. Ich folge ihr und gehe in Evens Zimmer, um die Geschenke für die anderen aus meiner Tasche zu holen. Als ich die fünf kleinen Päckchen in die Hand nehme, stiehlt sich ein Lächeln auf mein Gesicht. Ich habe es mir zur Angewohnheit gemacht, jedes Jahr eine Kleinigkeit selbst zu basteln, um den anderen damit eine Freude zu machen. Dieses Mal bekommen alle einen Schlüsselanhänger mit Fotos. Es ist auch eins dabei, das in unserem letzten gemeinsamen Urlaub entstanden ist. Ich sehe noch schnell auf mein Handy, was den ganzen Tag über hier oben an der Steckdose hing, und lasse mich aufs Bett fallen, als es mir fünf unbeantwortete Anrufe von Jamie anzeigt. Außerdem eine *WhatsApp*-Nachricht.

Ich hoffe, bei dir ist alles in Ordnung, mein Darling. Du hast dich überhaupt nicht gemeldet. Bitte schreib mir wenigstens kurz, wenn du das liest. Ich mache mir wirklich Sorgen. Ich liebe dich unendlich.

Ich stöhne auf und reibe mir mit der freien Hand über die Augen. So ein Mist. Ich hatte ihm doch versprochen Bescheid zu geben, wenn ich heil angekommen bin. Und kaum bin ich hier, vergesse ich, dass ich einen Freund habe. Ich habe mir keine Gedanken darüber gemacht, dass er sich Sorgen um mich machen könnte. Nein, ich habe überhaupt nicht an ihn gedacht. Das schlechte Gewissen kriecht in mir hoch und ich würde es so gern aufhalten, denn unten warten meine Freunde auf mich. Heute will ich einfach nur mit ihnen Weihnachten feiern. Aber wenigstens eine kurze Nachricht muss ich Jamie schicken.

Hey Schatz!

Ich lese die zwei Wörter und lösche sie gleich wieder. Irgendwie fühlen sie sich falsch an. Erstens, als würde ich ihm einen Brief schreiben. Und zweitens auch gleich noch der falschen Person. Sofort tritt das Bild eines anderen vor mein inneres Auge.

Ich wage einen neuen Versuch.

Hey Jamie!

Ach, am besten lasse ich die Begrüßung einfach weg. Mache ich doch sonst auch immer so.

Ich bin gut angekommen und es tut mir leid, dass ich mich nicht sofort gemeldet habe. Hier war einfach ständig was los. Sei mir nicht böse. Ich melde mich die Tage bei dir. Wir wollen jetzt noch Weihnachten nachfeiern.

Schnell schicke ich die Nachricht ab. Erst, als ein »Zugestellt« auftaucht, merke ich, dass ich auch kein »Hab dich lieb« unter meine Nachricht gesetzt habe. Aber jetzt noch eins nachzuschicken ist auch albern, also stecke ich das Handy einfach in die Seitentaschen meines Shirtkleides.

Even steht in der Tür, beide Arme an die Türpfosten gelehnt, sodass ich nicht hindurchgehen kann, ohne mich an ihm vorbeizuquetschen.

»Alles gefunden?«, möchte er wissen.

»Ja, habe ich. Möchtest du deins schon haben?«

Er schüttelt nur den Kopf und sieht mich durchdringend an, ohne auch nur ein Wort zu sagen.

»Was machst du eigentlich hier? Ich dachte, du hast keine Geschenke für uns besorgt.«

»Vielleicht wollte ich einfach nur sichergehen, dass du den Weg nach unten auch wiederfindest.« Er zwinkert mir zu und sein Lächeln ist nicht nur in seinem Gesicht zu sehen, sondern auch in seiner Stimme zu hören. Eine Gänsehaut macht sich langsam auf meinem Körper breit und ich weiß nicht, wie ich reagieren soll, also trete ich einen Schritt zurück, um etwas Distanz zwischen uns zu bringen.

»Eigentlich bin ich schon groß, weißt du?«, kommt es erstickt aus meiner Kehle. Irgendwie untergräbt das meine eigenen Worte direkt wieder.

»Das ist mir schon aufgefallen.« Ziemlich offensichtlich lässt er seinen Blick über meinen Körper schweifen. Verdammt, warum macht er so was? Er bringt mich total aus dem Konzept. Ich schlucke trocken und möchte mich am liebsten an ihm vorbeidrängeln, um so schnell wie möglich nach unten zu verschwinden, und doch rührt sich mein verräterischer Körper kein Stück.

Even hingegen macht einen Schritt nach vorn und schon ist der Abstand, den ich eben geschaffen habe, wieder dahin. Ich schlucke erneut und hebe meinen Kopf, damit ich ihm besser ins Gesicht sehen kann.

»Amy? Alles okay?« Lin steht plötzlich hinter Even und sieht zwischen uns hin und her. Von ihren Worten aus der Trance gerissen, in die Even mich mit seinem begehrlichen Blick gezogen hat, schlage ich meine Augen nieder und gehe an ihm vorbei zu Lin.

»Ja, alles in Ordnung. Wollen wir?« Sie sieht wieder zu Even hinüber, nimmt mich dann aber an die Hand und geht mit mir hinunter zu den anderen.

Even

»Verdammt«, murmele ich leise. Ich schließe die Tür hinter mir und lehne mich mit geschlossenen Augen dagegen. »Was machst du, Even? Ihr seid Freunde.« Und jetzt führe ich auch noch Selbstgespräche. Perfekt.

Mein Herz klopft immer noch schneller. Ganz sicher deshalb, weil Lin mich mit ihrem plötzlichen Auftauchen so erschreckt hat. Kopfschüttelnd setze ich mich aufs Bett. Mit der Hand taste ich nach meiner Tasche, die ich nach dem Einkaufen unachtsam darunter gestopft habe. Als ich den rauen Stoff erfühle, ziehe ich sie zu mir. Da drinnen liegt es. Amys Geschenk. Und damit meine ich nicht die Kaugummis.

Nachdem Mat, Logan, Amy und ich gemeinsam das Geschäft verlassen hatten, konnte ich mich nicht zurückhalten Amy zum Café zu begleiten. Logan und Mat haben sich in der Zwischenzeit auf den Heimweg gemacht. Um noch etwas Zeit totzuschlagen, bin ich in ein Geschäft gegangen und habe mich umgesehen. Mit verheerenden Folgen, wie man sieht.

Ich kann mich nicht dazu überwinden, das Geschenk mit nach unten zu nehmen. Also stehe ich auf und lege es in Amys Fach. Das unter ihrer Unterwäsche, damit das Paket in Augenhöhe ist und sie es direkt sieht, wenn sie den Schrank öffnet. Als ich in der Tür stehe, werfe ich noch einen Blick zurück, gehe dann aber nach unten zu den anderen.

Sie sitzen alle im Wohnzimmer, verteilt auf sämtliche Sitzgelegenheiten. Mat und Nora auf der Couch, Logan und Amy auf dem Boden und Lin im Fernsehsessel. »Habt ihr schon eure Geschenke getauscht?«, frage ich.

Sie schütteln den Kopf. Amy sieht zu mir hoch. »Wir wollten auf dich warten.« Das hätten sie nicht tun sollen, denn jetzt fühle ich mich wie der letzte Arsch auf Erden. In den vergangenen Jahren war es nicht schwer, dieses Gefühl zu verdrängen, da die Geschenke per Post kamen. Doch in die Gesichter meiner alten Freunde zu sehen, im Wissen darum, der Einzige zu sein, der sich keine Gedanken gemacht hat, ist irgendwie ... blöd.

Ich lasse mich neben Amy auf den Boden fallen.

»Dann mal los«, gibt Nora den Startschuss.

Vor mir habe ich drei kleine Päckchen liegen. Nora hat mir ihres bereits am Weihnachtsmorgen gegeben. Im Moment frage ich mich aber nur, was in der Verpackung ist, die mir Amy gerade in die Hand gedrückt hat.

»Danke, Küken!« Meine Stimme klingt seltsam belegt. Um davon abzulenken, beginne ich sofort das Klebeband zu lösen. Ich muss wissen, was sich darin befindet. Auch die anderen öffnen ihre Geschenke. Das kann ich hören, aber ich konzentriere mich ganz auf mich selbst.

Als ich einen Foto-Schlüsselanhänger in der Hand halte, erstarre ich. Auf einer Seite befindet sich ein Bild von Amy und mir. Es muss beim letzten gemeinsamen Urlaub, den ich hier mit meinen Eltern verbracht habe, aufgenommen worden sein.

Die guten Momente meines letzten Aufenthaltes habe ich offensichtlich ebenso verdrängt wie die schlechten. Mit einem fetten Grinsen im Gesicht halte ich Amy auf dem Schnappschuss mit einer Hand an der Schulter fest und stopfe mit der anderen Schnee in ihre Kapuze. Ach du Scheiße. Wann habe ich eigentlich aufgehört Spaß an solchen albernen Aktionen zu haben und damit begonnen, mich wie ein Idiot aufzuführen?

»Du musst ihn nicht nehmen, wenn er dir nicht gefällt«, höre ich Amy sagen, doch ich kann nicht antworten. Nicht ein Wort verlässt meinen Mund. Stattdessen drehe ich den Schlüsselanhänger in meinen Händen, um das zweite Foto anzusehen. Amy steht verhüllt in einen Neoprenanzug auf einem Surfboard und strahlt in die Kamera.

»Ich ... ich dachte, es könnte dir gefallen. Du surfst doch auch. Nicht wahr?«

»Ja«, antworte ich ihr einsilbig und starre eine Ewigkeit auf mein Geschenk. Das Schlimmste ist, dass ich spüre, wie Amy mich beobachtet und auf eine Reaktion wartet. Endlich kann ich meinen Blick von dem Bild lösen. Da ich aber immer noch nicht fähig bin etwas zu sagen, plappert Amy einfach los. »Ich war bisher ja leider nur einmal an einem Strand. Aber ich habe mich für so ziemlich jedes College in Kalifornien beworben, um das zu ändern.«

Sie. Wird. Ab. Herbst. Im. Gleichen. Bundesstaat. Wie. Ich. Studieren!

Fest umschließe ich den Schlüsselanhänger mit meiner Hand. *Bekomm endlich deinen Mund auf!* »Das ist toll, Amy. Wirklich. Und danke für das Geschenk.«

»Du musst ihn wirklich nicht an deinen Schlüsselbund hängen. Aber ich dachte, wenn er dir zufällig mal ins Auge springt, dann denkst du vielleicht an mich und meldest dich.« Sie zuckt mit den Schultern. »Zumindest hin und wieder.«

Super. Jetzt fühle ich mich noch schlechter als vorhin. Verlegen weiche ich ihrem Blick aus, da ich nicht will, dass sie das schlechte Gewissen in meinen Augen sieht. Amy schickt mir öfter mal Nachrichten per *WhatsApp*. Früher hat sie mich noch gefragt, wie es mir geht, aber ich habe nie zurückgeschrieben. Heute schickt sie mir nur noch ab und an irgendwelche Bilder, die zugegebenermaßen meistens richtig witzig sind. Und ich Arsch antworte nur ungefähr jedes zehnte Mal mit einem Lachsmiley.

Bisher habe ich mir keine Gedanken über mein Verhalten gemacht. Bei Lin mache ich es ja auch nicht anders. Irgendwie waren die beiden in den letzten

Jahren nur die nervigen Freundinnen meiner Schwester. Dabei habe ich vergessen, dass ich selbst mal jede Menge Spaß mit ihnen hatte. Früher, als ich noch etwas anderes unter dem Wort verstanden habe, als mit irgendwelchen gesichtslosen Blondinen durch die Betten zu springen.

Ich stopfe den Schlüsselanhänger in meine Hosentasche. »Das werde ich. Versprochen.«

Ohne sie noch mal anzusehen, greife ich nach den anderen Geschenken. Ich bemerke, dass Lin mich beobachtet. Bis eben hatte ich die anderen komplett ausgeblendet. Sieht sie mich schon die ganze Zeit so forschend an?

An Lin gewandt frage ich: »Ist das von dir?« Ohne lange zu fackeln, zerfetze ich das Papier. Sie hat mir eine Weihnachtskarte geschenkt. Ich öffne und lese sie. »Gutschein für einen guten Ratschlag« steht in ihrer schwungvollen Handschrift darin. Verwundert schaue ich sie an und sie zwinkert mir zu.

Amys Kichern dringt an mein Ohr und ich drehe mich zu ihr um. Multitasking ist echt nicht meine Stärke. Sie hält weiße *Converse*-Schuhe, einige bunte Stifte sowie Schablonen in den Händen.

Mit fragendem Blick sehe ich zu Logan. »Mit den Stiften kann Amy die Schuhe selbst verzieren. Oder auch andere Kleidungsstücke«, erklärt er mir.

Wieso zum Teufel besorgt er ihr so ein teures – und zugegebenermaßen ziemlich kreatives – Geschenk? Steht er auf unser Küken? Immerhin war er laut Noras Erzählungen sofort Feuer und Flamme, was diesen Urlaub angeht. Was ist, wenn er ihn nur macht, um Amy rumzukriegen? Das kann ich nicht zulassen.

Als sich Amy dann auch noch vorbeugt, um Logan einen Kuss zu geben, springe ich auf und strecke ihr die Hand entgegen. Es ist mir egal, was die anderen über mich denken.

Verwundert blinzelt Amy mich an.

»Kannst du mir helfen die Getränke aus dem Wagen zu holen? Nicht, dass sie noch einfrieren.« *O Mann, als könnte das bei Wodka passieren!*

»Gern.« Sie ergreift meine Hand und ich ziehe sie mit einem Ruck hoch. Als wir uns gegenüberstehen, sehe ich ihr tief in die Augen. Danach wandert mein Blick weiter zu ihren Lippen.

»Ist ja klar, dass du nur wieder Alkohol im Kopf hast«, murrt Nora. Oh, wenn sie wüsste, was darin gerade vorgeht, würde sie mich niemals mehr mit Amy allein lassen. Ich schüttele leicht den Kopf. Ist jetzt auch egal, denn meine Schwester hat erfolgreich den Moment gekillt. Mit zusammengebissenen Zähnen beobachte ich Amy stumm dabei, wie sie Logan ein hinreißendes Lächeln schenkt. »Danke«, haucht sie.

Bevor sie noch auf die Idee kommt, sich ausführlicher zu bedanken, verschränke ich unsere Hände miteinander und ziehe sie hinter mir her nach draußen. Von drinnen höre ich noch leise Mats Stimme. »Was war das denn gerade?«

Das frage ich mich allerdings auch. Wütend auf mich selbst stapfe ich zum Wagen und lasse Amys Hand los, als hätte ich mich daran verbrannt.

Im Kofferraum habe ich eine Kiste mit verschiedenen Flaschen und Getränkekartons deponiert. Wodka, Rum, Wein, Sekt, Säfte und Getränke zum Mixen. Eigentlich hätte ich die Sachen auch allein holen können. Jetzt wird mir die Sinnlosigkeit meiner Aktion noch einmal so richtig bewusst.

Amy folgt mir stumm zum Wagen. Vermutlich verwirren sie meine wechselnden Launen total. Gerade als ich mich in den Kofferraum beuge, höre ich gedämpfte Technobeats, die immer näher kommen. Mit dem Alkohol in der Hand drehe ich mich nach dem Lärm um und beobachte, wie ein Auto schräg gegenüber einparkt.

Die miese Musik verstummt und drei Mädchen steigen aus. Sie öffnen die Kofferraumklappe und starren in das Innere des Wagens. Da ich mich nicht sonderlich für andere interessiere, wende ich mich ab.

»Kannst du mal den Autoschlüssel aus meiner Hosentasche fischen?«

»Ähm.« Amy läuft rot an.

»Jetzt zier dich nicht so. Diese Kiste ist schweißschwer«, fahre ich sie unnötigerweise an. Mir ist doch echt nicht mehr zu helfen.

»Schon gut.« Sie macht einen Schritt auf mich zu und schiebt ihre Hand in meine Gesäßtasche. Vielleicht hätte ich mich präziser ausdrücken sollen.

»Nein, vorne«, raune ich und ihre Hände machen sich tastend auf die Suche.

Leider werden wir unterbrochen. »Könntest du uns bitte kurz helfen?«, höre ich eine nervige Frauenstimme hinter mir.

Ohne mich umzudrehen, stöhne ich frustriert auf. »Nein.«

Amy pikst mir mit dem Finger gegen die Brust, nachdem sie das Auto wieder verschlossen hat, und sieht danach über meine Schulter zu dem Mädchen. »Womit können wir euch behilflich sein?«

»Wir haben etwas Schweres im Kofferraum und schaffen es bestimmt nicht bis zur Hütte.«

Ich verdrehe meine Augen. »Natürlich.« Amy drücke ich den Karton mit den Getränken in die Hand. »Geh schon mal rein, Honey.« Erst dann wende ich mich halb der fremden Blondine zu. Amy wirkt unschlüssig, folgt dann aber meiner Aufforderung.

Seufzend schlendere ich dem Mädchen hinterher zu ihren Freundinnen. Im Kofferraum steht eine riesige schwarze Truhe. »Ach du Scheiße. Was ist da denn drin?« Bitte keine Leiche.

Kichernd öffnet eine weitere Blondine den Deckel, unter dem unzählige Flaschen Bier zum Vorschein kommen. Ich habe jetzt zwei Möglichkeiten: Entweder ich schleppe mit den Mädels die Truhe in die Hütte und weiß, wo ich die nächsten Tage über immer Alkohol finde, oder ich gebe mich mit dem zufrieden, was ich habe und kümmere mich nicht weiter darum. Schwierige Entscheidung.

Ich greife in die Kiste und schnappe mir ein paar Flaschen. »Seht gut zu«, sage ich zu den Mädels. Irgendwie schaffe ich es, mit jeder Hand drei festzuhalten.

»Mit diesem Trick«, ich strecke meine Hand demonstrativ in die Luft, »könnt ihr immer sechs Flaschen auf einmal in eure Hütte tragen. Danke für die Spende und gute Nacht.«

Dann drehe ich mich um und lasse die verdutzen Mädchen zurück.

Amy

Es war so klar, dass Even, sobald drei hübsche Mädels auftauchen, mit ihnen verschwindet. Warum habe ich überhaupt nachgefragt, wobei wir ihnen helfen sollen, und bin nicht einfach gemeinsam mit ihm wieder reingegangen? Bin ich wirklich so dämlich, dass ich Even absichtlich in die Arme einer anderen treibe?

Über meine Schulter hinweg werfe ich einen Blick zurück. Even steht bei den fremden Mädchen und starrt in ihren Kofferraum. Schnell drehe ich mich wieder um und will so schnell wie möglich nach drinnen verschwinden, doch mit der Kiste auf dem Arm, kann ich die Tür nicht öffnen. Mit meinem Ellbogen drücke ich auf die Klingel. Schließlich möchte ich nicht ewig hier in der Kälte stehen. Ich habe echt Besseres zu tun, als mir den Hintern abzufrieren. Zwei Sekunden später öffnet mir Logan die Tür, als hätte er dahinter auf unsere Rückkehr gelauert, und sieht mich mit hochgezogenen Augenbrauen an. Dann richtet sich sein Blick auf den Karton in meinen Händen.

»Ist nicht sein Ernst?« Er nimmt sie mir ab und sucht den Parkplatz ab, wo er Even am Auto der Mädels stehen sieht. »O Mann ... würde ich jetzt gerne mit ihm tauschen. Komm rein, Küken.«

Gemeinsam mit Logan gehe ich wieder ins Wohnzimmer. Er lässt die Kiste auf den Esstisch fallen und wendet sich an die anderen, um die unausgesprochene Frage zu beantworten, die allen ins Gesicht geschrieben steht. Ich bin froh, dass er für mich spricht, da mir bestimmt jedes Wort im Hals stecken bleiben würde.

»Unser Womanizer hat gerade neue Bekanntschaften gemacht. Das kann dauern. Möchte jemand von euch schon etwas hiervon?« Logan macht eine ausladende Bewegung in Richtung Getränke. »Dann besorge ich mal Gläser.«

»Irgendwann bringe ich ihn um«, grummelt Nora vor sich hin. »Zwilling hin oder her. Erst unterbricht er unser Geschenkeauspacken und dann macht er sich auch noch aus dem Staub.«

Lin räuspert sich. »Ich finde, wenigstens mit den Getränken sollten wir warten, bis Even wieder da ist. Auch wenn er es nicht wirklich verdient hat.« Kurz hält sie inne. »Vielleicht sollten wir stattdessen die Geschenke weiter aufmachen.«

Daraufhin lässt sich Logan auf den Boden sinken, auf den Platz, an dem Even eben saß. Freundschaftlich legt er seinen Arm um meine Schulter.

»Hat dir mein Geschenk wirklich gefallen?«

»Natürlich. Du weißt doch, wie sehr ich auf so was stehe.« Ich drücke ihm den Kuss auf die Wange, den ich ihm eben schon geben wollte.

In diesem Moment betritt Even mit einigen Flaschen Bier in der Hand den Raum und sieht zwischen Logan und mir hin und her. Anscheinend hat Logan die Tür angelehnt gelassen, sonst hätte Even, wie ich eben, vor der Tür festgesessen. Stumm stellt er die Flaschen auf dem Couchtisch ab und setzt sich dann uns gegenüber auf das Sofa.

»Du kennst mich eben doch sehr gut«, sage ich zwar an Logan gewandt, kann meinen Blick aber nicht von Even lösen, der mich immer noch anstarrt.

Die Szene eben sollte mir nichts ausmachen. Vor allem nicht, da er jetzt hier ist und nicht drüben bei ihnen. Und doch tut es das. Was habe ich mir nur von diesem Urlaub versprochen? Ich hätte Silvester mit Jamie verbringen sollen. Mit meinem besten – und wieder muss ich mich selbst in meinen Gedanken korrigieren – festen Freund, von dem ich alles weiß, den ich kenne, den ich immer einschätzen kann. Eins ist sicher: Vertrautheit tut nicht so weh im Herzen. Ich reiße meinen Blick von Even los und krame in den Taschen meines Shirtkleids nach dem Handy. Dann stelle ich die weißen Chucks vor mich auf den Teppich, lege die Stifte daneben und mache ein Foto, um es Jamie per *WhatsApp* zu schicken. Meine letzte Nachricht hat er noch nicht gelesen.

Guck mal, was Logan mir geschenkt hat ;) Welche Farben würden dir denn am besten gefallen? Vielleicht kannst du mich ja überzeugen, dass ich sie nicht nur in Pink und Lila anmale :D Ich hoffe, du hast einen schönen Abend. Wir packen jetzt weiter Geschenke aus.

»Dann öffne ich jetzt auch mal dein Geschenk«, reißt mich Logan aus meinen Gedanken. Ich lächele ihn an und lasse das Handy wieder verschwinden.

»Vielleicht solltet ihr es alle gleichzeitig aufmachen. Denn eigentlich ist in allen Päckchen etwas Ähnliches.« Schmunzelnd sehe ich in die Runde und bin gespannt, wie sie auf die Fotos reagieren, die ich für sie ausgesucht habe.

Nora und Lin haben das gleiche Foto vom Urlaub. Eins, auf dem wir alle drei drauf sind. Für die andere Seite habe ich aber verschiedene ausgesucht. Auch Mat und Logan müssen lachen, als sie die Schnappschüsse sehen.

»Du hast dich wieder selbst übertroffen, Amy.« Mat beugt sich hinunter zu mir und nimmt mich in die Arme. »Gerade dieses Jahr sind sie so passend. Vielleicht sollten wir die Motive nachstellen und noch mal fotografieren.«

Mein Blick wandert zu Even, dessen Gesichtsausdruck momentan wie in Stein gemeißelt aussieht.

»Hey, das ist eine super coole Idee. Ich bin dabei.« Nora sieht begeistert zu Mat, nur Lin scheint weniger überzeugt von der Idee zu sein.

»Ich weiß nicht. Wenn überhaupt, dann mit anderen Klamotten. Ich möchte nicht noch einmal so eine schreckliche beige Jacke anziehen müssen. Die lässt mich so unnatürlich blass wirken.«

Meine Mundwinkel wandern automatisch nach oben, auch wenn ich wirklich versuche mir das Grinsen zu verkneifen.

»Welche Farbe bevorzugt die Prinzessin denn diesmal? Pink?« Logan lacht, verstummt dann aber wieder, als er Lins bitteren Blick sieht.

»Natürlich Pink. Welche Farbe sollte ich denn sonst tragen? Pink kleidet eine Lady eben am besten. Außerdem passt es zu meinem Lieblingslippenstift.«

O ja, unsere kleine Prinzessin. Wie konnte Logan nur etwas anderes annehmen? Jetzt kann ich mein Lachen nicht mehr unterdrücken.

»Ihr beide seid zu goldig. Gut, dass ihr euch noch nicht zerfleischt habt«, sage ich und sehe zwischen Lin und Logan hin und her. Dabei lege ich, ohne groß darüber nachzudenken, eine Hand auf Logans Oberschenkel ab. Er legt seinen Arm um meine Schultern und ich sinke, immer noch lachend, gegen ihn. Auch wenn Lin so anders ist als ich, mag ich sie sehr gern.

»Ich kann ihm gekonnt aus dem Weg gehen. Und das habe ich auch in diesem Urlaub vor«, grinst Lin und nimmt ihren Worten so die Schärfe.

»Nur, wenn ich es zulasse«, gibt Logan zu bedenken. »Noch habe ich mich nicht entschieden, wer von euch drei Hübschen meine Aufmerksamkeit in diesem Urlaub am meisten verdient hat.«

»Du Charmeur«, grinse ich ihn an. »Du wirst deine Aufmerksamkeit sowieso wieder auf uns alle verteilen. Als könntest du dich zwischen uns entscheiden. Du bist doch genauso ein Draufgänger wie der da.« Ich nicke zu Even hinüber, der immer noch genauso versteinert auf dem Sofa sitzt, wie vor ein paar Minuten. Es sieht fast so aus, als würde er nicht einmal atmen. Nur seine Augen zucken zwischen meinen und Logans Arm hin und her. Mein Herz wird schwer, als ich daran denke, wie wahr meine Worte sind.

»Ach, so ist das doch gar nicht«, sagt Even laut. Dann beugt er sich von seinem Platz an der Couch ganz weit vor und sieht mir fest in die Augen. »Und wenn ich jemanden wirklich haben möchte, dann kann ich mich auch ganz auf eine Person konzentrieren«, murmelt er direkt neben meinem Ohr. Zwar leiser als vorher, aber mit Sicherheit nicht so leise, dass die anderen seine Worte nicht genau mitbekommen hätten.

Ich merke, wie mir schon wieder diese verräterische Röte in die Wangen steigt und blicke mich im Raum um. Vier Augenpaare sind auf uns gerichtet, teils mit amüsierten, teils mit eher skeptischen Blicken. Augenblicklich frage ich mich, ob es wirklich so jemanden für Even geben könnte. Und ob ich nicht doch die Chance habe, dieser jemand zu sein. Verfluchtes Herz. Verfluchte Träume.

Even

Wieso, verdammt noch mal, habe ich das gerade gesagt? Doch ich kenne die Antwort auf meine stumme Frage ganz genau. Weil Logan schon wieder neben ihr sitzt – dort wo eigentlich mein Platz ist. Ich streiche mir eine Haarsträhne aus den Augen, die mir immer wieder ins Gesicht fällt.

Genervt stehe ich auf, nehme mir eine Flasche Bier vom Tisch und öffne sie. Einen großen Schluck später, bemerke ich, wie unhöflich ich eigentlich war. »Nehmt euch ruhig.« Aufmunternd nicke ich meinen Freunden zu.

Mat sieht mich fragend an. »Woher hast du die?« Er lehnt sich zum Couchtisch und greift ebenfalls nach einem Bier.

»Von den Auto-Mädels mitgehen lassen.«

Nora sieht mich mit diesem Blick an, der mir das Gefühl gibt, sie könnte direkt in meinen Kopf sehen. »Ihr habt also keine Namen ausgetauscht?«, fragt sie.

Mit gerunzelter Stirn sehe ich sie an. »Wieso?«

Natürlich muss auch Logan seinen Senf dazu geben. »Keine Ahnung. Hast du sie nicht angebaggert?«, will er wissen. »Von weitem sah es aus, als wärst du im Flirtmodus.«

Ich lache laut auf. Logan war mal ein ziemlich guter Freund, aber spätestens seit diesem Urlaub bewegt er sich auf dünnem Eis, da er die ganze Zeit an Amy klebt wie Kaugummi.

Mit weit aufgerissenen Augen sehe ich ihn an. »Und das weißt du, weil ...?«

» ... ich unserem Küken die Tür geöffnet und dich gesehen habe.« Mit einer Hand verstrubbelt er Amy die Haare und sie quietscht leise auf.

Er soll seine Pfoten da wegnehmen. »Keine Ahnung, was du glaubst, gesehen zu haben. Sie wollten, dass ich eine fette Holztruhe mit Getränken in ihre Hütte schleppe, aber ich habe mir die Flaschen geschnappt und ihnen gezeigt, wie sie das ganz gut selbst machen können.« Eigentlich ist es nicht meine Art, Dinge zu zerreden, aber ich möchte nicht, dass Amy denkt, ich wäre nichts weiter als ein Aufreißer. Warum auch immer mir das so wichtig ist.

Meine Freunde lachen laut los, als ich mit meiner Geschichte fertig bin. »Typisch Even«, meint Lin und wischt sich eine Träne aus dem Augenwinkel.

Mit meinem Bier in der Hand gehe ich zum Esstisch und beginne die Flaschen und Saftpackungen aus der Kiste auszuräumen. »Ich kümmere mich mal um eure Drinks. Packt ruhig weiter aus«, rufe ich den anderen zu.

Sofort sind sie wieder miteinander beschäftigt und ich kann in Ruhe meine Gedanken sortieren. Zwischendurch werfe ich immer wieder verstohlene Blicke in Amys Richtung, bis Lin mit Gläsern in der Hand neben mir auftaucht und stumm beobachtet, wie ich die Flaschen zum zehnten Mal auf dem Tisch hin- und herschiebe und neu anordne.

Sie verschränkt ihre Arme vor der Brust. Aber obwohl sie eine Blondine ist, also grundsätzlich genau meinem Typ entsprechen würde – Locken bis zu den Schultern, grüne Augen, immer perfekt gestylt – bin ich ganz und gar nicht scharf darauf, in ihr Dekolleté zu gaffen, das sie in einem engen pinkfarbenen Shirt präsentiert. Ich glaube nicht, dass sie es absichtlich vor mir so zur Schau stellt. Laut der Fotos, die sie regelmäßig auf *Instagram* postet, läuft sie immer so rum. »Möchtest du meinen gut gemeinten Ratschlag sofort oder erst später?«

Verwundert sehe ich sie an. »Ich weiß nicht, wofür ich einen brauchen könnte«, antworte ich.

Ein Grinsen stiehlt sich auf ihr Gesicht. »Dann bekommst du einen Bonusratschlag oben drauf«, meint sie großzügig und stellt sich dicht neben mich. Mein Blick wandert sofort wieder zu Amy und ich erwische sie dabei, wie sie ebenfalls den Kopf zu uns dreht. Als ich versuche ihren Blick einzufangen, dreht sie mir demonstrativ den Rücken zu.

»Bist du noch da oder bereits wieder im Amyversum?«

Sofort hat sie meine volle Aufmerksamkeit. »Wie bitte?«

Sie verdreht die Augen. »So wie Universum. Nur mit Amy vorne dran.«

»Das habe ich schon verstanden«, maule ich.

»Umso besser«, erwidert sie grinsend. »Aber nun zu meinem kleinen Tipp. Lass die Finger von ihr.«

»Wer sagt, dass ...« –

»Ach, bitte«, unterbricht sie mich. »Den anderen fällt es vielleicht nicht auf, aber ich sehe, wie du sie anstarrst. Deine Gedanken sind dir ins Gesicht geschrieben. Du solltest wirklich an deinem Pokerface arbeiten.« Also echt, bei der letzten Texas Hold'em Night in meiner WG habe ich alle abgezogen. Von wegen kein Pokerface.

»Und was meinst du, geht in meinem Kopf vor?«

Mit dem Zeigefinger stupst Lin mir gegen die Stirn. »Du willst Amy. Aber wie alle Mädchen dürfte auch sie nur eine Nacht dein Bett wärmen.« Mir klappt die Kinnlade runter. Eigentlich dachte ich nicht, dass ich so leicht zu durchschauen bin. Okay. Andererseits spricht mein Frauenverschleiß für sich.

Ein lautes Lachen lässt mich zu den anderen schauen. Mat und Nora scherzen mit Logan und Amy, die ganz nah beieinandersitzen. Alle scheinen sich gut zu amüsieren. Ich wünschte, ich würde statt Logan an Amys Seite sitzen.

Abwesend sage ich. »Amy dürfte sich die ganze Woche ein Bett mit mir teilen.« Vielleicht würde meine Faszination für sie dann endlich nachlassen.

Lin boxt mir in die Seite, um meine Aufmerksamkeit wieder auf sich zu lenken.

»Das wird nicht passieren, denn du wirst gefälligst deine Finger von ihr lassen und ihr nicht das Herz brechen. Amy ist kein Mädchen für Abenteuer. Wenn du auf einen Urlaubsflirt aus bist, dann geh zu deinen Bier-Mädels.«

Absolut sprachlos beobachte ich, wie Lin Wodka und Orangensaft in drei Gläser füllt und ohne ein weiteres Wort zuerst auf Nora und dann auf Amy zugeht, um ihnen die Drinks zu reichen. Logan unterhält sich immer noch angeregt mit unserem Küken, ebenfalls eine Flasche Bier in der Hand.

Zusätzlich zu meinem Bier mixe ich mir Rum mit Cola, bevor ich mich wieder zu den anderen setze. Den Drink brauche ich, um das Gespräch mit Lin zu verdauen.

Alle sehen kurz auf, als ich mich zu ihnen geselle. Mat grinst mir sogar fröhlich entgegen. »Sollen wir heute noch ausgehen?« Keine Ahnung. Wann wurde ich zum Tourguide ernannt? Er wackelt übertrieben mit seinen Augenbrauen und bringt mich dadurch zum Schmunzeln.

»Ich weiß nicht.« Die Fahrt war lange und meine Laune ist extrem wechselhaft. »Eigentlich wollte ich morgen ganz früh auf die Piste.«

Bei meinen letzten Worten sieht Amy mich endlich wieder an.

»Stimmt doch, Küken. Wir wollten ein paar Tricks mit den Boards probieren«, erinnere ich sie.

Sofort stimmt sie zu. »Ja, auf jeden Fall.« Mein anfängliches Schmunzeln verwandelt sich in ein Lächeln.

Lin mischt sich in unser Gespräch ein. »Also ich kann mir etwas Schöneres vorstellen, als euch dabei zuzusehen, wie ihr den Berg hinaufgeht, nur um dreißig Meter mit dem Board nach unten zu fahren, und das Ganze dann alle paar Minuten wiederholt.«

Echt jetzt? Genau das ist meine Vorstellung vom perfekten Urlaub.

»Und was?«, will ich also wissen.

»Zum Beispiel mit dem Lift auf den Berg fahren«, motzt Prinzessin Lin weiter.

»Geht mir genauso«, antwortet Nora. War auch irgendwie klar. Obwohl wir Zwillinge sind, sind wir doch grundverschieden.

Logan klatscht in die Hände. »Dann sollten wir uns aufteilen«, schlägt er vor. Er ist, außer Amy und mir, der einzige andere Snowboarder, soweit ich mich erinnere. »Ich kann euch helfen eine Sprungschanze zu bauen, aber auf Tricks habe ich keinen Bock.«

»Dann schließ dich uns doch später an«, meint Nora und zwinkert unserem Freund zu.

»Gerne«, antwortet Logan. »Was ist mit dir?«, will er dann von Mat wissen.

»Ich glaube, ich geh mit Lin, Nora und dir mit.«

Ich sehe zu Amy. »Ist das für dich okay, Küken? Oder willst du auch lieber mit den anderen mitfahren?« Auf keinen Fall möchte ich, dass sie sich in meiner Nähe unwohl oder sich zu etwas gedrängt fühlt.

Amy läuft rot an. »N…nein«, stottert sie. »Ich freue mich darauf, ein paar Tricks mit dir auszuprobieren.« Ganz falsche Wortwahl, Kleines. Mit einem Schluck meines Drinks versuche ich mich zu beruhigen und das Kopfkino zu stoppen.

»Okay, dann verbringen wir den Abend hier«, schlussfolgert Mat. Dem einsetzenden Stimmengewirr kann ich entnehmen, dass alle damit einverstanden sind.

Logan grinst in die Runde. »Ich habe Twister mitgebracht.« Sofort tauchen Bilder von Amys hochgerecktem Hintern in meinem Kopf auf. Sieht so aus, als würde mir die Luft in Breckenridge tatsächlich nicht guttun.

»Vielleicht ein anderes Mal«, meint unser Küken und verlässt endlich ihren Platz neben Logan. Ihr Glas ist leer und sie geht leicht wankend auf den Tisch mit den Getränken zu. Anscheinend verträgt sie nicht wirklich viel.

Logan sieht ihr nach und murmelt: »Du würdest auch verlieren.«

»Sie trinkt wohl nicht besonders oft?«, frage ich ihn, aber nicht ohne Hintergedanken. Eigentlich möchte ich nur herausfinden, wie viel Kontakt Logan und Amy miteinander haben.

Logan grinst wieder. Langsam glaube ich, der Typ kifft, weil er immer so ein breites Lächeln im Gesicht hat. »Nein. Nicht wirklich.« Mit interessiertem Gesichtsausdruck legt er seinen Kopf schief. »Wieso willst du das wissen? Du bist doch sonst nicht so neugierig.«

Nur mit Mühe widerstehe ich dem Drang, mir nervös in die Haare zu greifen. »Ich habe mich nur gefragt, wie oft ihr euch trefft. So im Durchschnitt. Einmal im Monat?« Mann, ist mir eigentlich noch zu helfen?

Amy kommt grinsend auf uns zu. »Nicht oft genug. Aber wir versuchen es zumindest zweimal im Jahr.« Ganz offensichtlich hat sie unser Gespräch mitbekommen. Scheiße.

»Wieso besuchst du mich nie?«, frage ich nach. Eine blöde Frage, die ich mir eigentlich selbst beantworten kann.

Weil ich nicht auf ihre Nachrichten antworte.

Sie niemals anrufe.

Oder ihr die letzten Jahre kein einziges Mal zum Geburtstag gratuliert habe.

Diese Liste könnte man noch ewig fortsetzen.

»Vielleicht weil du dich nie bei uns meldest?«, mischt Lin sich ein. Jaja, ich hab's kapiert. Wenigstens können mir Nora und Mat nicht in den Rücken fallen. Die sehe ich regelmäßig. Und mit Logan stehe ich wegen der Wer-schleppt-das-heißeste-Mädchen-ab-Challenge in Kontakt.

Amy neigt ihren Kopf, um mir besser in die Augen sehen zu können. »Ich dachte nicht, dass du sonderlich viel Wert auf meine Anwesenheit legst.« Treffer. Versenkt.

»Es tut mir leid, falls das bisher den Anschein gemacht hat«, rede ich mich raus. »Aber es ist nicht so.« Lüge. Es war genauso. »Du kannst mich jederzeit besuchen.«

»Jaja«, höre ich auch Nora und Mat murmeln, versuche sie aber zu ignorieren.

Aus dem Augenwinkel sehe ich wie Lin Mat mit dem Ellbogen anstößt und im etwas ins Ohr flüstert, was ihm zum Losbrüllen bringt.

Amy scheint die drei entweder zu ignorieren oder einfach nicht wahrzunehmen. Das Lächeln auf ihrem Gesicht wird genauso breit wie das von Logan. Vielleicht ziehen sie ja öfter mal gemeinsam einen durch. Das oder sie ist wirklich betrunkener, als es den Anschein macht. »Cool. Ich sehe mir bald dein College an, dann komme ich bestimmt darauf zurück.« Sofort stelle ich mir vor, wie sie in meinem Bett liegt und schläft. Wie ich zu ihr gehe, um ihr einen Gutenachtkuss auf das Haar ... Stopp. *Das* wird nie passieren.

Ich räuspere mich einige Male. »Kommt es in die nähere Auswahl?«

Logan mischt sich sofort ein. »Es ist ihr Wunschcollege.«

Ich ignoriere ihn und widme meine ganze Aufmerksamkeit Amy. »Wieso?«

»Weil du ...« Mitten im Satz bricht sie ab. »Weil ... weil ... du doch auch so begeistert bist.« Dass das alles an den freizügig gekleideten Mädchen liegt, sage ich jetzt besser nicht laut.

Gott sei Dank werde ich von Lin gerettet, die unser Vorhaben, früh ins Bett zu gehen, offensichtlich ernst nimmt: »Wer will zuerst duschen?«

»Es gibt doch zwei Badezimmer«, antwortet Logan.

»Na und?«

Logan verdreht die Augen. »Nichts und. Wenn du nach oben gehst, kann jemand anderes das zweite Bad hier unten nehmen. Also mach kein Drama draus.«

Ich schaue zu Nora rüber, die mich wissend angrinst. Ich bin mir sicher, dass ihr der gleiche Gedanke durch den Kopf geht. Wenn man es nicht besser wüsste, könnte man denken, Logan und Lin wären Geschwister, so oft wie sie sich in die Haare bekommen.

Mit einem vernichtenden Blick geht Lin auf Logan zu. »Du«, knurrt sie, stoppt aber kurz vor ihm und stapft dann erhobenen Hauptes die Treppe hoch. »Gute Nacht«, ruft sie uns über ihre Schulter hinweg zu. Okay. Der Abgang war krass.

»Was war das bitte?«, fragt auch Logan.

»Versteh doch mal jemand die Frauen«, murmelt Mat und kassiert dafür einen leichten Schlag von Nora auf die Schulter. »Ich gehe ihr besser nach«, meint sie dann.

Amy macht Anstalten ebenfalls aufzustehen, doch ich halte ihre Hand fest. »Welche Studienrichtung interessiert dich?«, frage ich sie, denn ich will unbedingt an unser Gespräch anknüpfen.

»Also wenn ihr in den Ferien über die Uni quatschen wollt, bin ich weg. Schlaft gut.« Logan, der unser Gespräch stumm beobachtet hat, steht auf und sieht auf Amy herab. »Falls dich dieser Gentleman hier wirklich auf der Couch schlafen lässt, gib mir Bescheid. Dann schicke ich Mat zu ihm und du darfst in meinem Bett schlafen.« Ganz bestimmt nicht. Und wieso sollte sie mit ihm im selben Bett schlafen wollen, mit mir aber nicht?

»Nicht notwendig. Ich hab es ja angeboten«, meint Amy und schenkt ihm ein Lächeln. Verdammt. Sie soll das nicht immer tun.

Mat steht auf und beginnt das Geschenkpapier wegzuräumen. »Soll ich dir helfen?«, bietet Amy an. Wieso ist sie immer so nett? Kann sie nicht auch so eine kleine Prinzessin wie Lin sein? Das würde mein Interesse bestimmt dämpfen.

»Nicht nötig«, antwortet Mat.

»Also?«, frage ich noch mal nach.

Verwirrt sieht Amy mich an. »Wie bitte?«

»Die Studienrichtung?«

Sie lächelt. »Ah! Genau. Architektur.«

»Interessant. Ich hatte auch mal kurz darüber nachgedacht.« Das ist so was von gelogen.

Mat hat inzwischen sämtliche Geschenke zusammensammelt und legt sie auf den Couchtisch. »Ich gehe mal nach oben«, sagt er dann. Plötzlich wirkt Amy irgendwie nervös. Will sie nicht mit mir allein sein?

»Was studierst du noch mal?« Gott sei Dank bleibt sie hier. Ich will sie noch nicht gehen lassen. Ehrlich gesagt, würde ich im Moment nichts lieber tun, als mich mit ihr zu unterhalten.

»Bauingenieurswesen. Aber das wusstest du, oder?«

Sie sieht ertappt aus. »Eigentlich schon.«

Mat wandert die Treppe hoch und ich atme erleichtert aus, als ich endlich mit Amy allein bin.

»Kein Grund, um sich zu schämen«, raune ich ihr zu und stupse mit meinem Finger gegen ihre Nase.

Wie von der Tarantel gestochen springt sie auf. »Ich gehe dann auch mal. Duschen und umziehen.«

Etwas irritiert sehe ich sie an. Ich habe ihr doch nur gegen die Nase geschnippt und nicht an die Brüste gefasst. »Okaaaaay«, sage ich langgezogen. »Ich warte dann mal hier, bis du wiederkommst.« Da ich mir blöd vorkomme, allein auf dem Boden herumzusitzen, stehe ich auch auf. Als ich die Tür zu unserem Zimmer zufallen höre, lasse ich mich auf die Couch sinken. Ob sie mein Geschenk sofort findet?

Amy

Ich springe die Stufen hinauf, als wäre der Teufel höchstpersönlich hinter mir her. Was habe ich mir nur dabei gedacht, allein mit Even unten zu bleiben? Als er mir immer näher kam, war ich versucht meine Arme um seinen Hals zu schlingen und meine Lippen auf seine zu drücken.

Keinen Tag hier und schon spielen meine Hormone endgültig verrückt. Ich bin zu nichts mehr zu gebrauchen. Oben angekommen, schlage ich die Tür hinter mir zu und lehne mich mit dem Rücken dagegen, bis sich mein Atem wieder einigermaßen normalisiert hat.

Da ich keine Schritte auf der knarrenden Treppe höre, nehme ich an, dass Even mir nicht gefolgt ist, sondern wirklich wartet, bis ich umgezogen wieder hinunterkomme. Vielleicht sollte ich statt des Satinnachthemds lieber den unvorteilhaften, aber warmen Weihnachtsschlafanzug mit rosa-weiß gekringelten Zuckerstangen und Santa Claus darauf anziehen, den ich eben nach ganz unten in den Kleiderschrank getan habe? Aber ich möchte auch nicht, dass er mich darin sieht und denkt, ich bin ein kleines Kind. Wann ist das alles denn so kompliziert geworden? Ach, richtig – als ich angeboten habe, dass er dieses Bett allein haben kann und ich auf dem Sofa schlafe, damit er und seine Schwester sich nicht wegen der Übernachtungsfrage zerfleischen.

Ich stütze meine Hände an der Tür ab und schiebe mich in den Raum hinein. Noch auf dem Weg fällt meine Wahl auf das Nachthemd. Als ich es zusammen mit neuer Unterwäsche aus dem Schrank nehmen möchte, erstarre ich mitten in der Bewegung. Ein kleines Päckchen in silberner Folie liegt auf meinen Pullovern, direkt vor meinen Augen. Meine Stirn legt sich in Falten. Ich habe doch eben schon alle Geschenke bekommen. Logan wird doch nicht etwa …?

»Logan?«, rufe ich laut und keine fünf Sekunden später reißt er die Zimmertür auf.

»Alles in Ordnung, Küken?« Er sieht sich im Zimmer um.

»Sag mal, waren die Schuhe nicht schon genug?«, möchte ich von ihm wissen.

»Wie meinst du das?«

Als Antwort halte ich ihm das silberne Päckchen hin.

»Das ist nicht von mir!« Er nimmt mir das Päckchen ab und dreht es in alle Richtungen, um es genauer zu betrachten.

Ich will es ihm gerade wieder abnehmen, doch da hebt er seine Arme und grinst mich verschmitzt an. So werde ich bestimmt nicht herankommen.

»Wenn nicht von dir, von wem dann? Lin, Nora und Mat haben mir ihre Geschenke doch schon gegeben.« Ich hüpfe an seinem Arm hoch.

»Dann bleibt ja wohl nur einer übrig«, schließt Logan meinen Gedanken ab und gibt mir das Päckchen nun doch zurück. Sein linker Mundwinkel wandert nach oben. »Du solltest dich geehrt fühlen, wenn du als Einzige etwas von unserem Bad Boy bekommst.« Unschlüssig drehe ich das Geschenk in meinen Händen und betrachte das Band, mit dem es umschlossen ist. »Willst du es nicht aufmachen?«

»Nein.« Ich streiche mit meinem Finger über das silberne Papier. »Wenn es für mich wäre, hätte Even es eben mit runtergebracht. Wahrscheinlich hat er es einfach nur in das falsche Fach geräumt, als er seine Klamotten einsortiert hat.«

Logan zuckt mit den Schultern, als ob ihm das Ganze mehr als gleichgültig wäre, aber in seinen Augen sehe ich Neugier aufblitzen. »Das wirst du nur herausfinden, wenn du ihn fragst. Brauchst du mich noch? Sonst würde ich jetzt wieder in mein Zimmer verschwinden. Die Fahrt hierher war lang.« Er zwinkert mir zu und ich muss schmunzeln beim Gedanken daran, wie es wohl zwischen ihm und Lin war, bevor sie mich abgeholt haben.

»Nein, geh nur«, sage ich leise. Logan nimmt mich in den Arm und haucht mir einen Kuss auf die Stirn.

»Dann gute Nacht, Küken.« Auf der Türschwelle dreht er sich noch einmal um. »Möchtest du doch mitkommen und ich werfe Mat raus?«

Ich schnappe mir ein Kissen vom Bett und ziele auf seinen Kopf, werfe aber dummerweise daneben. Laut lachend verlässt er den Raum und ich bleibe mit dem Geschenk in der Hand allein im Zimmer zurück. Ich starre es einen Moment unschlüssig an, kann mich dann aber davon losreißen und lege es aufs Bett, um es nach dem Duschen mit hinunterzunehmen. Es wird schon nicht für mich sein. Dann schnappe ich mir das Nachthemd, ein Handtuch und die Waschsachen und gehe in Richtung Bad.

Aus dem Inneren des Badezimmers kann ich Musik hören, aber keine Dusche, deshalb klopfe ich an. Ich habe keine wirkliche Lust, noch ewig allein mit dem Geschenk im Zimmer zu sitzen, also hoffe ich, dass Nora oder Lin im Bad sind und mich reinlassen.

Letztere ruft ein lautes »Ja?« über das Gedudel hinweg – anders kann ich die Countrymusik, die gerade läuft, nicht bezeichnen – und ich muss grinsen. Statt einfach kurz leiser zu drehen, brüllt sie lieber. Gar nicht ladylike!

Ich gehe mit meinem Kopf so nah wie möglich an die Tür, damit ich nicht so schreien muss. »Lässt du mich vielleicht schon mal rein, Lin?«

Die Tür öffnet sich und ein Kopf mit einem pinken Turban erscheint im Spalt. »Solange es nur du bist.«

»Ja.« Ich drehe mich provokativ um und schaue den Flur hoch und runter, bevor ich mich Lin mit einem Grinsen im Gesicht wieder zuwende. »Nur ich.« Schnell schiebe ich mich hinein und Lin schließt hinter mir wieder ab.

»Die Jungs müssen mich ja nicht unbedingt so sehen.« Sie zeigt mit den Fingern auf ihr Gesicht, das natürlicherweise nach dem Duschen keine Schminke mehr aufweist. Ich schüttele leicht den Kopf, um ihr zu signalisieren, dass sie spinnt. Ich weiß, wie viel es Lin bedeutet, immer perfekt gestylt zu sein, kann es aber trotzdem nicht nachvollziehen. Sie ist so hübsch und das auch ganz ohne Make-up.

Für einen kurzen Moment überlege ich zu warten, bis Lin fertig ist, dann ziehe ich aber meine Klamotten aus und stelle mich unter die Dusche. Schließlich hat sie mich als Teenager schon oft genug nackt gesehen, wenn wir uns gemeinsam umgezogen haben, um statt der Piste mal das Schwimmbad zu testen. Das warme Wasser prasselt auf meine Haut und tut total gut. Genießerisch lege ich meinen Kopf in den Nacken, um die herunterfallenden Tropfen übers Gesicht laufen zu lassen – in der Hoffnung, dass sie sämtliche Gedanken, die ich mir wegen Even und Jamie mache, einfach mit sich forttragen.

Lin schafft es leider innerhalb weniger Sekunden, diese Bemühung zunichte zu machen. »Hast du es unten nicht mehr ausgehalten?«

Ich wische mir das Wasser aus dem Gesicht und greife nach dem Shampoo, bevor ich ihr antworte: »Even war okay. Aber ich bin einfach müde. Vielleicht möchte ich gleich noch mal telefonieren.«

Lin stellt den Fön aus. Dann öffnet sie die Dusche und sieht mich mit einem Schmunzeln auf den Lippen an. »Mit jemand Bestimmten?« Sofort streicht kalte Luft um meine Beine und ich ziehe die Tür mit einem kurzen Aufschrei wieder zu. Bei ihren Worten macht sich ein schlechtes Gewissen in mir breit. So wie zu Hause niemand etwas von meinen Gefühlen zu Even weiß, haben Nora und Lin keinen blassen Schimmer, dass ich seit kurzem mit Jamie zusammen bin. Bisher habe ich mir eingeredet, das läge nur daran, dass es noch so frisch ist. Aber jetzt, hier, mit Even in einem Haus, weiß ich, dass ich mir damit nur selbst etwas vorgemacht habe. Ich wollte nicht, dass Even davon erfährt. Egal, auf welchem Weg.

»Nein, nur mit meinen Eltern. Ich hatte versprochen, dass ich mich noch melde.« Zum Glück ist die Tür wieder geschlossen und die Milchglasscheiben durch den Wasserdampf zusätzlich beschlagen, denn wenn Lin mich sehen könnte, wüsste sie, dass ich ihr gerade eine megafette Lüge aufgetischt habe.

»Dann grüß sie von mir.«

»Mach ich«, antworte ich ihr und stelle das Wasser aus. Als ich die Tür öffne, hält sie mir mein Handtuch hin, was ich zuvor auf den Boden hatte fallen lassen.

Danach geht Lin zur Tür und verabschiedet sich.

»Gute Nacht«, sage ich, bevor ich die Tür wieder hinter ihr verriegele. Dann greife auch ich nach dem Fön, der noch in der Steckdose steckt und trockne mir meine langen Haare. Ob ich wirklich nachher noch mit Jamie telefonieren sollte? Er hat ja schließlich ein paar Nachrichten von mir bekommen und dürfte beruhigt sein.

Als meine Locken trocken sind, werfe ich das Nachthemd über und schaue in den Spiegel. Es ist kürzer, als ich es in Erinnerung hatte. Doch lieber den Weihnachtsschlafanzug? Ist vielleicht besser. Ich möchte Even ungern so knapp bekleidet gegenübertreten. Nach einem letzten Blick in den Spiegel gehe ich zur Tür und will mich gerade auf den Weg zurück in Evens Zimmer machen, um mir den Schlafanzug anzuziehen, als ein Geräusch an der Treppe mich herumfahren lässt. Even steht unten und schaut mich mit großen Augen an, öffnet den Mund und schließt ihn wieder, ohne auch nur ein einziges Wort zu sagen. Ich zupfe etwas am Saum des Kleides, um es wenigstens noch ein Stück hinunterzuziehen. Schnell verschwinde ich im Schlafzimmer. Doch als ich vor dem Schrank stehe und den Weihnachtschlafanzug in den Händen halte, komme ich mir endgültig albern vor. Was soll Even denn bitte von mir denken, wenn er mich eben schon so gesehen hat und ich nun verhüllt wie eine Mumie zu ihm herunterkomme? Ich seufze und schaue noch einmal an dem Satinhemd herunter, während ich mich damit abfinde, Even nun doch so gegenüberzutreten.

Ich schnappe mir noch das Ladekabel meines Handys, denn das Handy hat eben nur noch zwanzig Prozent Akku angezeigt, mein Bettzeug und natürlich das Geschenk. Um niemanden zu stören, mache ich mich leise auf den Weg ins Wohnzimmer.

Even sitzt mit dem Rücken zu mir auf dem Sofa, dreht sich aber herum, als er das Knarzen der Stufen hört, was jeden meiner Schritte begleitet. Schon wieder betrachtet er mich nur stumm und sagt keinen einzigen Ton. Ich möchte das Kissen ungern fallen lassen, weil ich mich ihm dann ganz ohne

Schutz präsentieren muss, aber wenn ich ihm das Geschenk wiedergeben will, ist es so zu umständlich.

Nun stell dich nicht so an, Amy, versuche ich mir selbst gut zuzureden und werfe alle meine Sachen neben ihm auf die Couch, bevor ich ihm das Geschenk vor das Gesicht halte. »Hier, das scheinst du aus Versehen bei mir ins Fach gelegt zu haben.«

»N…n…nein«, beginnt Even zu stottern. »Eigentlich nicht.«

»Nicht?« Ich kratze mich am Kopf, senke aber sofort die Arme wieder, als ich bemerke, dass dadurch mein Nachthemd nach oben rutscht. Vor mich hinmurmelnd starre ich an die Wohnzimmerwand. »Von wem ist es dann?«

»Es ist von mir.« Ruckartig drehe ich den Kopf wieder zu ihm und sehe Even erstaunt an. Eine leichte Röte legt sich auf seine Wangen, aber auf eine Erklärung warte ich vergebens, denn er schweigt sich aus. Mal wieder. Wir messen uns einige Zeit mit unseren Blicken, bevor Even es anscheinend aufgibt.

»Verdammt noch mal. Es lag nicht aus Versehen in deinem Fach.« Er holt tief Luft. »Ich hab es für dich gekauft«, erklärt er mir dann doch noch irgendwann.

Mit großen Augen starre ich ihn an. »Wie komme ich denn zu der Ehre?«

Er zuckt mit den Schultern und sieht dabei aus wie ein kleiner Junge, der etwas ausgefressen hat. Evens Tonfall klingt ruppig, als er spricht. »Mach es einfach auf.«

»Schon gut, schon gut.« Ich setze mich in den Sessel ihm gegenüber und ergreife mit zitternden Fingern das kleine Päckchen. Als ich die erste Seite geöffnet habe, fällt mir ein goldener Armreif in die Hand. In der Mitte befindet sich eine einzelne weiße Blüte und unzählige Steinchen zieren den Reif. Meine Augen weiten sich, sprachlos sehe ich Even an, der sich auf seine Unterlippe beißt und auf eine Reaktion von mir zu warten scheint.

»Vielen Dank. Es ist wunderschön«, flüstere ich, um den Augenblick nicht kaputt zu machen. Dann schenke ich ihm ein vorsichtiges Lächeln.

»Freut mich, dass es dir gefällt.« Er steht auf und kommt lächelnd auf mich zu. Mit jedem seiner Schritte schlägt mein Herz ein bisschen schneller. Direkt vor mir lässt er sich auf seine Knie fallen und nimmt meine Hand in seine. Mit seinem Daumen fährt er langsam über das Handgelenk und mein Puls beschleunigt sich noch einmal ein bisschen. Unsere Blicke verfangen sich für einen Moment. Langsam öffnet er die Finger meiner anderen Hand, die sich um das Armband geschlossen haben, und nimmt es an sich.

»Darf ich?«

Ich kann nur nicken, denn ich bin mir nicht sicher, ob überhaupt ein Wort meine Kehle verlassen würde. Er legt den Armreif um mein Handgelenk, das er eben noch so sanft gestreichelt hat, und betrachtet es eine endlos lange Zeit. Dann erhebt er sich ganz langsam.

Auch ich starre auf das goldene Schmuckstück, dessen Steine im Licht der Lampe schimmern. Ein leichtes Lächeln schleicht sich auf meine Lippen und ich kann meinen Blick nicht davon abwenden. Nun habe ich tatsächlich etwas, was mich jeden Tag an Even erinnern wird. Und er hat es mir geschenkt! Noch nie hat ein Geschenk mich so sehr berührt wie dieses. Es ist so viel mehr als eine Aufmerksamkeit. Mein Herz setzt einen Schlag aus, als ich erkenne, dass eigentlich alles, was ich mir wünsche, nur er ist. Dieser unverschämte Typ mit den zerzausten Haaren, der gerade eben noch vor mir gekniet hat. Unsicher sehe ich hoch und meine Augen finden seine. In seinem Blick liegt eine Wärme, die mich schlucken lässt.

»Steht dir gut.« Er geht zur Treppe. »Gute Nacht, Amy.«

Immer noch unfähig ein Wort zu sagen, blicke ich ihm stumm nach, bis er verschwunden ist.

Amy … er hat mich tatsächlich Amy genannt!

Even

Bevor ich mich noch weiter in die Scheiße reite, gehe ich nach oben. Zu sehen, wie sehr sich Amy über das Armband freut, ist mein schönstes Weihnachtsgeschenk. Und das macht mir Angst. So bin ich nicht mehr und so möchte ich auch nie wieder sein.

Im Zimmer angekommen, gehe ich auf den Schrank zu und suche nach frischen Boxershorts. Das ist alles, was ich brauche, ich schlafe immer so.

Außerdem hat Amy ja auch nicht mehr an. Ich lasse meinen Kopf in den Nacken fallen. Sofort schiebt sich ein Bild in meinen Kopf: Amy, wie sie vollgepackt mit dem Bettzeug die Stufen nach unten kam. Als sie die Sachen abgelegt hatte, war ich für einige Sekunden wie erstarrt. Sie sah so unglaublich sexy in diesem kurzen Nachthemd aus, dass ich fast das Atmen vergessen hätte.

Ich habe schon Frauen mit weit weniger Stoff am Körper gesehen, aber meine Sicherungen waren nie so kurz davor durchzubrennen. Wenn ich mich nicht unter Kontrolle bringe, gehe ich gleich wieder nach unten und begehe einen großen Fehler. Die anderen werden mich hassen, wenn ich all die Dinge mit Amy tue, die ich mir bereits seit der Ankunft heute Mittag ausmale.

»Zeit, kalt zu duschen«, murmele ich leise, schnappe mir ein Handtuch, Duschgel und meine Zahnbürste und gehe zum Badezimmer. Schwungvoll reiße ich die Tür auf und erwische Mat dabei, wie er unter die Dusche steigt.

Sofort fahre ich ihn an. »Kannst du nicht abschließen?« Ich dachte wirklich, dass schon alle in ihren Zimmern sind.

»Sorry. Hab ich vergessen.« Er klingt nicht so, als würde er es ernst meinen.

Laut seufze ich auf. »Und wenn ich eines der Mädchen gewesen wäre?«

Mat lacht. »Dann hätte ich sie gefragt, ob sie sich zu mir unter die Dusche stellen möchte.«

Meine Zähne knirschen. »Du lässt gefälligst die Finger von Amy.« Nachdem ich die Worte ausgesprochen habe, würde ich sie gern sofort wieder zurücknehmen. Was ist bloß los mit mir? »Und von Nora«, knurre ich deshalb noch schnell hinterher.

Mat wendet sich mir zu, doch durch die Milchglasscheibe der Dusche kann ich seinen Gesichtsausdruck nicht wirklich deuten. »Und mit Lin zu duschen wäre okay?«, ruft er über das prasselnde Wasser hinweg.

Ja, total. »Nein«, sage ich stattdessen. »Ich musste Nora versprechen die Finger von ihren Freundinnen zu lassen. Das gilt ja wohl auch für Logan und dich.« Wow. Spontane Einfälle sind die besten.

»Aha«, macht er nur und dreht sich dann wieder um. Ich greife nach meinem Zahnputzzeug. Gerade als ich die Bürste zu meinem Mund führe, spricht Mat weiter. »Dann halte dich doch besser auch an deine Ratschläge.«

Ich verdrehe meine Augen. »Wie meinst du das?«

»Die Blicke, die du Amy zuwirfst, sprechen für sich.« Super, zuerst Lin mit ihrem supertollen sechsten Sinn und jetzt Mat. Bin ich wirklich so leicht zu durchschauen? Oder hat meine Schwester meine alten Freunde detailreich darüber aufgeklärt, was für ein Arsch ich bin, sodass sie sich jetzt alle genötigt sehen die Moralapostel zu spielen?

Und vor allem: Verhalte ich mich wirklich so offensichtlich? Denn dann ist es nur noch eine Frage der Zeit, bis Nora ebenfalls Wind von meinen Gefühlsduseleien bekommt und mich zur Sau macht, weil ich Amy mit den Augen ausziehe.

»Sie ist nur eine Freundin«, versuche ich mich rauszureden und beginne damit, meine Zähne zu putzen.

Durch den Spiegel beobachte ich Mat dabei, wie er aus der Dusche steigt, sich ein Handtuch um die Hüften hängt und sich neben mich stellt. »Even, du bist nicht mit einem einzigen Mädchen befreundet.«

Ich spucke den Schaum ins Waschbecken. »Klar bin ich das.«

»Nenn mir eine.«

»Nora.«

Mat verdreht die Augen, grinst aber dabei. »Nora zählt nicht. Sie ist deine Zwillingsschwester, Mann.«

Ich zucke mit den Schultern. »Ich bin mit Amy und Lin befreundet.«

»Und wie oft meldest du dich bei ihnen?« In den letzten drei Jahren? Nicht besonders oft. Besser ich beantworte die Frage nicht.

Als ich fertig bin, ziehe ich mir das T-Shirt und die Boxershorts aus und steige in die Dusche. Dort lehne ich meinen Kopf gegen die kühlen Fliesen. Eigentlich wollte ich einen entspannten Urlaub mit Freunden verbringen, doch Amy wirbelt alles durcheinander. Ich wusste, dass es keine gute Idee ist, nach Breckenridge zu fahren. Die Bergluft ist ganz offensichtlich nichts für mich.

»Nur weil du mich ignorierst, heißt das nicht, dass unser Gespräch beendet ist.« Ich seife mich ein und versuche Mat weiterhin auszublenden. Irgendwann wird er schon abhauen.

Aber Mat klopft gegen die Duschwand. »Even, ich weiß, dass du auf Amy stehst.«

»Nope, ich will sie nur …« Was will ich eigentlich? Sie küssen? Mit in mein Bett nehmen und die ganze Nacht mit ihr über alles Mögliche reden? Ihre Hand halten? Genau die, an der sie das Armband trägt? Das Armband, das sagt: *Du bist mir alles andere als egal, auch wenn ich mich die letzten Jahre wie ein ignoranter Arsch verhalten habe.*

» … besser kennenlernen«, kommt mir dann die rettende Idee.

»Und damit meinst du ihren Körper? Oder wie darf ich das verstehen?«

Ich verdrehe meine Augen, obwohl Mat es nicht sehen kann. »Nein. Amy als Person. Ich habe keine Ahnung, wer dieses Mädchen ist.«

Mat gibt ein belustigtes Schnauben von sich. »Sie ist immer noch die Gleiche«, erklärt er mir. »Nur hat sie in der Zwischenzeit wunderschöne Brüste bekommen.« Das ist mir auch aufgefal… Stopp!

»Wann hast du ihre Brüste gesehen?«, frage ich ruppig.

»Amy war kurz nach den Sommerferien an einem Wochenende da, um Nora zu besuchen.«

Ich schalte das Wasser ab und gehe völlig nackt, dafür aber bestimmt mit mörderischem Gesichtsausdruck, auf Mat zu: »Wenn diese Geschichte damit endet, dass du sie flachgelegt hast, solltest du besser deinen Mund halten«, drohe ich meinem Freund.

Doch was tut er? Lacht laut los. »Scheiße. Du stehst ja wirklich auf sie.« Breit grinsend hält er mir ein Handtuch entgegen.

»Nein, tue ich nicht«, lüge ich. »Alles ist wie immer.«

Mat schüttelt den Kopf. »Wenn du das sagst.« Danach geht er zur Tür.

»Hast du jetzt ihre Brüste gesehen oder nicht?« Ich muss das einfach wissen.

»Nur im Bikini.«

Bevor er verschwinden kann, schlüpfe ich schnell in meine Boxershorts und folge ihm auf den Flur. »Ich will wirklich nichts von ihr«, flüstere ich meinen Kumpel zu. Nora, Lin und Logan sollen von unserem Gespräch nichts mitbekommen. »Sie ist ... interessant. Aber nach spätestens einer Woche wäre ich bereits wieder gelangweilt.«

Er legt den Kopf schief und betrachtet mich mit gerunzelter Stirn. »Dann lass deine Finger von ihr. Sie ist kein Mädchen für eine Nacht.« Eigentlich hätte ich ja an mehrere gedacht, aber gut.

Leise wispere ich: »Hat sie keine One-Night-Stands?«

Mat sieht frustriert aus. Ich glaube ihn nervt unsere Unterhaltung. »Alter, frag mich nicht solche Sachen. Woher soll ich das so genau wissen? Aber ich vermute einfach, sie ist eher der Beziehungstyp«, sagt er leise, als wir vor Mats und Logans Zimmer stehen bleiben.

Sofort will ich wissen: »Wieso denkst du das?« Irgendwie mache ich mir gerade selbst Angst.

»Erstens geht das Küken noch zur Highschool und zweitens ... Even! Müssen wir dieses Gespräch wirklich führen, wenn du doch sowieso kein richtiges Interesse an ihr hast?«

Seufzend will ich meinen Kopf gegen den Türrahmen knallen, kann mich aber noch rechtzeitig zurückhalten und lege ihn bloß dagegen. »Nein. Scheiße. Vergiss unsere Unterhaltung.«

»Okay.«

Ich halte ihm meine Faust entgegen und er schlägt ein. »Gute Nacht.« Als ich den Fuß in mein Zimmer setze, höre ich die Tür hinter Mat ins Schloss fallen. Sofort drehe ich mich um und schleiche zur Treppe. Dass ich mich total irre aufführe, ist mir selbst klar. Trotzdem gehe ich auf Zehenspitzen nach unten und versuche so gut es geht keine Geräusche zu machen. Immer wenn eine Stufe knarrt, halte ich inne und lausche, ob sich etwas regt. Doch nichts geschieht.

Mit klopfendem Herzen schleiche ich weiter. Unten sind alle Lichter ausgeschaltet. Nur von oben wird der Raum ein wenig erhellt. Amy liegt zusammengerollt auf dem Sofa. Sie schläft, ich höre ihre gleichmäßigen Atemzüge.

Etwas unschlüssig bleibe ich vor der Couch stehen. Eigentlich wollte ich ihr nochmals anbieten, dass sie das Bett haben kann und ich hier unten nächtige. Dieses Mal, ohne ein Nein zu akzeptieren. Aber jetzt, da sie so friedlich daliegt und tief und fest schläft, möchte ich sie nicht wecken. Also gehe ich in die Knie, schiebe die Decke beiseite und meine Hände unter ihren Körper. Meine Zähne beiße ich fest zusammen, als ich aufstehe und ihr ganzes Gewicht auf meinen Armen ruht. Scheiße. In den Filmen sieht das immer so einfach aus.

Fest drücke ich sie gegen meinen Brustkorb. Als Amy ihren Kopf an meinen Hals lehnt, halte ich für einige Sekunden die Luft an. Ihre Lippen berühren meine Haut und ich kann jeden ihrer Atemzüge spüren.

Durch das Knarzen der Treppen kündige ich unser Kommen an, doch niemand scheint sich dafür zu interessieren, wer die Stufen nach oben schleicht. Vielleicht schlafen die anderen auch schon. Lächelnd stelle ich fest, dass ich die Tür zu meinem – unserem – Zimmer offen gelassen habe. Mit meinem Rücken drücke ich sie noch weiter auf. Und obwohl es mir gefällt, Amy so nah an meinem Körper zu spüren, lasse ich sie, so sanft ich kann, auf die Matratze gleiten. Sie rollt sich sofort zu einer Kugel zusammen und seufzt leise.

Am besten gehe ich nach unten und überlasse unserem Küken das Bett. Wobei … ich könnte mich nur eine Minute zu ihr legen und ihre Nähe genießen, ohne dass es jemals eine Menschenseele erfährt.

Ich schüttele über mich selbst den Kopf, schlüpfe aber dennoch zu ihr ins Bett. Meine Bettdecke drapiere ich über unseren Körpern, da die andere noch unten auf dem Sofa liegt. Dann rutsche ich so nah an sie heran, dass sich unsere Nasenspitzen fast berühren. »Schlaf gut, Honey!«

4.

27. Dezember (Vormittag)

Amy

Als die ersten Sonnenstrahlen durch das Zimmerfenster in mein Gesicht fallen, taste ich nach dem Handy. Es müsste direkt neben dem Sofa liegen. Doch es ist verschwunden. Ich blinzele und erspähe einen Nachttisch.

Auf einmal sitze ich kerzengerade da. Warum um Himmels willen befinde ich mich in Evens Zimmer? Und wo zur Hölle ist er? Das Bett neben mir ist leer, auch wenn das Kopfkissen so aussieht, als hätte jemand darauf gelegen.

Ich fahre mir durch meine langen Haare. Ich bin doch gestern Abend mit dem Bettzeug runtergegangen und habe mich, nachdem Even verschwunden war, aufs Sofa gelegt. Mein Blick fällt auf meinen Arm. An meinem Handgelenk schimmert noch immer der Armreif, den er mir geschenkt hat. Also war das alles kein Traum. Und dann bin ich einfach ganz dreist hier oben ins Bett gefallen und eingeschlafen? Aber wie?

Meine Gedanken drehen sich immer weiter im Kreis, ohne eine vernünftige Antwort zustande zu bekommen. Da weder eine Uhr an der Wand noch mein Handy in der Nähe ist, schleiche ich langsam aus dem Zimmer, um mich zu orientieren. Kaum habe ich die Tür geöffnet, wünsche ich mir, ich wäre noch zwei Minuten auf dem Bett sitzen geblieben und hätte zunächst einmal gelauscht, ob ich draußen vor der Tür Geräusche vernehme. Denn ich laufe niemand anderem in die Arme als Nora.

Ihre Augen weiten sich sofort, um sich im nächsten Moment zu engen Schlitzen zusammenzuziehen, während ihre Wangen leicht zucken. »Even«, zischt sie. »Ich dachte, ich hätte mich …« Sie unterbricht sich selbst und stürmt an mir vorbei in das leere Zimmer. »Wo ist er?«

Noras Stimme klingt nicht mehr nur verärgert, sondern auch überrascht. Hilflos zucke ich mit den Schultern. »Ich nehme an unten auf dem Sofa«, sage ich und meine Stimme klingt mehr nach einer Frage als nach einer Antwort. »Hier auf jeden Fall nicht.«

»Und du hast nicht unten geschlafen?« Noch immer ist ein leiser Zorn in ihrer Stimme zu hören.

Wie soll ich auf diese Frage antworten, ohne zu lügen. Ich habe keine Ahnung, wann ich hier hochgekommen bin, genauso wenig, wie ich weiß, wo Even übernachtet hat.

»Ähm … anscheinend nicht.«

Im nächsten Moment rennt Nora zur Treppe und murmelt: »Ich werde es schon herausfinden.« Langsam folge ich ihr und stelle den Fuß auf die erste Stufe, als sich hinter mir eine Tür öffnet und ich ein Pfeifen vernehme.

»Hot, Küken«, lacht Logan hinter mir. Meine Wangen färben sich knallrot, als mir klar wird, dass ich immer noch nicht mehr anhabe, als mein dünnes Nachthemd. Mist! Ich mache auf dem Absatz kehrt und stürme an Logan vorbei zurück ins Zimmer, ziehe mir das Nachthemd über den Kopf und passende Thermoklamotten an. Ich atme tief durch, bevor ich erneut die Tür öffne und mir die lauten Stimmen von Nora und Even entgegenschallen.

»Verarsch mich nicht, Even. Ich kenne dich.« Wenn Nora ihre Lautstärke nicht etwas runterschraubt, weiß gleich auch die komplette Nachbarschaft, warum sich unsere Zwillinge in den Haaren haben.

»Und aus dem Grund solltest du wissen … ach, vergiss es«, sagt Even schon etwas leiser. »Euch kann man es echt nicht recht machen. Verdammt, Logan, hilf mir doch mal!«

»Da kann Logan dich auch nicht rausboxen«, gibt Nora wütend zurück.

Lin steckt den Kopf aus der Badezimmertür – natürlich perfekt gestylt – und sieht mich fragend an. »Was ist los?«

»Lange Geschichte … glaube ich zumindest.« Ich zucke hilflos mit den Schultern und wir gehen gemeinsam die Treppe hinunter, um zu sehen, was noch zu retten ist. Ich kann es nicht leiden, wenn die beiden streiten, erst recht nicht meinetwegen. Und noch weniger, wenn es überhaupt keinen Grund dafür gibt – glaube ich zumindest.

Logan steht auf der untersten Stufe und hat sich gegen die Wand gelehnt, während Nora direkt vor dem Sofa steht, auf dem Even noch immer sitzt – übrigens mit nacktem Oberkörper. Ich muss schlucken. Verdammt, warum muss er denn so fantastisch aussehen? Ich unterdrücke ein Stöhnen, stelle mich hinter Logan und lege mein Kinn auf seine Schulter.

Seine Augen wandern von den beiden Streithähnen zu mir. »Also, Küken, klär mich auf. Wo hast du die Nacht verbracht?«

»Anscheinend oben.«

»Und Even?« Die Muskeln unter meinem Kinn spannen sich an.

»Ich denke, hier unten. Er lag auf jeden Fall nicht im Bett, als ich aufgewacht bin. Und bevor du mich jetzt fragst. Ich habe keine Ahnung, warum ich oben war und er hier unten.«

»Nora, lass gut sein!«, ruft Logan daraufhin laut. »Er scheint die Wahrheit zu sagen.«

Even sieht in diesem Moment erleichtert in unsere Richtung, doch sein Blick verdunkelt sich leicht, als er mich mit Logan sieht.

Auch Nora richtet ihre Aufmerksamkeit nun ganz auf uns. »Er hat dich wirklich hochgetragen und die Nacht dann hier unten verbracht?«

»Nora, sie hat dabei geschlafen! Du wirst mir einfach glauben müssen.« Even streicht sich die blonden Haare aus der Stirn. »Gestern habt ihr euch noch alle beschwert, dass ich sie hier unten schlafen lassen will.« «

»Ich ... ich dachte nur ... ach, vergiss es. Du weißt auf jeden Fall ...«

Even unterbricht sie. »Bescheid! Jaja, und ich halte mich daran! Auch wenn ich echt nicht verstehe, warum du deswegen so ein Theater machst.«

Wovon zur Hölle redet er? Jetzt verstehe ich noch weniger. Ich schaue fragend von einem zum anderen Zwilling, doch keiner der beiden beachtet mich.

Schließlich wirft Nora die Hände in die Luft und stapft an uns vorbei die Treppe hoch. »Eigentlich wollte ich mich fertig machen, damit ich auf die Piste kann.« Ich sehe ihr hinterher und seufze. Warum muss sich Nora denn auch immer einmischen? Selbst wenn Even und ich in einem Zimmer geschlafen hätten, was geht es sie an?

Seufzend wende ich mich Lin zu, die die ganze Szene ohne einen einzigen Kommentar verfolgt hat. »Wollen wir beide uns um das Frühstück kümmern?«

Lin nickt und nimmt meine Hand, um mich in die Küche zu ziehen, als im nächsten Moment Even – nur mit Boxershorts bekleidet – vor uns steht. Hoffentlich sabbere ich nicht.

»Ich kann euch auch gerne helfen«, bietet er an.

Ich schlucke und sehe zu Lin rüber, die zu lachen anfängt. »Ich glaube, du ziehst dich besser erst mal an, du Held.« Sie tippt Even auf die nackte Brust, bevor sie mich an ihm vorbeizieht. In der Küchentür dreht sie sich noch einmal um. »Und nächstes Mal, wenn du uns durch deine selbstlosen Taten beeindrucken willst, kündige sie doch vorher wenigstens deiner Schwester an, dann können wir uns solche Szenen in Zukunft sparen. Oder besser noch, halte dich an unsere Ratschläge.«

Even verdreht die Augen, schnappt sich dann ohne einen weiteren Kommentar die Decke und das Kissen vom Sofa und verschwindet in die obere Etage. Logan, der das Ganze beobachtet hat, zeigt Lin einen erhobenen Daumen und geht anschließend zum Schrank, in dem die Teller aufbewahrt werden.

»Was für Ratschläge?«, frage ich Lin, als wir allein in der Küche sind und ich den Kaffee in die Maschine fülle.

Lin dreht sich zum Fenster und starrt hinaus. »Nichts Weltbewegendes. Sagen wir einfach, ich habe ihm das Offensichtliche noch mal vor Augen geführt.«

Ich trete hinter sie und versuche auszumachen, was sie da draußen so interessant findet, kann aber nichts entdecken. Der Parkplatz ist menschenleer und auch sonst ist nichts zu sehen. Sie weicht mir aus? Sie haben doch wohl nicht ...? O nein, warum meint anscheinend jeder hier in diesem Haus, mich vor Even beschützen zu müssen?

»Lin? Was hast du zu Even gesagt?«

Gerade als sie Luft holt, um mir doch noch zu antworten, betritt Logan die Küche. Na super!

»Der Tisch ist gedeckt. Ich hole nur kurz Besteck. Kann ich sonst noch was helfen?«

»Kaffee läuft auch schon durch. Ich nehme Marmelade, Nutella und Butter mit. Du kannst dich ums Brot kümmern«, bittet Lin ihn, verschwindet aus der Küche und kommt so um ihre Antwort herum. Ich funkele Logan böse an.

»Was? Was hab ich getan?«, fragt er und hebt beide Hände in die Luft.

»Sie gerettet.«

»War bestimmt nicht meine Absicht, Küken.« Er kommt einen Schritt auf mich zu und streicht mir eine Locke hinter mein Ohr. »Wenn ich wählen könnte, auf wessen Seite ich stehe, dann bestimmt auf deiner.« Im nächsten Moment spüre ich seine Lippen auf meiner Stirn. Ich lege meine Arme um seine Hüfte und drücke mich an ihn.

»Warum gelten diese kranken Don't-touch-Regeln eigentlich nur für mich?«, poltert Even plötzlich hinter uns, schnappt sich den Kaffee aus der Maschine und stürmt wieder aus der Küche.

Ich lasse meinen Kopf gegen Logans Brust fallen. Warum musste Even ausgerechnet jetzt hier reinkommen? Und hat Nora ihrem Bruder wirklich verboten sich mir auch nur zu nähern? Irgendwie klingt es sehr danach – und nervt mich tierisch. Wer hängt da noch alles mit drin? Und was geht es die anderen an?

Logan löst sich langsam von mir und streicht mir noch einmal übers Gesicht. »Mach dir nichts draus. Er kriegt sich schon wieder ein bis ihr Snowboarden geht. Und wenn es gar nicht geht, dann bleibe ich eben bei euch und gehe heute nicht auf die Piste.« Auch wenn er meine miese Stimmung nur zum Teil richtig deutet, ist Logan echt süß.

»Musst du nicht. Ich komme schon klar.« Ich versuche mich an einem Lächeln, wenn auch nur halbherzig. »Komm, lass uns frühstücken «, sage ich zu ihm, schnappe mir die Packung mit den Brotscheiben und gehe damit zu den anderen an den Tisch. Sie sitzen genau wie gestern beim Abendessen, also kann ich Even direkt in die Augen sehen, als wir aus der Küche kommen. Er beißt sich auf die Unterlippe und funkelt Logan immer noch böse an.

»Komm, setz dich, Küken«, versucht Lin die Stille zu durchbrechen, die auf mich gerade regelrecht erdrückend wirkt. Wo ist der tolle Urlaub unter Freunden nur geblieben, den ich mir vorgestellt habe?

»Möchtest du auch Kaffee?« Mat hält die Kanne in der Hand und sieht fragend zu mir herüber. Sein Lächeln ist absolut entspannt. Ich kann mich nicht daran erinnern, ihn jemals anders gesehen zu haben. Vielleicht ist das der Künstler in ihm. Wenigstens einem ist die Stimmung am Tisch noch nicht auf das Gemüt geschlagen.

»Ja, gerne.« Ich halte ihm meine Tasse hin.

»So und jetzt kommt mal alle wieder runter.«, meint Mat dann. »Was auch immer hier heute Morgen vorgefallen ist, so schlimm kann es nicht sein. Die Sonne scheint und wir wollen gleich alle auf die Piste. Da könnt ihr euch schön abreagieren. Ich möchte jetzt gerne in Ruhe frühstücken, ohne Angst zu haben, dass hier gleich die nächste Bombe hochgeht oder einer seinen Tischnachbarn mit dem Brotmesser ersticht.« Er sieht in die Runde und greift sich eine Scheibe Brot, die er dick mit Nutella bestreicht. Ich sehe zu Even hinüber, aber der hat seine Augen immer noch auf Logan gerichtet. Das kann ja noch heiter werden.

Schnell schmiere ich mir ein Brot und verschlinge es in Rekordzeit. Auch die beiden Mädels scheinen es eilig zu haben, denn sie halten mir ihre Teller schon entgegen, als ich mit meinem in die Küche verschwinden möchte.

»Ich will jetzt zum Lift. Mat kommst du mit uns?«, wendet sich Nora an ihn.

Der schiebt sich das letzte Stück seines Brotes in den Mund und leckt dann mit der Zungenspitze den Rest Nutella aus dem Mundwinkel. »Klar. In fünf Minuten draußen am Schuppen?«

Lin steht auf. »Super«, sagt sie lächelnd und bringt unsere Tassen in die Küche. Ich folge ihr mit den Tellern und husche dann schnell nach oben, um Zähne zu putzen und mich in meine Skiklamotten zu werfen, und bin froh der miesen Stimmung kurz zu entkommen. Hoffentlich haben sich die Gemüter gleich ein bisschen beruhigt. Aber unten angekommen sitzen Even und Logan immer noch schweigend beim Frühstück.

»Wollen wir dann auch gleich los?« Ich sehe zwischen den beiden hin und her, doch keiner dreht sich zu mir um. Also gehe ich zum Sofa und lasse mich darauf fallen, um zu warten, bis die beiden mit ihrem stummen Blickduell fertig sind und mir wieder Aufmerksamkeit zukommen lassen.

Even

Ich weiß nicht, wie ich den ganzen Vormittag mit Logan verbringen soll, ohne ihm an die Gurgel zu gehen. Wieso darf er Amy im Arm halten und sie auf den Scheitel küssen, während ich wie ein Schwerverbrecher behandelt werde, nur weil ich sie ins Bett getragen habe? Irgendwas läuft doch bei meiner Schwester und den anderen schief. Außerdem … gerade er! Als wäre Logan auch nur ein Stückchen besser als ich. Er hat doch schon oft genug das Gegenteil bewiesen. Und er hat einen Großteil dazu beigetragen, dass ich Breckenridge hasse. Anstatt nur Amy und Lin auf Abstand zu halten, hätte ich das besser auch mit Logan tun sollen. Stattdessen reiben wir uns seit Jahren gegenseitig unsere neuesten Eroberungen unter die Nase. Ich will ihm einfach beweisen, dass ich besser bin als er. Immer noch …

Aus verengten Augen fixiere ich meinen sogenannten *Freund* und auch er starrt mich seit gefühlten Stunden in Grund und Boden. Irgendwann scheint es ihm zu blöd zu werden und er schiebt geräuschvoll seinen Stuhl zurück. Sofort geht er auf Amy zu. »Ich ziehe mich schnell um, dann können wir los.«

Unser Küken sitzt bereits in voller Montur auf der Couch und schwitzt sich vermutlich zu Tode. »Möchtest du nicht erst deinen Teller wegräumen?«, frage ich Logan. Ich klinge wie meine eigene Mutter, ich weiß. Aber mir ist auf die Schnelle einfach nichts Besseres eingefallen, um ihm zu nerven. Der Typ kotzt mich gerade echt an.

Logan sieht mich böse an. Ich frage mich, was *ich* ihm getan habe, denn er fummelt doch die ganze Zeit an Amy herum. Nicht ich. Er öffnet seinen Mund: »Mach du …«

Weiter kommt er nicht, da Amy ihn unterbricht. »Ich mache das. Geht ihr ruhig rauf und macht euch fertig.« Ihr ist es sichtlich unangenehm, dass Logan und ich uns gerade wie zwei Cheerleader anstellen, die sich um den Kapitän des Footballteams zanken.

Logan geht sofort zur Treppe. »Danke.« Soll mir nur recht sein. Ein paar Minuten mit Amy allein können nicht schaden.

Sie kommt auf mich zu und pikst mir mit ihrem Zeigefinger in die Brust. Wenn ich sitze und sie so vor mir steht, ist sie sogar ein bisschen größer als ich. »Das gilt auch für dich.«

Ich fange Amys Hand ein und verschränke sie mit meiner. Mit Genugtuung stelle ich fest, dass sich ihr Atem beschleunigt. Aus ihren großen grünen Augen sieht sie mir schüchtern entgegen. »Even, was machst du mit mir?«, wispert sie.

»Die Frage ist eher, was du mit mir machst«, flüstere ich zurück. Meine zweite Hand lege ich an ihre Taille und ich ziehe sie näher zu mir. Von Sekunde zu Sekunde wird es schwerer, sie nicht auf meinen Schoß zu ziehen und zu küssen.

Langsam stehe ich auf, ohne den Blickkontakt zu unterbrechen, nähere mich ihrem Kopf und hauche ihr einen Kuss auf ihre braunen Locken. Danach gebe ich sie frei und gehe nach oben, um mich umzuziehen. Verflucht nochmal. Irgendwann in den nächsten Tagen werde ich meine Lippen auf Amys pressen und mir das nehmen, was ich mir seit unserem Wiedersehen ausmale.

Auf der letzten Treppenstufe kommt mir Logan mit seiner Snowboardhose entgegen. Auf dem Kopf trägt er bereits eine Mütze. Nur Schuhe und Jacke fehlen noch.

»Du.« Mit einem Nicken deute ich auf die Tür zu meinem Zimmer. »Rein da. Reden.«

»Ganze Sätze werden wohl überbewertet«, murrt er.

Im Zimmer ziehe ich mir mein Shirt über den Kopf und drehe mich danach zu Logan um.

Mit zuckenden Mundwinkel sagt er: »Das geht mir jetzt etwas zu schnell. Ich dachte, du willst nur reden.«

Es fällt mir schwer, das Schnauben zurückzuhalten. »Haha. Witzig«, antworte ich und suche im Schrank nach meinem Thermoshirt und der Skiunterwäsche.

»Was ist los mit dir?«, will Logan wissen, während ich in die Hose schlüpfe.

Ich ziehe mir das Oberteil über und frage ganz unschuldig: »Was soll denn sein?«

Logan sieht so aus, als müsste ich ganz genau wissen, wovon er redet. »Du lässt Amy gegenüber den Beschützer raushängen. Sie und ich ... wir sind Freunde. Nichts weiter. Da musst du nicht einen auf großen Bruder machen.«

Also, meine Gefühle Amy gegenüber sind zwar alles andere als geschwisterlich, aber seine falsche Vermutung spielt mir in die Karten. Es muss ja nicht jeder im Haus wissen, dass ich es auf Amy abgesehen habe. Reicht doch, wenn Mat und Lin mich ständig damit nerven, dass ich meine Finger von ihr lassen soll. Ganz zu schweigen von meiner Schwester.

Ich klopfe ihm wohlwollend auf die Schulter. »Pass einfach auf«, gebe ich ihm einen scheinheiligen Ratschlag. »Du könntest die ganze Gruppendynamik durcheinanderbringen, wenn du etwas mit ihr anfängst.« Vielleicht sollte ich besser auf meine eigenen Tipps hören.

»Mach dir keine Sorgen«, meint Logan lächelnd und geht zur Tür. »Und jetzt zieh dir endlich deine Skihose an, damit wir loskönnen.«

»Bin gleich da«, antworte ich und ziehe mich zu Ende um. Danach schnappe ich mir meine Mütze und gehe nach unten.

Ob ich ein schlechtes Gewissen haben sollte? Falls Logan herausfindet, dass ich auf Amy stehe, bricht die Hölle los. Wenn sie sich wirklich so nahestehen, wie er sagt, dann will er sicher nicht so ein Arschloch wie mich für seine – beste? – Freundin.

Amy und Logan verlassen gerade das Haus. »Danke fürs Warten«, rufe ich ihnen hinterher.

»Wir holen nur die Boards«, meint Amy lachend. Schnell schlüpfe ich in meine Jacke und meine Snowboots, die ich gestern nach dem Einkaufen aus dem Schuppen geholt habe. An einem kleinen Brett neben der Tür hängt ein Schlüsselbund, den ich mir schnappe.

Amy und Logan warten auf mich und ich nehme der Kleinen sowohl mein als auch ihr Board ab. »Das kann ich doch selbst tragen«, protestiert sie.

Abwehrend schüttele ich den Kopf. »Ich mache das schon.« Um sie abzulenken, rede ich weiter. »Ich denke, es wäre klug, die Sprungschanze auf der Piste dort drüben zu bauen.« Da ich in jeder Hand ein Board halte, nicke ich mit meinem Kinn in die entsprechende Richtung.

Logan mischt sich ins Gespräch ein. »Meinst du die, auf der man abends immer vom Berg zurückkommt?«

»Jap«, antworte ich ihm knapp. »Dann brauchen Amy und ich uns für heute keine Liftkarte kaufen.« Mist. Ich habe sie gar nicht gefragt, ob ihr das recht ist. Schnell drehe ich mich zu ihr. »Bist du einverstanden, Honey?«

Logan beschleunigt seine Schritte, dreht sich dann aber ruckartig mit fragendem Gesichtsausdruck zu uns um. Upps. Offensichtlich gefällt ihm mein neuer Spitzname für Amy nicht. Ist mir egal.

Ich konzentriere mich wieder auf Amy, da sie mir noch eine Antwort schuldet. »Ja, geht klar.« Schüchtern lächelt sie mir zu.

Während wir auf die Piste zulaufen, ärgere ich mich bereits darüber, dass ich Amys Snowboard trage. Leider muss ich deshalb ein wenig Abstand zu ihr halten. Ganz im Gegensatz zu Logan, der dicht neben ihr den Berg hinaufmarschiert.

Oben angekommen stellen wir unsere Boards in den Tiefschnee und ich erkläre den beiden, was sie zu tun haben. Es dauert ewig, bis wir endlich eine ordentliche Sprungschanze gebaut haben. Die Stimmung zwischen Logan und mir wird mit der Zeit wieder entspannter. Wäre auch zu blöd, wenn wir streiten, nur weil ich eifersüch… – besser ich denke nicht darüber nach.

Ohne Vorwarnung wirft Logan mir plötzlich einen Schneeball mitten ins Gesicht. Einige Sekunden starre ich ihn verdutzt an, dann drohe ich grinsend: »Jetzt bist du dran!« und laufe hinter ihm her. Als ich nah genug an ihm dran bin, springe ich auf seinen Rücken. Wie geplant kann Logan mein Gewicht nicht halten. Der Länge nach knallt er mit dem Gesicht voran in den Schnee. Lachend setze ich mich auf die Knie und genieße den Anblick.

»Even?«, höre ich Amys Stimme hinter mir. Ich drehe mich zu ihr um. Völlig unerwartet reibt sie mir eine Handvoll Schnee direkt ins Gesicht.

Das habe ich jetzt nicht erwartet. Amy ist so klug und macht ein paar Schritte zurück. Mit bedachten Handbewegungen greife ich mir etwas Schnee und forme eine Kugel. Dann springe ich auf und laufe auf sie zu.

Laut kreischt Amy »Nein« und will vor mir flüchten, doch sie ist einfach nicht schnell genug. Nach wenigen Metern bekomme ich den Ärmel ihrer Jacke zu fassen. »Tu das nicht«, bittet sie mich und sieht dabei so süß aus, dass ich fast dazu bereit bin, ihrem flehenden Gesichtsausdruck nachzugeben. »Keine Chance, Honey«, antworte ich ihr und stopfe den Schnee in ihre Jacke. Danach ziehe ich sie näher an meinen Körper und klopfe mit beiden Händen auf ihren Rücken, damit er sich auch schön verteilt.

Amy sieht mich von unten mit ihren strahlenden, grünen Augen und ihren geröteten Wangen an. Wie in Trance lehne ich mich näher zu ihr. Meine Hand hebt sich wie von selbst, da ich sie auf ihre Wange legen möchte, doch Logans Stimme bringt mich wieder zurück in die Realität. »Ich hab's.«

Scheiße. Ich wollte Amy gerade küssen. Vor Logan. So viel dazu, meine wahren Absichten vor meinen Freunden zu verbergen. Schnell mache ich einen Schritt zurück.

»Wie bitte?«, frage ich und drehe mich zu Logan um.

Seine Augenbrauen heben sich. »Das Foto?«

Auch Amy scheint nicht zu begreifen, was er uns sagen möchte. »Was meinst du?«, will sie wissen.

Logan verdreht seine Augen. »Ihr habt gerade euer Schlüsselanhänger-Foto nachgestellt.« Woher weiß er, was auf meinen Fotos zu sehen ist? Hat er mir so genau beim Auspacken zugesehen?

Mit Freude in der Stimme ruft Amy: »Wirklich?« Sofort läuft sie zu Logan, um sich das Bild anzusehen. »Schickst du es mir?«, bittet sie ihn.

Er nickt.

Ich räuspere mich. »Mir auch.« Logan sieht mich skeptisch an. Kommt er sich blöd vor, weil wir uns sonst immer nur Bilder von unseren Eroberungen schicken? Aber ich will das Foto unbedingt, also setze ich ein »Bitte« hinterher.

Er tippt immer noch auf seinem Handy herum, während ich zu meinem Snowboard gehe. Ich will jetzt endlich die Sprungschanze testen.

Logan anscheinend nicht, denn eine Sekunde später fragt er: »Wollt ihr auch Mittag essen? Lin hat mir eine Nachricht geschickt. Wir treffen uns in fünfzehn Minuten in der Talstation.« Nein. Du sollst verschwinden und mich endlich mit Amy allein lassen.

Sofort verneine ich seine Frage. »Nope, bin noch vom Frühstück satt.«

Amy sieht etwas unschlüssig aus und wippt leicht auf und ab, während sie eine Entscheidung trifft. »Ja, ich auch. Und ich möchte unbedingt die Schanze ausprobieren.«

Perfekt. Obwohl ich es mir nicht nehmen lasse, sie etwas mit meinem Fachwissen aufzuziehen. »Den *Kicker* meinst du?«

Amy rollt nur mit den Augen.

Logan zuckt mit den Schultern, während er zu seinem Snowboard geht. Er setzt sich auf den Boden und steckt seine Füße in die Bindung. »Bis später«, ruft er uns zu und fährt davon.

Amy

Ich nehme mir mein Board, das Even vorhin in den Schnee gesteckt hat, und sehe ihn an. »Kommst du?«

Er schnappt sich seins und schon steht er an meiner Seite. Für einen kurzen Moment dachte ich, er würde nach meiner Hand greifen, doch er tut es nicht. Etwas enttäuscht richte ich meinen Blick schnell wieder den Berg hinauf.

Schweigend marschieren wir eine Weile nach oben.

»Ich denke, wir sind weit genug oben«, sagt Even nach einer gefühlten Ewigkeit. »Vielleicht solltest du beim ersten Mal noch nicht über den Kicker springen, sondern daran vorbeifahren, um erst wieder ein Gefühl für das Fahren zu bekommen.«

Er hat ja recht, trotzdem will ich mich nicht von ihm bevormunden lassen. Ich bin eine erwachsene Frau und so soll er mich auch endlich wahrnehmen. Ich lasse mich in den Schnee plumpsen und stecke meine Boots in die Bindung. »Darf ich nicht selbst entscheiden, was ich möchte?«

Mit geübten Fingern schließe ich die Bindung und rappele mich langsam hoch. Ein leichter Sprung und schon stehe ich richtig, um den Berg runterzufahren. Wahnsinn. Es war wirklich eine gute Idee diesen Urlaub zu machen, auch wenn ansonsten alles etwas anders verläuft als gedacht. Aber das Snowboarden habe ich wirklich vermisst.

Um Evens Nerven nicht zu sehr zu strapazieren, fahre ich an der Sprungschanze – ich werde sie niemals Kicker nennen – vorbei, auch wenn ich eigentlich gern direkt darüber gesprungen wäre. Aber wir haben ja noch Zeit. Unten angekommen drehe ich mich um und sehe ein paar Meter weiter hinter mir Even hinunterfahren.

»Dein Glück«, ruft er mir von weitem zu. »Denn Küken wie du, dürfen erst dann machen, was sie wollen, wenn sie wissen, was gut für sie ist.« Er bremst abrupt ab und wirbelt dabei eine Menge Schnee auf.

»Männer …«, ich grinse ihn an. Was für ein Poser. »Warum meint ihr immer besser zu wissen, was wir brauchen?«

Er zieht eine Augenbraue hoch, schweigt sich jedoch aus. Ist vielleicht auch besser so. Ich will seine Antwort gar nicht hören – und bin auch nicht scharf darauf, zu hören, bei wie vielen Frauen er genau wusste, was sie brauchten.

»Wieder hoch?«, frage ich ihn stattdessen, um endgültig vom Thema abzulenken.

»Auf jeden Fall. Welchen Trick möchtest du zuerst ausprobieren?«

»Ich denke, fürs Erste versuche ich darüber zu springen und heil zu landen.« Ich schnalle mir das Board von den Füßen und nehme es wieder in die Hände, um den Berg hinaufzugehen. Das ist natürlich der Nachteil, wenn man abseits des Liftes fährt. Man kommt nicht so einfach hinauf.

»In Ordnung, aber ich fahre zuerst runter.« Er räuspert sich kurz. »Damit ich da bin, sollte etwas schiefgehen.« In seinen Augen spiegelt sich die Besorgnis, die man auch aus seiner Stimme heraushört.

»Wenn es nicht klappt, lande ich eben auf dem Hintern.« Ich muss lachen. »Das werde ich schon überleben. Ich bin nicht zerbrechlich, Even. Aber falls du dich besser fühlst, fahr du zuerst.«

Oben angekommen lasse ich Even wie versprochen den Vortritt und sehe ihm zu, wie er gekonnt über die Schanze springt. Bei ihm sieht das alles so einfach aus, doch ich weiß aus meinem letzten Winterurlaub, dass es bei weitem nicht so easy sein kann. Logan hat sich einige Male hingelegt und ich habe mich nicht mehr getraut es danach selbst zu probieren. Ich schnalle das Board wieder an meine Füße und nehme Fahrt auf. Als ich am Rand der Schanze ankomme, ziehe ich die Knie ein wenig hoch, um sie im nächsten Moment wieder durchzustrecken, als ich den Schnee unter meinem Board fühle. Es wackelt zwar etwas, aber ich bleibe stehen. Erleichtert atme ich aus. Gleich beim ersten Versuch zu stürzen, hätte meinem Ego dann doch nicht ganz so gutgetan.

Wir fahren noch ein paarmal herunter und springen, um die Strecke besser kennenzulernen. Even testet bei jedem einzelnen Versuch schon seine Grenzen aus und seine Augen strahlen, wenn es so funktioniert hat, wie er es sich vorgestellt hatte. Gerade fährt er wieder den Berg hinunter, nimmt beim Sprung plötzlich sein Board in die Hand, bevor er es wieder loslässt und landet.

»Ist das einfach?«, frage ich ihn, als auch ich wieder unten ankomme.

Er zuckt mit den Schultern. »Das ist noch einer der leichten Tricks. Du musst dich nur etwas vorbeugen und vor allem im richtigen Moment wieder loslassen.«

»Hört sich gar nicht so schwer an.«

»Du bekommst ihn schon hin.« Even packt sein Board und stapft den Weg wieder hinauf, ohne mich noch einmal anzusehen. Wie nett! Erst besteht er darauf, mein Board zu tragen und jetzt kann er nicht mal mehr auf mich warten. Ich werde echt nicht schlau aus diesem Typen … Kopfschüttelnd schnappe ich mir mein Board und folge Even, der oben ausharrt, bis ich aus dem Weg gehe, damit er wieder hinunterfahren kann. Er wartet nicht einmal, bis ich mir das Board wieder unter die Füße geschnallt habe, sondern fährt direkt los. Okay, ab morgen bin ich definitiv mit Nora und Lin unterwegs. Ich wollte einfach gern Zeit mit Even verbringen, aber seine ständigen Stimmungsschwankungen sind ja kaum zum Aushalten.

Ich springe auf, bringe mein Board in die richtige Position und beginne – zuerst langsam – den Berg hinunterzugleiten. Die Augen immer auf mein Ziel gerichtet, nehme ich immer mehr Tempo auf, bis ich endlich an dem Punkt ankomme, den ich schon die ganze Zeit über anvisiere. Nach einem hastigen Atemzug ist es soweit. Der Absprung. Ich ziehe meine Knie leicht an und will die Hand zum Board führen. Sofort merke ich, dass es noch viel zu weit weg ist und der Boden viel zu schnell näherkommt. Mein Herz klopft aufgeregt in meiner Brust und ich schaffe es nicht, mich wieder vollständig aufzurichten. In Zeitlupe nehme ich wahr, was in Wirklichkeit nur Sekunden dauern kann, nämlich wie der Schnee immer näher auf mich zukommt ... Ich habe keine Ahnung, was ich machen soll, um den Sturz aufzuhalten und dann ist es auch schon so weit. Mein Oberkörper kippt nach vorn und ich schaffe es gerade noch rechtzeitig meine Arme anzuwinkeln, in der Hoffnung, mir nicht das Handgelenk zu brechen. Auch meine Füße habe ich nicht mehr unter Kontrolle, denn ich spüre, wie das Brett kurz auf meinen Po aufschlägt.

Die Zeit, in der ich den Hang hinunterrutsche und nicht stoppen kann, kommt mir wie eine Ewigkeit vor. Endlich schaffe ich es, die Kante meines Boards in den Schnee zu schlagen, um meine ungewollte Rutschpartie auszubremsen. So habe ich mir das nicht vorgestellt.

»Amy?«, höre ich Evens verzweifelte Stimme.

Ich hebe meinen Kopf an und drehe mich auf den Rücken. Gar nicht so einfach mit dem Board an den Füßen. Hastig nehme ich ein paar Atemzüge, die mir allerdings nicht helfen meinen rasenden Pulsschlag zu stoppen. Ich wische mir den Schnee aus meinem Gesicht und starre in den Himmel, bis sich Evens Gesicht in mein Sichtfeld schiebt.

»Amy?« Seine Finger fahren mir übers Gesicht und ich höre auf zu atmen, während ich seine Berührungen genieße. Auch das hilft mir nicht, mein rasch klopfendes Herz zu beruhigen. Eher im Gegenteil.

»Amy, ist alles in Ordnung?«, fast panisch tastet er mich ab.

Ich nicke nur, denn zu mehr bin ich aufgrund seiner überraschenden Fürsorge gerade nicht fähig. Die Angst, die in seinen Augen steht, überwältigt mich nahezu.

Seine Stimme klingt aufgebracht. »Bist du dir sicher?«

Nun muss ich doch wieder grinsen. »Ja, bin ich.« Er scheint sich wirklich richtig Sorgen zu machen. »Alles bestens, ich habe nur irgendetwas falsch gemacht.«

»Du warst zu niedrig.« Er fährt mit seiner Hand durch seine Haare und atmet tief ein. Ich kann sehen, dass seine Hände leicht zittern, als er sie wieder nach unten fallen lässt. »Spring höher. Zieh die Knie weiter an. Dann kommst du leichter an das Board und hast mehr Zeit, bis du wieder aufkommst.« Verständnislos sehe ich zu ihm. »Warte, stell dich hier an den Rand. Ich zeige es dir.« Er nimmt meine Hand und zieht mich hoch, platziert mich dann aber gut zwei Meter von der Schanze entfernt. Ich sehe ihm hinterher, wie er den Berg hinaufläuft, um sein Kunststückchen noch einmal zu versuchen. Dieses Mal achte ich ganz besonders darauf, wie er seinen Körper hält und präge mir jedes Detail ein.

»Und jetzt du. Ich warte hier auf dich.« Er sieht mich herausfordernd an. Das ist genau das, was ich brauche, um meinen ganzen Mut wieder zusammenzunehmen. *Vergiss den Sturz und zeig ihm, dass du es auch kannst.*

Ich achte auf die beiden Punkte, die er mir eben genannt hat und tatsächlich: dieses Mal schaffe ich das kleine Kunststück ohne zu stürzen und lande wieder auf meinen Füßen. Ich grinse übers ganze Gesicht, als er auf mich zukommt. »So besser?«, frage ich ihn.

Even erwidert mein Lächeln und ich habe das erste Mal in diesem Urlaub das Gefühl, dass er sich wirklich freut. Sonst hebt sich eventuell mal sein Mundwinkel. Meist jedoch eher ironisch. Dieses strahlende Lächeln steht ihm aber viel besser – und macht ihn noch unwiderstehlicher. »Super gemacht, Honey. Jetzt kannst du zumindest einen Trick. Gleich den nächsten?«

Da mir langsam dann doch die Beine wehtun, schüttele ich den Kopf. »Vielleicht ein anderes Mal.« Ganz entschieden, ob ich morgen nicht lieber mit den Mädels fahre, habe ich mich noch nicht, auch wenn Evens Laune sich in den letzten Minuten deutlich verbessert hat. Wir fahren die letzten Meter hinunter zur Hütte, bevor wir uns die Boards von den Beinen schnallen.

Er nimmt mir meins wieder ab und packt es zusammen mit seinem unter den Arm.

»Even, du musst es wirklich nicht ständig für mich tragen.«

»Ich mache es aber gern.« Er zuckt mit den Schultern. Ich sehe ihm hinterher, wie er die Boards in dem kleinen Schuppen abstellt und mich dann auf halber Strecke zur Haustür wieder abfängt.

Even stellt sich dicht vor mich und raunt: »Und was machen wir den Rest des Tages, bis die anderen wiederkommen?«

»Ich denke, ehrlich gesagt, nicht, dass es noch lange dauern wird. Immerhin stehen auch sie das erste Mal seit langem wieder auf den Skiern. Ich werde mal das freie Bad nutzen, duschen und mich fertig machen.« Auch wenn wir zwei Bäder haben, weiß ich jetzt schon, dass Nora und Lin sich mit Sicherheit ausgiebig stylen werden, falls wir heute Abend feiern gehen wollen. Da wir gestern schon zu Hause geblieben sind, müsste heute eigentlich eine Après-Ski-Party anstehen. Schließlich sind wir doch zum Feiern hergekommen. Ich freue mich richtig darauf, auch wenn ich noch nicht weiß, wie ich es verkraften soll, Even dabei zuzusehen, wenn er ein anderes Mädchen anbaggert.

»Dann nehme ich das andere«, reißt er mich aus meinen Gedanken. Welches andere? Meine Stirn legt sich in Falten, als ich ihn fragend anblicke.

»Das andere Bad?« Er zieht eine Augenbraue in die Höhe, was total süß aussieht. Und mit seinem nächsten Satz bringt er mein Herz gleich wieder aus dem Takt. »Oder willst du mit mir zusammen unter die Dusche?«

Even

»Ich ... ich ... denke nicht?« Ich bin mir nicht ganz sicher, was Amy jetzt von mir erwartet, da ihre Antwort, wie eine Frage klingt. Eigentlich habe ich nur einen Scherz gemacht. Natürlich würde es mich ganz und gar nicht stören, wenn wir meinen Vorschlag in die Tat umsetzen würden.

Ich sehe mich unbehaglich um, aber hier ist niemand, der mir aus dieser Situation helfen könnte. Also stehen wir weiter stumm vor dem Haus. Ich habe echt keine Ahnung, wie der Verhaltenskodex für derartige Situationen lautet. Warum denke ich in Amys Gegenwart überhaupt so viel darüber nach, was richtig und was falsch ist?

Irgendwann reiße ich mich am Riemen und frage nach: »Du willst also nicht?«

Sie schüttelt vorsichtig den Kopf. »Nein. Ich *kann* nicht.«

Mit gerunzelter Stirn sehe ich sie an. Ich weiß wirklich nicht, worauf sie hinauswill, also tue ich das Nächstbeste, was mir im Moment einfällt. Ich mache einen Witz daraus.

»Also ... eigentlich ist es ganz einfach. Du ziehst dich aus. Ich ziehe mich aus. Rein in die Dusche.« Ich lege meinen Kopf schief. »Alternativ kann auch ich dich ausziehen und du mich.«

Amy lässt den Kopf hängen und sieht auf den Boden. Hm, ich bin wohl etwas über das Ziel hinausgeschossen und habe sie in Verlegenheit gebracht. Sanft greife ich nach Amys Kinn und übe leichten Druck darauf aus. Sie soll mir wieder in die Augen schauen.

»Honey? Was ist dein Problem?«, flüstere ich.

»Even ... ich kann mit niemanden unter die Dusche steigen, den ich noch nicht mal geküsst habe.«

Ach so! Mein Atem beschleunigt sich und ich trete näher an sie heran. Mit zittrigen Fingern nehme ich eine ihrer Haarsträhnen in die Hand und schiebe sie hinter ihr Ohr. Ich beuge mich zu ihr. »Das können wir jederzeit ändern.«

Wir sind uns so nah, dass ich jeden ihrer hektischen Atemzüge auf meiner Haut spüre. Mein Gesicht kommt ihrem immer näher und Amy weicht nicht zurück.

Unsere Lippen sind nur noch wenige Millimeter voneinander entfernt. Dann sage ich etwas, das ich so noch nie gesagt habe: »Ich werde dich gleich küssen. Wenn du das nicht möchtest, dann sag es jetzt.« Ich halte die Luft an.

Amy bleibt stumm! Zuerst lehne ich meine Stirn kurz gegen ihre. Ich brauche noch einen kleinen Moment, um selbst zu begreifen, was ich hier gerade im Begriff bin zu tun. Ganz leicht stupse ich ihre Nase mit meiner an.

Amys Atmung wird immer hektischer. Sie will das hier. Und sie begehrt mich genauso sehr wie ich sie.

Ich habe das Gefühl etwas sagen zu müssen. »Alles ist in Ordnung«, sind die ersten Worte, die mir in den Sinn kommen. Keine Ahnung, wem ich gut zurede. Amy oder meinem Gewissen. Meine Hände wandern seitlich an ihren Kopf und ich streichele ihre Wangen. Endlich wird sie ruhiger.

Doch als mein Mund über ihrem schwebt, schreit Nora laut »Stopp.« Ich taumele einige Schritte zurück und sehe mich hektisch um, aber meine Schwester ist nirgends zu sehen. Verwirrt reibe ich mir über meine Schläfen. Ist es normal, dass bei Zwillingen die innere Stimme wie die der Schwester klingt?

»Ich … sorry, Amy. Mit mir sind wohl die Hormone durchgegangen.« Ich ziehe mein Telefon aus der Tasche und checke das Datum. »Ich hatte bereits vier Tage keinen Sex.«

Amy weicht zurück und presst sich die Hand auf ihre Brust. Ich frage mich, was ich jetzt wieder falsch gemacht habe.

Sie dreht sich um und geht ohne ein weiteres Wort zur Haustür. Davor bleibt sie stehen und streckt mir ihre Hand entgegen.

»Willst du Händchenhalten?«, frage ich sie ehrlich verwirrt.

Sie sieht mich an und verdreht die Augen. »Nein. Den Schlüssel!«

Irritiert dränge ich mich an ihr vorbei und sperre auf. Sie lässt mich stehen und stürmt die Stufen nach oben. Aber was hätte sie auch sagen sollen? »Danke, dass du uns vor einer Dummheit bewahrt hast?« Ja, irgendwie schon. Immerhin habe ich sie davor gerettet, sich in eine lange Schlange namensloser Mädchen einzureihen.

»Amy«, schreie ich ihr hinterher. Frustriert reiße ich mir die Mütze vom Kopf und schleudere sie direkt auf Nora. Die auf der Couch sitzt. Verdammt, *das* bilde ich mir jetzt wirklich nicht ein.

Meine Schwester sieht mich aus zu Schlitzen verengten Augen an. Blind reicht sie Mat, der mit einer Schüssel Nudeln neben ihr sitzt, ihre eigene und kommt auf mich zu.

Mit ihrem Finger pikst sie mich in die Brust. »*Was* hast du getan?«

Ich verdrehe meine Augen. »Die Frage ist wohl eher, was ich nicht getan habe«, murmele ich, während ich mich aus meiner Jacke schäle.

Ungeduldig sieht Nora mich an. »Ich bin keine Hellseherin«, murrt sie. »Spuck es aus!«

»Also manchmal habe ich schon das Gefühl, du weißt genau, was ich denke.«

»Nein. Ganz so einfach ist das leider nicht. Außerdem sendest du seit wir hier sind ziemlich verwirrende Signale.« Liegt vermutlich daran, dass ich momentan ziemlich durch den Wind bin und nicht genau weiß, was ich denken soll.

Ich gehe zu Mat und lasse mich neben ihn auf die Couch fallen. Nora folgt mir prompt und setzt sich im Schneidersitz vor uns auf den Boden. Mat reicht ihr mit einem Lächeln ihre Nudeln.

Um von mir abzulenken, frage ich: »Wolltet ihr nicht eigentlich essen gehen?«

Mat wird leicht rot und Nora zuckt mit den Schultern. »Mat wollte zurück und ich dachte mir, ich begleite ihn. Logan und Lin sind was essen gegangen.« Die beiden allein? Damit hätte ich nun wirklich nicht gerechnet.

»Ach so.« Danach schweige ich.

Sofort lehnt sich Nora weiter vor. Das Verhör kann weitergehen. »Was war das mit Amy?«, will sie wissen. »Nur damit ich nicht ganz ahnungslos zu ihr nach oben gehe.«

Ich fahre mir durch meine Haare und habe keine Ahnung, ob ich Nora nun eine fette Lüge auftischen oder ihr die Wahrheit sagen soll.

Mein Kopf sinkt nach hinten auf die Lehne der Couch und ich starre an die Decke. »Es gab da … so einen Moment«, gestehe ich leise.

»Aha«, meint sie dann. Mat stößt mich mit dem Ellbogen an und ich sehe zu ihm.

Mit seiner Hand macht er eine kreisrunde Bewegung. »Erzähl weiter«, fordert er mich auf.

»Muss ich wirklich?«, frage ich an meine Schwester gewandt.

Sie nickt. »Na gut«, seufze ich. »Wir hatten gerade einen Wir-küssen-uns-jetzt-jede-Sekunde-Moment.«

Nora sieht mich ziemlich enttäuscht an. Ich hasse das. »Du hast mir versprochen die Finger von meinen Freundinnen zu lassen, Even. Sie wird sich nicht mehr mit mir treffen wollen, wenn du ihr weh tust.«

Mit meinen Händen fahre ich mir über das Gesicht. »Ich weiß. Deshalb habe ich sie auch nicht geküsst.«

»Nicht?« Ehrliches Erstaunen liegt in Mats Stimme.

»Es hätte alles unnötig kompliziert gemacht. Ich stehe eher auf lockere Dinge. Ohne Verantwortung. Ohne Verpflichtung.«

Nora stellt die Schüssel ab, springt auf und wirft sich in meine Arme. Sie drückt mir einen fetten Schmatzer auf die Wange und ich schiebe sie von mir weg. »Wofür war das jetzt?«

Sie strahlt. »Dafür, dass du einmal das Richtige getan hast. Danke, Even!« Danach quetscht sie sich zwischen Mat und mich. »Aber warum ist Amy dann gerade wortlos nach oben gelaufen?«

Ich zucke mit den Schultern, da ich keine Ahnung habe. »Vielleicht war sie enttäuscht, weil ich so ein heißer Typ bin und sie jetzt nicht in den Genuss meines tollen Körpers gekommen ist«, versuche ich einen Scherz zu machen.

»Das oder sie musste dringend auf die Toilette«, meint Mat lachend.

»Klingt auch logisch«, stimme ich ihm zu.

»Ich gehe mal nach oben, um das rauszufinden«, meint Nora.

Bevor sie aufstehen kann, wuschele ich durch ihre Haare.

»Even. Meine Frisur«, mault sie noch, dann verschwindet sie schmollend die Treppe hinauf.

Mat dreht sich zu mir. »Irgendwie bin ich geschockt, dass du dich an meinen Ratschlag gehalten hast«, meint er, als meine Schwester außer Hörweite ist.

»Glaub mir. Ich bin es auch.«

Richtigerweise stellt er fest: »Du hast also doch ein Gewissen.«

Ich lege meinen Arm um Mats Schulter. »Jetzt hör schon auf darauf rumzureiten. Ich bin eben nicht ganz beratungsresistent.« Dann wende ich mich Noras Nudeln zu und versuche nicht weiter an Amy zu denken.

Amy

Vier Tage keinen Sex? Ist das sein Ernst? *Amy, wie tief bist du nur gesunken?*, frage ich mich im Stillen. *Du müsstest doch wissen, dass du für ihn nie mehr sein wirst als ein billiges Abenteuer.* So ist Even nun mal. Und ich werde ihn bestimmt nicht ändern.

Aber immerhin hat die Situation eben mir die Augen geöffnet. Ich muss mit Jamie sprechen, so schnell wie möglich. So wie mit Even habe ich mich bei Jamie noch nie gefühlt. Meine Beine haben gezittert und ich konnte es nicht erwarten, seine Lippen endlich auf meinen zu spüren. Wie kann ich mit Jamie so weitermachen wie bisher, wenn ich das alles gespürt habe? Selbst wenn ich diese Gefühle nicht mit Even ausleben werde, irgendwann finde ich vielleicht jemand anderen, bei dem ich mich so fühle.

Ich stapfe die Treppe hoch und befreie mich in unserem Zimmer von den Skiklamotten, schnappe mir neue Sachen aus dem Schrank und ein Handtuch, um dann im Bad zu verschwinden. Mein Handy nehme ich auch mit und tippe eine schnelle Nachricht an Jamie.

Wann können wir mal telefonieren? Sind gerade von der Piste heimgekommen und wollen heute Abend noch feiern gehen.

Ich stelle das Wasser an und ziehe die Thermounterwäsche aus, die vom Schnee und vom Schweiß an meiner Haut klebt. Dann gehe ich unter die Dusche und versuche meine Gedanken vom Wasser mit fortspülen zu lassen.

Aber das Bild von Evens Gesicht so nah an meinem, kurz vor einem Kuss, hat sich in mein Gedächtnis gebrannt. Eine leise Träne löst sich aus meinem Augenwinkel und vermischt sich mit dem herunterprasselnden Wasser der Dusche. Ohne einen Laut von mir zu geben, lasse ich den Tränen freien Lauf, lasse sie dem Weg der anderen folgen.

In diesem Moment klopft es an der Tür und ich höre Noras Stimme. »Alles klar da drin, Amy?«

Ich räuspere mich kurz und hoffe, dass meine Stimme meine Tränen nicht verraten wird. »Ja, alles in Ordnung.«

Ich stelle das Wasser aus und schnappe mir das Handtuch. Mit einer schnellen Bewegung schlinge ich es um meinen Körper und öffne Nora.

»Sorry, aber ich muss mich selbst davon überzeugen.« Sie tritt ins Bad und schließt die Tür hinter sich. Kritisch sieht sie mir ins Gesicht. Ich hoffe, sie übersieht meine geröteten Augen. »Was ist passiert?«

Ich fixiere den Handtuchhalter, um ihr nicht in die Augen sehen zu müssen. »Nichts Besonderes. Dein Bruder hat uns vor einem dummen Fehler bewahrt.« Warum wird mein Hals so eng, während ich diese Worte herauspresse?

»Und das wäre es auch für dich? Ein Fehler?« Nora sieht mich lange an.

Ich weiß nicht wirklich, was ich ihr antworten soll. Mein Herz und mein Kopf sind sich momentan nicht einig. Und ich weiß nicht, wer diesen Kampf gewinnen wird. Um meine Verwirrtheit zu überspielen, schnappe ich mir den Fön und beginne meine Haare zu trocknen.

»Amy?« Noras Blick wird immer skeptischer und ich befinde mich in einer echten Zwickmühle. Wenn ich meine Gefühle für ihren Bruder jetzt nicht offenlegen will, muss ich mir schnell etwas einfallen lassen. Aber ich war im Lügen noch nie besonders gut.

»Es würde doch nichts bringen.« Ich widme mich mit dem Fön ganz intensiv einer Strähne, um so etwas wie Gleichgültigkeit rüberzubringen. »Even ist eben, wie er ist. Das wissen wir alle. Du wirst sehen, schon heute Abend hat er mit Sicherheit drei weitere Mädels an jeder Hand.«

Nora kommt einen Schritt auf mich zu und legt ihre Hand auf meine Schultern, während sie meinen Blick im Spiegel sucht. »Das sagt aber nichts über deine Gefühle, Küken.«

»Ich weiß, dass Gefühle für Even keinen Sinn ergeben.« Ich kann Noras Blick kaum standhalten. »Also werde ich auch nicht weiter darüber nachdenken. In Ordnung?«

Sie nickt und streicht mir dann über die Haare. »Ich liebe Even, aber ich finde es nicht okay, wie er mit Mädchen umspringt. Und ich möchte nicht, dass er dir wehtut.«

»Mach dir keine Sorgen.« Mein Handy vibriert auf dem Waschbecken und ich sehe nach, wer es ist. Jamie. »Es ist wichtig, Nora«, versuche ich sie loszuwerden. Sie nickt und verlässt das Badezimmer, während ich nach dem Handy greife und mit dem Daumen über das Display streiche, um das Gespräch anzunehmen.

»Hey, Jamie«, begrüße ich ihn schon leicht angespannt. Wie beginnt man ein Gespräch, das man eigentlich persönlich führen müsste? Ich kann einfach keine weiteren sechs Tage warten, bis ich ihn wiedersehe.

»Hey, mein Darling! Wie geht's dir? Ist es schön mit den anderen?«

»Mir geht's gut«, lüge ich. »Wir waren heute auf der Piste und ich habe einige Sprünge geübt.« Ich weiß genau, warum ich auf seine Frage eingehe. Es fällt mir unendlich schwer, meinen besten Freund zu verletzen, aber alles andere wäre einfach nicht fair.

»Das ist doch super. Und heute Abend wollt ihr feiern?«

»Jamie?«, unterbreche ich seine Fragerunde. »Wir müssen reden.« Mein Herz schlägt schneller, wenn auch aus einem völlig anderen Grund als bei Even. Die Angst macht sich in mir breit, dass ich gleich eine Freundschaft zerstöre, die mir immer so wichtig war.

»Was ist los, Amy? Soll ich vorbeikommen und dich abholen?« Jamie klingt augenblicklich alarmiert.

Ich atme tief ein, bevor ich die nächsten Worte loswerde. »Du musst nicht herkommen. Hier ist alles in Ordnung und es ist wirklich schön, die anderen wiederzusehen. Mich beschäftigt nichts hier in Breckenridge.« Ich hoffe, er hört nicht, dass das nicht die ganze Wahrheit ist. »Aber ich habe über uns nachgedacht. Ich weiß, dass du mich liebst, Jamie.«

»Mehr als alles andere auf der Welt«, unterbricht er mich.

»Ich weiß.« Das schlechte Gewissen kriecht in jeden Muskel meines Körpers und lässt sie langsam schmerzen. »Und das macht es mir umso schwerer, das jetzt zu sagen. Du bist mein bester Freund und ich möchte dich wirklich nicht verletzen. Aber das mit uns … das funktioniert einfach nicht. Ich habe dich in den letzten zwei Tagen kaum vermisst. Und so sollte das nicht sein in einer Beziehung.« Tränen steigen in meine Augen, denn schon während ich die Worte ausspreche, spüre ich, wie ich unserer Freundschaft den Todesstoß versetze.

»Aber, Amy …« Jamie macht eine kurze Pause. »Du bist doch erst zwei Tage weg. Du hast deine Freunde schon lange nicht mehr gesehen. Da ist es doch nicht verwunderlich, dass deine Gedanken nicht ständig um mich kreisen.«

»Jamie. Bitte«, flehe ich und balle meine freie Hand zu einer Faust. »Es hilft nichts, die Angelegenheit schön zu reden. Mir fällt das hier alles schon schwer genug.« Ich lasse mich an der Wand herabsinken und lege meinen Kopf gegen die kalten Fliesen. Am anderen Ende der Leitung höre ich Jamie schlucken.

»Ist das dein Ernst? Amy, ich liebe dich! Ich habe so lange auf dich gewartet und jetzt sagst du mir, dass das alles umsonst war?« Seine Stimme wird eine Nuance höher.

»Es tut mir leid.« Die Sehnsucht und die Verzweiflung in seiner Stimme zu hören, bricht mir das Herz. Ich liebe ihn nach wie vor, aber nicht so, wie er es verdient. Er ist und bleibt für mich nur ein guter Freund und es wird niemals eine romantische Beziehung daraus werden. Was hat Amor davon, meine Gefühle für die Jungs einfach zu vertauschen?

»Ist das wirklich dein letztes Wort?« Ich sehe in Gedanken vor mir, wie er sich durch die Haare fährt, während seine Stimme fast tonlos geworden ist.

Ein lautes Seufzen stiehlt sich aus meiner Brust. »Ja, leider. Aber du wirst immer mein Freund bleiben, Jamie.«

»Davon kann ich mir auch nichts kaufen.«

Ich höre ein Rascheln, dann ist die Verbindung weg. Ich starre auf das Telefon in meiner Hand. Was habe ich erwartet? Es war doch klar, dass er nicht mit Freudenjubel darauf reagiert, dass ich mit ihm Schluss mache. Aber warum habe ich mich überhaupt auf diese Beziehung eingelassen? Ich hätte wissen müssen, dass es nicht gut gehen kann.

Nach einigen Minuten, in denen ich mich keinen Zentimeter bewegt habe, stehe ich auf und ziehe mich um. Beim Blick in den Spiegel muss ich dann doch lachen. Wieso habe ich diese Klamotten eben ausgewählt? Mit der schwarzen, engen Jeans und dem schwarzen Top sehe ich aus, als wollte ich auf eine Beerdigung, nicht auf eine Après-Ski-Party. Auf die Beerdigung meiner Beziehung – auch wenn es eigentlich nur eine Freundschaft mit zusätzlichen Küssen war. Kann man das überhaupt Beziehung nennen? Ich schüttele den Kopf und gehe dann noch einmal in mein und Evens Zimmer, um mir ein anderes Top aus dem Schrank zu holen.

Meine Hand liegt noch auf dem Türgriff, als ich im Rahmen stehen bleibe, meinen Blick starr auf Evens nackten Oberkörper gerichtet.

»Ich glaube, wir sollten uns doch irgendein Zeichen überlegen, für den Fall, dass einer von uns im Zimmer ist«, bringe ich mühsam hervor. »Oder ich räume meine Sachen zu Lin und Nora«, murmele ich leise.

Even zieht sich sein Shirt über den Kopf. »Bei geschlossener Tür anklopfen reicht doch. Und sonst lassen wir die Tür einfach offen.« Er kommt auf mich zu, bleibt dann aber mit verschränkten Armen vor mir stehen. »Wir sollten reden.«

»Nein.« Noch ein Gespräch packe ich jetzt wirklich nicht. »Es ist alles in Ordnung. Mach nicht mehr daraus, als es war. Du bist zur Vernunft gekommen, bevor ich es stoppen konnte.« Auch wenn das gelogen ist. Ich hätte ihn nicht abgehalten mich zu küssen. Dafür warte ich schon zu lange auf diesen Kuss.

Als würde er meine Lüge durchschauen, zieht er eine Augenbraue fragend hoch. »Dann ist zwischen uns alles gut?«

»Ja, alles gut.« Ich gehe an ihm vorbei und hole mir mein rotes Lieblingstop aus dem Schrank. »Wir sehen uns dann später unten.« Ich verschwinde schnell zu Nora und Lin und bin froh, dass keine der beiden momentan in ihrem Raum ist.

5.

27. Dezember (Abend)

Even

Mein Blick ist stur auf Amys Hinterkopf gerichtet, als wir gemeinsam zur Talstation gehen. Dorthin, wo die Après-Ski-Party stattfindet.

Sie hat gelogen. Amy weiß es. Ich weiß es ebenfalls. Und dennoch tut sie so, als wäre alles in Ordnung zwischen uns. Wieso war sie nur so verdammt abweisend?

Je näher wir kommen, desto lauter wird die Musik. Vor der Halle stehen übriggebliebene Skifahrer in ihrer Winterkleidung. Direkt von der Piste auf die Party? Hätte ich heute auch mal lieber machen sollen, dann wäre diese ganze Sache mit Amy nie passiert.

Sie kichert gerade über irgendeinen Witz, den Logan gemacht hat. Doch das Lächeln erreicht ihre Augen nicht. Die wirken immer noch ungewohnt matt. Ich fahre mir durch meine Haare und zerstöre gerade meine Frisur. Doch das ist mir egal.

Als es darum geht, Eintritt zu bezahlen, greife ich nach Amys Hand und ziehe sie näher zu mir. »Geht schon rein. Ich muss noch kurz etwas mit Amy besprechen«, rufe ich den anderen zu. Sie zögern kurz, doch dann kommen sie meiner Aufforderung, zwar langsam, aber dennoch, nach.

»Ich will rein. Mir ist kalt«, motzt Amy.

»Gib mir fünf Minuten.«

Sie verschränkt ihre Arme vor der Brust. »In Ordnung.« Sonst sagt sie nichts.

Ich stopfe meine Hände in die Taschen meiner Jeans und ziehe meine Schultern hoch. Ich weiß wirklich nicht, was ich tun soll. »Honey, ich mag es nicht, wie es zwischen uns ist«, gestehe ich ihr.

»Was genau meinst du?«, fragt sie. Als wenn sie das nicht genau wüsste.

Ich starre auf den Boden anstatt in ihr Gesicht. »Du bist so abweisend. Es tut mir leid, wenn ich dir zu nahegetreten bin oder etwas getan habe, dass dich verletzt hat. Das wollte ich nicht. Ich bin ein Idiot und ich will das mit uns nicht versauen.« Ich hebe meinen Kopf, um sie anzusehen. »Wir sind doch noch Freunde? Oder?«

Amy Mundwinkel wandern leicht nach oben. »Ich glaube, ich hab dich noch nie so viel auf einmal reden gehört.«

Ich ziehe meine Hände aus den Hosentaschen und lege meinen Arm um ihre Schulter. »Alles wieder gut?«

Sofort nickt sie. »Ja. Ist es.«

Grinsend führe ich sie zum Eingang. »Zweimal, bitte«, sage ich zu der Blondine hinter dem Tresen und reiche ihr ein paar zerknüllte Geldscheine. Sie zwinkert mir zu, doch ich erwidere es nicht.

Amy sieht zu mir hoch. »Du musst mich nicht einladen, Even.« Sie hält mich mit ihrem Blick gefangen. Scheiße. Ich will sie schon wieder küssen. Ablenkung. Ich brauche dringend Ablenkung.

Ich räuspere mich kurz. »Ich weiß. Aber ich möchte es.«

Blondie unterbricht unser Gespräch. »Ihr seid noch nicht volljährig, oder?« Da ich meinen gefälschten Ausweis nicht dabei habe, nicke ich. Wieso zum Teufel habe ich mir nur Geld, aber keine Papiere eingepackt?

Sie reicht mir zwei grüne Bänder sowie das Wechselgeld und streichelt dabei leicht über meine Hand. Es ärgert mich, dass sie so etwas tut, obwohl ich immer noch meinen Arm um Amys Schulter geschlungen habe.

Ohne die Frau weiter zu beachten, mache ich mich mit Amy auf den Weg nach drinnen. Sobald wir den Vorraum betreten, wummern uns laute Electro-Beats entgegen. Auf einer Après-Ski-Party hätte ich eigentlich mit anderer Musik gerechnet, aber mir soll es recht sein. Nur dass Logan hier drin Spaß haben wird, kann ich mir nicht vorstellen. Er ist ja eher der Typ für Livemusik.

Nur ungern nehme ich meinen Arm von Amys Schulter, als wir bei der Garderobe ankommen. »Gibst du mir deine Jacke?«

Sie kommt meiner Bitte nach. »Danke.« Gemeinsam mit meiner übergebe ich sie dem jungen Typen an der Garderobe und bekomme einen Chip mit einer Nummer oben drauf.

Ich runzele meine Stirn. »Sieht so aus, als müssten wir gemeinsam nach Hause gehen.«

Amys Wangen werden rot. »Wie … ähm … meinst du das?« Verlegen streicht sie sich eine Locke aus dem Gesicht.

»Wir haben nur einen Garderoben-Chip bekommen«, erkläre ich ihr.

»Ach so!«, ist alles, was sie zu mir sagt.

»Wollen wir die anderen suchen, Honey?«

Als sie nickt, greife ich nach ihrer Hand und ziehe sie hinter mir her ins Getümmel. Es sind eine Menge Leute im Club und wir werden immer wieder angerempelt. Ich lasse Amys Hand nicht für eine Sekunde los. Meine Sorge, sie zu verlieren und nicht wiederzufinden, ist viel zu groß. Und das liegt nicht daran, dass ich Angst habe, sie könnte auf dem Heimweg ohne ihre Jacke frieren. Ich kann mir einfach nicht vorstellen den Abend ohne sie zu verbringen.

Wir durchqueren die Location bestimmt zweimal, doch unsere Freunde bleiben verschwunden.

Ich beuge mich ganz nah zu Amy. »Hast du dein Handy mit?«, frage ich sie.

Sie schüttelt den Kopf. »Nein, das habe ich in meiner Jackentasche gelassen.« Als ich sie genauer ansehe, fällt mir auf, dass sie, im Gegensatz zu den meisten Mädels hier, keine Handtasche mithat. Vermutlich wollte sie nicht auch noch so ein riesiges Teil wie Nora und Lin mitschleppen. Mein Telefon habe ich in der Hütte gelassen, also können wir die anderen auch nicht anrufen.

»Wollen wir was trinken?«, fragt Amy mich.

Sofort lächele ich sie an. »Natürlich.«

Dieses Mal lasse ich ihr den Vortritt und gehe einfach hinter ihr her. Als das Gedrängel aber wieder dichter wird, lege ich meine Hände an ihre Taille.

Ich schaffe es keine zehn Minuten meine Finger von ihr zu lassen. Langsam mache ich mir wirklich Sorgen um meinen Geisteszustand.

Dieses ewige Hin und Her macht mich verrückt. Ich will sie küssen, darf es aber nicht tun. Wir sind alte Freunde, also versuche ich mich zurückzuhalten. Aber ein paar harmlose Berührungen müssen einfach drin sein.

»Was willst du trinken?«, fragt Amy, als wir vor der Bar stehen.

»Am liebsten Alkohol«, fordere ich sie heraus. Ich weiß, dass es hier drinnen fast unmöglich wird, etwas Hochprozentiges zu bekommen.

Amy legt ihren Kopf in den Nacken und beißt sich auf ihre Unterlippe. »Warte hier auf mich. Ich komme gleich wieder.« Sofort dreht sie sich um und entfernt sich ein paar Meter von mir. Eigentlich würde ich ihr lieber hinterherlaufen, es interessiert mich, was sie vorhat.

Sie geht auf eine bunt gemischte Gruppe zu. Sowohl Männer als auch Frauen. Aber definitiv älter als wir. Ganz am Rand steht ein Pärchen. Mit dem Finger tippt sie der Frau auf die Schulter und beginnt ein Gespräch mit ihr. Nach einer Weile deutet sie in meine Richtung und der Mann und die Frau folgen ihrem Blick. Amy winkt mir und ich schlendere auf die Fremden zu. Ich habe keine Ahnung, was dieses Mädchen gerade plant.

»Das ist mein Freund, Even«, stellt sie mich vor und ich sehe sie erstaunt an.

»Hey«, begrüße ich den Typen und seine Freundin ein klein wenig verwirrt.

»Wie gesagt feiern wir heute unser zweijähriges Jubiläum.« Als Amy ihren Arm um meine Taille schlingt, lege ich meinen automatisch um ihre Schultern. »Wir haben uns hier kennengelernt und würden gerne darauf anstoßen. Leider dürfen wir noch nicht mal einen Sekt kaufen. Ihr kennt das ja.«

»Natürlich«, stimmt die Frau sofort zu. »Ist bei uns ja auch noch nicht lange her, oder, Schatz?«

Der Fremde nickt und streckt mir seine Hand entgegen. »Genau. Ich bin übrigens Taylor. Und das ist Sarah.«

Ich nicke den beiden zu. »Ich bin Even«, stelle ich mich höflich vor. Jetzt habe ich eine Ahnung, was Amy von dem Pärchen will.

Da wendet Taylor sich auch schon an mich: »Soll ich euch was von der Bar mitbringen?«

Das Grinsen auf meinem Gesicht wird breiter. »Könntest du uns eine Flasche Sekt besorgen?« Amy sieht mich erstaunt an. »Immerhin ist es ja unser Jubiläum, Honey.« Ich sehe ihr tief in die Augen. Bevor ich mich wieder Taylor zuwende, gebe ich ihr einen Kuss auf die Stirn.

»Seid ihr süß«, quietscht auch schon seine Freundin, deren Namen ich bereits wieder vergessen habe.

»Kein Problem«, meint Taylor nur.

Ich drücke ihm Geld in die Hand. »Ich hoffe, das reicht.«

Sofort winkt er ab. »Wenn nicht, strecke ich es vor und du gibst es mir später zurück.«

Ich klopfe ihm auf die Schulter. »Danke, Mann.« Mit dem Blick folge ich ihm, während Amy sich mit ihrer neuen Freundin unterhält. Es ist erstaunlich, wie schnell sie andere Menschen für sich einnehmen kann. Mit ihrer offenen und herzlichen Art fällt es ihr nicht besonders schwer. Sie hat es ja auch innerhalb eines Tages geschafft, dass sie mir wieder so wichtig ist wie früher. Wenn nicht sogar noch wichtiger ...

Keine fünf Minuten später kommt Taylor mit dem Sekt und zwei Gläsern zurück. »Hier, bitte.«

Ich reiche Amy beide und nehme den Kühler entgegen. »Danke.« Gespielt verlegen schaue ich das Pärchen an. »Stört es euch, wenn wir uns kurz verziehen und dann später noch einmal bei euch vorbeischauen?«

Auf Taylors Gesicht stiehlt sich ein dreckiges Grinsen. »Kein Problem. Und feiert euren großen Tag.«

»Das machen wir«, verspricht Amy ihm. Ich stecke den Sektkübel unter meinen Arm und lege meine Hand in Amys Rücken. Sanft schiebe ich sie weiter, bis wir bei einer kleinen Nische ankommen.

Den Sekt stelle ich auf einen Tisch. Danach fülle ich die beiden Gläser und reiche Amy eins davon. »Auf unser Zweijähriges, Honey.« Wir stoßen an und nehmen einen Schluck.

Amy sieht aus, als wäre ihr nicht ganz wohl. »Du musst das Theater nicht mehr weiterspielen. Wir sind wieder allein.« Sie lehnt sich weit zu mir, um die Musik zu überschreien, da sich neben uns ein Lautsprecher befindet.

Ich zucke mit den Schultern. »Es gefällt mir aber.« Mit schief gelegtem Kopf mustere ich Amy genauer. »Und vielleicht gibt es ja irgendwo in einem Paralleluniversum einen Even und eine Amy, die gerade wirklich etwas zu feiern haben.«

Mit großen Augen sieht sie mich an. »Meinst du wirklich?«

»Natürlich!« Mein Glas stelle ich vor mir auf dem Tisch ab. »Stell dir einfach vor, es gibt irgendwo einen Even, der sich weniger um sich selbst und mehr um seine Freunde kümmert. Einen, der, so oft er kann, zu seiner Amy nach Hause fliegt und mit ihr genauso viel Spaß hat wie heute auf der Piste.«

»Ich habe dich also nicht genervt?«

Ich schüttele vehement mit dem Kopf. »Wie kommst du drauf?«, will ich von ihr wissen.

»Du wirkst manchmal so abweisend.«

»Nein. Das bin nicht ich. Das ist der andere Even. Heute bist du mit dem Parallel-Universum-Even da. Derjenige, mit dem man so richtig viel Spaß haben kann.«

Mit einem Grinsen im Gesicht streckt mir Amy ihre Hand entgegen. »Es freut mich sehr, dich kennenzulernen, Even 2.0.«

»Die Freude ist ganz auf meiner Seite, Amy 2.0.« Zaghaft, wie ich es sonst nie machen würde, greife ich nach ihrer Hand und hauche einen Kuss darauf.

»Und jetzt trinken wir die Flasche aus und gehen tanzen. Even 2.0 und seine Amy wollen heute noch eine ganze Menge Spaß haben.«

»Wetttrinken?«, fragt Amy mich.

Mein Mundwinkel zuckt belustigt. »Mir gefällt, wie du denkst, Honey.« Ich schnappe mir mein Glas und proste ihr zu.

Ohne uns aus den Augen zu lassen, führen wir unsere Gläser zum Mund und trinken aus. Sofort greift Amy nach dem Sekt, um nachzufüllen. Bevor sie ihn jedoch wieder aus der Hand gibt, nimmt sie einen großen Schluck aus der Flasche. Also das hätte ich unserem Küken nicht zugetraut.

Sie streckt mir die Flasche entgegen und ich trinke ebenfalls daraus.

Eigentlich würde ich viel lieber aus ihrem Bauchnabel schlürfen, doch der andere Even ist nicht der Typ dafür. Vielleicht hilft Even 3.0 aus. Mal sehen.

Bis auf die herausfordernden Blicke, die wir uns zuwerfen, bleiben wir die ganze Zeit über still. Erst als der Sekt leer ist, ziehe ich Amy in meine Arme.

»Hui«, macht sie, da sie kurz das Gleichgewicht verliert. Ich fühle mich noch nicht wirklich betrunken, aber die Wirkung des Alkohols setzt bestimmt noch ein.

»Was machen wir jetzt, Amy 2.0?«

Sie lehnt ihre Stirn gegen meine. »Eng umschlungen tanzen. Immerhin ist heute unser Jahrestag«, flüstert sie in mein Ohr und ihr Atem streift meine Wange. Mir gefällt, dass Amy sich auf das Spiel einlässt.

Meine Hände platziere ich auf ihrer Hüfte und sie legt ihre in meinen Nacken. Den Kopf bettet sie auf meine Brust und wir schunkeln in der kleinen abgeschiedenen Nische zu den wummernden Bässen.

Keine Ahnung, wie lange wir tanzen, doch irgendwann reißt uns meine Schwester aus unserer kleinen Welt. »Was macht ihr hier?« Diesmal ist es nicht meine innere Stimme, die nach Nora klingt, sondern die echte Nora. Die in meinem Kopf, habe ich bereits ruhiggestellt. Offensichtlich mag sie Sekt.

Amy lächelt ihr mit leicht entrücktem Blick entgegen. »Wir tansssen!«, lallt sie. O nein! Ich habe Amy betrunken gemacht. Nein, Amy 2.0 und Even 2.0 haben sie gemeinsam betrunken gemacht.

»Genau«, bekräftige ich Amys Aussage. »Wir feiern heute unser Zweijähriges.« Okay. Ich bin offensichtlich auch ganz gut angetrunken, denn das wollte ich meiner Schwester nicht verraten.

Ihre Augen werden groß. »Wie bitte?«, kreischt sie.

Mat schiebt sich in mein Sichtfeld. »Seid ihr betrunken?«, fragt er. Oh! Den hatte ich noch gar nicht bemerkt. Ich drehe mich breit grinsend zu ihm. Mit Daumen und Zeigefinger zeige ich ihm einen Zentimeter Abstand an. »Nur ein kleines bisschen.«

»Ihr solltet besser nach Hause gehen«, motzt Nora.

»Nööööö«, lallt Amy. »Eveeeeen swei Punkt nuuull und isch ham heute sooooo viel Spaß.«

Mat schüttelt belustigt seinen Kopf. »Es hat gerade eher so ausgesehen, als würdet ihr im Stehen einschlafen.«

Empört greife ich mir an die Brust. »Also wirklich, Mat.« Dann wende ich mich wieder Amy zu. »Komm mit, Liebe meines Lebens.« Ich reiche ihr meine Hand. »Wir zeigen unseren Freunden jetzt, wie gut wir tanzen können.« Amy schnaubt belustigt und folgt mir zur überfüllten Tanzfläche.

Normalerweise bin ich eher der Typ, der an der Bar steht und die anderen dabei beobachtet, wie sie sich zum Deppen machen. Doch jetzt schnappe ich mir Amys Hand und gemeinsam hüpfen wir zum Takt der Musik auf und ab. Es ist mir auch egal, dass Nora und Mat uns beobachten. Amys Locken wirbeln wild herum, während sie einmal im Kreis um mich herumtanzt. Gemeinsam mit ihr macht es sogar Spaß, sich vor den anderen bis auf die Knochen zu blamieren. Als ein neuer Song ertönt, greife ich nach Amys Hüften. Sie tanzt gerade mit dem Rücken zu mir und ich ziehe sie fest an mich.

Amy

Die Musik wird langsamer und ich will … ähm … was will ich eigentlich? Ach ja … genau, Evens Hände festhalten, die ich an meinen Hüften spüre. Mit einem Ruck werde ich nach hinten gebeamt. Wooooow. Lichtgeschwindigke… upps. Nein, war nur Even, der mich an sich gezogen hat. Wieso noch mal tut er das? Ach ja, er ist ja jetzt mein Freund. Auf ziemlich abgedrehte Paralleluniversum-Art.

Aber ich find das gut. Sehr sogar. Besser für eine Nacht mit Even zusammen als niemals. Oder so. Wenigstens diesen einen Abend. Die Konsequenzen sind mir gerade ziemlich egal.

So und jetzt geh aus, Kopf.

Ich schmiege mich in seine Umarmung und gemeinsam wiegen wir uns im Takt der Musik. Seine Hände wandern auf meinen Bauch und er zieht mich noch näher an sich.

Da fühle ich plötzlich eine weitere Hand auf meinem Arm. Also das geht mir dann doch zu weit. Ich sehe zum Störenfried, der versucht mich von Even wegzuziehen. »Wasssss soll dasss?«, nuschele ich. Hatte ich schon immer einen Sprachfehler, der mich wie eine Schlange klingen lässt?

»Amy, lass den Blödsinn!« Ich sehe in die Richtung, aus der die Stimme kommt. Klingt weiblich. Oh! Upps. Nora steht vor mir und sieht nicht so aus, als würde sie mit uns tanzen wollen.

Even legt seinen Kopf auf meine Schulter und schreit. »Mach dich locker. Das Thema hängt mir zu den Ohren raus.« Hä? Welches Thema? Aaaah. Er spricht mit Nora! Wahnsinnskombinationsgabe. Und da soll mal jemand behaupten, ich vertrage keinen Alkohol. Even dreht uns von Nora weg und tanzt einfach weiter mit mir.

»Lass sie. Du weißt, was er heute Nachmittag gesagt hat«, höre ich da auch Mats Stimme hinter uns.

Oooch. Nora ist immer noch mies drauf, denn jetzt keift sie den armen Mat an. »Ja, aber da war er nicht betrunken.«

»Nora, wir haben gesagt, wir verbringen einen Urlaub voller Spaß und ohne Regeln. Wenn Amy mit ihm tanzen will und Even mit ihr, dann lass sie. Sie sind beide alt genug, um zu wissen, was sie tun, und du bist weder Evens noch Amys Mutter.«

Richtig, Mat. Gut erkannt. Die haben wir nämlich extra zu Hause gelassen. Ich muss leise kichern und drehe mich mit Even wieder um. »Genau, Nooooora, komm doch mit uns insss Paralleluniversuuum.« Kommt es nur mir so vor oder klinge ich wie die böse Hexe aus einem Märchenfilm? Dabei dachte ich immer, ich wäre eher der Typ Schneewittchen. Aber Even ... der wäre bestimmt ein guter Bösewicht.

Ich sehe Mat an. Gar nicht so einfach beim Tanzen Blickkontakt zu halten und das, obwohl Nora und Mat immer noch am Rand der Tanzfläche stehen. Außerdem kriege ich langsam einen Brummkreisel ... äh Drehwurm. Aber Mat lächelt mir entgegen. »Vielleicht nicht unbedingt mit der Menge Alkohol intus, aber klar, warum nicht. Komm, lass uns tanzen.« Dann zieht er Nora zu sich heran, die ihn nur erstaunt mustert. Aber sie legt ihre Hände auf seine Schultern und wiegt sich kurz darauf mit ihm im Takt der Musik.

Ich drehe mich in Evens Arm, um es Nora gleichzutun. »Siiiiehst du, alle ham Spaaaaß in deinem Paralleluniversum. Vielleicht sollten wir Logan und Lin suchen, damit ssssie mitmachen.«

Ich sehe hoch, kann aber nicht in seine Augen schauen, denn in diesem Moment wirft Even lachend seinen Kopf in den Nacken. Nach gefühlten Minuten schaut er mich dann doch irgendwann an.

»Also, wenn die beiden in unserem Paralleluniversum ein Paar sind, dann ist es ein echtes Wunderversum.«

Wunderversum? Ich kichere leise vor mich. Even ist heute sooooo witzig. »Wer weißßß. Wunder soll es immer wieder geben«, sage ich grinsend, lege dann meinen Kopf an seine Brust und genieße jede unserer Bewegungen.

»Darf ich ablösen?«, höre ich eine bekannte Stimme hinter mir, doch ich kann sie in diesem Moment kaum zuordnen, bin einfach nur in diesem Augenblick mit Even.

»Wenn es sein muss«, brummt dieser in dem Moment und lässt mich los. Ich taumele ganz kurz, sehe dann aber hoch zu der Person, die meine Hand nimmt, um mich dann auch in eine Umarmung zu ziehen. Es ist Logan.

»Hey, von diaaa haben wir grad gesprochen. Wo issn Lin?«

»Keine Ahnung, aber ich glaube, sie wollte irgendwo Getränke für uns alle organisieren«, sagt Logan direkt in mein Ohr, um die Musik zu übertönen. Puh, als bräuchte ich noch was zu trinken.

»Und duuuu bischt nicht mitgegangen?« Fest pikse ich mit meinem Finger in seine Brust. »Sooooo verhält sich aber kein Schentleman«, lalle ich mit gespieltem Entsetzen in der Stimme.

»Sag mal, bist du betrunken?«, fragt Logan mich.

Ich deute mit Daumen und Zeigefinger einen kleinen Spalt an. »Bisschen. Vielleicht.« Schon wieder schleicht sich dieses blöde Grinsen auf mein Gesicht.

»Und das ohne mich.« Logan schiebt mich etwas von sich weg, damit ich in seine weit aufgerissenen Augen schauen kann.

»Sorry«, flöte ich, »aber du warst leider noch nicht mit in unserem Paralleluniversum.«

»Amy? Wie viel habt ihr ge-trun-ken?« Seine Stimme hört sich überaus wachsam an und er betont jede Silbe megagenau. Jaja, zeig mir nur, dass du besser sprechen kannst als ich.

»Duuu bisssst nicht mein Papa. Sprich ruhig mal mit Matty, der weiß das nämlich schon.«

Logan schüttelt seinen Kopf. »Matty? Ach, du Scheiße. Sei froh, dass ich nicht dein Vater bin«, murmelt er.

Schmollend schiebe ich meine Unterlippe vor. »Logan, wir wollen Spaß haben.«

Sein Gesichtsausdruck wird weicher. Ha, ich habe diesen Dackelblick echt gut drauf. »Ist ja gut. Du hast ja recht. Aber dass du glaubst Spaß ohne mich haben zu können, das trifft mich doch.« Er versucht einen auf beleidigt zu machen, doch das Zucken seiner Mundwinkel verrät ihn.

»Mit dir tanse ich doch jets und habe Spaaaaaaaß.«

Er nickt zufrieden. »Das ist auch gut so, Küken.«

Das Lied geht zu Ende und sofort steht Even wieder bei uns.

»Das reicht jetzt. Lass die Pfoten von Amy 2.0 und such dir ein eigenes Mädchen, wenn du weiter tanzen willst.«

Fragend sieht Logan zu mir. »Amy 2.0?«

»Laaange Geschichte. Paralleluniversum und so.« Ich winke ab. »Ersähl isch dir ein anderesss Mal.«

Seufzend lässt Logan mich los. »Ist ja in Ordnung. Ich gehe dann mal an die Bar und organisiere mir was zu trinken. Wenn du nachher noch mal tanzen willst, sag Bescheid, Küken.« Er dreht sich um und geht davon.

»Endlich«, murmelt Even und zieht mich wieder in seine Arme.

»Was enlisch?«, fragend blicke ich zu ihm hoch, doch er weicht meinem Blick aus. »Hey, Süßa. Du vergisst, dasdu mir nach swei Jahren nichts vormachen kannscht«, versuche ich mein Glück erneut.

»Even 2.0 mag es nicht, wenn jemand anderes mit seiner Freundin tanzt. Auch nicht einer seiner besten Kumpels.« Awwww, Even ist eifersüchtig. Und er sieht so meganiedlich dabei aus.

»Dann musch Even 2.0 wohl besser auf seine Amy aufpassen.«

»Das wird er, keine Angst.« Seine Hände streicheln über meinen Rücken, während er seinen Kopf gegen meinen lehnt. Im Stillen danke ich dem DJ, der gerade ein langsames Lied nach dem anderen spielt. Ich hätte nie gedacht, dass ich Even jemals so nahe sein könnte.

»Wäre das nicht das perfekte Lied für einen Hochzeitstanz?«, fragt er und zieht mich noch näher an sich heran.

»Müssest du mir dafür nisch erst mal nen Antrag machen? Oder haben wir den auch überschbrungen?« Ich muss ein Kichern unterdrücken.

»Wir haben doch nichts übersprungen.« Even sieht mich gespielt entrüstet an. »Wir haben schon so viel zusammen erlebt. Und einen Antrag von mir hättest du nicht vergessen, glaub mir.« Er zwinkert mir zu.

»Das habe isch auch nicht besweifelt, mein Schatz. Nur, wenn du schon den Tanz aussuchst?«

»Ich bin eben gerne vorbereitet.« Er lässt mich los, dreht mich einmal unter seinem Arm durch und zieht mich dann wieder in seine Arme.

Ich sehe ihm in die Augen und bin schon wieder versucht meine Hände in seinen Nacken zu legen und seinen Kopf einfach für einen Kuss zu mir herunterzuziehen.

Doch bevor ich meine Gedanken in die Tat umsetzen kann, wechselt der DJ die Musik. Ein schneller Rhythmus folgt. Also löse ich mich widerstrebend von Even, nehme seine Hand und möchte zu Nora und Mat hinübergehen, die knutschend auf der Tanzfläche stehen. Moment ... knutschend?

Da muss ich laut lachen. »Na, Nora 2.0 hat auf jeden Fall auch Spaß mit Mat 2.0.«

Evens Händedruck wird auf einmal viel stärker und ich sehe ihm in die Augen, die mit einem Schlag sehr nüchtern aussehen.

Even

Das darf nicht wahr sein. Amys Hand liegt immer noch in meiner, doch ich habe Angst sie zu zerquetschen, also lasse ich sie los. Mit jedem Schritt, der mich näher zu Nora und Mat bringt, rückt das Paralleluniversum ein weiteres Stückchen in den Hintergrund. Ich werfe Amy einen Blick über meine Schulter zu. Sie wirkt plötzlich schlagartig ernüchtert und scheint zu verstehen, dass unser Spielchen fürs Erste beendet ist. Sie steht ein bisschen verloren auf der Tanzfläche. Aber darum kann ich mich jetzt nicht kümmern.

Meine Hand schnellt nach vorne und ich greife in Mats Nacken. Erschrocken dreht er sich zu mir um und starrt mich mit weit aufgerissenen Augen an. Er hat Nora in der Zwischenzeit losgelassen. Oder sie ihn. Keine Ahnung. Ist eigentlich auch egal. Ich kann nicht fassen, dass sie gerade wild geknutscht haben.

»Was tut ihr da?« Meine Stimme klingt drohend. Mat weiß ganz genau, dass meine Schwester für ihn tabu ist, also wieso zum Teufel küsst er sie?

Auf Noras Wangen zeigt sich ein leichter Hauch von Schamesröte. Gut so. »Man nennt das Tanzen«, meint meine Schwester.

»Ist klar. Und wozu genau diente die Zunge, die er dir in den Mund gesteckt hat? Zum Stabilisieren, damit du nicht umfällst?«

Nora verdreht die Augen. Mat legt ihr seine Hand auf die Schulter. Er kann es einfach nicht lassen, sie zu betatschen. »Lass mich mit ihm reden«, bittet er Nora.

»Ach so. Mit mir willst du reden, aber bei Nora hat dir das nicht gereicht.« Ich verschränke meine Hände vor der Brust, damit ich nichts Dummes mache.

Mat verengt seine Augen zu Schlitzen. »Bin ich dir nicht gut genug für deine Schwester oder was?«

Ich greife nach seinem T-Shirt und ziehe ihn näher an mich heran. »Darum geht es doch gar nicht. Es geht darum, dass wir alle Freunde sind und du diese Freundschaft zerstörst, indem du deine Finger nicht von ihr lässt.« Ich lehne meine Stirn gegen seine und flüstere gefährlich leise: »Was tust du, wenn Nora genug von dir hat? Dann verlierst du nicht nur sie, sondern vielleicht auch den Rest von uns. Zumindest ich werde immer auf ihrer Seite ...«

»Stopp.« Amy löst meine Hand aus Mats T-Shirt, drückt uns auseinander und stellt sich zwischen uns. So viel Kraft hätte ich ihr gar nicht zugetraut.

»Hört auf«, bittet sie uns noch mal. Es war so klar, dass sie dazwischengeht. Amy hält es einfach nicht aus, wenn die Harmonie gestört ist. Ich sehe zu Nora, die verdächtig still neben uns steht. Ihre Wangen sind immer noch leicht rosa, das Haar zerzaust und die Lippen vom Küssen errötet.

Ich weiß nicht, was mich mehr ärgert. Dass Mat sie geküsst hat oder dass für mich offensichtlich andere Regeln gelten, als für den Rest unserer Gruppe. Meine Schwester hatte schon ein Problem damit, dass ich mit Amy tanze. Wenn ich sie geküsst hätte, dann wäre ein Lynchmob hinter mir her gewesen. Mit Fackeln. Und Heugabeln.

»Du kannst nicht von einem Paralleluniversum sprechen und dann erwarten, dass es nur für dich gilt!« Amys Worte klingen scharf und sie bewegen etwas in mir. Nur habe ich keine Ahnung was. Sie sieht mir tief in die Augen. »Du kannst jetzt mit mir kommen und die Nacht weiterhin mit Amy 2.0 verbringen oder wir gehen alle gemeinsam nach Hause.«

Ich bin hin- und hergerissen. Einerseits gefällt es mir, Mat runterzuputzen, damit endlich mal jemand anderes der Buhmann ist. Andererseits will ich den Abend mit Amy nicht einfach so enden lassen. Immerhin verschafft mir die Paralleluniversumsgeschichte eine Art Freifahrtschein. Ich kann tun und lassen, was ich will, ohne mir über die Konsequenzen Gedanken zu machen. Außerdem will ich nicht ohne sie sein.

Sanft lehne ich meinen Kopf gegen Amys. »Was ist, wenn ich jetzt mit Amy 2.0 nach Hause gehen möchte?« Ich schere mich nicht darum, dass Nora und Mat unser Gespräch belauschen. Sie haben kein Recht darauf, sich als Moralapostel aufzuspielen. Nicht mehr.

Amy lächelt mich an und sagt nichts, sondern zieht mich hinter sich her zur Garderobe.

6.

28. Dezember (Nacht)

Even

Den Arm um Amys Schulter geschlungen, gehe ich Seite an Seite mit ihr durch die Nacht. Die kalte Luft hat mich wieder komplett ausgenüchtert. Die kalte Luft *und* zu sehen, wie Mat meine Schwester geküsst hat. Dahin ist sie, die schöne Leichtigkeit. Ganz toll.

»Fühlst du dich noch betrunken?«, will ich von Amy wissen.

Sie schüttelt den Kopf. »Nein.«

»Du klingst auch nicht mehr so«, sage ich mit einem angedeuteten Lächeln. »Und du bist so still, seit wir die Party verlassen haben.«

Kurz bevor wir unsere Hütte erreichen, bleibe ich stehen. Ich stelle mich vor Amy und lege meine Hände auf ihre Schultern.

»Ich weiß nicht ... ich habe das Gefühl, Amy 2.0 ist auf der Tanzfläche zurückgeblieben.«, sagt sie leise.

»Bist du dir ganz sicher?«, raune ich ihr zu. »Das wäre zu schade.«

Wir stehen so dicht beisammen, dass ich meine Nasenspitze nur ein ganz kleines bisschen drehen muss, bis ich sie damit anstupsen kann. Ihre Augenlider beginnen zu flattern. Es fällt ihr sichtlich schwer, meinem Blick standzuhalten.

Und verdammt noch mal. Wenn sie mich so verträumt ansieht, kann ich nicht anders. Ich überbrücke den minimalen Abstand zwischen uns und lege meinen Mund ganz sanft auf ihren. Es spielt keine Rolle, dass wir vor dem Haus in der Kälte stehen. Im Moment sind nur Amy und ich wichtig. Ich ziehe mich noch einmal ein kleines Stücken zurück, um ihr in die Augen zu sehen. Doch auch sie hat den inneren Kampf verloren und die Augen geschlossen. Also tue ich es ihr gleich, während ich sie wieder küsse. Sanft lecke ich über ihre volle Unterlippe. Amy versteht sofort, was ich will und öffnet ihren Mund ein Stückchen. Mein Herz klopft mir bis zum Hals. Komisch. Das hat es schon ganz lange nicht mehr gemacht, wenn ich jemanden geküsst habe. Ich schiebe es auf die Aufregung, dass uns jederzeit jemand erwischen könnte. Logan und Lin sind heute leider nicht mit uns ins Paralleluniversum gekommen und wären bestimmt nicht erfreut uns knutschend vor dem Haus zu finden.

»Gehen wir rein?«, raune ich Amy zu. Am besten bringe ich sie aus der Schusslinie, um eventuellen Störenfrieden aus dem Weg zu gehen.

Sofort als sie nickt, greife ich nach ihrer Hand und ziehe sie hinter mir her zur Hütte. Ein frustriertes Aufseufzen entkommt mir, da ich eine Ewigkeit nach dem Schlüssel suche. Ich muss mich beeilen, denn wenn Amy zu lange Zeit hat über das nachzudenken, was wir hier tun, beendet sie es, bevor es richtig angefangen hat. Sie weiß, dass ich ein Arsch bin und immer bleiben werde. Nur heute Nacht bin ich ihr Freund, mit dem sie bereits zwei Jahre zusammen ist.

Als die Tür sich endlich öffnet, schiebe ich Amy sofort nach drinnen. Mit zitternden Fingern greife ich nach dem Verschluss ihrer Jacke und öffne sie. »Zieh die aus«, befehle ich ihr und zu meiner Erleichterung, tut sie es auch. Schnell reiße auch ich mir die Jacke vom Körper und lasse sie unachtsam auf den Boden fallen. Mit meinen Händen greife ich nach Amys Hüften, drehe sie um und schiebe sie die Stufen nach oben, bis in unser Zimmer.

Mit einem Tritt werfe ich die Tür hinter mir ins Schloss. Ich versuche meine Hektik irgendwie in den Griff zu bekommen, aber am liebsten würde ich sie sofort ausziehen und aufs Bett werfen. Eigentlich keine schlechte Idee. Wieso soll ich mich bremsen? *Immerhin ist ja heute unser Jubiläum*, rede ich mir selbst gut zu.

»Wir sollten das ausziehen«, sage ich also mit einem Blick auf ihr Top.« Es ist viel zu heiß in diesem Raum. Ich habe das Gefühl, ich würde jede Sekunde verbrennen.

Wieder bleibt Amy stumm, folgt aber meiner Aufforderung, als sie sieht, dass ich mich ebenfalls aus meinem T-Shirt schäle. Amy trägt einen dieser Spitzen-BHs, die mir jedes Mal ins Auge fallen, wenn ich den Schrank öffne. Sie sieht so unbeschreiblich sexy darin aus. Und nicht nur das: Sie ist einfach wunderschön.

Ich lege meine Hand in ihren Nacken und ziehe sie für einen weiteren Kuss an mich heran. Unsere Zungen spielen miteinander, während ich sie langsam zum Bett schiebe.

Als ich bemerke, dass sie nicht weiterkann, lasse ich meine Hand nach unten zu ihrem Rücken wandern, um sie zu stützen, während ich sie nach hinten auf die Matratze drücke. Irgendwie macht es mich nervös, dass Amy schon eine ganze Weile nichts mehr gesagt hat.

Ich sitze zwischen ihren gespreizten Beinen und sehe sie an. »Ist alles okay?«, frage ich sie.

Wieder ein Nicken.

»Sag etwas«, bitte ich sie.

In ihren Augen schwimmen so viele Emotionen, die ich nicht deuten kann. »Ich hab mir das hier ...«, sie zeigt mit ihren Händen zwischen uns hin und her, »... schon so lange gewünscht.«

Ihre Worte wirken auf mich wie eine kalte Dusche. Aus der Traum von einem anderen Universum. »Wie bitte?« Meine Stimme klingt krächzend.

Mit roten Wangen senkt sie ihren Blick auf die Bettdecke. »Ich bin schon so lange in dich verliebt«, gesteht sie mir.

»Scheiße«, ist alles, was ich rausbringe. Geschockt fahre ich mir durch meine Haare. »Das ist nicht dein Ernst?«, frage ich sie nach einer Weile des Schweigens. Irgendwie hoffe ich gerade, sie hat einen Scherz gemacht.

Verletzt wendet Amy ihren Kopf ab. Ich muss irgendetwas sagen. Seufzend lasse ich mich nach hinten plumpsen. »Wir können das hier nicht beenden«, erkläre ich ihr. Ich kann nicht mit ihr schlafen, wenn ich genau weiß, dass sie mich liebt. Das wäre einfach nicht richtig.

»Das sehe ich auch so«, flüstert Amy und krabbelt auf mich zu.

Abwehrend strecke ich meine Hand aus und versuche sie davon abzuhalten, näherzukommen. »Du bist doch gar nicht der Typ für etwas Einmaliges, oder?«

Sie hält inne und sieht mich an. »Du hast doch gerade gesagt, wir können das nicht beenden. Das mit uns!«

Als ich meine Augen weit aufreiße, scheint sie denn Sinn meiner Worte endlich zu begreifen. »Oh. Du meinst den Sex.«

»Was dachtest du denn? Dachtest du, ich habe Gefühle für dich und will eine Beziehung mir dir?« Wow. Ich hoffe, das klang jetzt nur in meinen Ohren so gemein? Doch als eine Träne über Amys Wange läuft, weiß ich, dass ich mich mal wieder wie der letzte Arsch aufführe.

»Amy«, spreche ich sie sanft an, da es mir fast das Herz bricht, sie so zu sehen. Also, wenn ich noch eines hätte. »Ich bin nicht der Typ für etwas Festes. Das Einzige, was ich dir anbieten kann, ist ein unverfängliches Abenteuer.«

Amy

Ich stehe einfach auf und gehe zum Kleiderschrank, um mir einen Schlafanzug herauszuholen. Even bleibt stumm auf dem Bett sitzen. Ich spüre seinen Blick in meinem Rücken. Er wartet auf eine Antwort von mir, aber ich kann jetzt kein einziges Wort sprechen. Die unterdrückten Tränen schnüren mir den Hals zu. Also gehe ich, ohne ihn noch einmal anzusehen, mit meinem Schlafanzug in der Hand aus dem Zimmer raus, die knarrenden Treppenstufen hinunter. Unten angekommen ziehe ich mir schnell den flauschigen Weihnachtsschlafanzug über. Auch wenn er alles andere als sexy ist, er gibt mir gerade die Geborgenheit, die ich mir eigentlich von Even erträumt hätte. Und für wen soll ich jetzt noch sexy sein? Es ist doch eh alles gesagt.

Das Sofa steht einladend vor mir, da fällt mir auf, dass ich die Decke und das Kissen von oben nicht mitgenommen habe. So ein Mist! Ich gehe bestimmt nicht noch einmal da rauf.

Stattdessen sehe ich mich im Raum um und entdecke über dem Fernsehsessel eine dünne Decke, die ich mir schnappe und über mich ziehe. Meinen

Kopf lege ich auf die kleinen Sofakissen, die ich in eine Ecke der Couch pfeffere.

Was habe ich mir nur dabei gedacht, ihm zu sagen, was ich fühle? Ich wusste doch, dass ich ihn nicht ändern werde. Großartig! Nun kann ich die Tränen doch nicht mehr zurückhalten. Ganz leise stiehlt sich die erste aus meinen Augen und hinterlässt eine salzige Spur, die über meine Lippen läuft.

Ich habe keine Ahnung, wie viel Zeit vergangen ist, als sich die Haustür öffnet und vier lachende Menschen unser Haus betreten. Ich drehe mich schnell herum, sodass sie mir nicht in die Augen sehen können, und versuche so gleichmäßig wie möglich zu atmen, in der Hoffnung, dass es aussieht, als würde ich schlafen.

»Seid leise«, höre ich Mats Stimme hinter mir. »Da schläft anscheinend schon jemand.«

Puh ... Glück gehabt. Ich möchte einatmen, doch da schüttelt mich erneut ein leiser Schluchzer.

»Von wegen.« Schon im nächsten Moment spüre ich, wie sich jemand hinter mich setzt. »Amy?« Logans Stimme ist so dicht an meinem Ohr, dass er sich zu mir heruntergebeugt haben muss.

Langsam drehe ich mich zu ihm um und kann so meine mit Sicherheit geröteten Augen nicht verbergen.

Logan knurrt: »Was ist passiert?«

»Er hat nichts getan«, versuche ich das Unheil, so gut es geht, abzuwenden und streichele über Logans Handgelenk. Doch ich muss nicht in Logans Gesicht sehen, um zu wissen, dass er mir kein Wort glaubt.

Mat räuspert sich. »Also doch Ärger im Paralleluniversum?«, kommt es von ihm. Unschlüssig bleibt er zwischen Sofa und Treppe stehen.

»Lass mich los«, fährt Logan mich an.

Ich zucke erschrocken zusammen. Lin kommt auf uns zu und boxt ihm auf die Schulter. »Motz sie nicht an. Sie kann, glaube ich, kaum was dafür, dass du hier kurz vorm Ausrasten bist. Also lass deine Wut nicht an ihr aus.«

»Ich hätte …«, beginne ich, doch Logan unterbricht mich und schreit Lin an.

»Ich glaube auch nicht, dass sie etwas dafür kann. Er aber mit Sicherheit. Also gehe ich jetzt hoch und kläre das.«

»Logan, bitte«, unternehme ich einen letzten Versuch, doch er reißt sich von mir los und stürmt die Treppe hinauf.

Mat sieht zu Nora und Lin hinüber. »Ich glaube, ich kümmere mich mal lieber darum, dass es da oben überhaupt noch einen Überlebenden gibt.« Dann folgt er Logan ins Obergeschoss.

Nora kommt zu mir und setzt sich auf den Platz, auf dem eben noch Logan saß. Lin lässt sich wieder in den Fernsehsessel fallen, der anscheinend ihr neuer Lieblingsplatz in diesem Haus wird, und zieht die Beine an, während sie mich mit traurigen Augen ansieht.

»Ich sage es ja nicht gerne, aber …«, beginnt sie.

»Nein, musst du auch nicht. Ich habe deine Worte noch im Ohr.«

»Was hat er gemacht?« Nora streicht mir langsam über meine Haare, wie eine Mutter bei ihrem Kind, um es zu trösten.

Meine Augen blicken starr an die Wand zwischen den beiden, während ich schlucke. Ich möchte Even nicht weiter in die Scheiße reiten, er hat mit Sicherheit mit Logan und Mat genug zu tun, aber ich brauche jemanden zum Reden. Und Jamie kann ich ja nicht anrufen, genauso wenig wie meine Freundinnen zu Hause.

»Wir haben uns geküsst.« Alle weiteren Details spare ich mir lieber. »Es war wunderschön. Da habe ich ihm gestanden, dass ich ihn liebe.« Wieder kommen mir die Tränen. Hört das denn heute gar nicht mehr auf?

»Du tust was?«, fragt Nora fast tonlos und ich sehe betreten zu Lin rüber, in der Hoffnung auf Hilfe von ihr. Doch sie schüttelt nur sachte den Kopf.

»Ich weiß, dass es unsinnig ist. Das hat er mir eben auch klargemacht. Mehr als eine Affäre kann er mir nicht bieten.«

Scharf zieht Nora die Luft ein. »Das hat er gesagt?«

Gleichzeitig ruft Lin aus: »Du willst doch wohl nicht darauf eingehen?«

Ich sehe zwischen meinen beiden Freundinnen hin und her und bin unsicher, welcher ich zuerst eine Antwort geben soll. Doch da ich vermute, dass Nora bei meiner Antwort den Jungs hinterherstürmen würde, beschließe ich ihre Frage zu ignorieren und nur Lin zu antworten.

»Wenn ich darauf hätte eingehen wollen, würde ich wohl jetzt nicht hier liegen, oder?« Meine Stirn legt sich in Falten, als ich sie fragend anschaue.

»Stimmt wohl«, gibt Lin zurück. »Aber ich bitte dich auch, bleib dabei. Ich habe es dir schon einmal gesagt und sage es jetzt noch mal. Er ist eine Nummer zu groß für dich, Amy. Er wird sich nie ändern, also bricht er dir nur dein Herz. Das hast du nicht verdient.«

Nora schielt zu Lin hinüber, schüttelt dann nur kurz den Kopf und wendet sich wieder an mich. »Auch wenn er mein Bruder ist, Lin hat recht. Even und du, ihr habt einfach zu unterschiedliche Vorstellungen. Du bist doch überhaupt nicht der Typ für eine Affäre. Und er kann nichts anderes mehr ...« Nora verdreht die Augen, auch wenn sich ihre Schultern ein wenig anspannen, als würde sie irgendetwas zurückhalten.

»Ich liege hier unten und nicht oben bei ihm. Aber danke, dass ihr euch Sorgen um mich macht.«

»Warum Even?«, will Nora wissen.

»Ich habe keine Ahnung.« Ich setze mich auf dem Sofa auf und zucke hilflos mit den Schultern. »Vielleicht will ich meine Kleinmädchenträume ausleben?«

»Dabei hast du einfach einen so lieben Typen verdient, Amy. Einen, der dich umsorgt, der dich beschützt, der einfach immer für dich da ist und dir vor allem treu ist.«

Ja, das habe ich wohl. Bei ihren Worten sehe ich Jamie vor mir. So einen Kerl hätte ich haben können. Doch die Schmetterlinge haben gefehlt. Ob ich wohl jemals jemanden kennenlerne, der beides für mich sein kann? Bester Freund und Geliebter? Vertrautheit und Schmetterlinge?

Oben werden die Stimmen der Jungs immer lauter, aber ich kann kein einziges Wort verstehen.

»Ich wollte nicht, dass es meinetwegen solche Probleme gibt.« Müde ziehe ich meine Knie an und lege meinen Kopf darauf. Da sinkt auch die andere

Seite des Sofas neben mir ein und ich spüre noch eine zweite Hand auf meinem Rücken.

Nora sieht mich traurig an. »Du kannst nicht immer alles verhindern und jeden Streit schlichten. Vielleicht hätten wir auch nicht auf das Spiel mit dem Paralleluniversum eingehen sollen. War doch klar, dass das schiefgeht. Und als du im Club dazwischen gegangen bist …«

»Wo dazwischen?« Links neben mir beugt sich Lin nach vorn, um Nora anzusehen.

»Mat und Even haben sich gestritten.«

»Wegen Amy?«

Ich schüttele nur den Kopf und Lins Augen werden immer größer. »Deinetwegen?« Nora läuft sofort rot an.

»Also … wir …«

Ich grinse. Nora bekommt kein Wort heraus, aber da ich gern von meinen Problemen ablenken würde, springe ich über meinen Schatten und plaudere – ganz entgegen meiner Natur – etwas über meine Freundin aus. »Sie haben sich geküsst. Hat Even nicht ganz so gut gefallen.«

Lins Mund klappt weit auf. »Waaaas? Was ist denn bloß mit euch allen los? Hoffentlich ist das nicht ansteckend.«

Nora und ich grinsen uns nur an und geben ihr keine Antwort.

Even

Polternd stürmt jemand in mein Zimmer. »Was hast du jetzt wieder gemacht?«, schreit Logan. Betont langsam drehe ich mich zu ihm um und höre auf, aus dem Fenster ins Nichts zu starren.

Spöttisch ziehe ich meine Augenbraue nach oben. »Wie bitte?« Da ich keine Ahnung habe, worauf genau er hinauswill, stelle ich mich einfach mal dumm.

»Du hast Amy zum Weinen gebracht«, brüllt er und kommt mit schnellen Schritten auf mich zu. Er packt mich am Saum meines T-Shirts, das ich in der Zwischenzeit wieder angezogen habe, und lehnt seine Stirn gegen meine.

Bedrohlich leise flüstere ich: »Das müsste dir doch immer noch lieber sein, als wenn sie stöhnend unter mir liegen würde.«

Logan zieht seinen Kopf einige Zentimeter zurück, ehe er ihn wieder nach vorne schnellen lässt. »Ahhh«, jaule ich laut auf und taumele ein paar Schritte nach hinten. Also, wenn Logan so austickt, nur weil ich Amy zum Weinen gebracht habe, möchte ich nicht wissen, was er zu dem Kuss sagt.

»Spinnst du?«, brüllt Mat. Die Tür fällt mit einem Knall ins Schloss.

»Das wäre eigentlich mein Text gewesen«, murre ich und reibe mir über die Stirn.

»Du ...«, sagt Logan gefährlich leise und will wieder auf mich losstürmen. Doch Mat schlingt seine Arme von hinten um Logans Oberkörper und hält ihn davon ab. »... Arschloch!«

Mir ist etwas schwindelig, also lege ich mich auf mein Bett. Die Arme überkreuze ich hinter meinem Kopf. Für die beiden Jungs muss es so aussehen, als wäre ich die Ruhe selbst. Dabei bin ich alles andere als das.

An Logan gewandt fragt Mat: »Hast du dich beruhigt?«

»Ja«, sagt Logan widerwillig. Mat lässt ihn los, doch er sieht so aus, als wäre er bereit ihn sofort wieder bewegungsunfähig zu machen.

Vor Wut schnaubend geht Logan im Zimmer auf und ab. »Was zum Teufel ist heute Abend passiert?«, will er dann von mir wissen.

Ich mache ein unschuldiges Gesicht. »Keine Ahnung, wovon du gerade sprichst.«

Logans Hände ballen sich immer wieder zu Fäusten. »Oh, das weißt du ganz genau. Sonst würde sie jetzt nicht weinend unten sitzen und du hier oben. Hast du Amy angefasst?«

Ich habe sie sogar geküsst und es war der beste Kuss, den ich jemals mit jemandem geteilt habe. Besser als die Küsse mit ... Ich versuche den Gedanken an sie aus meinem Kopf zu vertreiben.

»Ja«, bestätige ich. »Wir hatten es ganz nett in den letzten Stunden.« Dabei war es mehr. Viel mehr.

Mat macht einen Schritt auf das Bett zu und sieht aus, als würde jeden Moment die Ader über seinem Auge platzen. »Jetzt reiß dich endlich mal zusammen!«, schreit er.

Etwas verwirrt sehe ich ihn an. »Wie meinst du das?«

»Du sollst deine saublöden Kommentare lassen und endlich sagen, was passiert ist.«

»Schon gut, schon gut.« Ich setze mich auf und strecke meine Hände in die Luft, als würde ich mich ergeben. »Amy und ich haben eine Menge getrunken.«

Sofort sagt Logan: »Ach, nee, das ist mir nicht entgangen. Woher hattet ihr überhaupt den Alkohol?«

Ich strecke meinen Zeigefinger in die Luft. »Ahhh … gute Frage, mein Freund. Den hat Amy besorgt.«

Logans Augen verengen sich zu Schlitzen. »Kannst du endlich mal aufhören in so kurzen Sätzen zu sprechen und stattdessen zum Punkt kommen?«

Ich weiß nicht, wieso ich die beiden noch mehr reizen muss, aber ich tue es dennoch. »Nein. Und ja, gerne.« Ich zwinkere ihnen zu.

Mats Augen werden riesig groß. »Ehrlich, Even, wenn du willst, dass wir nach diesem Urlaub noch Freunde sind, dann solltest du dich endlich mal am Riemen reißen«, droht er.

Mit schneidendem Unterton in der Stimme frage ich ihn: »So wie du, als du meine Schwester geküsst hast?« Logan betrachtet Mat aufmerksam, wird aber weiter nicht ausfällig. Interessant.

Bis auf ein Seufzen bleibt Mat stumm und lässt sich neben mich aufs Bett fallen. »Das ist Amys Seite«, erkläre ich ihm.

»Even!«, knurrt Logan, der immer noch vor dem Bett herumsteht.

»Okay. Also, Amy hat zwei Studenten – ein Pärchen – angequatscht und ihnen erzählt, wir würden unser zweijähriges Jubiläum feiern.«

»Das erklärt nicht, wieso sie so betrunken war«, sagt Logan.

Ich seufze laut. »Wenn ihr nicht immer dazwischen quatschen würdet, wüsstet ihr schon längst Bescheid.« Ich hole tief Luft und erzähle ihnen die ganze Geschichte vom Paralleluniversum. Vom Tanzen. Von den Küssen. Sie hören aufmerksam zu und keiner schreit mich an. Wir machen eindeutig Fortschritte.

»Aber du hast das Spielchen ein wenig zu weit getrieben.« Wenn es nicht um Amy gehen würde, hätte Logan mir bestimmt schon anerkennend auf die Schulter geklopft.

»Nein, habe ich nicht«, halte ich dagegen.

Ich kann Logans Zähne knirschen hören. Offensichtlich ist er wieder kurz davor, sich auf mich zu werfen. Bevor er durchdrehen kann, spreche ich weiter. »Zu weit wäre ich nur gegangen, wenn ich mit ihr geschlafen hätte. Sie hat mir ihre Gefühle gestanden und da ich sie nicht erwidere, habe ich das Einzige getan, was richtig war.«

Mat sieht mich abwartend an. »Und das wäre?«

Ich zucke mit den Schultern. »Ihr gesagt, dass nicht mehr als eine Affäre drin ist.«

Logan sieht immer noch aus, als würde er sich gleich wieder auf mich stürzen. »Du hast was getan? Ihr eine Affäre angeboten?«

»Mann, so war das doch nicht gemeint. Ich weiß, dass sie niemals darauf eingehen würde. Es war die einzige Möglichkeit, die Sache zu beenden, ohne dass jemand zu Schaden kommt.« Ohne dass mein Herz zu Schaden kommt.

»Und du stehst als absoluter Arsch da«, ergänzt Mat.

Ich zucke mit meinen Schultern. »Das bin ich gewohnt. Macht mir nichts aus.«

Logan steht mit gerunzelter Stirn vor dem Bett. Er weiß anscheinend nicht, was er sagen soll. »Ich ... Even ... jede Geschichte hat zwei Seiten«, murmelt er dann. »Vielleicht lasse ich mich irgendwie beeinflussen, weil Amy meine beste Freundin ist.«

Sogar ganz sicher, denke ich, sage aber nur: »Vielleicht ... Hört zu, ich würde mich jetzt gerne hinlegen. Mein Kopf tut weh.«

»Es tut mir leid.« Logan schleicht mit gesenktem Kopf aus dem Zimmer.

Ich wende mich an Mat. »Schläfst du heute hier?« Der Sarkasmus schwingt deutlich in meiner Stimme mit.

Mat grinst mich an. »Dann könnte sich Amy zu Logan ins Bett legen.«

Ganz bestimmt nicht. »Los, verschwinde!«, blaffe ich meinen Freund an.

Jetzt lacht er auch noch laut los. Habe ich etwas verpasst? Als er sich wieder eingekriegt hat, schwingt er seine Beine aus dem Bett. »Du bist eifersüchtig auf Logan, fasst Amy aber trotzdem nicht an.« Na ja. Ein bisschen habe ich sie schon angefasst. »Ich glaube langsam, du empfindest mehr für unser Küken, als du dir eingestehen willst.«

Bockig verschränke ich meine Hände vor der Brust. »Ganz. Bestimmt. Nicht. Ich bin nicht der Typ für Blumen, Herzen und so einen Mist.« Verächtlich ziehe ich einen Mundwinkel nach oben.

»Der warst du aber mal.«

Schockiert starre ich Mat an. »Woher …?« Er kann nicht wissen, wieso ich Beziehungen grundsätzlich aus dem Weg gehe, seit …. Ich meine, es weiß doch niemand, dass die Sache mit Chelsea – zumindest für mich – *mehr* war. Sogar so viel mehr, dass ich Logan und Mat davon erzählen wollte. Bis ich herausfand, dass … ach, egal! Soweit kam es ja dann nicht, also dürfte Mat nichts wissen, außer … »Nora!«, knurre ich »Sie hat es dir erzählt?« Ich springe aus dem Bett und laufe mit großen Schritten zum Schrank. Und wieder zurück. Und …

»Jetzt bleib stehen!« Mat legt mir eine Hand auf die Schulter, um mich auszubremsen.

»Ich werde dein Geheimnis nicht verraten.« Er sieht aus, als würde er sich unwohl fühlen. Seine Hand wandert hinter den Kopf und er reibt sich über den Nacken.

Ein verächtlicher Ton stiehlt sich aus meiner Kehle. »Was genau willst du nicht verraten? Dass der fünfzehnjährige Even sich unsterblich in ein Mädchen verliebt hat? Sie aber die größte Schl… Schlange in ganz Breckenridge war? Dass sie mit mir geschlafen hat, nur um am nächsten Tag mit einem meiner Freunde ins Bett zu steigen?«

»D-d-du weißt also, dass …«

»Natürlich weiß ich, dass Logan etwas mit ihr hatte.« Aufgebracht werfe ich meine Hände in die Luft. »Sie hat mir ja brühwarm davon erzählt.«

Mat senkt seinen Blick und starrt auf den Boden. Ich tippe mit meinem Finger stark gegen seine Brust. »Behalt es für dich. Oder erzähl es allen. Es ist mir egal.« Ich drehe ihm den Rücken zu und gehe zurück zum Fenster. Draußen fallen Schneeflocken vom Himmel und es sieht so fucking idyllisch aus, dass mir fast das Kotzen kommt. »Weißt du was? Selbst, wenn alle davon wissen, wird sich rein gar nichts ändern. Es gibt keine Liebe. Nicht für mich. Und jetzt verschwinde endlich.«

Ich weiß, dass Mat noch einige Minuten bei mir im Zimmer stehen bleibt, doch irgendwann höre ich das leise Klicken der ins Schloss fallenden Tür. Endlich allein. Ich reiße mir mein verfluchtes T-Shirt vom Leib und lege mich in meinen Boxershorts ins Bett. Auf dem Flur sind flüsternde Stimmen und sich schließende Türen zu hören. Irgendwann wird es im Haus von Sekunde zu Sekunde ruhiger, nur in meinem Kopf nicht. Dort rasen die Gedanken. Jetzt, hier allein im Bett, kann ich mir endlich eingestehen, dass ich dieses Paralleluniversumsding einfach wollte. Es war eine Art … Versuch, der leider ziemlich schiefgegangen ist. Ich wollte einfach wissen, wie es sich anfühlt, eine richtige Beziehung zu führen. Nur einen Abend lang. Aber eins ist spätestens jetzt klar: Ich kann es nicht und werde es auch nie können.

Amy

Nora und Lin verabschieden sich von mir, als sie sehen, dass Logan von oben die Treppe hinunterkommt.

»Lebt er noch?«, rufe ich ihm etwas bissig entgegen.

»Amy …«, setzt Logan an, doch ich lasse ihn nicht ausreden.

»Ich habe dir doch gesagt, dass er nichts gemacht hat. Wenn du mir einfach mal zuhören würdest …«

»Es tut mir wirklich leid. Ich merke es mir fürs nächste Mal.« Er lässt sich wieder neben mich aufs Sofa fallen und nimmt mich in den Arm. Einerseits bin ich immer noch sauer, dass er mir nicht zugehört hat, andererseits finde ich es auch total süß, dass er mich so beschützen wollte.

»Also … lebt er noch?«, wiederhole ich meine Frage und schmiege mich an Logans Brust.

Logan schließt seine Arme um meine Schultern. »Ja, gerade noch so, denke ich. Aber egal, was du sagst, er hätte dich nicht küssen sollen.«

»Weißt du, da gehören immer zwei dazu. Wenn ich es nicht gewollt hätte, wäre es nicht so weit gekommen.« Und wie ich es gewollt habe.

Er streicht mir über die Haare. »Kommst du zurecht?«

»Ich denke schon.« Ich hoffe, ich lüge ihn jetzt nicht an und kann das Ganze wirklich irgendwann vergessen. »Es ist einfach schon spät. Ich sollte ein bisschen schlafen. Morgen sieht bestimmt schon wieder alles viel besser aus.« Noch während ich spreche, frage ich mich, wem ich hier eigentlich gut zurede, Logan oder mir selbst.

Aufmunternd lächelt er mich an. »Das hoffe ich. Wenn du möchtest, hole ich oben einfach Kissen und Decke, wir ziehen die Couch aus und machen es uns zu zweit gemütlich. Ich kann gerne heute Nacht bei dir bleiben.«

Logan ist wirklich süß, aber auch manchmal etwas unüberlegt.

»Das ist lieb, aber ich glaube, damit würden wir nur noch mehr Zündstoff in die explosive Situation hier bringen. Ich bekomme die Nacht auch gut allein herum.« Ich dränge die Tränen zurück, die sich schon wieder in meine Augen stehlen wollen beim Gedanken daran, wie gern ich jetzt oben neben Even liegen würde.

»In Ordnung, Küken. Dann schlaf gut.« Ich setze mich auf, damit er aufstehen kann, um in sein Zimmer zu gehen. Vorher bekomme ich aber noch einen Kuss auf den Scheitel. Dann verschwindet Logan nach oben und ich höre ihn und Mat auf dem Flur flüstern. Erst nach ein paar Minuten wird es endlich still. Ich seufze. Warum sind die beiden nicht gleich ins Zimmer verschwunden? Müssen sie das, was sie zu besprechen haben, denn unbedingt auf dem Flur ausdiskutieren? Und überhaupt: Warum müssen ausgerechnet Even und ich das Gesprächsthema Nr. 1 in diesem Urlaub sein? Frustriert versuche ich es mir mit den kleinen Kissen und der dünnen Decke auf dem Sofa bequem zu machen, aber schon jetzt friere ich ein bisschen, trotz des flauschigen Schlafanzugs. Ohne meine Decke und ein vernünftiges Kissen wird diese Nacht hier unten noch bescheuerter.

Vielleicht habe ich mich jetzt auch genug abreagiert und kann mir wenigstens oben meine Sachen holen. Ich muss mit Even ja kein Wort reden. Einfach rein, Sachen holen und wieder hier runter. Ja, so mache ich es.

Vor Evens Tür atme ich noch einmal tief durch, bevor ich anklopfe.

»Noch irgendwelche Belehrungen?«, kommt eine mürrische Stimme von drinnen, also öffne ich die Tür.

»Nein! Ich wollte nur Kissen und Decke mitnehmen.« Langsam trete ich auf das Bett zu und warte, dass Even auf seine Seite rutscht, damit ich die

Sachen nicht unter ihm herausziehen muss. Doch er bewegt sich keinen einzigen Zentimeter.

»Even? Bitte!« Erst jetzt erwacht er aus seiner Starre und rutscht ein Stück rüber, aber nicht weit genug, dass ich einfach zugreifen und dann verschwinden könnte. Die blöde Decke ist immer noch unter seinem Körper festgeklemmt. Seinem Körper, der mich von Tag zu mehr aus der Fassung bringt.

Ich nehme einen Zipfel und ziehe daran, in der Hoffnung, dass er bemerkt, was ich eigentlich von ihm möchte, denn noch mal will ich ihn nicht bitten müssen.

»Sollten wir noch mal reden?« Even sieht mir in die Augen, ohne sich zu bewegen.

»Nein, sollten wir nicht. Du hast deine Position durchaus klar genug gemacht.« Ich streiche mir eine Haarsträhne aus dem Gesicht. »Am liebsten würde ich sagen, vergiss, was ich vorhin erwähnt habe, aber ich vermute, das kannst du auch nicht. Die Idee mit dem Paralleluniversum war toll und es hat Spaß gemacht. Bis mich die Realität wieder eingeholt hat. Aber ich wusste, dass es ein Spiel ist, also mein Fehler.« Ich ziehe erneut an der Decke. »Würdest du mir dann jetzt bitte den Gefallen tun und hiervon runtergehen? Ich würde wirklich gerne schlafen gehen.«

Even sieht zur Decke unter sich und rutscht endlich ein Stück rüber, damit ich sie mit mir nehmen kann. Ich werfe sie mir über meine Schulter, nehme das Kissen in die Hand und gehe aus dem Zimmer. Die Tür lasse ich offen stehen, da ich keine Hand mehr frei habe, um sie zu schließen. Das kann auch Even übernehmen.

Unten angekommen mache ich es mir auf dem Sofa bequem und starre stur an die Wand, bis mir irgendwann die Augen zufallen.

Ich rase mit dem Board den Berg herunter, immer schneller, und lache auf, als ich einen weiteren Fahrer neben mir entdecke. Er sieht immer wieder zu mir herüber und bedeutet mir ihm zu folgen. Auch, wenn ich nicht genau weiß, wo er hinmöchte, fahre ich neugierig hinter ihm her, bis wir an einer einsamen Hütte stehen bleiben. Ich fahre vor die Tür und bücke mich, um meine Schuhe aus der Bindung zu lösen, und ein weiteres Mal, um mein Brett aufzuheben.

»Was ist los, Amy?«, höre ich Evens Stimme hinter mir und drehe mich zu ihm um. Er kommt langsam auf mich zu, nimmt meinen Helm ab und streicht mir meine Locken aus dem Gesicht, bevor er mir mein Board aus der Hand nimmt.

»Es ist alles in Ordnung, solange du da bist«, gebe ich lächelnd zurück. Wir gehen gemeinsam zur Hütte, an die er das Brett lehnt. Seine Finger greifen nach meinen und er zieht mich hinein vor den großen Kamin, in dem das Feuer schon knistert.

»Ich werde immer für dich da sein. Ich möchte niemals wieder von dir getrennt sein.« Dann senkt er seine Lippen auf meine und ich schlinge meine Arme um seinen Hals, während ich mich fest an ihn drücke.

»Wirklich immer?« Atemlos sehe ich in seine Augen. Er grinst mich nur an und zieht mich wieder an sich.

Ich wache auf und setze mich auf. Verdammt! Wo soll das denn noch hinführen? Ich werde Even nie aus meinem Kopf bekommen. Jetzt hat er mir schon mehr als deutlich gesagt, dass er nicht an mir interessiert ist und trotzdem träume ich immer noch von ihm. Ich lege meinen Kopf auf meinen Knien ab und umschlinge meine Beine mit meinen Armen. Was wäre, wenn ich mich doch auf eine Affäre mit ihm einlasse? Vielleicht bekomme ich ihn ja aus meinem Kopf, wenn ich endlich alles mit ihm erlebt habe, was ich mir schon seit Jahren erträume. Ein Kuss allein scheint nicht genug gewesen zu sein. Aber kann ich damit umgehen, wenn er mich danach fallen lässt, um sich eine andere zu suchen?

Na ja, wirklich fallen lassen würde er mich ja gar nicht. Schließlich weiß ich vorher, dass ich mir keine Hoffnung auf etwas Festes machen brauche. Es wäre von Anfang an nur eine Sache auf Zeit. Wir könnten hier gemeinsam einen wunderschönen Urlaub verbringen und danach wieder unsere eigenen Wege gehen. Vielleicht bin ich dann auch endlich frei mir jemanden zu suchen, den ich nicht länger mit Even vergleiche. Denn dann habe ich nicht mehr meine Fantasie im Kopf, sondern weiß, wie es in Wirklichkeit mit ihm ist.

Bevor mich mein Mut wieder verlässt, stehe ich auf und gehe langsam hoch. Ich versuche so leise wie möglich die Treppe hochzuschleichen, damit niemand von den anderen aufwacht. Denn für das Gespräch, was ich jetzt mit Even zu führen habe, brauche ich keine Zuhörer und erst recht niemanden, der davon Wind bekommt, wie ich mich bis auf die Knochen blamiere.

Die Treppe knarrt dieses Mal nur minimal, sodass ich wirklich stolz auf mich bin. Als ich zu Evens Zimmer komme, stelle ich fest, dass er die Tür offen gelassen und das Licht auch nicht gelöscht hat. Ich betrete das Zimmer und sehe direkt in Evens Augen. Er beobachtet mich genau. Als hätte er auf mich gewartet.

»Kannst du nicht schlafen?«, frage ich, um meine eigene Unsicherheit zu überspielen.

»Nicht wirklich.« Wie immer kurz angebunden. »Du?«

»Ich habe etwas geschlafen, aber dann bin ich aufgewacht und konnte an nichts anderes denken als an dich.« Ich merke, wie schon wieder die Röte in meine Wangen steigt. Warum kann ich das hier nicht einfach cool runterrattern? *Weil es einfach nicht das ist, was du normalerweise tun würdest, Amy,* gebe ich mir selbst die Antwort.

»Amy, ich dachte, wir hätten geklärt, dass ...«, beginnt er, und fährt sich dabei mit seinen Fingern durch die Haare, während er mich skeptisch ansieht, doch ich unterbreche ihn:

»Dass wir höchstens etwas Lockeres miteinander haben können. Das habe ich schon verstanden. Deshalb bin ich hier.«

Even setzt sich auf und kneift ein Auge etwas zusammen, während er mich von oben bis unten mustert. »Ich verstehe nicht ganz.«

Ich atme noch einmal tief ein und aus, bevor ich ihm in die Augen schaue und den wohl schwersten Satz meines Lebens herausbringe: »Bist du bereit für ein kleines Urlaubsabenteuer?«

Even

Die Worte hallen in meinem Kopf nach, wie ein unerwünschtes Echo. Amy hat genau das ausgesprochen, was ich mir erträumt habe. Und trotzdem ist mir nicht nach jubeln zumute. Komisch.

Ein paar Mal öffne und schließe ich meinen Mund, bis endlich etwas rauskommt. »Ich ... denkst du, das ist eine gute Idee?« Bin ich eigentlich irre? Wieso sage ich das jetzt?

»Offensichtlich nicht«, murmelt Amy und lässt ihren Kopf hängen. Ihr Blick ist auf ihre Beine gerichtet, die in diesem Weihnachtspyjama stecken. Sie sieht so unglaublich süß darin aus, dass ich sie am liebsten ...

»Wo willst du hin?«, rufe ich etwas zu laut, da Amy auf dem Absatz kehrtmacht und aus dem Zimmer stürmen will. Schockiert springe ich auf. Mit wenigen Schritten bin ich bei ihr, um sie aufzuhalten.

»Honey, stopp.« Ich löse ihre Hand von der Türklinke und drehe sie sanft zu mir um. »Geh nicht«, bitte ich sie.

Traurig sieht sie mich an. »Even. Bekomm endlich mal deine Launen in den Griff.« Ihre Stimme klingt matt und ich fühle mich schlecht, weil ich genau weiß, worauf sie anspielt. Ich bin nicht besonders entscheidungsfreudig und verhalte mich seit meiner Ankunft hier wie ein Irrer. Mal blaffe ich das Mädchen an, mal suche ich ihre Nähe.

Es wundert mich wirklich, dass sie noch nicht die Flucht ergriffen hat. Aber sie macht mich so verdammt verrückt. Ihre Nähe. Ihr Geruch. Sie.

Ich weiß, dass ich die Finger von ihr lassen soll. Doch ich kann es nicht. Und ich will es auch gar nicht mehr. Obwohl ich die ganze Zeit versucht habe mich Amy gegenüber nicht wie ein absoluter Arsch zu verhalten, ist es mir nur teilweise gelungen. Zumindest hatte ich gute Vorsätze.

»Honey, es tut mir leid. Es war nie meine Absicht, dich zu verletzten oder dich zum Weinen zu bringen. Ich wollte nur das Richtige tun.«

Amy verschränkt ihre Hände vor der Brust und fragt: »Und das wäre?«

»Mich von dir fernhalten, um dir nicht wehzutun.«

»Oh«, ist alles, was sie dazu sagt.

Ich lache leise und lehne meine Stirn gegen ihre. »Aber ich kann das nicht mehr. Es macht mich verrückt und dich ebenfalls. Lass es uns versuchen, okay?«

Auf Amys Gesicht stiehlt sich ein kleines Lächeln. »In Ordnung.«

Ich greife nach ihrer Hand und ziehe sie weiter in den Raum hinein. »Legen wir uns ein bisschen hin?«, frage ich. »Ich bin so verdammt müde.«

Etwas unsicher sieht sie mich an. »Meinst du, es wäre besser, wieder nach unten zu gehen?« Vermutlich wäre es das, wenn unsere Freunde nichts von unserem Arrangement erfahren sollen, aber ich will sie nicht gehen lassen – jetzt wo sie endlich mir gehört. Zumindest einen Urlaub lang. Eigentlich möchte ich der ganzen Welt von Amy und mir erzählen, doch ich habe auch keine Lust auf weitere Vorhaltungen.

»Bleib bei mir«, bitte ich sie. Meine Stimme klingt seltsam einschmeichelnd.

»Wenn du meinst ...«, gibt sie sich geschlagen und geht aufs Bett zu.

Bevor sie es sich anders überlegt, mache ich das Licht aus und schließe die Tür. Durch die Dunkelheit taste ich mich zurück zu Amy und lege mich neben sie. Nachdem ich die Decke über uns ausgebreitet habe, drehe ich mich zu ihr um und spüre, dass ihr Gesicht mir zugewandt ist. Als ich mich endlich an die Dunkelheit gewöhnt habe, taste ich nach Amys Hand. Ihr Atem geht schneller, als ich sie endlich gefunden habe.

»Alles gut, Honey«, versuche ich sie zu beruhigen, obwohl es auch mir schwerfällt, einfach nur ruhig neben ihr zu liegen. »Aber wir müssen noch reden.«

»Worüber denn?«, möchte sie von mir wissen.

»Über dich und mich. Und wie es weitergeht, wenn wir wirklich etwas miteinander anfangen.« Es könnte alles verkomplizieren. Ich will, dass sie sich ganz sicher ist, dass es die Sache wert ist.

»Ich würde sagen, wir haben einfach Spaß«, meint Amy. Ich taste nach ihrem Gesicht und lege meine Hand an ihre Wange.

»Das ganz bestimmt. Aber dir muss wirklich klar sein, dass unser Deal nur für diesen Urlaub gilt. Wir wohnen viel zu weit auseinander, um das mit uns längere Zeit laufen zu lassen.«

Sie zögert kurz, doch dann antwortet sie: »Ich weiß. Es ist ... okay.« Will sie mich verarschen? Vor einer Stunde, hat sie mir noch erklärt, sie hat Gefühle für mich und jetzt ist sie plötzlich meiner Meinung?

Ich will ihr glauben, aber ich kann es nicht. »Bist du dir ganz sicher? Ich frage dich nur noch dieses eine Mal.«

Amy robbt näher. Ich kann ihren Atem in meinem Gesicht spüren. Sie verharrt einige Sekunden so, bevor sie ihre Lippen hauchzart auf meine legt. Es ist fast so, als würde ich mir die Berührung nur einbilden. »Even, ich will das hier, also versuch nicht es mir auszureden«, murmelt sie gegen meinen Mund.

»Ich hatte nur das Gefühl, dich warnen zu müssen.« Oder mich selbst. So sicher bin ich mir auch nicht.

Ich höre Amy laut schlucken. »Was ist mit deiner Schwester und den anderen?«, fragt sie. Ich kann mich gerade nicht wirklich auf die Frage konzentrieren, da Amy ihre Hand über meine Seite nach unten wandern lässt und ihre Finger über die nackte Haut tanzen.

Nach mehrmaligem Räuspern schaffe ich es, ihr zu antworten. »Ähm … ja. Wir müssen auf jeden Fall an einem Strang ziehen. Du darfst die anderen nicht mehr gegen mich ausspielen.« Als die Worte meinen Mund verlassen haben, merke ich erst, wie falsch sie sind. So wollte ich das nicht unbedingt formulieren, auch wenn ein Fünkchen Wahrheit darin steckt.

»Wie bitte?« Das Bett schaukelt leicht, während Amy sich von mir losmacht und flüchten will. Mal wieder. Mit einer Hand an ihrer Schulter halte ich sie auf.

»Das ist genau das, was ich meine«, grolle ich etwas lauter als beabsichtigt. »Unser Gespräch entwickelt sich in eine falsche Richtung und einer von uns läuft davon. Der andere bleibt angepisst …« – damit meine ich mich – »… oder heulend« – eindeutig Amy – »… zurück. Dann mischen sich unsere Freunde ein und in neunundneunzig Prozent der Fälle stehe ich als der letzte Arsch da. So ist es doch bisher immer gelaufen.« Amy sitzt immer noch auf der Bettkante. Ich setze mich hinter sie und schlinge meine Arme um ihren Körper. Sie soll dieses Mal nicht weglaufen. »Ich will das nicht mehr. Wenn dir etwas nicht passt, dann machen wir das unter uns aus. Wir halten ab jetzt zusammen. Verstanden?« Meine Stimme klingt bestimmend und viel zu aufgebracht.

Amy versucht mich abzuschütteln. »Lass mich bitte los.« Okay. Jetzt ist wohl der Punkt erreicht, an dem ich sie endgültig verloren habe, bevor es überhaupt richtig angefangen hat.

Seufzend nehme ich meine Hände von ihr und lasse mich nach hinten aufs

Bett fallen. Doch anders als erwartet, läuft sie nicht weg, sondern geht – sofern mich die Geräusche ihrer Schritte nicht täuschen – aufgebracht vor dem Bett auf und ab.

»Ich wollte nie, dass die anderen sich einmischen. Aber sie wollen mich beschützen, weil sie immer noch das Küken in mir sehen. Natürlich ahnen sie, dass irgendetwas anders ist als früher.« Mit ihren Händen wedelt sie zwischen ihr und mir herum. »Diese ganze Situation ist ... war auch für mich nicht so einfach. Aber du hast recht. Ab jetzt gilt: Wir gegen den Rest der Welt.«

Ein leichtes Lächeln stiehlt sich bei diesem Gedanken auf mein Gesicht. »In Ordnung. Dann sind wir ja endlich einer Meinung.«

»Sind wir«, stimmt sie zu. »Und es tut mir leid. Bisher hast du immer den Zorn unserer Freunde auf dich gezogen, weil ... du nun mal so bist, wie du bist.« Nette Erklärung. Die lasse ich jetzt einfach mal so stehen, bevor wir uns ewig im Kreis drehen.

Endlich stoppt Amy und im nächsten Moment spüre ich ihre Beine an meinen, die aus dem Bett hängen. Ich rappele mich auf und greife nach ihrer Hüfte. »Heißt das wirklich, du und ich ziehen ab jetzt an einem Strang?«

Statt einer Antwort lässt sie sich nach vorne in meine Arme fallen. Da ich nicht damit gerechnet habe, knallen wir gemeinsam nach hinten aufs Bett.

»Ja, genau das heißt es«, flüstert sie in mein Ohr. »Aber was sagen wir den anderen?«

Ich zucke mit den Schultern. »Dass wir alt genug sind, um in einem Bett zu schlafen, ohne übereinander herzufallen?« Ich drehe mich mit Amy im Arm, damit sie von mir runterplumpst.

»Hey«, murrt sie. Ohne auf ihren Protest einzugehen, robbe ich weiter nach oben, bis ich meinen Kopf auf das Kissen legen kann.

»Leg dich bitte zu mir.« Ich breite meinen Arm aus, damit sie sich an mich kuscheln kann. Draußen dämmert es bereits, deshalb kann ich Amy von Sekunde zu Sekunde besser erkennen.

Sofort legt sie sich zu mir. »Wir könnten auch sagen, dass du gerade erst ins Zimmer gekommen bist. Nur falls die anderen uns erwischen.« Amy knabbert an meinem Hals bis zu meinem Kinn entlang. Ich hätte nicht damit gerechnet, dass sie so etwas tut. Anscheinend ist die Kleine nicht so schüchtern, wie es alle vermuten.

»Solange wir beide die Geschichte des jeweils anderen bestätigen, kann gar nichts schiefgehen«, meint Amy.

»Das denke ich auch, Honey. Und jetzt schlaf endlich. Morgen ist auch noch ein Tag.« Ich hauche ihr einen Kuss auf die Schläfe und sie zieht die Decke über unsere Körper.

»Gute Nacht, Even!«

»Schlaf gut, Amy!«

7.

28. Dezember (Mittag)

Amy

Das laute Zwitschern eines Vogels weckt mich. Sollte der nicht bereits im Süden sein, anstatt hier – wohlgemerkt im Winter – auf einem Baum herumzulungern und Arien zu singen?

Doch nicht einmal der entlaufene Wellensittich oder was auch immer da draußen vor sich hin singt, noch mein dröhnender Kopf können mir meine gute Laune vermiesen. Denn heute ist der erste Tag, an dem ich mein Glück mit Even auskosten kann. Zumindest für eine Weile.

Ein Blick auf den Wecker verrät mir, dass wir allerdings schon längst Mittag haben. Da mein Kopf ein wenig pocht, greife ich in meine Tasche und krame Kopfschmerztabletten heraus. Die brauche ich dringend. Ich muss mich ganz schön strecken, denn Evens Arme sind so fest um mich geschlungen, dass ich mich kaum bewegen kann. Es ist absolut verführerisch, jetzt einfach wieder die Augen zu schließen und seine Umarmung noch eine Weile zu genießen. Aber eine bessere Chance, ungesehen aus seinem Zimmer zu verschwinden, bekomme ich so schnell nicht mehr.

Vorsichtig winde ich mich aus meinem süßen Gefängnis.

»Wo willst du hin?«, murmelt Even verschlafen neben mir. Also wohl nicht vorsichtig genug.

»Ich gehe runter. Ich denke, wir können uns eine Menge Stress ersparen, wenn die anderen nichts von uns wissen.« Ich beuge mich zu ihm hinunter und lege meine Lippen sanft auf seine. »Und nun schlaf weiter.«

Er dreht sich um und zieht die Decke wieder über sich. Leise verlasse ich das Zimmer und versuche die Treppen hinunterzukommen, ohne dass auch nur eine Stufe knarzt. Meine Hand auf das Geländer der Treppe gestützt, benutze ich nur die Zehenspitzen, um die Stufen mit möglichst wenig Gewicht zu belasten. Doch auch das nützt nichts. Irgendetwas müssen wir uns einfallen lassen, wenn wir das hier weiterhin heimlich durchziehen wollen.

Endlich unten angekommen, gehe ich in die Küche, um mir einen Kaffee zu machen. Schlafen kann ich nun sowieso nicht mehr, warum dann nicht den anderen die Arbeit abnehmen und schon mal den Tisch decken. Wer weiß, wann sie aus den Federn kriechen. Und ich nehme ganz stark an, dass alle so schnell wie möglich wieder auf die Piste wollen.

Womit sich wieder die Frage stellt, die ich mir gestern nicht beantwortet habe. Was mache ich heute? Gehe ich wieder mit Even auf unsere selbstgebaute Sprungschanze oder mit den Mädels die Piste unsicher machen? Während ich mir das Ganze durch den Kopf gehen lasse, kippe ich etwas Pulver in den Filter und fülle den Wassertank auf. Gerade als ich den Knopf der Maschine drücke und das Lämpchen rot aufleuchtet, höre ich aus dem Wohnzimmer wieder das verräterische Knarzen und muss grinsen. Ich laufe zur Küchentür und schaue direkt in Logans Augen.

»Schon wach?« Er sieht noch verdammt müde aus. Warum hat er nicht noch ein bisschen länger geschlafen?

»Das könnte ich dich auch fragen«, gibt er zurück.

»Spätestens bei deinem Getrampel auf der Treppe wäre ich aufgewacht.«

»Was du nicht sagst«, brummt er in sarkastischen Tonfall. »Ich dachte eben, ich hätte die Treppe auch schon knarzen gehört.« Er kommt auf mich zu und wuschelt mir durch meine Haare. Mist. Also hat mich doch jemand gehört.

»Ich war eben mal kurz auf dem Klo oben.« Dumme Ausrede.

Logan zwinkert einige Male. Offensichtlich ist er noch nicht in Topform, denn ich kann den Rädchen in seinem Kopf beim Denken zusehen. »Du weißt aber schon, dass wir hier unten auch eins haben?« Skeptisch mustert er mich und ich versuche alles, um die Röte zu unterdrücken, die in meine Wangen kriechen will.

»Das ist mir oben dann auch eingefallen.« Hoffentlich schluckt er es. »Auch einen Kaffee?«, schiebe ich noch schnell hinterher, um ihn weiter abzulenken und deute auf die Maschine hinter mir, die friedlich vor sich hin gluckert.

Logan lässt sich gegen die Arbeitsplatte sinken. »Könnte auf jeden Fall nicht schaden«, murmelt er. Wir warten schweigend, bis ich uns zwei Tassen einschenken kann. Eine Tasse schiebe ich zu ihm rüber, bevor ich mir selbst einen Schluck von dem dampfenden Getränk gönne, das die Lebensgeister in mir weckt.

»Wie war die Nacht?« Forschend betrachtet Logan mich über den Rand der Tasse hinweg, die er nun zum Mund führt.

»Na ja. Ich habe gestern einfach etwas empfindlich reagiert. Ich hätte euch nicht mit hineinziehen dürfen. Even hat schließlich wirklich nichts gemacht. Was kann er dafür, wenn ich mir mehr wünsche, als er mir geben kann? Even ist eben Even.« Auch wenn sich diese Worte gerade so schrecklich falsch anfühlen, weiß ich doch, dass es immer noch die Wahrheit ist, die ich auch so schnell nicht vergessen sollte.

Logan betrachtet mich schweigend, als müsste er sich seine Worte zurechtlegen, bevor er etwas dazu sagt.

»Er hätte den Mist mit dem Paralleluniversum gar nicht erst anfangen sollen.«

»Und ich hätte nicht darauf eingehen sollen.« Ich stelle die Tasse weg und überbrücke den Abstand zwischen Logan und mir. Direkt vor ihm lege ich ihm die Hand auf die Brust und lasse mich leicht gegen ihn sinken. »Ich weiß, dass du mich immer noch beschützen willst, aber ich bin nicht mehr das kleine Küken. Weißt du, ich bin eine erwachsene Frau geworden.«

»Das ist mir nicht entgangen.« Nun grinst er wieder und stellt ebenfalls seine Tasse hinter sich, um den Arm um meine Taille zu legen.

»Wirklich?«, necke ich ihn.

»Ja«, sagt er mit rauer Stimme. Er macht einen Schritt auf mich zu und grinst mich liebevoll an. Hastig nehme ich einen zittrigen Atemzug. Was hat er vor? Will er …? Es sieht so aus, als würde er mich küssen wollen. Immer wenn ich einen Schritt zurückmache, macht er einen nach vorn. Solange bis ich gegen ein Hindernis stoße. Logan wuschelt mir durch die Haare und lacht laut los. »Keine Angst. Du bist und bleibst einfach nur mein kleines Küken. Ich könnte niemals etwas mit dir anfangen, aber ich werde dich immer beschützen. So wie Even es bei Nora tut.« Nur dass wir im Gegensatz zu den beiden nicht miteinander verwandt sind.

Verlegen streiche ich mir eine Strähne aus dem Gesicht. »Vielleicht ist er dabei manchmal zu überbeschützend«, murmele ich leise.

»Er hat viele gute Seiten, sonst hätte ich schon längst den Kontakt zu ihm abgebrochen.« Logan wirkt so, als würde er über etwas nachdenken, schüttelt dann aber seinen Kopf. »Trotzdem würde er dir nur wehtun. Er ist eben einfach nicht der Typ für Beziehungen. Du hingegen schon.« Er seufzt leise. »Ich möchte nicht, dass du verletzt wirst.«

»Das werde ich bestimmt nicht. Versprochen.« Meine Kehle schnürt sich zu und trotzdem hoffe ich, dass ich ihm jetzt die Wahrheit sage. Aber ich wusste vorher, worauf ich mich einlasse. Sollte es anders kommen, bin ich selbst daran schuld und werde – wie ich es Even versprochen habe – nicht zu unseren Freunden laufen, um mich bei ihnen auszuheulen. Um nicht weiter darüber nachzudenken, versuche ich das Thema zu wechseln. »Wollen wir den Tisch decken?«

Logan nickt und greift sich seine Kaffeetasse. »Die bringe ich schon mal rüber.«

Ungläubig sehe ich ihm nach und räume dann Messer und Teller auf ein Tablett, Marmelade, Nutella und Butter stelle ich daneben. Ich habe beim besten Willen keine Lust zu kochen, auch wenn das für die Uhrzeit angebrachter wäre. Ein Frühstück wird es, denke ich, auch tun. Ich schiebe schon einmal zwei Scheiben in den Toaster, für Logan und mich, und bringe in der Zwischenzeit das Tablett ins Wohnzimmer.

Logan räuspert sich, um meine Aufmerksamkeit auf sich zu ziehen, während ich die Sachen auf den Tisch stelle. »Weißt du schon, was du heute machen möchtest? Wenn du auf die Schanze willst, komme ich mit. Dann seid ihr heute nicht alleine, nach allem, was gestern war.«

Und dahin ist die Zeit, die ich mit Even allein verbringen könnte. »Ich dachte eher, ich gehe mit den Mädels auf die Piste«, gebe ich zurück und verschwinde wieder in der Küche, um das Toastbrot und meinen Kaffee mitzubringen.

Logan ruft mir hinterher: »Auch gut. Nora und Lin werden sich bestimmt freuen.«

»Worüber werden wir uns freuen?«, kommt es da von Lin, die wahrscheinlich gerade die Treppe herunterkommt. Ich stecke noch zwei weitere Scheiben in den Toaster. Langsam scheinen alle aufzuwachen, dann können wir auch gemeinsam frühstücken.

»Amy möchte mit euch auf die Piste«, klärt Logan sie in dem Moment auf, in dem ich mit unserem Toastbrot aus der Küche komme.

Nicht nur Lin lächelt mir entgegen, auch Nora ist anscheinend schon wach. »Wirklich?«, quietscht sie in einer Frequenz, die mich daran erinnert, dass ich gestern wohl etwas zu tief ins Glas geschaut habe. »Das ist toll!« Nora kommt auf mich zugelaufen und zieht mich in ihre Arme. Gerade noch rechtzeitig, kann ich den Arm mit den Toastscheiben in die Luft strecken, damit sie nicht zerquetscht werden.

»Danke.« Lin mopst sie sich, woraufhin Logan ihr demonstrativ seine Hand entgegenstreckt. »Gibst du wenigstens meine Scheibe wieder ab?«

Lin zieht eine Augenbraue in die Höhe. »Was bekomme ich dafür?« Grinsend gehe ich direkt wieder zurück in die Küche, hole die weiteren Toastscheiben und stelle sie im Brotkorb auf den Tisch.

»Alles, was du willst, Prinzessin«, antwortet Logan da gerade süffisant.

»Versprich nichts, was du nicht auch halten kannst«, flüstert Nora ihm zu, während sie sich auf den Stuhl neben ihm fallen lässt.

»Möchtet ihr noch mehr?« Ich zeige auf den Brotkorb, woraufhin drei Köpfe heftig nicken. Anscheinend brauche nicht nur ich etwas in den Magen, um den Kater besser verkraften zu können. Also gut, eine dritte Toast-Runde.

Als ich das nächste Paar Toastbrot an den Tisch bringe, kommen Mat und Even die Treppe hinunter. Beide wirken ziemlich verschlafen. Ich lächele ihnen zu, dann gehe ich erneut in die Küche. Vielleicht sollten wir morgen den Toaster einfach im Esszimmer aufstellen. Mein Toastbrotjob ist mir auf Dauer zu blöd. Hoffentlich versteckt sich irgendwo im Haus noch ein Verlängerungskabel.

Ich stehe vor dem Toaster und warte darauf, dass die Scheiben herausspringen, als sich zwei Hände auf meine Hüften legen. Erschrocken drehe ich mich um und sehe in Evens grinsendes Gesicht. Mit seinem Fuß schließt er die Tür zum Wohnzimmer. Und schon spüre ich seine Lippen auf meinen. Die Schmetterlinge in meinem Bauch fangen wie wild an zu tanzen.

»Guten Morgen, Honey«, flüstert er an meinen Lippen, als er sich von mir löst.

»Guten Morgen.« Ein Lächeln breitet sich auf meinem Gesicht aus. Da ertönt hinter mir das Klicken des Toasters und reißt mich aus der Seifenblase, die uns beide gerade vom Rest der Welt abgeschirmt hat.

Ich schlage ihm leicht auf den Arm. »Wie hättest du das denn jetzt erklärt, wenn jemand hereingekommen wäre?«, flüstere ich ihm zu.

»Ich habe gesagt, dass ich mich entschuldigen möchte. Also wird niemand hereinkommen.« Er grinst mich schelmisch an und greift um mich herum nach den zwei Scheiben. »Die nehme ich mit.«

Als Even mir noch einen Kuss auf die Nasenspitze gibt, beginnt mein Herz verräterisch zu klopfen. Doch bevor ich einen Herzinfarkt erleide, verschwindet er aus der Küche. Ich atme tief ein. Dann mache ich mich daran, noch zwei Runden Toast aufzuwärmen. So gefällt mir der Job am Toaster doch ganz gut. Und dann warte ich darauf, dass sich dieses wild pochende Etwas in meiner Brust beruhigt.

Für einen Moment hatte ich wirklich vergessen, wo wir beide sind. Nur noch ich und er existierten. Das kann ja heiter werden.

Als ich ein paar Minuten später das Wohnzimmer betrete, finde ich vier einträchtig miteinander quatschende Leute am Esstisch vor – nur Mat starrt stumm auf seinen Toast. Der Platz neben Even ist noch frei, also lasse ich mich darauf fallen.

Logan wedelt mit der Hand rum, um sich Evens Aufmerksamkeit zu sichern. »Was machst du heute, Even? Kommst du auch mit uns allen auf die Piste?«, fragt er ihn.

Even lässt seinen Blick zu mir schweifen. »Mit euch allen?«

Doch Nora nimmt mir die Antwort ab. »Ja, Amy kommt heute auch mit.«

Ich zucke hilflos mit den Schultern und hoffe, dass er versteht, dass das nicht bedeutet, dass ich nicht auch gern Zeit mit ihm verbringen würde. Aber sein Blick ruht undurchdringlich auf mir.

Even

Eigentlich ist mir gerade mal wieder danach, mich wie eine Diva aufzuführen und herumzuzicken. Aber ich habe nicht vergessen, dass Amy die Sache, die da zwischen uns läuft, ebenfalls will, also reiße ich mich zusammen. Eine Weile starre ich sie einfach nur an.

Dann zucke ich mit den Schultern. »Ist in Ordnung. Ich schließe mich euch an«, sage ich und ernte eine hochgezogene Augenbraue von Lin und ein erfreutes Lächeln von Amy. Eigentlich würde ich mich viel lieber wieder ins Bett knallen und noch eine Runde schlafen. Am besten mit Amy in meinen Armen. Aber vielleicht kommt die Freude ja noch. Spätestens dann, wenn ich mein Board sehe oder wirklich wach bin. Was vermutlich erst nach der zehnten Tasse Kaffee der Fall sein wird.

Ich verstehe nicht, wieso die ganze Gruppe – okay, außer Mat – so verdammt gut drauf sein kann, nach so einer Partynacht.

»Schlaft ihr denn nie aus?«, frage ich die anderen. Okay, es ist bereits Mittag, aber trotzdem hätten uns ein oder zwei Stunden mehr Schlaf bestimmt nicht geschadet.

Lin und Nora bekommen meine Frage gar nicht mit, da sie in ein Gespräch vertieft sind. Mat sitzt stumm am Tisch und starrt vor sich hin. Okay, also zumindest er würde bestimmt auch lieber noch im Bett liegen.

Logan reibt sich ebenfalls verschlafen über die Augen. »Mich hat das Knarzen der Treppenstufen geweckt.«

Wäre Amy mal besser neben mir liegen geblieben, dann könnte Logan noch fest an Mat gekuschelt in seinem Bett vor sich hin schlummern. Das nächste Mal lasse ich sie nicht einfach nach unten schleichen und dabei alle wecken.

Logan sieht mich abwartend an. Ich sollte ihm jetzt vielleicht irgendeine Geschichte auftischen, damit er nicht denkt, Amy war bei mir im Bett.

»Vielleicht war das, als ich mir ein Glas Wasser geholt habe?« Amys Hand wandert über meinen nackten Oberschenkel. Da ich nur Boxershorts und ein T-Shirt trage, bekomme ich sofort eine Gänsehaut. Aber anstatt zu fummeln, drückt sie fest zu. Das »Aua« kann ich mir nur mühsam verkneifen.

Logan legt seinen Kopf schief. »Ach so«, meint er dann. »Komisch, dass du dabei nicht auf Amy getroffen bist. Die musste zur selben Zeit auf die Toilette. Oben.« Verdammt!

Keine Sekunde später grinse ich Logan an. Es imponiert mir wirklich sehr, wie er versucht, uns in die Enge zu treiben. Der Mann ist eben nicht auf den Kopf gefallen.

Ich tue ihm jetzt aber nicht den Gefallen und verliere die Nerven, nur weil er uns durchschaut hat. Logan sieht mich irritiert an – wahrscheinlich aufgrund meines breiten Lächelns.

Beruhigend streichele ich über Amys Hand, die immer noch auf meinem Bein liegt. So wie es aussieht, hat sie das Atmen eingestellt. Hoffentlich flippt sie jetzt nicht aus, weil sie Angst hat, dass unser kleines Geheimnis auffliegt.

»Da müssen wir uns knapp verpasst haben.« Damit habe ich die Aufmerksamkeit aller, auch meine Schwester sieht mich jetzt aufmerksam an. Ich schiebe mal besser einen blöden Kommentar hinterher. Einfach wegen der Glaubwürdigkeit, natürlich. »Schade eigentlich, sonst hätten wir uns noch ein bisschen in meinem Bett zusammenkuscheln können, um darauf zu warten, dass einer von euch total aus dem Häuschen in unser Zimmer läuft und uns voneinander trennt.« Ich zwinkere Nora und Lin zu. Ein Seitenblick auf Amy sagt mir, dass sie womöglich jede Sekunde umkippt. Aber manchmal muss man eben umgekehrte Psychologie anwenden, um sein Ziel zu erreichen.

Lin lacht laut los. Mat hält mir die Faust hin und ich boxe dagegen.

Nora sieht mich bittend an. »Amy ist meine Freundin und soll …«

Ich unterbreche sie. »… nicht verletzt werden. Jaja, ich weiß!«

Noras Gesichtsausdruck verändert sich von bittend zu leicht angepisst. »Even, ich rege mich ja nicht grundlos auf.«

»Ein bisschen schon«, mischt sich Amy ein. Verwundert drehe ich mich zu ihr um. Also damit, dass sie meiner Schwester widerspricht, hätte ich nicht gerechnet. Aber anscheinend hat sie noch meine An-einem-Strang-ziehen-Ansprache im Kopf.

Ich nutze die Chance und schaffe Tatsachen. »Und weil wir alle schon groß sind, werden Amy und ich uns das Bett in Zukunft teilen. Es gibt zwei Decken, einen Riesenspalt in der Mitte und wenn ihr wollt, könnt ihr mir abends gerne die Hände fesseln, damit ich unserem Küken nicht zu nahekomme.«

Logan lacht humorlos auf. »Als könntest du deine Hände bei dir behalten«, murrt er.

Auch meine Schwester scheint nicht begeistert von meiner Idee zu sein. Dabei ist sie doch so gut. »Es tut mir leid, Even, aber …«

»Nora!«, tönt plötzlich Mats laute Stimme durch den Raum. »Misch dich verdammt noch mal nicht andauernd in Sachen ein, die dich nichts angehen!« Im Normalfall würde ich Mat für den Tonfall Nora gegenüber anfahren, aber sorry, im Moment kommt mir das sehr gelegen.

Nora richtet ihren Blick auf den Tisch und schweigt.

Ich weiß, dass ich an dieser Diskussion und somit an der schlechten Stimmung schuld bin, aber ich will verdammt noch mal neben Amy einschlafen und aufwachen können, ohne dass sie sich früh morgens aus dem Zimmer schleichen muss. Dass ich mich wie ein stures Kind verhalte, versuche ich einfach zu ignorieren. Stört mich im Moment auch nicht besonders.

Amy wäre nicht Amy, wenn sie nicht versuchen würde, die Situation wieder in Ordnung zu bringen. »Alsoooo …«, beginnt sie zögerlich, »ich denke auch, dass es kein Problem ist, wenn ich ab jetzt bei Even schlafe. Wir haben über unsere Differenzen – oder eher über die Missverständnisse – gesprochen.«

O mein Gott. Ich bin mir sicher, dass jetzt jede Sekunde jemand aufspringt und schreit: »Ihr habt doch was miteinander!« Doch nichts dergleichen geschieht. Anscheinend verhalten wir uns weniger offensichtlich, als vermutet. Das oder die anderen haben sich einfach damit abgefunden, dass ich meine Finger nicht von Amy lassen kann. Vielleicht halten sie sich aber ab jetzt auch einfach aus Dingen heraus, die sie nichts angehen. Aufmunternd nicke ich unserem Küken zu, damit sie weiterspricht. »Nora, so wie du dich verhältst, könnte man meinen, dass du keine besonders gute Meinung von deinem Bruder hast.« Schach und Matt. Meine Schwester will bereits ihren Mund öffnen, doch ein Blick von Mat lässt sie verstummen. Sie greift über den Tisch hinweg nach meiner freien Hand und ich weiß, sie will mir mit dieser Geste sagen, dass es nicht so ist.

»Und du, Logan«, fährt Amy mit ihrer Ansprache fort, »schläfst doch selbst fast täglich mit dieser einen Kommilitonin im Bett, ohne dass etwas passiert.« Amy hat es echt drauf, andere in ihre Schranken zu weisen. Das hätte sie schon vor ein paar Tagen machen sollen.

Lin springt auf und sieht ziemlich genervt aus. »Ähm, sorry. Meinen Segen habt ihr, falls es euch interessiert, aber«, sie wedelt mit der Hand vor ihrem Gesicht herum, »alles ist spannender, als mir anzuhören, wer wann und wo mit wem schläft. Oder auch nicht.«

Lins Wortwahl ist nicht gerade feinfühlig, aber ich lächele in die Runde. »Dann sind wir uns ja einig. Das gestern war ein alkoholbedingter Ausrutscher und ihr wisst, dass ich Amy nie anfassen würde.« Das ist gelogen, denn ich konnte schon zuvor meine Finger nicht von ihr lassen. Auch jetzt halte ich, versteckt unter dem Tisch, ihre Hand, also füge ich noch hinzu: »Ohne ihr Einverständnis.«

Logan verdreht gerade seine Augen, als Amy sich einfach entschuldigt: »Ich gehe mich jetzt mal umziehen.«

Na gut. Das Frühstück ist offensichtlich beendet. Ich springe auf, greife nach ihrem und meinem Teller und stelle beide in die Spülmaschine. Ich will schnell nach oben.

»Wo gehst du hin?«, fragt Logan misstrauisch. Nora starrt immer noch schweigend auf ihren Teller, da Mat seinen Blick auf sie gerichtet hat. Oh, genau! Da lief doch gestern was. Ob ich schuld an der miesen Stimmung zwischen den beiden bin? Nachdem Amy mich von ihnen weggelockt hatte, habe ich keinen Gedanken mehr daran verschwendet, dass wir nicht die Einzigen waren, die einen Abstecher ins Paralleluniversum unternommen haben.

Verständnislos sehe ich Logan an. »Meine Sachen zusammensuchen.« Also, wenn er mir jetzt verbietet in mein Zimmer zu gehen, weiß ich auch nicht weiter.

Ich gehe zu meiner Schwester und streichele ihr über das blonde Haar, das meinem so ähnlich ist, und beuge mich zu ihr. »Ich weiß nicht, was zwischen Mat und dir vorgeht, aber klärt das«, flüstere ich.

Als ich weggehen will, greift sie nach meiner Hand und hält mich zurück. »Nicht alles lässt sich einfach weg reden«, haucht sie beinahe tonlos. Ich weiß nicht, ob sie ihre Worte an Mat, mich oder sich selbst richtet. Amy und mich kann sie nicht meinen. Wir haben unsere Differenzen doch geklärt. Ich werde gerade wirklich nicht schlau aus ihren Worten.

»Treffen wir uns in einer halben Stunde wieder hier unten?«, frage ich. Die anderen nicken nur. Hoffentlich entspannt sich die Stimmung später wieder.

Auf dem Weg nach oben nehme ich immer zwei Treppenstufen auf einmal. Ich will Amy unbedingt küssen. Jetzt. Eigentlich bin ich nur nach unten gekommen, um mich mit ihr auf die Couch zu kuscheln, nachdem sie sich aus dem Zimmer gestohlen hatte.

Ich klatsche mir mit meiner Hand gegen die Stirn. Wann komme ich eigentlich endlich wieder klar? Als würde ich *kuscheln*!

Oben angekommen sehe ich Amy in unser gemeinsames Zimmer huschen. Bevor sie die Tür schließen kann, stelle ich meinen Fuß in den Spalt, um sie daran zu hindern.

Mit einem etwas angepissten Gesichtsausdruck blickt sie mir entgegen. Sie öffnet den Mund, vermutlich um mich zusammenzuscheißen, weil ich unsere Schlafsituation zum Thema gemacht habe. Bevor sie auch nur ein Wort sagen kann, verschließe ich ihre Lippen mit meinen. Eine Hand lege ich in ihren Nacken, mit der anderen werfe ich die Tür ins Schloss.

Je länger unser Kuss andauert, desto mehr beschleunigt sich mein Herzschlag. Fast habe ich Angst, dass es bald aus meiner Brust springt. Als Amy ihre Zunge in meinen Mund schiebt, drehe ich sie und nagele sie mit meinem Körper an der Wand fest. Wenn ich nicht aufhöre sie zu küssen, gehen wir heute bestimmt nicht Snowboarden.

Schwer atmend löse ich mich von ihr und lehne meine Stirn gegen ihre. Eigentlich würde ich das hier viel lieber weiterführen und die anderen allein losschicken. »Komm, sagen wir, dass uns beiden das Toastbrot nicht gut bekommen ist und wir uns auskurieren müssen«, bitte ich sie.

Amy schnaubt belustigt und schüttelt den Kopf. »Even, wir sind zum Snowboarden hier.«

»Also ich hatte das Ziel, möglichst viel rumzumachen«, antworte ich ihr und merke erst, als sich Amy in meinen Armen versteift, wie meine Worte rübergekommen sind. Verdammt. Ich hauche ihr einen Kuss auf den Scheitel. »Du weißt, ich habe es nicht so gemeint.«

Amy beißt sich auf die Lippe und nickt langsam. »Du bist einfach so. Ich muss lernen damit umzugehen.«

Mit gerunzelter Stirn sehe ich sie an, will das Thema aber nicht vertiefen, denn ich würde einen unnötigen Streit vom Zaun brechen, um ihr nicht erklären zu müssen, wieso ich so bin.

»Snowboarden also.« Ich mache ein paar Schritte zurück, bis ich den Bettrahmen spüre. Mit geschlossenen Augen lasse ich mich zurückfallen. Die weiche Bettwäsche lädt mich geradezu ein mich darin einzuwickeln und noch eine Runde zu schlafen. Aber ich habe die Rechnung ohne Amy gemacht, die sich auf meinen Körper schwingt. Als ich meine Augen öffne, sehe ich sie auf mir sitzen.

»Also, wenn du heute wirklich noch auf die Piste willst, ist das ein denkbar schlechter Anfang.«

»Even«, tadelt sie mich und sieht mich dabei streng an. Ich fahre mir mit beiden Händen über das Gesicht.

»Amy«, gebe ich im gleichen Tonfall zurück und sehe sie abwartend an.

»Du weißt, wir sollten über deinen Aussetzer beim Frühstück reden.« Ich werde das Gefühl nicht los, dass wir nichts anderes tun, als zu reden. Irgendwie habe ich im Hinterkopf, dass wir mal von einem Abenteuer gesprochen hatten, doch alles, was ich im Moment bekomme, sind ein paar gestohlene Küsse und zahlreiche Diskussionen. Zum ersten Mal frage ich mich, ob Amy dieses ganze Theater wert ist. Ich drehe meinen Kopf zur Seite und starre zum Fenster.

»Even«, murmelt sie plötzlich und knabbert an meinem Ohrläppchen. Sie küsst sich meinen Hals entlang. Okay. Ich nehme alles zurück. Dieses Gefühl, diese Wärme, die sich gerade in mir ausbreitet, ist alles wert.

»Ich war nicht gerade subtil, aber es nervt mich, dass die anderen sich andauernd einmischen müssen.« Gierig suche ich nach ihren Lippen. »Ich will doch nur einen schönen Urlaub mit dir verbringen, ohne dass jede meiner Bewegungen analysiert und hinterfragt wird.«

»Ich denke, Nora wird sich nach Mats Ausbruch zurückhalten«, meint Amy.

»Das hoffe ich. Ich weiß, dass sie sich Sorgen um dich machen, aber wir sind uns doch einig, oder?«, frage ich nach. Wenn sie jetzt Nein sagt, packe ich meine Sachen und haue ab. Dann kann mir dieser ganze Urlaub gestohlen bleiben.

»Ja, das sind wir.«

Puh. Gott sei Dank. »Okay. Dann geh jetzt bitte von mir runter.« Bei Amys entsetztem Gesichtsausdruck stiehlt sich ein lauter Lacher aus meiner Brust. »Sieh mich nicht so an. Du wolltest auf die Piste. Also wirf dich in deine Klamotten, mein Skihäschen.«

Murrend und kopfschüttelnd kommt sie meiner Aufforderung nach. Noch im Bett ziehe ich mir mein Shirt über den Kopf. Meine Thermounterwäsche liegt über einem Stuhl in der Ecke und ich schlüpfe gleich hinein. Die ganze Zeit über spüre ich Amys Blicke auf meinem Körper. Ich drehe mich zu ihr um und grinse breit. »Gefällt dir die Show?«

Ihre Wangen werden rot und sie beißt sich ertappt auf ihre Lippe. »Ja«, gesteht sie mir.

»Kann ich verstehen.« Ich zwinkere ihr zu. »Wir können Musik anmachen und du kannst dich gleich revanchieren.« Sofort klappt Amys Mund weit auf. Es ist zu einfach, sie aus dem Konzept zu bringen.

»Ich … ähm … du.« Anscheinend fehlen ihr die Worte.

Mit zuckenden Mundwinkeln gehe ich auf sie zu und küsse sie auf die Nasenspitze. »Du findest mich im Badezimmer, falls du mich suchst. Ansonsten sehen wir uns später unten.«

Amy

Ich sitze noch immer auf dem Bett und starre Even hinterher, der gerade über den Flur ins Bad verschwindet. Dann lasse ich mich rückwärts aufs Bett fallen und versuche erst einmal wieder etwas Ordnung in das Chaos meiner Gedanken zu bringen, das sein kleiner Striptease ausgelöst hat. Was hat dieser Kerl nur an sich, dass er es schafft, mich innerhalb von Sekunden in Flammen zu setzen? Ohne noch eine Sekunde zu zögern, stehe ich auf und gehe zielstrebig zum Bad. Was auch immer es ist. Ich brauche mehr davon – dringend!

Gerade als ich die Tür zum Bad mit beiden Händen aufstoßen will, kommt Mat aus seinem Zimmer.

»Da ist abgeschlossen.« Er lehnt sich ganz lässig gegen den Türrahmen und beobachtet mich. Mein Kopf nimmt augenblicklich die Farbe einer Tomate an.

»Ich weiß, ich dachte … Lin wäre … oder Nora …«, stottere ich mir einen zurecht. Auf seinem Gesicht erscheint nur ein müdes Grinsen.

»Nora ist noch unten am Küchentisch und schmollt. Lin sitzt auf dem Sofa und wartet darauf, dass alle anderen auch in die Gänge kommen. Also bleiben nur Logan oder Even.«

Ich zucke mit den Schultern und versuche so lässig wie möglich rüberzukommen. »Na ja, dann muss ich eben warten. Ich wollte mir wenigstens noch die Zähne putzen, bevor wir auf die Piste gehen.«

Mat zieht die Stirn in Falten. »In dem Aufzug?«

Ich folge seinem Blick und erkenne, dass ich immer noch meinen Schlafanzug anhabe.

»Okay, umziehen sollte ich mich auch noch«, lache ich.

Mat nickt in Richtung Evens Zimmer. »Er hat sich also bei dir entschuldigt und alles ist geklärt zwischen euch?« Ich schenke ihm ein kleines Lächeln. Auch wenn er kein so guter Freund ist wie Logan, haben Mat und ich die ganzen Jahre über immer Kontakt gehalten, wenn auch eher sporadisch. »Ja, alles klar. Du musst dir keine Sorgen machen. Bei Nora und dir sieht's anscheinend anders aus.« Der traurige Ausdruck in seinen Augen ist mir schon beim Frühstück nicht entgangen.

Es dauert einen Moment bis er antwortet. »Ist eine Kleinigkeit zwischen Nora und mir. Das kommt schon irgendwann wieder in Ordnung. Vielleicht muss einfach wieder Gras über die Sache wachsen.«

Sofort werde ich hellhörig. »Wieder?«

»Sei mir nicht böse, Küken, aber ich habe heute echt nicht die Nerven, darüber zu sprechen. Ich mag gerade einfach nur vergessen.«

»Da kenne ich ein gutes Rezept«, tönt Evens Stimme direkt hinter mir. Ich zucke zusammen. Warum habe ich nicht gehört, dass er die Badezimmertür geöffnet hat? Oder den Schlüssel im Schloss gedreht hat? »Spaß, Alkohol und andere Frauen. So bekommt man jede aus seinem Kopf.«

Mats Mundwinkel zucken belustigt nach oben. »Das solltest du mir bei Gelegenheit mal genauer erklären«, erwidert er, während ich mich zu Even umdrehe und ihm auf den Oberarm schlage.

»Sag doch nicht so einen Mist«, blaffe ich ihn an.

»Was denn?« Even grinst mich verschmitzt an. »Das ist ein erprobtes Mittel, über das ich leidende Freunde gern informiere.«

Erprobt? Er, der keine Frau auch nur nahe genug an sich heranlässt, um überhaupt tiefere Gefühle entwickeln zu können? Dass ich nicht lache. Typisch Männer, da kann ich wirklich nur den Kopf schütteln.

Um dieses ach so glorreiche Gespräch nicht weiter verfolgen zu müssen, versuche ich mich an Even vorbei ins Bad zu schieben. Doch er versperrt mir mit seinem Arm, den er schnell gegen den Türrahmen stützt, den Weg. »Du warst zu langsam, Honey. Das nächste Mal, wenn du mich besuchen willst, solltest du dich nicht von anderen Kerlen davon abhalten lassen«, flüstert er mir ins Ohr und macht dann den Weg frei.

Ich verdrehe die Augen, bevor ich ihn süffisant angrinse. »Vielleicht solltest du besser aufpassen, dass mich andere Kerle gar nicht erst ablenken können.« Dann schiebe ich mich an ihm vorbei und schließe die Badezimmertür hinter mir. Beim Blick in den Spiegel sehe ich, dass meine Mundwinkel immer noch nach oben gezogen sind. Auch wenn ich es nicht für möglich gehalten hätte, diese kleinen Flirts mit Even scheinen mir gut zu tun.

Lin schreit laut: »Kommt ihr endlich?« Von draußen höre ich lautes Poltern.

Offensichtlich hämmert sie gegen alle Türen, die sie finden kann. »Ich habe keine Lust hier zu versauern. Und kann mal jemand Nora unten abholen? Sie scheint festgefroren zu sein. Auch wenn ich keine Ahnung habe, wie das passiert ist, da alle Fenster fest verschlossen sind.«

Ich muss schmunzeln, putze aber schnell die Zähne, als ich Schritte auf der Treppe höre. Einer der Jungs – vermutlich Even – wird sich schon um Nora kümmern.

Ich kämme mir noch einmal durch meine Haare und mache mich dann auf den Weg zurück in unser Zimmer, um diesen Schlafanzug gegen Thermounterwäsche tauschen zu können.

»Bekomme ich jetzt meine Show?« Even steht vor Noras und Lins Zimmer und sieht mich an.

»Träum weiter«, gebe ich zurück. Dann strecke ich ihm die Zunge heraus und gehe rein. Wie kann er mich so was hier auf dem Flur fragen, wo alle es jederzeit mithören könnten? Vielleicht sollte ich ihm noch mal erklären, was *heimlich* bedeutet. Erst folgt er mir einfach in die Küche und küsst mich, dort, wo uns jeder hätte überraschen können, dann spricht er die Schlafsituation vor allen ganz offen an und nun fragt er mich auf dem Flur, ob er mir beim Umziehen zuschauen darf? O Mann ... und doch macht es mich irgendwie an. Also drehe ich mich auf dem Absatz um und gehe auf ihn zu, werfe einen Blick die Treppe hinunter, doch niemand scheint gerade hierher zu schauen, und die Tür hinter Even ist noch geschlossen. Ich lehne mich so nah wie möglich an sein Ohr, auch wenn ich mich dafür auf Zehenspitzen stellen muss.

»Wenn du eine Show willst, solltest du dafür sorgen, dass wir beide heute irgendwie etwas früher als die anderen von der Piste verschwinden können.« Dann hauche ich ihm noch einen Kuss auf den Hals und knabbere sanft daran, bevor ich endgültig in unserem Zimmer verschwinde, um mich umzuziehen.

8.

28. Dezember (Nachmittag)

Even

»Amy, könntest du mir bitte mal kurz helfen?«, frage ich extralaut, während sich die anderen am Sessellift anstellen. Ich werde ganz bestimmt kein weiteres Mal mit Mat nach oben fahren, nur um fünfzehn Minuten lang seine schlechte Laune abzukriegen. Zuerst dachte ich, es liegt daran, dass ich ihn gestern im Club blöd angemacht habe, aber auch nachdem ich mich bei ihm für meine Reaktion entschuldigt habe, ist er immer noch angepisst.

Logan lässt sich ebenfalls zurückfallen und sieht mich herausfordernd an. Die einzelnen Liftsitze sind auf zwei Personen ausgelegt – nicht auf drei. Also soll er mal besser zu den anderen gehen und mich mit Amy allein lassen.

»Ich krieg meine Jackentasche nicht auf und meine Liftkarte ist da drin. Amy hat doch so filigrane Mädchenhände. Sie kommt bestimmt ran«, erkläre ich an Logan gewandt. Seit wann quatsche ich eigentlich so viel? Das muss doch unangenehm auffallen, oder?

Amy grinst mich an und kommt auf mich zugefahren. Ein Fuß steckt immer noch in der Snowboardbindung, mit dem anderen holt sie immer wieder Schwung. Bei mir angekommen, dreht sie sich zu Logan um: »Fahr ruhig schon hoch. Wir kommen gleich nach.«

Logan murrt etwas Unverständliches, lässt uns dann aber allein.

»Eine blödere Ausrede ist dir nicht eingefallen?«, will Amy immer noch lächelnd wissen.

»Nein. Sorry.« Irgendwie gehen mir nach und nach die Ausreden aus.

Amy sieht sich nach unseren Freunden um, die aber zwischen all den anderen Skifahrern und Snowboardern nicht mehr zu sehen sind, und haucht mir einen keuschen Kuss auf den Mundwinkel.

»Kann ich im Lift dann bitte mehr davon haben?«, frage ich sie und wackele mit den Augenbrauen.

»Wenn du das willst.«

»Nichts lieber als das.«

Mit schräg gelegtem Kopf sehe ich sie an »Ähm ... Honey?«

»Ja?«, fragt sie.

»Wollen wir ... eventuell zur Sprungschanze und danach zurück zur Hütte?« Meine Stimme klingt ungewohnt schüchtern und ich hasse mich gerade selbst dafür. Mein Verhalten erinnert ja oft an das eines Fünfzehnjährigen, doch im Normalfall nie in Situationen, in denen ich ein Mädchen abschleppen will.

»Even, ich weiß nicht. Wir haben doch die Liftkarte für den ganzen Tag gekauft.«

Ich wusste, dass sie einen Rückzieher macht, sobald ich ernst machen will. Mit meinem Board rutsche ich näher an sie heran, werfe meine Handschuhe achtlos auf den Boden und nehme ihr Gesicht zwischen meine Hände. Ich drücke meine Lippen fest auf ihre und küsse sie von der ersten Sekunde an fordernd. Sie soll wissen, was sie vorhin mit ihren Worten in mir ausgelöst hat.

»Ganz sicher, dass du nicht willst?«, frage ich, nachdem ich den Kuss unterbrochen und meine Stirn gegen ihre gelehnt habe.

»Ähm ... nein ... ich meine ...« Sie bricht ab und ringt sichtlich nach Worten. »Vielleicht sollten wir erst mal nach oben fahren. Die anderen warten bestimmt.«

»Na gut«, maule ich und schnappe mir meine Handschuhe. Aber als ich an Amy vorbeifahren will, greift sie nach meiner Hand. »Dann können wir ihnen sagen, dass wir noch kurz zu unserer Schanze fahren.«

Ein Lächeln stiehlt sich auf mein Gesicht. »Wie kurz?«

»Ganz kurz. Wenn wir die Route durch den Wald nehmen, kommen wir auf dem Weg zur Hütte daran vorbei. Dann waren wir dort und haben nicht gelogen«, meint Amy. Mir gefällt das vergnügte Funkeln in ihren Augen und dass sie anscheinend alle ihre Bedenken über Bord geworfen hat.

Ich greife nach ihrer Hand und gemeinsam gleiten wir auf unseren Boards zum Sessellift. Während wir uns in die Schlange einreihen, bekomme ich ein schlechtes Gewissen. Mein Hals fühlt sich eng an. Gestern hat Amy noch behauptet, sie hege Gefühle für mich. Und jetzt nutze ich dieses Wissen schamlos aus, um den Urlaub für mich perfekt zu machen. Ich habe zwar keinen Zweifel daran, dass auch Amy ihren Spaß haben wird, aber was wird nach dieser Woche geschehen? Wie wird es sein, wenn wir wieder aufeinandertreffen? Oder wird sie jedes weitere Treffen vermeiden wollen? Der Gedanke gefällt mir gar nicht.

»Wir sind dran«, reißt mich Amy aus meinen Gedanken.

Ich hole Schwung und keine zehn Sekunden später sitze ich neben ihr im Lift.

Dann fragt sie: »Wie weit vor uns sind denn die anderen?«

Ich kneife meine Augen zusammen und starre den Berg hinauf.

»Da ganz vorne sehe ich einen rosa Punkt. Das muss Lin sein«, mutmaße ich.

Amy lehnt ihren Kopf an meine Schulter und haucht mir dabei einen Kuss auf die Wange. »Dann sehen sie uns also nicht?«

»Nein«, raune ich und beuge mich zu ihr. Dieses Mal lege ich meinen Mund viel zärtlicher auf ihren. Mit meiner Zunge streiche ich leicht über ihre Unterlippe, solange bis Amy ihre Lippen einen Spalt breit öffnet.

Es gefällt mir, dass sie sich so schnell auf meine Zärtlichkeiten einlässt und mir sofort entgegenkommt. Ihre Lippen schmecken so verdammt gut und ich frage mich, ob ich jemals genug davon bekomme. Gerade als ich dabei bin, die Kälte und alles andere um mich herum auszublenden, rückt Amy von mir ab. Ihre Wangen überzieht eine leichte Röte, die sie noch anziehender macht, da sie keine abgebrühte Nullachtfünfzehn-Partybekanntschaft ist, sondern einfach … meine Amy.

»Was ist los?«, frage ich sie.

Sie wendet ihren Blick ab. »Wir sind gleich oben. Die anderen könnten uns sehen.« Eigentlich wäre das gar nicht so schlimm, dann hätte das Versteckspiel wenigstens ein Ende. Wobei die Heimlichkeiten auch durchaus ihren Reiz haben und mein Herz immer wieder schneller schlagen lassen. Vermutlich nur, weil ich Schiss habe, entdeckt zu werden. Das ist es doch, oder?

Um auf andere Gedanken zu kommen, ziehe ich Amy auf: »Du bist immer so vernünftig«

»Jaja«, meint sie und grinst mich an. »Sag mir das in einer Stunde noch mal.«

Ich lasse meinen Kopf in den Nacken fallen. »Shit. Kopfkino. Sag so was doch nicht. Jetzt komme ich den Berg vermutlich nicht mehr heil nach unten.«

Sie lacht laut auf. »Du hast noch geschätzte zwanzig Sekunden, um dich wieder unter Kontrolle zu bringen.« Als ob das so einfach wäre.

Beim Ausstieg angekommen, drücke ich mich vom Sitz hoch und lasse mich bis zu den anderen gleiten, die brav auf uns warten. Dort setze ich mich neben Logan auf den Boden, um den zweiten Fuß in der Bindung festzuzurren.

»Even und ich fahren kurz zu unserer Sprungschanze«, erklärt Amy, während sie sich vor mich und Logan in den Schnee fallen lässt.

Mat sagt gar nichts, so wie bereits den ganzen Tag über. Nora zwinkert mir zu und Lin zuckt mit ihren Achseln und antwortet: »Okay. Treffen wir uns dann in der Hütte wieder? Ich möchte die Liftkarte den ganzen Tag ausnutzen. Wir können uns ja später überlegen, was wir heute Abend noch zusammen machen.« Und dass wir heute noch irgendetwas unternehmen müssen, steht fest, denn diese miese Stimmung, die heute herrscht, muss auf jeden Fall vertrieben werden. Meinem Gefühl nach brauchen wir alle einen schönen Abend und ich habe auch eine Idee, wie wir den verbringen können.

»Geht in Ordnung«, murmele ich also zustimmend.

Logan starrt abwechselnd Amy und mich an. Damit nervt er mich gerade tierisch. Ich frage mich, ob er wirklich nur einen übertriebenen Beschützerinstinkt hat, ähnlich wie ich bei Nora, oder ob er auf Amy steht. Eine kleine Berührung hier, ein kurzer Flirt dort. Ich hoffe wirklich, dass sich die

Geschichte aus dem letzten Urlaub nicht wiederholt. Denn dass wir denselben Geschmack in puncto Frauen haben, weiß ich ja seit damals. Verflucht. Fest beiße ich meine Zähne zusammen und versuche mir ... ähm ... ja ... – langsam kann ich es nicht mehr abstreiten – meine Eifersucht nicht anmerken zu lassen. Allein das E-Wort zu denken, hinterlässt einen bitteren Beigeschmack.

»Vielleicht sollte ich ...«, er sieht zu mir und ich bin mir sicher, dass ich ihn gerade ziemlich angefressen anfunkele, »mit den anderen noch eine Weile auf der Piste bleiben.« Mir fällt ein Stein von Herzen. Ehrlich gesagt, wäre mir auch keine Ausrede eingefallen, wieso er nicht mitkommen sollte.

»Dann lass uns losfahren, Honey«, sage ich laut zu Amy und möchte mich eine Sekunde später am liebsten selbst k. o. schlagen. Habe ich gerade wirklich den Spitznamen vor allen verwendet?

Wenn es Amy aufgefallen ist, überspielt sie meinen Patzer gekonnt. »Los geht's.« Sie steht auf und lässt sich ein paar Meter den Berg hinabgleiten. Fröhlich winkt sie den anderen zu. »Bis später, Leute.«

Ich rappele mich auf und beobachte, wie Amy die ersten Meter nach unten fährt. Die Leidenschaft, die sie dabei an den Tag legt, zaubert mir ein Lächeln aufs Gesicht. »Wir sehen uns«, rufe ich und hänge mich an Amys Fersen.

Grinsend versuche ich sie zu überholen, aber verdammt noch mal, die Kleine ist verdammt gut im Boarden! Sie hat sich anscheinend echt zurückgehalten, aber jetzt zeigt sie mir, was sie kann. Und was soll ich sagen, sie macht mich damit echt heiß. So heiß, dass ich mich verkante, als ich es endlich schaffe, sie zu überholen.

Ich knalle der Länge nach auf den Bauch und rutsche bestimmt noch mehrere Meter ungebremst den Berg nach unten. Peinlich berührt lasse ich meinen Kopf in den Schnee fallen.

»Even«, höre ich Amys aufgeregte Stimme. Ich drehe mich auf den Rücken und keine Sekunde später beugt sie sich auch schon mit besorgtem Gesichtsausdruck über mich. Sie sieht süß aus, mit der Mütze, unter der ihre braunen Locken hervorschauen.

»Hast du dir wehgetan?« Sie beugt sich über mich und sieht mich fragend an. Ich stütze mich auf einem Ellbogen auf und lege meine andere Hand in Amys Nacken.

»Ja, ganz furchtbar«, sage ich und versuche möglichst leidend auszusehen. »Du musst die Schmerzen wegküssen.«

Amy verdreht die Augen, doch ich lasse sie nicht entwischen und ziehe sie zu mir. Es ist mir egal, dass jeden Moment jemand vorbeikommen könnte, dass wir im Schnee liegen und auch, dass wir beide noch unsere Snowboards umgeschnallt haben. Alles rückt in den Hintergrund, nur Amy nicht.

Ich küsse sie intensiv und ausdauernd, bis ich mir sicher bin, dass ich es keine Sekunde länger aushalte. »Amy, wir müssen jetzt wirklich zurück in die Hütte. Ich will mit dir allein sein«, raune ich ihr zu. Sonst vergesse ich mich und fange hier auf der Piste an sie auszuziehen.

Amy

»Ist da etwa jemand ungeduldig?«, ziehe ich Even auf und muss schmunzeln. Aber das geschieht ihm nur recht. Heute Nacht hat er mich schließlich einfach abblitzen lassen. Ob es ihn wohl genauso viel Selbstbeherrschung gekostet hat wie mich?

»Etwas«, gibt er mit rauer Stimme zurück.

»Dann will ich dich nicht länger warten lassen.« Langsam löse ich mich aus seiner Umarmung und rappele mich hoch, bis ich wieder auf dem Board stehe. Nachdem ich ihm ein letztes Lächeln geschenkt habe, bringe ich das Brett wieder in die richtige Position, um den Berg herunterzufahren. Ich kann es kaum noch abwarten, endlich bei unserer Hütte anzukommen. Auch wenn wir wahrscheinlich noch einige Stunden Zeit haben werden, bis der Rest zurückkommt, möchte ich jede Sekunde, die ich mit Even allein habe, genießen.

Wir fahren gemeinsam durch ein Waldstück, bis wir auf dem kleinen Hügel ankommen, an dem wir die Schanze gebaut haben. Even fährt an mir vorbei und springt mit einem ziemlich coolen Trick darüber. Angeber. Ich beschränke mich darauf, einfach nur darüber zu springen und wieder heil zu laden.

Diesmal haben wir genug Schwung, um bis zur Hütte zu kommen. Vor dem Schuppen löse ich die Bindung meines Boards und lehne es gegen die Wand. Even schlingt seine Arme um meine Taille, während er sein Board neben meins stellt.

»Du fährst wirklich gut! Hätte ich nicht gedacht, Honey.« Die Anerkennung in seiner Stimme tut mir gut.

»Ich habe, so oft es ging, geübt.«

»Hat sich gelohnt.« Anerkennend nickt er und betrachtet mich stolz. Mein Herz hüpft vor Freude.

»Dann war Logan ein guter Lehrer?« Was für ein Glück, dass ich meine Eltern damals überreden konnte mir das Snowboardfahren zu erlauben.

Evens Arme spannen sich an und ich bereue meine Worte sofort, auch wenn ich nicht weiß, warum er so reagiert, sobald ich Logan nur erwähne. Schließlich schicken sich die beiden doch andauernd *WhatsApp*-Nachrichten. Das weiß ich von meinem letzten Besuch bei Logan. Even hat ihm im Zwanzigminutentakt irgendwelche Bilder geschickt, von denen ich kein einziges sehen durfte. Da müssen sie sich doch auch eine Menge zu erzählen haben.

»Logan hat es dir beigebracht?« Seine Stimme klingt gepresst.

»Ja, er war mit seinen Eltern noch einen Winter länger hier als ihr anderen. Später musste ich in den Ferien mit meiner Familie vorliebnehmen.« Ich drehe mich in seinen Armen um, damit ich ihm in die Augen sehen kann. Seine Zähne sind fest aufeinandergepresst. »Was ist los, Even?«

»Logan und du ... das gefällt mir nicht. Noch dazu allein!« Seine Hände ballen sich zu Fäusten und er versucht meinem Blick auszuweichen.

Even klingt eifersüchtig, obwohl es keinen Grund dazu gibt. Allein die Vorstellung bringt meine Mundwinkel so lange zum Zucken, bis ein Lachen aus mir herausbricht.

Mit meinen Fingern fahre ich zärtlich über seine Wange, als er immer noch starr vor mir steht. »Even, ich bin hier gerade allein mit dir! Und ich dachte eigentlich, du wolltest etwas anderes als reden.«

Ich stelle mich auf Zehenspitzen und knabbere leicht an seiner Unterlippe. Es zeigt sofort Wirkung, denn Even drückt mich gegen die Wand neben unseren Boards und küsst mich verlangend. Mein Herz fängt aufgeregt an zu schlagen und ich bin mir sicher, dass ich niemals genug von diesem Gefühl bekommen kann. Meine Finger wandern unter seine Jacke, doch ich kann durch all die Skiklamotten nicht viel fühlen.

Etwas frustriert lasse ich von seinen Lippen ab. »Du hast eindeutig zu viel an«, seufze ich.

»Ich hatte nicht vor hier draußen in diesem Schuppen weiterzumachen.« Even zieht meine Hände unter seiner Jacke hervor, greift nach einer davon und eilt mit mir zu unserer Hütte. »Vielleicht sollten wir erst noch schnell unter die Dusche«, murmelt er leise.

Ein Mundwinkel zuckt nach oben und ich kann die unausgesprochene Herausforderung deutlich hören.

»Meinetwegen. Diesmal ist ja niemand da, der mich davon abhalten kann, zu dir ins Bad zu kommen«, gebe ich mit einem Zwinkern zurück. »Und geküsst habe ich dich mittlerweile auch schon.«

Even reißt die Augen auf und beginnt zu husten. »Amy? Ich wollte letztens echt nur einen Scherz machen.« Wird Even gerade rot? »Nicht, dass ich das hier zwischen uns nicht will«, stammelt er, »aber ich habe es nicht darauf angelegt.« Er sieht richtig verlegen aus. Irgendwie süß und eindeutig eine Abwechslung zu dem sonst so coolen und selbstbewussten Neunzehnjährigen.

»Ich weiß.« Ich drücke seine Hand und warte darauf, dass er uns die Tür aufschließt. Als er den Schlüssel ins Schloss steckt, kommt auch bei mir langsam an, dass es gleich kein Zurück mehr geben wird, und ich trete unruhig von einem Bein aufs andere. Even scheint meine Nervosität zu bemerken und sieht mir noch einmal tief in die Augen, als die Tür aufspringt.

»Und du bist dir immer noch sicher?«

Ich nicke und im nächsten Moment liege ich in Evens Armen und die Tür schlägt mit einem Krachen ins Schloss, während er mich nach oben ins Bad trägt. Ich schlinge meine Arme um seinen Hals, meine Beine um seine Hüften und lege meinen Kopf an seine Schulter.

»Ich hätte auch selbst laufen können«, flüstere ich in sein Ohr.

»Du bist mir zu langsam«, sagt er und beschleunigt seine Schritte nochmals. »Auf keinen Fall riskiere ich, dass du es dir doch noch einmal anders überlegst. Nicht jetzt!«

Mit einem Fuß gibt er auch der Badezimmertür den nötigen Schwung, damit sie sich hinter uns schließt. Dann erst stellt er mich zurück auf meine Füße und beginnt den Reißverschluss meiner Jacke nach unten zu ziehen.

Das Begehren in seinen Augen steht dem, was ich fühle, in nichts nach, sodass es mich wirklich wundert, wie er hier immer noch in aller Ruhe an meiner Jacke rumhantiert. Ich habe da weitaus weniger Geduld, möchte endlich seine Haut unter meinen Fingern spüren. Also zerre ich etwas heftiger an seinem Reißverschluss, damit die störenden Kleidungsstücke endlich verschwinden.

»Wer ist jetzt ungeduldig?« Even zieht einen Mundwinkel nach oben zu einem schiefen Grinsen.

Statt ihm zu antworten, verschließe ich seine Lippen mit meinen. Er öffnet seinen Mund leicht und schon im nächsten Moment finden sich unsere Zungen zu einem sinnlichen Spiel. Nun werden auch seine Bewegungen hektischer und ein Kleidungsstück nach dem nächsten landet auf dem Fußboden. Mit zittrigen Händen schiebe ich ihm seine Boxershorts von den Hüften und hoffe, dass er nicht merkt, wie wenig Erfahrung ich in solchen Dingen habe.

»Du machst mich verrückt, Amy«, haucht Even an meinen Lippen. Er tritt einen Schritt zurück und lässt seinen Blick so intensiv über meinen nackten Körper wandern, dass ich das Gefühl habe, er würde mich streicheln. Es wirkt fast so, als würde er sich jeden Millimeter meiner Haut einprägen, damit er nichts vergisst. »Lass uns duschen und danach in unser Zimmer verschwinden, in Ordnung?«

Alles, was ich zustande bringe, ist ein Nicken. Even löst sich kurz von mir, um das Wasser in der Dusche anzustellen. Meine Hand lässt er dabei nicht los. Als ihm die Temperatur recht zu sein scheint, zieht er mich mit sich in die Dusche.

Das warme Wasser rinnt über unsere Gesichter und ich folge der Spur, die es auf Evens Körper hinterlässt, mit meinen Fingern. Even hält meine Hände fest, bevor sie tiefer wandern können und zieht mich an sich. Ich spüre, dass die Situation auch ihn alles andere als kalt lässt, und gerade als sich ein Grinsen in mein Gesicht schleichen will, fühle ich seine Lippen wieder auf meinen. Vom warmen Wasser benetzt, sind sie unendlich zart. Ich könnte stundenlang hier unter der Dusche stehen und ihn einfach nur küssen.

***

Wie viel Zeit vergangen ist, als wir uns dann doch voneinander lösen, um uns einzuseifen, kann ich nicht sagen. Ich beobachte jede von Evens Bewegungen genau und kann mich kaum sattsehen. Was gerade passiert, kommt mir immer noch vor wie ein Traum, aus dem ich am liebsten nie wieder aufwachen möchte. Endlich darf ich all das genießen, was ich mir schon seit Jahren wünsche.

»Trocknen wir uns ab«, weckt Even mich aus meinen Gedanken. Er wirkt ein kleines bisschen ungeduldig und ich bin froh, dass es nicht nur mir so geht.

Ich steige aus der Dusche und wickele mich in mein Handtuch. Etwas unsicher bleibe ich mitten im Raum stehen. Warum ich jetzt doch plötzlich etwas schüchtern werde, kann ich nicht einmal sagen. Even tritt hinter mich, um meinen Nacken zu küssen. Da er meine Haare anscheinend nicht die ganze Zeit zur Seite halten möchte, schnappt er sich ein Haargummi vom Waschbecken und bindet sie zu einem – wenn auch etwas unordentlichen – Pferdeschwanz zusammen. Anschließend schlingt er zärtlich seine Arme von hinten um meine Taille. Im Spiegel treffen sich unsere Blicke. Begehren vermischt sich mit … Nervosität? Bei mir kann ich es ja verstehen, aber auch in Evens Augen entdecke ich dasselbe Gefühl. Warum sollte er jetzt plötzlich aufgeregt sein? Er lässt mir keine Zeit zu überlegen, denn schon im nächsten Moment zieht er mich hinaus auf den Flur.

Plötzlich kommt ein gequältes Stöhnen von der Treppe. »Das ist nicht euer Ernst?« Ich wirbele herum. Even schiebt mich sofort hinter sich, um mich vor Logans Blicken zu schützen, was absolut absurd ist, denn schließlich bin ich diejenige von uns beiden, die ein Handtuch trägt.

Sofort knurrt Even: »Was machst du hier?«

Logan zieht eine Augenbraue in die Höhe. »Meinst du nicht, das sollte ich dich fragen?«

Ich schaue leicht panisch zwischen den beiden Jungs hin und her, doch als ich Luft hole, um zum Sprechen anzusetzen, schiebt mich Even rückwärts in unser Zimmer und schließt die Tür zwischen uns. Perplex starre ich auf das Holz vor mir, das mich nun von den beiden Kerlen im Flur trennt, und lasse mich seufzend auf unser Bett fallen.

Even

Wütend gehe ich auf Logan zu. Dass ich dabei vollkommen nackt bin und er in seinen kompletten Skioutfit vor mir steht, ist mir egal.

»Logan«, knurre ich und ziehe ihn am Kragen seiner Jacke näher zu mir. »Es wäre mir jetzt ganz recht, wenn du dich verpissen könntest, damit ich Zeit mit Amy verbringen kann.«

Logan sieht mit fassungslos an. »Im Bett.« Es ist keine Frage, sondern eine Feststellung.

Ich nicke. Natürlich dort. Wo denn sonst? »Ja, genau. Also zieh endlich Leine und lass uns in Ruhe«, flüstere ich bedrohlich leise.

»Dir darf doch kein Mädchen länger als fünf Minuten das Bett wärmen. Amy hat etwas Besseres verdient als dich.«

Ich muss meine ganze Kraft zusammennehmen ihm keine reinzuhauen. Meine zu Fäusten geballten Hände zittern vor unterdrückter Anspannung.

»Ach, vielleicht so einen netten Kerl wie dich? Einer der, wenn er einmal ganz ehrlich zu sich selbst ist, genauso ein Arschloch ist. Wenn nicht noch ein viel schlimmeres.«

Denn er war es schließlich, der mit Chelsea geschlafen hat, obwohl ich in sie verliebt war. Logans Doppelmoral kotzt mich an. Seinen Weg pflastern nicht weniger gebrochene Herzen als meinen und dennoch spielt er sich auf, als wäre ich das Böse in Person.

Logan schnaubt verächtlich. »Jetzt übertreib es mal nicht mit deiner Eifersucht. Ich will nichts von Amy.«

Das wollte er damals von Chelsea auch nicht und trotzdem … Vielleicht will er mir mal wieder beweisen, dass er der bessere Aufreißer ist und macht dabei noch nicht mal Halt vor seiner besten Freundin.

Spöttisch lache ich auf. »Das willst du doch nie.«

»Und selbst wenn … was würde es ändern, Even? Du bist doch nicht einmal fähig richtige Gefühle zuzulassen«, schreit er mich an.

»Und wer hat das aus mir gemacht?«, brülle ich in der gleichen Lautstärke zurück. »Du bist schließlich nicht ganz unschuldig daran«, speie ich ihm entgegen und bin von meinen Worten selbst erstaunt. Bisher dachte ich, dass ich Logan keine Schuld daran gebe, dass Chelsea nicht mit mir zusammen sein wollte. Aber ich tue es. Tief in mir drinnen habe ich es immer getan.

»Was meinst du damit?«, fragt Logan und sieht mich plötzlich ganz erstaunt an.

»Even?«, höre ich nun Amys verunsicherte Stimme hinter mir. Perfekt … natürlich hat sie alles mitbekommen.

Ich schaffe es nicht, mich zu ihr umzudrehen. Leise höre ich sie näherkommen. Ihre Hand löst meine von Logans Kragen. Ich habe nicht einmal bemerkt, dass ich ihn immer noch daran festhalte.

Mit leicht geöffnetem Mund starre ich sie an. Sie trägt eines meiner getragenen T-Shirts, die überall im Zimmer herumliegen, und hält eine meiner Boxershorts in der Hand. »Vielleicht möchtest du dich erst mal anziehen?«, fragt sie leise.

Ich sehe an mir runter und greife wortlos nach meiner Unterwäsche. Ich hätte mich auch noch weiter nackt mit Logan gestritten, aber wenn die anderen sich so wohler fühlen, dann tue ich es eben angezogen.

»Kannst du mir erklären, was genau Logan dir getan hat?«, will Amy von mir wissen.

Nein. Eigentlich nicht. Aber so, wie ich es sehe, habe ich gerade nur zwei Möglichkeiten: Entweder mache ich dicht, haue ab und vergesse die ganze Sache hier. Oder ich springe über meinen Schatten, um danach – hoffentlich – einen halbwegs entspannten Urlaub zu verbringen.

Alles in mir schreit nach der einfachen Lösung, doch ich entscheide mich komischerweise anders. Ich greife nach Amys Hand und verschränke unsere Finger miteinander. Danach führe ich die Hand zu meinem Mund und hauche einen Kuss darauf.

»Lass uns reden«, sage ich zu Amy und ziehe sie zur Treppe. Anstandslos folgt sie mir nach unten.

»Ey und was ist mit mir?«, fragt Logan, der immer noch wie angewurzelt dasteht.

Ich verdrehe meine Augen. »Du kommst auch mit. Geht ja schließlich um dich.« Ich kann nicht verhindern, dass meine Stimme leicht angepisst klingt.

Gemeinsam mit Amy gehe ich zur Couch. Ich lasse mich darauf fallen und ziehe sie nah an mich heran. Ihre Beine lege ich über meine, einfach weil ich jetzt den Körperkontakt zu ihr brauche.

»Wann kommen die anderen?«, frage ich Logan.

Er zuckt mit den Schultern. »Keine Ahnung. Spätestens, wenn die Lifte schließen.« Danach verschränkt er seine Arme vor der Brust und starrt abwartend zu uns herunter. »Wieso? Willst du sichergehen, dass niemand mitbekommt, wie du Amy um den Finger wickelst?«, meint er dann mit ätzendem Tonfall.

Ohne darauf einzugehen, fragt Amy: »Kannst du dich nicht zu uns setzen?«

Mit beleidigter Miene lässt sich Logan in den Sessel plumpsen. »Kannst du nicht ein Stück von Even abrücken?«, fragt er dann und fixiert Amy mit seinem Dackelblick, mit dem er immer alle Frauen rumbekommt.

Ich lege demonstrativ meinen Arm und ihre Schultern. »Nein, kann sie nicht.«

Amy klatscht ihre Hand auf meinen Oberschenkel. »*Sie* ist hier und kann für sich selbst sprechen«, tadelt sie mich, rückt aber nicht von mir ab.

Logan vergräbt sein Gesicht in den Händen. »Sorry, aber das ist gerade echt zu viel für mich. Zuerst erwische ich euch auf dem Flur, auf dem Weg in Evens Zimmer, und zwar nackt. Und dann kommst du mir auch noch mit irgendwelchen komischen Anschuldigungen.« Die letzten Worte richtet er eindeutig an mich. »Woran soll ich schuld sein?«

»Daran, dass ich's nicht so mit Gefühlen habe«, murmele ich leise.

Amy dreht sich etwas in meinen Armen, um mich besser ansehen zu können. »Wie soll das denn gehen? Stehst du auf Logan?«

Heilige Scheiße. Auch wenn Logan ganz gut aussieht, ist er doch nicht ganz mein Typ. Zu wenig Brüste und viel zu viel ... ach, lassen wir das! Seufzend lege ich meinen Kopf in den Nacken und starre an die Zimmerdecke. Amys Frage ignoriere ich einfach, als ich zu sprechen beginne. »Könnt ihr euch noch an den letzten Urlaub erinnern, den wir alle hier in Breckenridge verbracht haben?«, stelle ich eine rhetorische Frage.

Amy – meine kleine Musterschülerin – antwortet sofort: »Natürlich. Das war vor vier Jahren. Später sind nur noch Logans und meine Familie hierhergefahren. Wieso seid ihr eigentlich nicht mehr gekommen?« Immer wenn mich jemand danach gefragt hat, habe ich geantwortet, dass meine Eltern lieber nach Norwegen, zu der Familie meines Vaters fliegen wollten, doch so ganz stimmt das nicht.

»Ich wollte nicht mehr.« Und ohne mich wollte auch meine Familie nicht mehr herkommen.

Logans Stirn legt sich in Falten. »Aber wieso? Wir hatten doch immer eine Menge Spaß, oder?«

Ich nehme meine Hand von Amys Schulter und fahre mir durch meine feuchten Haare. »In diesem Jahr vielleicht etwas zu viel.«

Amy sieht mich verwirrt an. »Ich verstehe dich nicht«, meint sie.

»Verdammt noch mal«, fluche ich. Doch dann atme ich tief durch und fahre ruhiger fort: »Könnt ihr euch noch an Chelsea erinnern?«

Logan schüttelt den Kopf, was mich ziemlich sauer macht, aber Amy nickt. »Ja, sie war ganz nett, oder?«, meint sie völlig ahnungslos. Ob sie das Mädchen auch in ein paar Minuten noch nett findet, wage ich zu bezweifeln.

»Ich habe mich in sie verliebt«, sage ich gerade heraus und merke im selben Moment, wie sich Amy neben mir versteift. Diese Worte aus meinem Mund zu hören, muss schwer für sie sein.

Logan klappt der Mund weit auf. Vermutlich dachte er wirklich, ich bin zu solchen Gefühlen nicht fähig. Irgendwie finde ich es schade, dass er eine so schlechte Meinung von mir hat. Obwohl ich sie vermutlich mit meinem Verhalten provoziere.

Beruhigend fange ich an mit meiner Hand Kreise auf Amys nackten Oberschenkel zu malen. Ich hoffe, sie weiß, dass ich jetzt keine Gefühle mehr für Chelsea hege.

Da sich offensichtlich niemand im Stande sieht etwas zu sagen, rede ich einfach weiter: »Also, ich wollte euch allen davon erzählen«, erkläre ich den beiden, rudere dann aber zurück, weil ich ehrlich sein will. »Okay, das ist gelogen. Ich wollte Mat und Logan einweihen. Nur dazu ist es leider nie gekommen.«

»Wieso?«, fragt Logan.

»Ich habe mit ihr geschlafen«, lasse ich die Bombe platzen. Etwas peinlich berührt, füge ich hinzu. »Es war mein erstes Mal. Für Chelsea ... war es das nicht. Ich glaube, sie war ein oder zwei Jahre älter als wir und ziemlich erfahren.«

Amy sagt immer noch kein Wort. Logan nickt. Langsam frage ich mich, ob ich hier der Alleinunterhalter bin. »Nachdem es passiert ist, wollte ich die Sache offiziell machen. Sie meinen Eltern und euch vorstellen. So wie man sich das als Fünfzehnjähriger mit der ersten Freundin eben vorstellt. Nur, dass sie eben das nie war.« Ich beiße mir auf die Unterlippe und würge die Worte hervor. »Meine Freundin.«

»Wollte sie nicht?«, haucht Amy ungläubig.

»Nein, sie hat mich ausgelacht und mir erklärt, dass mehr als Sex für sie nicht drin sei. Wieso sollte sie den Spaß aufgeben, um mir treu zu sein? Und ich solle mal einen meiner Freunde fragen, die wüssten, wie man sich nach einem One-Night-Stand zu verhalten hätte.«

»Aber was zum Teufel habe ich damit zu tun?«, will Logan wissen. Er sieht ehrlich verwirrt aus und langsam bin ich das auch.

»Jetzt steh doch endlich dazu, dass du auch mit ihr geschlafen hast«, fahre ich ihn etwas lauter als nötig an.

Logan schüttelt seinen Kopf.

»Du hast doch immer geprahlt, dass du so erfahren bist«, setze ich hinterher.

Logan lacht laut los. »Alter, ich war fünfzehn! Natürlich hatte ich noch keine Erfahrungen in diesem Bereich. Ich habe einfach irgendwas erzählt, um cool dazustehen.«

Mir fällt die Kinnlade runter. »Aber wenn du es nicht warst, dann kann es nur …«

»… Mat gewesen sein«, beendet Logan meinen Satz. »Oder sie hat dich angelogen.«

»Scheiße«, fluche ich laut. Wenn es Mat war, dann ist er nicht der nette Junge von nebenan, für den ich ihn immer gehalten habe.

Im nächsten Moment schlage ich mir mit der flachen Hand gegen den Kopf. Natürlich! Jetzt ergibt auch Mats Verhalten Sinn. Schon als es um die Paralleluniversumssache ging, war er irgendwie eigenartig. Es hat mich stutzig gemacht, dass er von Chelsea wusste.

Noch vor zwei Wochen hätte ich ihn zur Rede gestellt – oder ihm eine reingehauen –, aber im Moment kommt mir das alles unwichtig vor. Ich bin ihm nicht mal böse. Jetzt nicht mehr. Klingt komisch, weil ich Logan noch vor einigen Sekunden Vorwürfe gemacht habe, aber … es bringt nichts, noch länger in der Vergangenheit festzustecken – und außerdem will Mat nichts von Amy, was plötzlich irgendwie einen großen Unterschied macht.

Ich schiebe Amy von mir, gehe auf Logan zu und klopfe ihm auf die Schulter. »Es tut mir leid, Alter. Ich weiß, auch wenn du mit Chelsea geschlafen hättest, hättest du es nicht getan, um mich zu verletzen. Ich wollte dir auch nie einen Vorwurf daraus machen, bis …« Ich verstumme und drehe mich zu Amy um. Sie erwidert meinen Blick, aber ich kann nicht darin lesen. Ist sie sauer? Verletzt? Wie wird es jetzt mit uns weitergehen?

»Ich verstehe«, murmelt Logan. »Freunde?«, fragt er mich.

Ich umarme ihn und flüstere: »Wenn du in Zukunft deine Flossen von Amy lässt, dann bestimmt.«

»Ich wollte nie etwas von Amy«, murmelt er. »Das hast du dir in deinem eifersüchtigen Hirn zusammengereimt. Aber tu ihr nicht weh«, bittet er mich im selben Atemzug flüsternd.

Fast genauso leise antworte ich: »Das könnte ich niemals. Ich glaube, ich mag sie wirklich.«

Amy

Es tut gut, Logan und Even in dieser für ihre Verhältnisse recht langen Umarmung zu sehen. Auch wenn ich zu gerne wissen würde, was sie sich gerade zuflüstern.

Kaum haben sie sich voneinander gelöst, kommt Logan auf mich zu und beugt sich zu mir herunter, um mir einen Kuss auf den Scheitel zu hauchen. »Tut mir leid, Küken.«

»Muss es nicht.« Schließlich ist er einer meiner besten Freunde. Es ist normal, dass er sich Sorgen um mich macht. Mir würde es ja auch so gehen.

»Zwischen uns ist doch auch alles okay, oder? Du hast keinen bleibenden Schaden davongetragen, weil du mich halb nackt gesehen hast?«, frage ich ihn mit einem Lächeln.

Er lacht laut auf. »Das wird sich noch zeigen, aber bisher ist alles in bester Ordnung.«

»Tust du mir einen Gefallen?«, frage ich, als Logan schon auf dem ersten Treppenabsatz steht. Er dreht sich um und nickt nur. »Behalte es bitte für dich. Even und ich sind uns einig, dass es nichts Langfristiges ist. Ich möchte da ungern mehr Leute als nötig mit hineinziehen.«

Logans Blicke wandern zu Even herüber und es scheint, als wollte er ihn damit durchbohren. Even wirkt sogar für einen Moment verlegen, doch dann strafft er seine Schultern, setzt sich wieder neben mich und zieht mich an sich. Logan antwortet nur: »Meinetwegen, von mir erfährt niemand was.«

Ich sehe ihm nach, bis er verschwunden ist, dann drehe ich mich zu Even: »Das mit Chelsea tut mir leid.« Auch wenn ich es nicht will, schleichen sich gerade leise Zweifel in mein Herz, ob die ganze Sache mit der Affäre so eine gute Idee war. Was ist, wenn es mir ebenso das Herz brechen wird, dass ich Even niemandem als meinen Freund vorstellen kann, wenn wir das erste Mal miteinander geschlafen haben – mein erstes Mal. Dass Even noch nicht gemerkt hat, wie unerfahren ich eigentlich bin, grenzt langsam an ein Wunder.

Ich atme tief durch. Ich weiß, worauf ich mich einlasse. Ich habe so lange auf ihn gewartet. Selbst mit Jamie – allein bei dem Gedanken daran, dass ich durch die kopflose Aktion *Ich-probiere-es-mal-mit-Jamie* unsere Freundschaft zerstört habe, fühle ich einen Stich im Herzen – konnte ich in den letzten Wochen nie weiter gehen als Händchenhalten und Küssen. Es hat sich einfach nur falsch angefühlt.

Mit Even ist es ganz anders. Mit ihm fühlt sich einfach alles so unglaublich richtig an. Auch, wenn es das nicht sollte. Ich versuche mir einzureden, dass ich nur über Even hinwegkomme, wenn ich jede Sekunde mit ihm ausgekostet habe. Erst dann kann ich ihn – hoffentlich – aus meinem Kopf verbannen. Und aus meinem Herzen. Dann, wenn die Realität die Wunschträume ablöst. Solange ich mir bei jedem Kerl ausmale, wie es mit Even hätte sein können, werde ich mich nie richtig auf eine Beziehung einlassen können. Also: *Hör auf ständig nachzudenken, sondern genieße endlich die Zeit mit ihm!*

Even streicht eine Locke, die sich aus meinem Zopf gelöst hat, hinter mein Ohr und sieht mich an, als warte er auf eine Reaktion von mir.

»Hm?«

»Ich habe gesagt, das muss es nicht. Aber du warst anscheinend mit deinen Gedanken ganz woanders. Sollen wir vielleicht mit Logan und den anderen gemeinsam was essen gehen? Ich lade euch alle ein.«

Die Stimmung ist sowieso hinüber, also kann es nicht schaden, wenigstens etwas in den Magen zu bekommen. »Vielleicht gar keine schlechte Idee.« Ich sehe zu Even hoch. »Soll ich den Mädels eine SMS schicken?«

»Ja, bitte.« Er beugt sich zu mir herunter und haucht mir einen Kuss auf die Lippen. »Ich gehe mal zu Logan.« Even verschwindet nach oben und ich laufe hinüber zum Esstisch, um mein Handy zu holen, das ich morgens dort habe liegen lassen.

Oh, fünf Anrufe in Abwesenheit. Von meiner Mom. Keine Ahnung, was sie schon wieder will, aber ich beschließe, erst den Mädels zu schreiben, bevor ich sie anrufe.

Even möchte uns heute Abend ausführen. Kommt also rechtzeitig zurück, damit ihr euch noch hübsch machen könnt. XOXO Amy

Da ich nicht mit einer Antwort rechne, wähle ich die Nummer meiner Mutter. Schon nach dem dritten Freizeichen geht sie ran. »Hallo?«

»Hey, Mom«, begrüße ich sie. »Du hast mich angerufen?«

»Ach, hallo, Schätzchen. Ist euer Urlaub denn schön bis jetzt?« Verwundert starre ich nach draußen. Sie hat doch nicht fünf Mal probiert, um mich zu fragen, ob ich einen schönen Urlaub habe. Oder bin ich für sie noch immer das kleine Mädchen? Vielleicht löst mein erster richtiger Urlaub ohne sie diese übertriebenen Mamagefühle aus?

»Ja, bis jetzt gefällt es mir sehr gut. Es ist schön, endlich mal wieder mit allen zusammen zu sein. Heute waren wir auf der Piste und nachher wollen wir essen gehen«, quassele ich darauf los.

»Das freut mich.« Sie klingt irgendwie abgelenkt. Anders als sonst. Und ich mache mir Sorgen. Sonst verschweigt sie mir doch auch nichts und redet nie um den heißen Brei herum.

»Mom, weshalb rufst du an?«, versuche ich unser Gespräch zu dem Punkt zu bringen, der ihr auf dem Herzen liegen muss.

»Ich wollte eigentlich nur kurz wissen, ob ihr wieder in den gleichen Hütten seid wie früher. Ich fühle mich einfach wohler dabei, wenn ich weiß, wo ich dich finden kann.«

Ich muss lachen. Ob Mütter sich jemals ändern? »Mom, du hast nicht vergessen, dass ich achtzehn bin und du die anderen kennst, seit sie kleine Kinder waren? Ich bin doch nicht mit Wildfremden in den Urlaub gefahren.« Ich lasse mich auf das Sofa fallen, um nicht länger mitten im Raum herumzustehen.

»Trotzdem, Schätzchen«, beharrt meine Mutter. »Sagst du mir bitte, wo ihr seid? Du weißt, ich mache mir immer schreckliche Sorgen um dich.«

»Mom, wir sind in einer der Hütten, in denen wir früher immer waren«, gebe ich mich geschlagen. Wenn es das ist, was sie beruhigt, warum soll ich es ihr dann verschweigen. »Es ist die ganz nah beim Parkplatz.«

»Jetzt fühle ich mich schon viel besser. Danke. Ich hoffe, ihr habt noch einen schönen Abend. Und grüß mir den Rest, in Ordnung?« Sie klingt erleichtert.

»Mache ich. Wir hören uns, Mom.« Dann lege ich auf und werfe mein Handy auf den Tisch, bevor ich in Richtung Küche gehe. Doch ich bin noch nicht am Esstisch vorbei, als ich einen Arm um meine Taille spüre. Ich zucke zusammen, dann drehe ich mich um und sehe einem grinsenden Even in die Augen.

»Schock mich doch nicht so.« Ich boxe ihm auf den Oberarm.

»War nicht meine Absicht.« Er grinst mich an und streichelt mir zart über meine Wange. »Nora?«

»Nein, meine Mom. Sie wollte sich nur erkundigen, ob alles in Ordnung ist. Ich soll übrigens grüßen.«

»Danke.«

Ich sehe an ihm herunter. Er hat nicht nur Logan Bescheid gesagt, sondern sich auch schon wieder komplett angezogen.

»Vielleicht sollte ich mich dann auch mal fertig machen, damit wir heute Abend ausgehen können.« Mit der Hand zeige ich auf das Vogelnest auf meinem Kopf. »Meine Haare wollen dann, glaube ich, doch getrocknet und in Form gebracht werden.«

»Dabei ist es so verlockend, deinen nackten Hals ständig vor mir zu sehen«, flüstert er und beißt zur Bestätigung sanft hinein. Ein Schauer läuft über meinen Rücken und ich muss mich zusammenreißen, um nicht in seine Arme zu fallen und ihn zu bitten, jetzt gleich mit mir hoch in unser Zimmer zu verschwinden.

»Ich kann sie ja heute Nacht wieder hochbinden, wenn dir das gefällt«, gebe ich zurück.

»Das sehen wir dann.« Sein Grinsen verheißt eine Nacht voller Überraschungen. Ich hoffe nur, ich enttäusche ihn nicht.

9.

28. Dezember (Abend)

Even

Während ich mit der einen Hand nach dem letzten Stück Pizza greife, taste ich mit der anderen nach Amys Oberschenkel. Sie trägt ein kurzes graues Kleid und schwarze Strumpfhosen. Lieber wäre mir, wenn letzteres Kleidungsstück nicht ihre tollen Beine verhüllen würde. Aber spätestens, wenn sie in Kalifornien aufs College geht, kann ich jeden Tag ihren …

Schnell ziehe ich meine Hand zurück, als hätte ich mich verbrannt. Die Pizza schmeckt plötzlich nur noch halb so gut und ich lasse sie unachtsam auf den Teller fallen. Amy sieht mich fragend an, aber ich bekomme kein Wort raus. Was zum Teufel sollte dieser abwegige Gedanke gerade? Nach dieser Woche wird alles vorbei sein. Wie abgemacht.

Ich versuche Amy nicht anzusehen und konzentriere mich stattdessen auf die anderen. Mat hat endlich seine gute Laune zurück und unterhält sich ausgelassen mit Logan, Lin und Nora. Wenn es dazu nur ein gutes Essen braucht, lade ich die anderen ab jetzt jeden Tag hierher ein.

Auch Nora ist endlich wieder lockerer. Ich frage mich wirklich, was sich die beiden gestern Abend gedacht haben. Vermutlich gar nichts. Es war doch abzusehen, dass es keine gute Idee ist, zuerst miteinander rumzumachen und sich hinterher gegenseitig zu ignorieren und so zu tun, als wäre nichts passiert. Das funktioniert einfach nicht.

Meine Hand krallt sich in den Stoff meiner Jeans. Schmerzhaft wird mir bewusst, dass ich, wenn ich das hier versaue, nach diesem Urlaub vermutlich nie wieder ganz normal mit Amy umgehen kann.

Aber nicht nur das. Ich würde bei jedem Wiedersehen daran denken, wie verdammt perfekt sich ihre Lippen auf meinen angefühlt haben oder wie viel Spaß es macht, sie mit schmutzigen Kommentaren zum Erröten zu bringen. Ich könnte auch nie wieder mit ihr eine Sprungschanze bauen. Ihr keinen Schnee mehr in die Jacke stopfen. Nicht mit ihr tanzen oder heimlich beobachten, wie sie mit ihrer offenen Art wildfremde Menschen innerhalb von Sekunden für sich einnimmt. Niemals gemeinsam mit ihr surfen gehen und herausfinden, ob sie darin genauso gut ist wie beim Snowboarden.

Mein Hals fühlt sich wie zugeschnürt an und es fällt mir schwer, Luft zu holen. Unvermittelt springe ich auf.

»Alles in Ordnung?«, fragt Nora. Ich bringe nur ein Nicken zustande, bevor ich zu den Toiletten verschwinde. Schwer atmend stütze ich meine Hände auf dem Waschbecken ab. Was für ein Mist läuft hier? Leicht zittrig drehe ich den Wasserhahn auf und schütte mir Unmengen kaltes Wasser ins Gesicht.

Solange, bis ich ein Räuspern hinter mir höre. Ich blicke in den Spiegel und sehe Logan hinter mir stehen. »Was willst du hier?«, frage ich.

»Nach dir sehen.« Noch ein Räuspern. »Even, was tust du da gerade?« Ja, was tue ich hier eigentlich? Gerade ziehe ich ein Papierhandtuch nach dem anderen aus dem Spender.

»Ich …«, habe keine Ahnung, wie ich diesen Satz beenden soll. »Ich …«, versuche ich es erneut und ärgere mich über mich selbst. *Jetzt reiß dich zusammen!* »Ich habe Panik«, sprudelt es endlich aus mir heraus.

»Wär ich jetzt nicht drauf gekommen«, meint Logan grinsend. »So kenne ich dich gar nicht.«

Frustriert lehne ich mich mit dem Rücken gegen die kühlen Fliesen und lege meinen Kopf in den Nacken. »Ich mich auch nicht«, gestehe ich Logan.

Er kommt näher und legt mir eine Hand auf die Schulter. »Rede mit mir. Wir sind doch Freude.« Eigentlich bin ich mir nicht sicher, ob wir das sind. Zumindest in den letzten Jahren waren wir nicht mehr füreinander als flüchtige Bekannte. Aber es könnten wieder anders sein … so wie früher. Und ich bin mir ziemlich sicher, dass Logan mir helfen kann. Immerhin ist er ein guter Freund von Amy.

»Was ist, wenn ich das mit Amy versaue?«, frage ich nach.

»Allein, dass du mir diese Frage stellst, zeigt mir, dass du es nicht tun wirst.«

»Wie meinst du das?« Keine Ahnung, worauf er hinauswill.

»Na ja, Amy muss dir mehr bedeuten, als die anderen Mädchen. Sonst würdest du dir diese Frage gar nicht stellen.«

Schweigend starre ich in den Raum und nehme doch nichts davon wahr. Keine Ahnung, was ich darauf antworten soll. Ja, ich mag Amy. Sehr sogar. Es ist toll, mit ihr Zeit zu verbringen.

»Kann es sein, dass du dich in Amy verliebt hast?«, fragt Logan.

»Waaaaas?«, quieke ich. »Ich? Verliebt?«

Logan lacht laut auf und zwinkert mir zu. »Denk mal darüber nach.« Dann dreht er sich um und geht zu Tür. »Und bleib nicht mehr zu lange hier, sonst denkt Amy noch, du hast ein Verdauungsproblem. Nicht sexy.«

Als die Tür ins Schloss fällt, grübele ich noch einige Zeit über Logans Worte nach. Kann es sein, dass er recht hat? Habe ich mich in Amy verliebt? Ich weiß nicht …

Ich gehe bestimmt tausend Mal im Raum auf und ab. Danach sperre ich mich in die Kabine und setze mich auf den Klodeckel. Mein Gesicht vergrabe ich in meinen Händen. Ob ich aus dem Fenster springen und abhauen soll? Spätestens in der Hütte würde ich Amy doch sowieso wiedersehen.

Seufzend mache ich mich wieder auf den Weg zurück zum Tisch. Dort sitzt nur noch Amy, die mich mit einem Lächeln begrüßt, dass meinen Atem ins Stocken bringt. Fuck.

»Wo sind die anderen?«, krächze ich.

»Die sind schon auf dem Weg in einen Club. Ich hab ihnen gesagt, dass ich auf dich warte und wir dann nachkommen, sobald du bezahlt hast.« Ich nicke und lasse mich wieder neben sie auf den Stuhl fallen.

Ich schaffe es nicht, sie anzusehen. »Und keiner wollte wissen, wieso wir uns plötzlich wieder so gut verstehen?«

Amy zuckt mit den Schultern. »Nora fand es sogar gut, dass wir Zeit miteinander verbringen. Als Freunde.«

Ich ziehe die Salz- und Pfefferstreuer zu mir heran und beginne damit zu spielen. Dass Amy mich dabei beobachtet, merke ich am Kribbeln meiner Haut. So geht es mir jedes Mal, wenn sie mich ansieht. Verdammt noch mal ... ich glaube, Logan hat recht.

»Even, was ist los?« Amy legt ihre Hand auf meine und ich würde ihr gern sagen, dass ich mich in sie verliebt habe. Auch wenn ich bisher zu blind war, um es zu erkennen.

Ich würde gern etwas von Liebe auf den ersten Blick schwafeln, aber dafür kenne ich Amy eindeutig zu lange. Und da ich sowieso nicht der Typ bin, der ewig lang herumquatscht, lege ich einfach meine Lippen auf ihre. Ich hoffe, sie versteht, was ich ihr damit sagen will. Der Kuss ist viel zu intensiv dafür, dass wir uns in einer Pizzeria befinden und an den Nebentischen zahlreiche Familien mit Kindern sitzen.

Schwer atmend löse ich mich von meinem Mädchen. »Amy? Ich möchte mir dir allein sein«, keuche ich. »Gehen wir nach Hause?«

Sie zögert eine Sekunde. Warum zum Teufel macht mich das jetzt so nervös?

»Was ist mit den anderen?«, will sie von mir wissen. Zu meiner grenzenlosen Erleichterung klingt sie nicht abgeneigt, also winke ich der Bedienung, damit man mir die Rechnung bringt.

»Denen schreibe ich unterwegs eine Nachricht.« Amy beginnt bereits damit, ihre Sachen zusammenzusuchen und ich schaue mich nochmals nach dem Kellner um. Gott sei Dank kommt er gerade auf uns zu. Ich gebe ihm ein mehr als großzügiges Trinkgeld. Aus einem einfachen Grund: Ich will nicht länger als notwendig auf das Wechselgeld warten.

Sobald Amy ihre Jacke geschlossen hat, greife ich nach ihrer Hand und ziehe sie hinter mir her in die kühle Abendluft. Draußen lege ich meinen Arm um ihre Schulter und führe sie in zu meinem Wagen. Gott sei Dank sind wir heute nicht zu Fuß in den Ort gegangen. Ich weiß nicht, ob ich die Geduld für einen langen Abendspaziergang aufbringen könnte.

Während Amy sich in den Wagen setzt, tippe ich eine Nachricht an Logan. Da er jetzt Bescheid weiß, sehe ich keinen Grund zu lügen.

Wäre nett, wenn ich ein bisschen mit Amy allein sein könnte. Vielleicht kannst du die anderen davon überzeugen, nicht zu schnell zurückzukommen.

Ich lasse mich auf den Fahrersitz fallen. »Bereit?«, frage ich sie.

»Ja, ich denke schon.« Amy klingt ein wenig unsicher. Irgendwie bin ich selbst auch nervös, obwohl ich alles dafür tue, um es mir nicht anmerken zu lassen. Fast habe ich das Gefühl, ich würde heute zum ersten Mal darauf hoffen, mit einem Mädchen zu schlafen.

Immer wieder werfe ich Amy verstohlene Blicke zu, da mich das Schweigen im Wagen etwas verunsichert. Amy rutscht auf ihrem Sitz herum und ich frage mich stumm, ob sie genauso aufgeregt ist wie ich. Meinen Mund bekomme ich aber trotzdem nicht auf. Bei der Hütte angekommen, stelle ich meinen Wagen auf dem Parkplatz ab. Nachdem ich den Schlüssel aus dem Zündschloss gezogen habe, lehne ich mich im Sitz zurück und starre einfach geradeaus.

Amy tut es mir gleich. »Amy, sollen wir da jetzt wirklich reingehen?«, breche ich die eingekehrte Stille.

Sie räuspert sich, bevor sie spricht. »Willst du lieber wieder zu den anderen zurück?«

Nein, aber ich bin so aufgeregt, dass ich es einfach nicht schaffe, aus dem Wagen zu steigen. Das sage ich natürlich nicht laut. Langsam wende ich mich ihr zu. »Möchtest du denn noch in den Club?«, stelle ich eine Gegenfrage.

Sofort kommt ein »Nein« von ihr.

Also löse ich meinen Gurt und steige aus. Ich gehe um den Wagen herum und öffne die Beifahrertür. Amy sitzt immer noch wie festgefroren auf dem Sitz, als ich ihr jedoch meine Hand entgegenstrecke, lässt sie sich von mir aus dem Auto helfen.

Ich werfe die Autotür ins Schloss und gehe mit Amy zum Haus. Irgendwie fühlt sich die Situation eigenartig an. Ich weiß, dass sie denkt, das hier wäre alles nur etwas Einmaliges ... Aber das will ich nicht mehr. Das mit Amy ist viel mehr, als ich mir jemals hätte vorstellen können. Ich hatte sie schon immer sehr gern. Auch als wir noch jünger waren, mochte ich sie von allen Freundinnen meiner Schwester am liebsten. Ich habe es jedes Jahr genossen, die Winterferien mit ihr zu verbringen. Und ich will das wieder. Am besten sämtliche Ferien. An Spring Break, den ganzen Sommer über und am besten auch noch an allen Feiertagen, die anstehen.

Stumm gehen wir nach oben ins Schlafzimmer. Dort bleibe ich unschlüssig stehen. Amy stellt sich vor mich und lehnt ihren Kopf gegen meine Brust. »Even, was ist los mit dir? Du verhältst dich eigenartig.« Sie schüttelt ihren Kopf ganz leicht. »Eigentlich hätte ich erwartet, dass ich bis hier oben schon keine Klamotten mehr anhabe.« Tja, das ist es, was jeder von mir denkt, aber diese Worte von Amy zu hören, fühlt sich komisch an.

Mit meinen Händen reibe ich mir übers Gesicht. »Verdammt, Amy. Das hier ...« Ich deute mit meiner Hand zwischen uns hin und her. »Wir sollten das hier nur machen, wenn du es wirklich willst.« Was wir im Begriff sind zu tun, fühlt sich absolut richtig an, aber ich will, dass es Amy genauso geht.

»Wie oft soll ich dir denn noch sagen, dass ich mir nichts mehr wünsche, als mit dir zu schlafen.« Ich weiß nicht, wieso ich mich gerade so anstelle. Ich wünsche mir doch genau dasselbe.

Okay. Dann tun wir es jetzt also.

Even, du schaffst das, sporne ich mich selbst an. Du hast das schon einige Male gemacht, nur hat es bisher nie etwas bedeutet.

Sanft schiebe ich Amy zum Bett. Ich drücke sie nach hinten, bis sie auf der Matratze liegt, und krabbele über sie. Zärtlich küsse ich zuerst ihre Nasenspitze, danach widme ich mich ihrem linken Mundwinkel. Dann ist der rechte dran.

Aufgeregt klopft mein Herz in meiner Brust. Ich will sie endlich richtig küssen. Amy öffnet ihre Lippen ein kleines bisschen. Meine Zunge tastet nach ihrer und sie spielen eine ganze Weile miteinander. Ich glaube, ich war noch nie so zärtlich mit einem Mädchen.

Je länger der Kuss andauert, desto schneller wird unser Atem. Als Amy anfängt sich unter mir zu winden, richte ich mich auf und ziehe mir mein T-Shirt über den Kopf. Mit offenem Mund starrt Amy auf meinen nackten Oberkörper. Man merkt ihr an, dass ihr gefällt, was sie sieht, und ich bin erleichtert. Am liebsten würde ich selbst den Kopf über mich schütteln.

Liebevoll lasse ich meine Hände an ihren Beinen hinaufgleiten und hoffe, dass sie nicht bemerkt, wie sehr sie zittern.

Ich muss einige Male schlucken, bevor ich etwas zu Amy sagen kann. »Ziehen wir deine Strumpfhose aus?«, frage ich sie fast flüsternd.

»Ja«, haucht sie und hilft mir dabei, indem sie ihr Becken anhebt. Ihre Beine fühlen sich so glatt an und ich kann nicht aufhören immer wieder von ihrem Knie bis zu ihrer Unterwäsche zu streicheln.

Es dauert eine ganze Weile, bis auch ihr Kleid und später meine Hose auf dem Fußboden landen.

Wir liegen nur noch in Unterwäsche aneinandergeschmiegt im Bett und ich kann mich nicht an Amy sattsehen. Sie ist das schönste Mädchen, das ich jemals im Arm gehalten habe. Ich fühle mich wie der reichste Kerl auf der ganzen Welt und kann nicht fassen, dass sie sich wirklich für einen Idioten wie mich interessiert. Ich bin wohl echt ein Glückspilz.

Als ich mich zum Nachttisch rüberbeuge und ein Kondom heraushole, erkenne ich in Amys Blick Begehren, aber auch noch etwas anderes, ich glaube es ist Angst. Wahrscheinlich weil sie immer noch denkt, dass ich sie nach dieser Woche abserviere. Um ihr die Furcht zu nehmen, küsse ich sie wieder und ziehe ihr dabei ganz langsam die Unterwäsche aus. Meine Boxershorts strampele ich etwas unbeholfen von den Beinen. Amy hat die Zähne fest in ihrer Unterlippe vergraben.

»Honey, was ist los?«, will ich wissen. Sie sieht mich mit ihren wunderschönen Augen an, sagt aber kein Wort. Ich bin unschlüssig, wie ich mich jetzt verhalten soll.

Obwohl es mich fast umbringt, sage ich: »Wenn du nicht willst, hören wir auf.« Meine Stimme klingt ziemlich angestrengt. Es würde mich wirklich eine Menge Überwindung kosten, das Zimmer zu verlassen, aber ich meine es ernst. Ich will nichts tun, womit Amy sich nicht wohl fühlt.

»Even, tu es endlich«, keucht Amy und zieht mich zu einem weiteren Kuss heran. Blind taste ich nach dem Kondom, muss mich dann aber doch kurz von ihr lösen, um es überzustreifen.

Als ich meine Stirn gegen ihre lehne, bin ich mir sicher, dass das mit Amy und mir richtig ist und ich es so oft wie möglich wiederholen will.

Amy

Even räuspert sich leise. »Du hättest es mir sagen müssen«, flüstert er, während er mir einen Kuss auf die Schläfe haucht. Er liegt neben mir im Bett, einen Arm unter seinen Kopf geschoben, mit dem anderen streichelt er mir über meinen Rücken. Den Kopf immer noch an seine Schulter geschmiegt, versteife ich mich augenblicklich in seinen Armen. Hat man mir meine Unerfahrenheit so sehr angemerkt? Ich schlucke und stütze mich mit dem Ellbogen neben ihm auf, um ihm in die Augen zu sehen. So arglos wie möglich frage ich: »Was meinst du?«

Mit sanfter Stimme sagt er. »Hast du wirklich gedacht, ich merke es nicht?« Even richtet sich im Bett auf und platziert das Kissen an der Wand hinter dem Kopfende, bevor er sich dagegen lehnt. Mit den Fingern fährt er sich durch die Haare und streicht sie aus der Stirn. Als er fortfährt, klingt er … nicht mehr ganz so zärtlich wie eben. »Amy, es war dein erstes Mal. Irgendwie … ich … ich hätte es gerne vorher gewusst.«

Hätte ich es ihm gesagt, würden wir hier jetzt vermutlich nicht liegen. Während ich versuche die Tränen zu unterdrücken, die in mir aufsteigen, setze ich mich schnell auf und drehe ihm den Rücken zu. Meinen Blick starr auf die Wand gegenüber gerichtet, flüstere ich heiser: »Es tut mir leid, wenn es nicht das war, was du sonst gewohnt bist.«

»Amy.« Er klingt nicht vorwurfsvoll, eher vorsichtig. Ich erschrecke etwas, als er mich zwischen seine Beine zieht. Fest presst er meinen Rücken an seine Brust, während er mir Küsse aufs Haar haucht. »So habe ich das nicht gemeint, Honey«, flüstert er in mein Ohr. »Ich hätte es einfach gerne vorher gewusst, dann wäre ich … keine Ahnung … vielleicht vorsichtiger gewesen. Ich dachte wirklich, du hast schon Erfahrung, weil du so schnell mit dieser Sache einverstanden warst.«

Erleichtert lasse ich mich gegen ihn sinken und verschränke meine Finger mit seinen, die nun auf meinem Bauch ruhen.

Leise flüstert er in mein Ohr: »Warum hast du nichts gesagt?« Das Thema scheint ihn wirklich zu beschäftigen. Sieht so aus, als müsste ich ihm das Offensichtliche vor Augen führen.

»Du hättest nicht mehr mit mir schlafen wollen, wenn ich es dir gesagt hätte.«

Even holt Luft, bleibt dann aber stumm und atmet nach einer Weile einfach wieder aus. Natürlich, denn er weiß, dass ich gerade die Wahrheit sage. Er hätte sich niemals auf mich eingelassen, wenn er nicht nur gewusst hätte, dass ich Gefühle für ihn habe, sondern auch, dass bisher noch niemand Besonderes in mein Leben getreten ist, dem ich mein erstes Mal schenken wollte. Ich drehe mich leicht in seinen Armen um, damit ich seine Lippen mit meinen berühren kann. Even streichelt mir über meine Wange und vertieft dann unseren Kuss.

Als wir uns wieder voneinander lösen, schaue ich ihm tief in die Augen, damit er nicht an der Aufrichtigkeit meiner Worte zweifeln kann. »Ich bereue es nicht, also lass uns einfach nicht weiter darüber reden, in Ordnung?«, bitte ich ihn, denn ich habe kein Interesse daran, mir dieses schöne Erlebnis von ihm kaputt reden zu lassen. Ändern kann er es zum Glück sowieso nicht mehr.

»Du hättest also nichts gegen eine Wiederholung?«, flüstert er an meinen Lippen und packt meine Hüften, um mich so weit zu drehen, dass ich wieder auf ihm liege.

Ich grinse ihn an. »Nein, hätte ich definitiv nicht.«

10.

29. Dezember (Vormittag)

Amy

Ich bin mir nicht sicher, wie viele Stunden wir geschlafen haben, aber es müssen einige sein, weil ich unten im Wohnzimmer schon wieder Stimmen höre. Erschöpft, aber glücklich, drehe ich mich auf den Bauch und stütze mein Kinn in meine Handfläche, während ich Even betrachte, der immer noch mit geschlossenen Augen neben mir liegt. Wie schön wäre es, wenn ich immer so neben ihm aufwachen könnte, aber das hat eindeutig Chelsea verbockt. Ob er sie immer noch liebt? Will er deshalb nichts Festes? Weil er still und heimlich hofft, dass er ihr doch eines Tages noch mal begegnet und sie ihn dann endlich will? Wenn sie sieht, was aus ihm geworden ist? Beim Gedanken, dass wir ihr in diesem Urlaub wirklich über den Weg laufen könnten, krampft sich mein Herz zusammen. Wie um mich zu beruhigen, streiche ich durch Evens blonde Haare. Wie entspannt seine Gesichtszüge aussehen, wenn er so friedlich und unschuldig vor sich hin schlummert.

»Guten Morgen, Honey«, murmelt er und öffnet die Augen einen kleinen Spalt. »Gut geschlafen?«

Ein Lächeln überzieht mein Gesicht und ich nicke nur, unfähig meine Stimme zu benutzen. Sie würde nur verraten, was ich für ihn fühle. Ich möchte unsere klare Abmachung nicht gefährden, sondern einfach genießen, was er mir anbietet.

Evens Stirn legt sich in Falten. »Es kann doch nicht später als acht Uhr sein«, murmelt er, während er sich über die Augen reibt. Er sieht total süß aus, wenn er so verschlafen ist. »Warum ist unten schon so viel los? Waren die anderen schon im Bett oder machen die noch immer Party?«

Ich strecke mich und angele mir mein Handy, das neben ihm auf dem Nachttisch liegt. »Also laut meiner Uhr ist es schon zehn.«

Da spüre ich, wie er leicht an der Haut auf meinen Rippen saugt. »Wage es nicht, mir einen Knutschfleck zu verpassen«, warne ich ihn, während ich mich von ihm herunterrolle und mich wieder neben ihn lege. »Den darfst du dann deiner Schwester erklären.«

Mit einem Grinsen im Gesicht sieht Even mich an. »Wann sieht meine Schwester den Knutschfleck denn?«

Ich strecke ihm die Zunge raus. »Vielleicht, wenn wir mal gemeinsam im Bad sind und ich duschen muss?«

Even zieht mich näher zu sich heran. »Du duschst einfach nur noch mit mir. Problem gelöst.« Er lacht auf, macht aber keine weiteren Anstalten, seinen Worten auch Taten folgen zu lassen. Ob er wieder eingeschlafen ist? Besonders wach wirkt er ja noch nicht. Und dann noch die vom Schlaf ganz raue Stimme.

Ich räuspere mich und setze mich auf. »Sollen wir dann frühstücken gehen? Nicht, dass gleich jemand reinkommt und uns beide wecken möchte. Dann werden sämtliche Erklärungsversuche lustig.« Meine Wangen fühlen sich heiß an, als ich an meinem nackten Körper heruntersehe. Obwohl Even gestern Nacht alles von mir gesehen hat, fühle ich mich jetzt doch ein kleines bisschen unwohl.

»Ich könnte sagen, dass es einen Wasserrohrbruch gegeben hat und ich deine Kleidung zum Aufwischen nutzen musste.«

Ich verdrehe meine Augen. »Klingt total plausibel.«

Even wackelt belustigt mit den Augenbrauen.

Als ich mich vom Bett erheben möchte, greift er nach meiner Hand und zieht mich wieder gegen seine Brust. Ich lache, lasse mich aber in seine Arme fallen und spüre schon im nächsten Moment seine Lippen auf meinen.

Atemlos liege ich an ihn geschmiegt da und möchte am liebsten gar nicht mehr weg. Doch die Vernunft scheint nun auch in Even zu siegen, denn auf einmal schiebt er mich aus dem Bett in Richtung Schrank.

»Dann zieh dir mal besser was an. Mich würde es ja nicht stören, wenn wir weiter nackt herumlaufen, aber ich glaube Lin und Nora stehen nicht besonders auf FKK.«

Ohne auf Evens Worte einzugehen, schnappe ich mir neue Thermowäsche aus dem Schrank, denn wir wollen mit Sicherheit nach dem Frühstück wieder auf die Piste. So muss ich mich nicht extra noch einmal umziehen gehen. Dann warte ich auf Even, der seine Beine gerade in die Thermounterhose schiebt. Ich setze mich aufs Bett und schaue ihm zu, bis er fertig ist.

»Mal was anderes, als mich beim Ausziehen zu beobachten, was?«, fragt er grinsend und mir schießt prompt wieder sämtliches Blut in den Kopf.

»Ja, momentan kann ich nicht sagen, was mir besser gefällt«, versuche ich meine Unsicherheit zu überspielen.

Even nimmt meine Hand und zieht mich an sich. »Dabei war ich mir bis eben sicher, dass du die Antwort seit heute Nacht kennst«, flüstert er mir ins Ohr. Dann geht er zur Tür und zieht mich mit sich auf den Flur.

Hier sind die Stimmen von unten deutlicher zu hören und ich schaue Even irritiert an. Denn da ist eindeutig eine männliche Stimme, die mir zwar bekannt vorkommt, die aber weder nach Logan noch nach Mat klingt.

Ob Lin oder Nora einen Verehrer mitgebracht haben? Eigentlich kann ich mir das kaum vorstellen. Nora hat doch vorgestern erst mit Mat rumgeknutscht und Lin traue ich nicht unbedingt einen One-Night-Stand zu.

Mir kriecht eine Gänsehaut über den Rücken, irgendetwas stimmt hier nicht.

»Und sie schläft wirklich noch?«, fragt da gerade die männliche Stimme, als ich und Even unten an der Treppe ankommen. Jamie? Das kann nicht sein, er kann doch überhaupt nicht hier sein, oder?

»Anscheinend nicht mehr.« Nora strahlt mich an und in diesem Moment dreht sich der Junge in der blauen Jeans und dem weißen Poloshirt um. Es ist tatsächlich mein bester Freund – mit dem ich vor ein paar Tagen Schluss gemacht habe. Ich sehe an ihm herunter. Seine schwarzen Haare stehen wie immer in alle Richtungen ab und seine braunen Augen fixieren mich, während sich ein Lächeln auf seinen Lippen breitmacht.

»Hallo, Jamie«, bringe ich kratzig heraus, bevor meine Stimme wegbricht. Was zur Hölle macht er hier? Woher weiß er, wo er mich finden kann? Und was verspricht er sich von seinem Besuch?

Ich drehe mich zu Even um, der meinen Exfreund skeptisch mustert. Doch mich auf Even zu konzentrieren, war eindeutig ein Fehler, denn so habe ich nicht bemerkt, dass Jamie den Abstand zwischen uns verringert hat. Er schlingt seine Arme um meine Taille und schon spüre ich seine Lippen auf meinen. »Ich habe dich so vermisst, Darling.«

Even

Absolut fassungslos starre ich Amy an. Mein Magen verkrampft sich und ich habe das Gefühl, dass meine Beine jeden Moment einknicken. Vor ein paar Minuten habe ich sie geküsst und jetzt liegt der Mund eines für mich Fremden auf ihrem.

Und sie macht keinerlei Anstalten, ihn von sich wegzuschubsen. Entweder ist Amy gerade genauso bewegungsunfähig wie ich oder sie genießt diesen Kuss wirklich.

Nora und Lin haben sich zu uns gesellt. »Amys Freund, Jamie«, erklärt mir meine Schwester. Das ist der Moment, in dem mir die Kinnlade runterfällt. Sie hat ... einen Freund? Meine Hand wandert zu meinem Hals. Ich glaube, ich bekomme gerade keine Luft mehr. Habe ich ... wie konnte ich mich nur so in ihr täuschen?

Amy löst sich endlich von diesem ... Typen und dreht sich zu mir um. Sie sieht mich mit einem Blick an, den ich nicht lesen kann. Vielleicht entschuldigend?

Das ist ja wohl das Mindeste, nachdem sie mir weisgemacht hat, sie wäre in mich verliebt, sich die Nacht mit mir vergnügt hat und nun in den Armen eines anderen liegt.

»Er ist so toll«, schwärmt Lin vom Neuankömmling. Dem kann ich leider nicht zustimmen. »Jamie ist extra gekommen, um den Silvesterabend mit seiner Freundin zu verbringen.«

Meine Hände ballen sich zu Fäusten. »Dafür ist er ein paar Tage zu früh«, murre ich.

Ich glaube, mein Hirn hat gerade seine Aktivität eingestellt. Das Einzige, was ich noch wahrnehme, ist dieser dumpfe Schmerz rund um mein Herz.

»So romantisch«, schwärmt meine Schwester leise vor sich hin.

Hilfesuchend schaue ich zu Mat und Logan rüber, die mich mit mitfühlendem Gesichtsausdruck ansehen. Immerhin haben die beiden schon gecheckt, dass ich auf Amy stehe. Und dass das zwischen uns etwas ganz anderes ist – oder war? – als mit den anderen Frauen zuvor.

Lin zupft an Amys Oberteil. »Sollen wir uns nicht setzen?«, fragt sie und deutet auf den Frühstückstisch. Anscheinend haben die anderen schon gegessen, da allerlei Zeug und gebrauchte Teller samt Besteck darauf stehen. Logan und Mat nippen schweigsam an ihrem Kaffee.

»Sorry, aber mir ist ein bisschen übel«, brumme ich und lasse mich auf das Sofa plumpsen. Nicht mal mit vorgehaltener Pistole könnte man mich dazu zwingen, mich mit Amys Freund an einen Tisch zu setzen. Es dauert nicht lange bis Logan neben mir sitzt.

Ich recke meinen Kopf und sehe zu Amy rüber. Wirklich ... ich kann nicht glauben, was hier gerade passiert.

Das mit dem schlecht sein, war kein Witz. Ich fühle mich wirklich hundsmiserabel.

Sie hat einen Freund.

Ich. Fasse. Es. Nicht.

Gerade packt sie Jessy – oder wie auch immer er hieß – am Ärmel seines Pullovers und zieht ihn ein Stückchen zur Seite. Mit gesenkter Stimme redet sie auf ihn ein, aber sie spricht zu leise, als dass ich ein Wort verstehen könnte. Ehrlich gesagt, will ich auch gar nicht wissen, was sie ihm zuflüstert.

Lin baut sich mit in die Hüften gestemmten Händen vor mir auf. »Hörst du mir nicht zu, Even?«

Ich schüttele den Kopf. Bin nicht fähig etwas zu sagen. Wie auch? Ich will jetzt nicht wie eine Memme klingen, aber ehrlich ... mir tut jeder Atemzug weh. »Okay, du hast also wieder beschlossen einen auf schweigsam zu machen. Ich muss sagen, der andere Even hat mir besser gefallen. Aber hey ... jedem das seine.«

Stumm sehe ich Lin an, während Logan mir mit seiner Hand beruhigend auf den Oberschenkel klopft. Hoffentlich versucht er nicht mich auch noch in den Arm zu nehmen oder so einen Scheiß.

»Ich habe dich gefragt, ob ihr gestern im falschen Club wart, Amy und du.« In Lins Blick liegt ... keine Ahnung ... eine stumme Herausforderung? »Nur, weil dir jetzt *schlecht* ist.« Das Wort *schlecht* betont sie so eigenartig, dass sie auch gleich Gänsefüßchen in die Luft hätte zeichnen können.

»Ich hab dir ja schon erklärt, dass Amy nicht gut war und Even sie nach Hause gebracht ...« Den Rest von Logans Worten höre ich gar nicht mehr, da ich schon wieder ganz auf Amy konzentriert bin.

Meine Hand wandert zu meinen Augen, die gerade schrecklich brennen. Schuld daran muss wohl der imaginäre Rauch in dem imaginären Club sein, von dem Lin gesprochen hat.

Ich richte mich etwas auf und rutsche näher an Logan heran. »Wusstest du das?«, zische ich ihm leise zu und kümmere mich nicht weiter um Lin, die immer noch vor uns steht und auf eine Reaktion von mir wartet.

»Nein«, sagt er völlig unberührt von meinem Tonfall. »Keiner wusste es.«

Ich weiß nicht, ob ich ihm glauben soll. Immerhin sind Amy und er ja ach so supergute Freunde. Vielleicht wusste er schon die ganze Zeit davon ... Oder ich verhalte mich gerade wie ein eifersüchtiges Mädchen und alles ist ganz anders, als ich denke. Ich werde es nie erfahren ... zumindest nicht, wenn ich nicht mit Amy rede. Wonach mir aber ganz und gar nicht der Sinn steht.

Amy und – wie hieß er noch? – Joey kommen auf uns zu. Etwas unschlüssig bleibt Amy vor dem Sofa stehen. Sie sieht mich bittend an. Keine Ahnung, was sie von mir erwartet. Vielleicht Absolution.

Ich verschränke meine Hände vor der Brust und starre grimmig vor mich hin. Jimmy setzt sich auf den Boden und Amy wirkt irgendwie erleichtert. Vielleicht will sie nicht, dass ihr Freund sich zu mir setzt, weil sie Angst hat, er könnte das mit uns herausfinden. Amy quetscht sich neben mich aufs Sofa. Ihr Bein berührt meines, doch ich rücke ein bisschen ab, um den Körperkontakt zu unterbrechen.

»Wieso hast du uns nie von Jamie erzählt?« Ach ja, so hieß er. Dem Typ sackt die Kinnlade nach unten, als Lin – feinfühlig wie immer – die Frage stellt, die jeden hier im Raum interessiert. Vor allem mich.

»Ich …«, beginnt sie, aber ich bin nicht bereit mir ihre scheinheiligen Erklärungen anzuhören. Ich will einfach nur hier raus. Gehetzt springe ich auf und laufe nach oben in mein Zimmer. So schnell ich kann, ziehe ich meine Skikleidung an, danach renne ich ins Badezimmer, um mir kurz die Zähne zu putzen und mein Gesicht zu waschen. Dass ich immer noch nach Amy rieche, versuche ich zu verdrängen. Für eine Dusche bleibt jetzt keine Zeit.

Als es an der Tür klopft, reiße ich sie etwas zu schnell auf. Ich bin enttäuscht, dass Logan vor mir steht. Irgendwie hatte ich fast damit gerechnet, dass Amy mir folgt.

Mein Freund starrt auf meinen Aufzug. »Was hast du vor?«

Ich spare mir eine blöde Antwort und knurre stattdessen einfach: »Snowboarden.«

»Gib mir fünf Minuten, dann komme ich mit.«

Vielleicht keine schlechte Idee, also nicke ich. »Treffen wir uns draußen!«

Logan seufzt, bevor er in sein Zimmer geht. Als ich gerade zur Treppe will, ist Amy auf dem Weg nach oben. Ein bisschen zu spät, wenn man mich fragt. Denn ich bin jetzt weg und sie ist überhaupt die allerletzte Person, die ich im Moment sehen oder mit der ich sprechen will.

Natürlich war ich es, der nichts weiter als eine lockere Affäre wollte, aber spätestens gestern ist mir klar geworden, dass Amy etwas Besonderes ist und ich das alles nicht einfach so beenden will. Aber verdammt noch mal, das Mädchen hat einen Freund!

Sie bleibt direkt vor mir stehen. »Even …«, beginnt sie und will ihre Hand auf meine Brust legen. Ich gehe ein Stückchen zurück, da ich ihre Berührung im Moment einfach nicht ertragen kann.

»Bitte«, flüstere ich, obwohl ich viel lieber schreien würde. »Lass es einfach.« Dann dränge ich mich an ihr vorbei und stapfe mit polternden Schritten nach unten. Mein Hals ist immer noch so zugeschnürt wie vorhin. Dieses Gefühl erinnert mich daran, wieso ich mich so lange dagegen gewehrt habe, nach der Sache mit Chelsea in einem Mädchen mehr als eine flüchtige Bekanntschaft zu sehen. Weil es zu sehr weh tut.

Ohne auf die anderen zu achten, gehe ich zur Haustür. Aber natürlich habe ich die Rechnung ohne meine Schwester gemacht. »Wo willst du …«

»… hin?«, falle ich ihr ins Wort, während ich mich bücke, um meine Snowboots anzuziehen. Ich sehe kurz auf und bemerke dabei, dass Jack genau an der Stelle auf der Couch Platz genommen hat, auf der ich eben noch gesessen habe. Wie soll das alles weitergehen? Will er in der Gruppe jetzt meinen Platz einnehmen? Will er auch noch in meinem verdammten Bett schlafen? Er kann nicht einfach bleiben und denken, er könnte plötzlich alles, was mir gehört, in Anspruch nehmen.

»Raus«, brumme ich und schlage die Tür hinter mir zu.

Wütend stapfe ich durch den Schnee auf mein Snowboard zu. Es lehnt immer noch an der Tür zum Schuppen, neben dem von Amy. Wir haben vergessen unsere Sachen reinzuräumen.

War das wirklich erst gestern? Ich habe das Gefühl, dass wir schon viel länger hier sind als drei Tage. Es ist so viel passiert, seitdem ich aus dem Wagen gestiegen bin und Amy wiedergesehen habe.

Ich fahre mir durch die Haare und bemerke, dass ich nicht mal eine Mütze trage. Meine Handschuhe stecken zum Glück in meiner Jackentasche.

Als sich die Haustür wieder öffnet, kommt Logan heraus. Er dreht sich noch mal um und spricht kurz mit Amy, die im Türrahmen lehnt. Ehrlich … am liebsten würde ich mich in meinen Wagen setzen und abhauen.

Tue ich natürlich nicht. Aus Mangel an Alternativen nehme ich mein Board und stapfe zur Sprungschanze, die ich mit Logan und Amy gebaut habe. Eigentlich würde ich sie gerade viel lieber zerstören, als darüber zu springen. Ich bleibe kurz stehen. Vielleicht ein kleiner Tritt? Nein, ich reiße mich zusammen und laufe wütend auf den Berg. Oben angekommen lasse ich mich dann in den Schnee plumpsen.

Ich schließe meine Bindung und lege los. In der nächsten Stunde tue ich nichts anderes, als den Berg runterzufahren und wieder raufzugehen. Logan, der mir gefolgt ist, bleibt die ganze Zeit über stumm an meiner Seite. Er hat verstanden, dass ich gerade nicht quatschen will, und ich bin ihm echt dankbar dafür.

Irgendwann bleibe ich völlig außer Atem im Schnee sitzen und Logan kommt zu mir.

Ich will wirklich nicht fragen, doch die Worte kommen so schnell aus meinem Mund, dass ich es nicht verhindern kann. »Hat Amy noch etwas gesagt?« Ich schaue Logan aufmerksam an, um keine einzige Gefühlsregung zu verpassen.

Er schüttelt den Kopf. »Sie war völlig überfordert mit der Situation.« Logan sieht immer noch den Berg hinunter und nickt einmal kurz, während er seine Beine wieder in die Snowboardbindung steckt und diese schließt. »Aber du kannst sie gleich selbst fragen.«, meint er dann mit einem kleinen Lächeln, bevor er aufsteht und ein letztes Mal lässig über die Schanze fährt. Ich folge seinem Blick nach unten und erstarre. So ein verdammter Verräter!

Amy

Die Sonne strahlt hell vom Himmel herab, als wollte sie mich verspotten. Nach heute Nacht hätte es das ideale Wetter sein können, absolut passend zu meinen Gefühlen, doch dann gehe ich die Treppe hinunter und Jamie steht vor mir. Und küsst mich. Vor Even. Absoluter Mist. Ich könnte mich ohrfeigen dafür, dass ich nicht anders reagiert habe. Warum habe ich Jamie nicht von mir weggeschubst? Warum habe ich nicht klargestellt, dass er nicht mehr mein Freund ist?

Weil ich mit der Situation gerade absolut überfordert bin. Die Freundschaft zu Jamie nicht noch mehr gefährden, die Beziehung auf Zeit mit Even nicht vor den anderen offenlegen und dabei auch noch aufpassen, dass mein Herz nicht zu Schaden kommt? Wie soll das funktionieren?

Ich weiß einfach nicht, was ich machen soll. Langsam gehe ich hinaus in Richtung Piste, wohin Even und Logan verschwunden sein dürften. Hoffentlich sind sie noch in der Nähe, denn ich muss mit Even sprechen. So schnell wie möglich. Ich muss aufklären, was mit Jamie ist.

Jamie. Laut seufze ich auf. Zum Glück hat er nicht darauf bestanden, mit mir rauszukommen, sondern war damit zufrieden noch eine Weile bei Nora und Lin zu bleiben.

Die beiden haben mich – zu meinem Glück – bei meiner kleinen Notlüge unterstützt, dass ich nur kurz etwas aus Noras Auto holen will und dafür bestimmt keinen Bewacher brauche. Jamie hat zwar etwas komisch geschaut, als ich mit Snowboardhose und –jacke nach draußen verschwunden bin, aber ich hatte keine Lust in Thermounterwäsche nach Even zu suchen. Alibihalber habe ich mir Noras Autoschlüssel geschnappt und nicht weiter auf ihn geachtet. Im Moment ist es mir wichtiger, mit Even zu sprechen.

Nun stehe ich also nicht beim Wagen der Holm-Geschwister, sondern unten am Hügel und schaue hinauf zu den Jungs. Even und Logan sitzen einige Meter über der Schanze im Schnee. Mein Blick fängt sich in Evens und ich warte darauf, dass er zu mir herunterkommt, aber er scheint sich nicht in Bewegung setzen zu wollen. Stattdessen wendet er seinen Blick ab und schaut ins Nichts.

Klar, was habe ich auch erwartet. Ich küsse ihn, verbringe die Nacht mit ihm und dann taucht aus heiterem Himmel mein – vermeintlicher – Freund auf und ich sage dazu keinen Ton? Wenn Even überhaupt noch mit mir sprechen sollte, hätte ich richtig Glück. Schließlich ist diese Aktion keinen Deut besser als die von Chelsea.

Ich habe überhaupt nicht mitbekommen, dass Logan sich oben aufs Brett gestellt hat. Plötzlich spüre ich seine Hand auf meiner Schulter. Er schaut mich fragend an, sagt jedoch kein Wort.

Die Berührung tut gut, trotzdem bin ich nicht sicher, ob ich dafür dankbar sein soll oder nicht. Der stumme Vorwurf in seinem Blick spricht Bände. Schließlich habe ich auch ihm nichts von Jamie erzählt. Verdammtes Chaos.

Logan gibt mir einen leichten Schubser und ich schnaube beleidigt. Ich wäre auch ohne sein Zutun den Berg hochmarschiert. Mit jedem Schritt wird mein Herz schwerer, denn ich weiß, dass ich echt Mist gebaut habe.

Ich lasse mich neben Even fallen und schiebe die Sonnenbrille, die ich mir beim Rausgehen noch geschnappt habe, in meine Haare, damit er mir in die Augen sehen kann. Doch Even nimmt die Geste gar nicht wahr. Oder er sieht einfach keinen Anlass seine Snowboardbrille auch abzunehmen. Mit zusammengebissenen Zähnen sitzt er vor mir und obwohl ich nicht mehr stehe, beginnen meine Knie weich zu werden, aus Angst nun durch die falschen Worte endgültig alles zu zerstören. Wenn er doch nur seine Brille abnehmen würde. Vielleicht könnte ich dann ein bisschen abschätzen, ob ich zu ihm durchdringe, ob meine Worte irgendetwas bewirken.

»Ich wusste nicht, dass er herkommen wollte«, beginne ich einfach das Gespräch und wische meine Hände an meiner Hose ab. Dann nehme ich eine Hand voll Schnee und versuche ihn zu einer Kugel zu formen. Wenigstens habe ich so etwas Beschäftigung und der Schnee kühlt meine vor Nervosität verschwitzen Hände. Vielleicht sollte ich mir ein bisschen Schnee ins Gesicht klatschen. Mein Kopf fühlt sich so unnatürlich heiß an.

Mit jeder Sekunde, die verstreicht, ohne dass Even auch nur ein einziges Wort sagt, fühle ich mich schlechter. Gut, dass ich noch nichts gefrühstückt habe. Das würde mein Magen mit Sicherheit wieder ausspucken, da mir gerade unfassbar übel wird. Ich weiß nicht, ob ich mich in meinem Leben schon einmal so mies gefühlt habe wie in diesem Moment.

Wenigstens meine Hände haben eine Beschäftigung, während ich darauf warte, dass er etwas sagt. Fünf ganze Schneebälle schaffe ich, bis Even bissig antwortet: »Sonst hättest du dich wohl kaum auf unser kleines Arrangement eingelassen.«

Es wirkt fast so, als würden ihm beim Sprechen die Worte im Hals stecken bleiben.

»Even …«, setze ich erneut an, doch er unterbricht mich mit einer wedelnden Handbewegung.

»Amy. Wie oft noch? Lass! Es!« Mit grimmigem Gesichtsausdruck schließt er die Bindung seines Snowboards und bevor ich noch etwas sagen kann, ist er auch schon auf dem Weg nach unten.

Mit Tränen in den Augen sehe ich ihm hinterher. Ich versuche sie wegzublinzeln, doch auch das will mir nicht gelingen. Der Schmerz, der sich tief in meiner Brust immer weiter ausbreitet, droht mich zu verschlingen. Nun habe ich ihn verloren, viel früher, als ich vermutet hatte. Und er lässt mir noch nicht einmal die Chance, die ganze Sache zu erklären.

Sauer auf mich, sauer auf Even und vor allem sauer auf Jamie springe ich auf und stapfe den Berg wieder hinunter. Wo ist das verdammte Snowboard, wenn man es mal wirklich braucht? Bei unserer Hütte angekommen, klingele ich an der Tür, Nora öffnet mir. Sie dreht sich mit einem Lächeln im Gesicht zu den anderen um. »Siehst du, da ist sie schon wieder.« Dann zaubert sie eine Sonnenbrille unter ihrem T-Shirt hervor. »Ich wusste, wenn ich dich nach meiner Brille suchen lasse, taucht sie wieder auf. Danke, Amy.«

Ich frage mich, warum Nora mich deckt. Ich meine ... wir sind Freundinnen und sie hat bestimmt gemerkt, dass ich nicht besonders erfreut über Jamies Auftauchen war, aber trotzdem ... Ob sie ahnt, dass die Sache im Paralleluniversum für mich nichts Einmaliges war und mir mehr bedeutet?

Meine Schuhe schleudere ich im Wohnzimmer einfach von den Füßen. Die Hose und die Jacke pfeffere ich in die nächste Ecke.

»Alles okay, Darling?« Jamie tritt auf mich zu und legt seine Arme von hinten um meine Taille. Am liebsten würde ich ihm dafür an die Gurgel gehen, aber nicht hier vor den anderen.

Und bin nicht schließlich auch ich an allem schuld? Ich hätte mich niemals darauf einlassen dürfen, es überhaupt mit ihm zu versuchen. Ich habe doch geahnt, dass meine Gefühle für ihn nicht so stark sind wie seine für mich. Auch wenn ich mehr als gehofft habe, dass es anders sein könnte. Aber wie sollte ich auch wissen, dass es da mehr gibt? Außer für Even habe ich noch nie etwas für einen Jungen empfunden. Und das habe ich als Schwärmerei abgetan. Konnte ich ahnen, dass es wirklich mehr gibt als diese Gefühle, die ich für Jamie habe? Ich liebe Jamie. Aber eben nur wie einen guten Freund. Dieser gute Freund war in den letzten Jahren immer für mich da, egal was mit mir los war. Ob ich Probleme mit meinen Eltern hatte, Stress in der Schule, Streit mit meinen Freundinnen. Jamie ist – neben Logan – die Konstante in meinem Leben. Ich möchte ihn nicht endgültig verlieren, auch wenn ich die Hoffnung, das Ganze zu kitten, wahrscheinlich aufgeben muss. Ich möchte es aber auf keinen Fall schlimmer machen, dadurch, dass ich ihn vor den anderen zur Rede und damit bloßstelle. Das hat er nicht verdient.

»Nicht wirklich«, sage ich zu ihm. Immerhin taucht er hier einfach auf und sprengt meinen Urlaub. Ich lege meinen Kopf schräg und sehe ihn abwartend an: »Woher wusstest du eigentlich, wo du mich finden konntest?« Wütend funkele ich ihn an, doch er ignoriert meinen Blick.

»Deine Mom war so nett es für mich herauszufinden.«

Ich stöhne leicht auf. Daher also die Fragen am Telefon. Und ich habe ihr auch noch alle Infos gegeben, die Jamie brauchte, um meinen schönen Urlaub zu zerstören.

»Ich finde es total süß von Jamie, dass er euer erstes gemeinsames Silvester nicht ohne dich feiern will und deshalb extra hergekommen ist. Du hättest uns aber auch sagen können, dass du wegen unserem Urlaub darauf verzichtest, dann hätte er doch von Anfang an mitkommen können«, mischt sich nun Lin ein. Ich werfe ihr einen warnenden Blick zu, doch sie ignoriert ihn und wendet sich wieder an Jamie: »Wenn du die nächsten Tage hierbleiben möchtest, müssen wir noch überlegen, wo du übernachtest.«

»Ich kann gerne auf der Couch schlafen. Amy leistet mir bestimmt Gesellschaft. Solange ich sie neben mir habe, ist alles in Ordnung.« Jamie legt seinen Arm um meine Taille.

»Das ist doch Unsinn. Ihr nehmt das Zimmer oben. Ich schreibe Even gleich eine SMS«, sagt Nora mit einem Zwinkern in meine Richtung. Dieser Idee wird Even bestimmt nicht zustimmen und auch ich könnte mir etwas Schöneres vorstellen, als mit Jamie das Zimmer zu teilen.

Lin sieht zu Nora und murmelt nur: »Ob Even damit einverstanden sein wird? Schließlich gab es schon genug Diskussionen wegen der Zimmer. Dabei war er fast zickiger, als ich es jemals sein könnte.«

Auch wenn mir gerade nicht nach Lachen zumute ist, muss ich bei Lins Worten schmunzeln. Nora ist zu sehr in ihr Handy vertieft, um irgendetwas um sich herum mitzubekommen.

Als ich bemerke, dass Jamies Hand immer noch auf meiner Hüfte liegt, schiebe ich sie hastig herunter und stürze mich in die Küche. »Ich glaube, ich muss mir was zu trinken holen. Möchte noch jemand?«

Viel lieber würde ich weiterhin bei Even schlafen als neben Jamie. Aber ich habe keine Ahnung, wie ich das meinem Exfreund und den anderen erklären soll.

Mit meinen Gedanken nicht ganz bei mir laufe ich in eine menschliche Mauer, die direkt vor der Spüle steht.

»Also, so klein, dass man mich übersehen kann, bin ich nun wirklich nicht«, meint Mat lachend. »Aber wenn du schon einmal da bist, schnapp dir ein Handtuch und hilf mir beim Abtrocken, ja? Und vorher mach doch mal die Tür zu.«

Dankbar für die gewonnenen Minuten in Ruhe folge ich seiner Aufforderung. »Wollten wir nicht eigentlich die Spülmaschine nutzen? Warum wäschst du ab?«

Mat verdreht die Augen. »Sei mir nicht böse, aber bei dem Geschwärme für deinen ach so perfekten Freund musste ich flüchten.« Das Wort »Freund« betont er auf so merkwürdige Weise, dass ich eine Augenbraue in die Höhe ziehe und abwarte, bis er mich ansieht und genauer erklärt, was er meint.

Mat kopiert meinen Gesichtsausdruck, macht aber keine Anstalten das Ganze weiter auszuführen. »Jetzt komm schon, lass mich nicht dumm sterben, sondern erhelle meinen eher trüben Tag mit deinen Gedanken«, flehe ich schon fast.

»Trüben Tag?« Forschend sucht er meinen Blick. »Habe ich mir schon gedacht.«

»Mat ...« Ungeduldig poliere ich den Teller immer weiter, obwohl er schon längst trocken ist. Er nimmt ihn mir aus der Hand, stellt ihn zur Seite und drückt mir den nächsten in die Hand.

»Du sahst eben nicht sonderlich glücklich aus Jamie zu sehen. In den Sekunden davor aber schon. Was ich einfach mal der Tatsache zuschiebe, dass du die Nacht oben bei Even verbracht hast.« Mat wartet offensichtlich auf eine Reaktion von mir. Doch ich kann seinem Blick nicht standhalten, daher schaue ich verlegen auf den Teller. Nach einer Weile fährt er fort: »Geht mich ja auch nichts an. Aber mich würde schon interessieren, warum du mir und den anderen nicht gesagt hast, dass zu Hause jemand auf dich wartet?«

Ich starre weiterhin den Teller an. Er hat ja recht. Sowohl während der Urlaubsplanung als auch bei meiner Ankunft hier gab es noch jemanden, der zu Hause auf mich gewartet hat. Auch wenn ich das mit uns in der Zwischenzeit beendet habe.

»Er ist nicht mehr mein Freund«, gebe ich fast flüsternd zu. »Ich habe Schluss gemacht. Vor ein paar Tagen. Ich war mir schon die ganze Zeit nicht wirklich sicher, irgendetwas hat gefehlt, aber seit ich hier bin …« Den Rest lasse ich unausgesprochen, da Mat ihn sich denken kann, auch ohne dass ich noch ein weiteres Wort sagen muss. Warum ich mich ausgerechnet Mat anvertraue, weiß ich nicht. Aber Nora und Lin sind viel zu begeistert von Jamie. Und Even … der will nicht einmal die Wahrheit hören. Wahrscheinlich wäre Logan der richtige Ansprechpartner. Er kennt mich am besten von allen. Aber ich möchte nicht, dass er zwischen die Stühle gerät. Irgendwie habe ich bei Mat eher das Gefühl, dass er damit umgehen kann.

Er sieht mich lange an und nickt dann nur. »Sowas habe ich mir schon gedacht. Aber warum klärst du es denn dann nicht auf?« Wie viel bekommt Mat eigentlich mit, von dem er uns anderen überhaupt nichts erzählt?

Meine Augen wandern zur Tür, hinter der man Nora, Lin und Jamie lachen hört. Wieso kommt er nur hierher und tut vor meinen Freunden so, als wäre er noch mein Freund? Als hätte es unser Telefonat nie gegeben. Ich seufze auf und wende mich dann dem nächsten Teller zu.

»Bitte sag nichts, okay? Jamie war immer mein bester Freund. Ich möchte ihn nicht so blamieren. Wenn ich das tun würde, kann ich unsere Freundschaft endgültig abschreiben. Ich wollte es Even ja erklären – unter vier Augen – aber er will es nicht hören. Und Nora und Lin«, ich streiche mir durch meine Locken, »du hast ja selbst gehört, wie begeistert sie von seiner Aktion sind. Wie bescheuert würde es denn jetzt wirken, wenn ich sage, dass Jamie gar keinen Anlass hatte herzukommen? Bitte, Mat!«

Er zuckt nur mit den Achseln und wendet sich dann den Messern zu, die noch dreckig im Spülwasser liegen. »Das ist deine Sache. Aber du solltest zumindest mit ihm sprechen. Wenn du nichts für ihn fühlst, zumindest nicht das, was er sich erhofft, dann sag es ihm. Mach ihm nicht unnötig Hoffnungen, dass es für euch doch noch eine Chance gibt, wenn du sie nicht nutzen willst.« Er starrt aus dem Fenster hinaus auf den Parkplatz, doch sein Blick scheint keinen festen Punkt zu fixieren.

11.

30. Dezember (Vormittag)

Even

Zitternd und mit ziemlich steifem Nacken werde ich wach. Nur noch fünf Minuten weiterschlafen, vielleicht wird's dann besser. Genüsslich rolle ich mich zusammen und drehe mich um.

»Au«, fluche ich laut, als ich auf etwas Hartes knalle. Es dauert einige Sekunden, bis mir wieder einfällt, wo ich bin. Nämlich in meinem Wagen, genauer gesagt, auf der Rückbank. Wobei das nun auch nicht mehr stimmt, denn momentan stecke ich zwischen den Vorder- und Rücksitzen fest.

Fluchend rappele ich mich hoch, setzte mich hin und wickele die Decke ein wenig fester um meinen Körper. Lieber erfriere ich hier draußen, als mir diese glückliche Idylle in der Hütte zu geben.

Beim Gedanken an den gestrigen Abend verdrehe ich meine Augen. Nachdem ich den ganzen Tag lang mit Logan auf der Piste war, wurden wir fröhlich von den anderen begrüßt. Keine Ahnung, wieso die alle so gute Laune hatten. Meine war seit Jeffreys Auftauchen jedenfalls im Keller und dort wird sie auch bleiben, sollte er nicht bald abhauen. Noras abgefuckte *WhatsApp*-Nachricht hat nicht wirklich dazu beigetragen, sie zu heben. Jordon und Amy in unserem Bett? Allein bei dem Gedanken daran, bekomme ich wieder dieses unangenehme Gefühl in der Nähe meines Herzens. Und ich hasse es.

Also bin ich gestern ohne ein Wort nach oben gestampft, habe geduscht und mich angezogen. Anders als sonst habe ich eine Ewigkeit vor dem Schrank gestanden und überlegt, was ich tragen soll. Ich würde gern behaupten, dass es mir nur darum ging, auf andere Mädels attraktiv zu wirken. Aber das wäre gelogen gewesen, denn das Ziel meiner Stylingaktion war ganz einfach: Amy sollte sehen, was sie an mir hat. Oder hatte. Wie auch immer. Mit einem – gespielten – Lächeln bin ich also zu den anderen nach unten gegangen. Doch selbst das wurde mir ganz bald aus dem Gesicht gefegt.

Meine Freunde waren gerade dabei ein Spiel zu spielen. Scharade. Natürlich war Amy mit ihrem Jeremy in einem Team und die beiden waren so ekelhaft eingespielt aufeinander, dass ich den Anblick des glücklichen Pärchens nicht länger ertragen konnte und wortlos abgehauen bin.

Seufzend steige ich aus dem Wagen und gehe – oder humpele eher – auf die Hütte zu. Nächste Nacht schlafe ich eindeutig wieder drinnen. Egal ob Jackson noch da ist oder nicht.

Ich klingele und keine zehn Sekunden später wird die Eingangstür aufgerissen. Meine Schwester steht vor mir und ... klebt mir eine.

»Aua«, maule ich. »Was geht mit dir ab?« Beleidigt reibe ich mir meine Wange.

Nora sieht mich mit großen Augen an. »Was mit mir los ist? Sag mal, spinnst du?«, schreit sie. Ich drängele mich an ihr vorbei, schüttele meine Schuhe von den Füßen und lasse mich auf die Couch fallen. Den Unterarm lege ich über mein Gesicht. Doch auch das hilft nicht, denn Nora keift weiter: »Wo zum Teufel warst du die ganze Nacht? Ich habe mir Sorgen gemacht.« Ha. Dass ist nicht lache.

Ich nehme die Hand von meinem Kopf und sehe meine Schwester missmutig an. »Also ist dir sogar aufgefallen, dass ich weg war? Hätte ich gar nicht gedacht bei deiner unverhohlenen Schwärmerei für dieses Kind.« Ich habe schon wieder seinen Namen vergessen. Ich glaube, es war Joshua.

»Wie ... was ... aber ...«, stammelt Nora und macht mich nur noch wütender.

»Soll ich es dir buchstabieren?«, fahre ich sie an. »Es kotzt mich an, dass dieser Typ hier einfach so auftaucht und jetzt da oben in meinem Bett mit meinem Mädchen liegt, während ich die Nacht frierend im Auto verbracht habe.«

Nora reißt ihre Augen weit auf. »Wie bitte? Wiederhol das!«

Whoa. War meine Schwester immer schon so nervig?

»Ich habe die ganze Nacht frierend im Wagen verbracht.« Jetzt wird sie auch noch schwerhörig. Ich setze mich auf und sehe sie abwartend an.

Sie lächelt mich an. Das verwirrt mich. Wir streiten doch gerade. »Ich meinte den anderen Teil.«

Nicht mehr lange und mein Geduldsfaden reißt. »Du musst schon etwas genauer werden. Ich habe echt keinen Nerv für so was.«

Nora, die bisher mit in die Hüften gestemmten Händen vor mir stand, lässt sich neben mir aufs Sofa fallen.

»Dein Mädchen?«, flüstert sie, sieht mir dabei aber fest in die Augen.

Ich beiße mir auf die Lippe und breche den Blickkontakt ab. Scheiße. Da denkt man eine Sekunde nicht nach und schon hat man den Salat. Meinen Kopf lasse ich gegen die Lehne der Couch fallen und starre an die Decke. Abstreiten bringt jetzt auch nichts und auch, wenn es mich große Mühe kostet und mein Herz ungefähr tausendmal schneller schlägt als sonst, antworte ich: »Ähm. Ja. Irgendwie schon.«

Ich schließe meine Augen und warte auf das Donnerwetter, das mit Sicherheit gleich über mich hereinbrechen wird. Zu meiner Verwunderung bleibt es aber aus.

»Oh, Even.« Nora zieht mich in ihre Arme. Widerstand ist zwecklos. Sie lässt mich nicht entkommen. Da kann ich noch so oft versuchen sie wegzuschieben.

»Habe ich was verpasst?«, frage ich.

Endlich rückt sie ein Stücken von mir ab. »Ich habe einfach nicht damit gerechnet, dass du irgendwann wieder eine Frau als dein Mädchen bezeichnen würdest«, sagt sie mit sanfter Stimme.

Ich räuspere mich, da ich plötzlich einen Kloß im Hals habe. Ehrlich gesagt, hatte ich nicht damit gerechnet, dass sich Nora um mein bisher nicht vorhandenes Liebesleben Gedanken macht. Ich schlucke ein paarmal, um irgendwie mit dieser neuen Erkenntnis klarzukommen.

»Ich habe auch keine Ahnung, wie Amy das geschafft hat.« Ich zucke mit den Schultern. »Leider habe ich aber wieder einmal die Falsche erwischt.«

»Wie meinst du das?«, will Nora wissen.

»Na ja, sie hat einen Freund.« Mit beiden Händen raufe ich mir meine Haare. »Und Amy und ich … hatten vielleicht was miteinander. Ein bisschen knutschen und auch ein wenig mehr.« Nora sieht mich abwartend an und ich knicke ein. »Wir hatten Sex und vielleicht hat sie mir zuvor gestanden, dass sie mich liebt«, wispere ich. »Es war ihr erstes Mal. Wieso hat sie das getan, wenn sie einen Freund hat?«, schweife ich vom eigentlichen Thema ab.

Nun steht meiner Schwester der Mund weit offen. »Ihr … sie hat … wieso sollte sie …?« Sie lässt sich ebenfalls nach hinten sinken und starrt Löcher in die Luft. Ich habe keine Ahnung, was ich sagen soll, also schweige ich mich aus. Ich fange an die Punkte auf der Tapete zu zählen. Bei vierundfünfzig beginnt Nora wieder zu sprechen.

»Amy ist nicht wie Chelsea. Für sie bedeutet Sex etwas. Und wenn sie gesagt hat, sie ist in dich verliebt, dann stimmt das auch, da bin ich mir absolut sicher.«

Ich dagegen bin alles andere als überzeugt. »Was macht dich so sicher?«

Nora steht auf und geht vor dem Sofa auf und ab. »Ich kenne Amy seit Jahren. Wir telefonieren so gut wie jeden Tag. Sie hat Jamie nie erwähnt. Also nicht, dass er ihr fester Freund ist. Am Telefon hat sie immer nur von ihrem besten Freund gesprochen.«

Mit einer Geste gebe ich Nora zu verstehen, dass sie weitersprechen soll. »Außerdem haben sie nicht in einem Bett geschlafen.«

Ein bitteres Lachen stiehlt sich aus meiner Kehle. Gespielt sehe ich mich im Raum um. »Und wo hat sie dann geschlafen?«, frage ich Nora. »Ich sehe sie hier nirgends.« Um meinen Worten Nachdruck zu verleihen, hebe ich das Sitzpolster an und sehe demonstrativ darunter.

Nora knurrt böse. »Hier unten, du Idiot.«

Ja, genau!

»Du hast doch geschrieben, dass die beiden oben im Zimmer schlafen. Also verarsch mich nicht.« Wenn sie einen schlechten Scherz macht, dann können wir mein Herz später gemeinsam vom Boden abkratzen.

Noras Augen weiten sich kurz und sie funkelt mich böse an. »Das tue ich nicht. Als ich heute Morgen hier runterkam, ist sie samt ihrem Bettzeug die Treppe nach oben geschlichen.«

Aber … wieso? »Hast du sie aufgehalten und gefragt, wo sie hin will?«, möchte ich von meiner Schwester wissen.

Sie nickt. »Habe ich.« Natürlich. Als ob Nora es schaffen würde, ihre Nase einmal nicht in fremde Angelegenheiten zu stecken.

»Und?«

»Sie ist wortlos an mir vorbeibegangen. Aber ich bin mir sicher, ich habe einen leisen Schluchzer gehört.«

Scheiße. Es tut verdammt weh zu wissen, dass Amy geweint haben könnte. Und das, obwohl ich eigentlich sauer sein und es mich gar nicht interessieren sollte, wie es ihr mit dieser eigenartigen Situation geht.

Ich kratze mich am Kinn. »Meinst du, sie hat hier auf mich gewartet?«

»Oh.« Nora überlegt eine Weile. »Nach allem, was ich jetzt weiß, sogar ganz bestimmt. Nur ist sie jetzt wohl davon überzeugt, dass du heute Nacht das Bett mit einem anderen Mädchen geteilt hast.« Allein der Gedanke verursacht mir Übelkeit.

»Scheiße«, fluche ich und streiche mir meine Haare aus dem Gesicht. Das ist das Letzte, was ich jetzt gebrauchen kann. »Sie muss doch wissen, dass sie mir etwas bedeutet und ich nicht einfach zur Nächsten ins Bett steigen könnte.«

Nora kichert. »Sorry, Even. Das ist die vorherrschende Meinung über dich.«

Gespielt getroffen reibe ich mir über die Brust. »Okay. Das habe ich verdient.« Ich seufze leise. »Meinst du, dieser Jester ist wirklich ihr Freund und sie hat ihn mit mir betrogen?«

»Even! Er heißt Jamie.«

Ich winke ab. »Jaja. Interessiert mich nicht. Beantworte lieber meine Frage.«

Nora zuckt mit den Schultern. »Keine Ahnung. Irgendetwas ist faul an der ganzen Geschichte, wenn du mich fragst. Aber wenn du dich nicht anstrengst, wird sie am Ende des Urlaubs wohl mit ihm in den Sonnenuntergang reiten.«

»Ach, du Scheiße. Hör auf solche Sachen zu sagen, wenn du willst, dass ich dich in Zukunft noch ernst nehme«, meine ich schmunzelnd.

»Es ist aber mein Ernst«, beharrt sie. »Wenn du sie willst, dann musst du um sie kämpfen und nicht abhauen, sobald es schwierig wird.«

Ich bin mir nicht sicher, was ich tun soll. »Meinst du?«

Es ist doch bestimmt nicht richtig, sich in eine Beziehung einzumischen, oder? Aber andererseits kann diese Beziehung ja nicht besonders glücklich sein, wenn sie mir und nicht ihm ihre Unschuld schenkt.

»Auf jeden ...« Mitten im Satz bricht Nora ab. »Die Treppe«, flüstert sie und ich drehe meinen Kopf, um zu sehen, wer gerade zu uns nach unten kommt.

»Na, so früh schon wieder da?«, begrüßt mich Amy unterkühlt. Mit ihrer Hand deutet sie auf die Uhr. »Ist ja erst sieben Uhr morgens.«

Dass sie sauer ist, kann doch nur heißen, dass ich ihr etwas bedeute. Zumindest hoffe ich das. Amy geht an mir vorbei, ohne mich anzusehen.

»Ja, die Nacht im Auto war nicht besonders gemütlich«, schreie ich ihr nach. Im Türrahmen zur Küche bleibt sie wie erstarrt stehen und sieht mich über ihre Schulter hinweg an.

»Du hast in deinem Wagen geschlafen?« In ihrem Blick erkenne ich Überraschung, aber auch einen Hauch von Zweifel.

»Ja, Honey. Definitiv. Vielleicht glaubst du mir ja, wenn du mir meinen verspannten Nacken massierst.« Sie sieht nicht so aus, als würde sie das tun wollen.

Ich räuspere mich. »Okay. Ich gehe besser duschen. Vielleicht tauen meine Gliedmaßen dann wieder auf.« Ich stehe auf und strecke mich ein wenig. »Wir könnten nach dem Frühstück übrigens Eislaufen gehen. Als ich gestern herumgefahren bin, habe ich mich wieder an die Eislaufhalle erinnert, die wir früher immer besucht haben.«

Mit einem Lächeln im Gesicht gehe ich nach oben. Leider gerät es etwas ins Wanken, da ich auf Johnny treffe.

Am liebsten würde ich ihm ins Gesicht schmettern, dass Amy bald meine Freundin ist, doch er soll sich lieber in Sicherheit wiegen. Wenn er es nicht kommen sieht, kann er sich auch nicht dagegen wehren. Deshalb zwinkere ich ihm fröhlich zu und verschwinde dann im Badezimmer.

12.

30. Dezember (Mittag)

Amy

Ich binde mir gerade die Schnürsenkel der Schlittschuhe, als sich Jamie neben mich auf die Bank fallen lässt. Vorwurfsvoll sieht er mich an. »Mal zwei Sekunden mit dir allein zu sprechen, ist ja eine richtige Herausforderung bei deinen Freunden.«

Ich verdrehe die Augen. »Wenn du etwas mit mir zu besprechen hast, musst du es nur sagen«, erwidere ich leicht genervt, um nicht zuzugeben, dass ich meinen Freunden heute Morgen beim Frühstück mehr als dankbar war, dass sie das Gespräch am Laufen gehalten haben, da ich meine Gedanken immer noch sortieren musste. Und die haben sich nicht um Jamie gedreht, sondern um Even. Noch immer bin ich mir nicht sicher, ob ich ihm glauben soll, dass er die Nacht in seinem Auto verbracht hat. Warum sollte er das tun? Es ergibt überhaupt keinen Sinn. Er hat mehr als deutlich gemacht, dass er in diesem Urlaub vor allem Spaß haben möchte. Wenn ich nicht mehr zur Verfügung stehe – dank meinem Exfreund, der an mir klebt wie ein Kaugummi – dann eben mit einer anderen. So ist Even doch.

»Ich hatte nicht das Gefühl, dass du mit mir den Raum verlassen hättest.« Seine Finger umfassen mein Kinn und er dreht meinen Kopf so, dass ich ihn ansehen muss. »Amy, wo warst du heute Nacht?«

Ich schüttele seine Hand ab. »Warum interessiert dich das? Wir sind nicht mehr zusammen. Ich kann machen, was ich will.« Selbst erschrocken über meinen bissigen Kommentar schlage ich mir die Hand vor den Mund. »Jamie, es tut mir leid! So wollte ich das nicht ...«

»War er bei dir?«, unterbricht mich Jamie und deutet mit seinem Kopf in Evens Richtung, der auf der nächsten Bank sitzt und die Schlittschuhe fluchend wieder auszieht und in Socken zum Verleih stapft.

Schnell schüttele ich meinen Kopf. Auch wenn die Vorstellung von Even und mir gemeinsam auf der Couch meiner Wunschvorstellung ziemlich nahe kommt. »Nein. War er nicht.« Ich hoffe, dass ich mich nicht zu geknickt anhöre. »Ich wollte bei Lin und Nora übernachten, aber als unten das Sofa frei war, bin ich dorthin gegangen.« Dass ich gehofft habe Even doch noch zu sehen und endlich mit ihm allein sprechen zu können, verschweige ich lieber.

»Ich weiß wirklich nicht, warum du plötzlich so Probleme damit hast, mit mir ein Zimmer zu teilen. Wir haben doch auch früher schon zusammen in einem Bett geschlafen. Warum willst du das jetzt nicht mehr?«

Vielleicht weil wir nicht mehr zusammen sind? Oder es sich falsch anfühlt, mit jemand anderen als Even das Bett zu teilen? Doch das kann ich nicht sagen. Während ich noch nach einer diplomatischen Antwort suche, steht Nora plötzlich vor uns und hält Jamie die Hand hin. »Magst du die erste Runde mit mir drehen? Bitte?«

Dankbar lächele ich sie an und Jamie – ganz der Kavalier, den ich kenne – wirft mir einen letzten Blick zu, zögert aber nicht Noras Bitte nachzukommen. Nora hält seine Hand noch immer fest, als sie die Eisfläche betreten, und redet die ganze Zeit auf ihn ein. Ich seufze auf und ziehe mir meine Handschuhe über.

Even lässt sich auf den Platz plumpsen, auf dem gerade noch Jamie saß und sieht mir in die Augen. »Wartest du auf mich?«

Aha, wieder ganz der Alte. Ich verschränke meine Arme vor der Brust. »Ach, ist der Herr wieder gewillt mit mir zu sprechen?« Ich kann nicht verhindern, dass ich immer noch patzig auf ihn reagiere. Der gestrige Tag sitzt mir einfach zu tief in den Knochen.

Even zuckt nur mit den Schultern. »Wenn du nicht willst, lasse ich es wieder.« Ich schnaube und will gerade aufstehen, als er mich festhält und unsere

Finger miteinander verschränkt. »Aber es würde mir keinen Spaß machen, dich anzuschweigen«, fügt er noch hinzu.

Erstaunt drehe ich mich zu ihm und sehe in seine blauen Augen. Es dauert keine Sekunde und sie nehmen mich gefangen. Mein Atem beschleunigt sich. Zärtlich streichelt Even mir mit seiner Hand über die Wange. Ich schließe für einen Moment meine Augen und lehne mich in seine Berührung.

»Wollen wir aufs Eis?«, fragt er, als ich meine Augen wieder öffne.

Ich nicke und greife nach meinem Schal, der noch auf der Bank liegt. Während ich ihn mir um den Hals schlinge, gehe ich hinter Even her. Doch als ich die Eisbahn betreten will, bremst Jamie direkt vor mir so scharf ab, dass Eis in meine Richtung spritzt. Erschrocken mache ich einen Schritt zurück.

»Sorry, Darling.« Jamie tritt durch die Tür und fährt mit seiner Hand über meine Wange, genau wie Even vor ein paar Minuten. Ein eiskalter Schauer läuft mir über den Rücken und das Lächeln in meinem Gesicht friert ein. Jamie scheint von meiner Stimmung jedoch nichts mitzubekommen, denn er fährt ungerührt fort: »Ich glaube, wir müssen deiner Freundin hier mal ein paar neue Schlittschuhe besorgen. Sie fällt in den Dingern mehr hin, als dass sie fährt.« Hinter ihm tritt nun auch Nora durch die Tür – zugegebenermaßen sehr wacklig.

»Ich will dich aber nicht vom Schlittschuhlaufen abhalten.« Nora klimpert mit den Wimpern, während sie ihre Worte an Jamie richtet. Ganz Gentleman hält er ihr den Arm hin, sodass sie sich einhaken kann.

»Ach, Quatsch. Die erste Runde habe ich doch dir versprochen. Und das eben kann man wohl kaum eine erste Runde nennen.«

Ich sehe den beiden hinterher, wie sie in dem kleinen Raum neben der Eisbahn verschwinden, in dem die Schlittschuhe verliehen werden. Dann trete ich endlich durch die Tür, hinter der Even schon auf mich wartet. Schmunzelnd hält er mir seine Hand hin. Es tut so gut, ihn wieder zu spüren. Auch wenn es nur eine unschuldige Geste ist, kann ich nicht verhindern, dass sich ein Lächeln auf mein Gesicht schleicht.

Immer noch von meinen Gefühlen überwältigt, rutscht mein rechter

Schuh prompt weg. Ich wäre auf meinem Allerwertesten gelandet, wenn mich nicht ein lachender Even aufgefangen hätte.

»Ich laufe schon nicht weg. Du hättest dich nicht gleich in meine Arme werfen müssen«, zieht er mich auf.

Mehr als ein »Ha, ha« bringe ich nicht heraus, da sich auf meiner Haut gerade eine Gänsehaut wie ein Lauffeuer ausbreitet, mein Herz wild schlägt und ich mir nichts mehr wünsche, als für immer in Evens Armen zu liegen.

Er wartet, bis ich einen festen Stand habe, und rückt ein bisschen von mir ab. »Früher konntest du doch mal Schlittschuhfahren, oder?«

Beleidigt schlage ich ihm auf den Oberarm. »Ich war einfach nur unkonzentriert. Ich kann auch heute noch Schlittschuhlaufen. Wahrscheinlich sogar besser als du!« Ich strecke ihm die Zunge heraus und stemme dabei herausfordernd meine Hände in die Hüften. Dann beginne ich mit den Schlittschuhen rückwärts zu laufen, damit ich ihn immer noch ansehen kann.

Evens strahlendes Lächeln bringt mich fast wieder aus dem Takt, doch schon nimmt er Tempo auf und kommt auf mich zugefahren, um nach meinen Händen zu greifen. »Du bist ja ein echtes Multitalent. Das konntest du mit fünfzehn definitiv noch nicht.«

»Ich habe geübt, nur um dich in diesem Urlaub zu beeindrucken.«

Ich lache, doch nur ein Blick in seine Augen lässt mich wieder verstummen. In ihnen liegt so viel Zärtlichkeit, so viel … Liebe? Ich spüre förmlich, wie meine Stirn sich in Falten legt. Kann das sein? Oder bilde ich es mir nur ein? Wie gern würde ich mich jetzt näher an ihn heranziehen und einfach meine Lippen auf seine legen.

Wir verlangsamen unser Tempo. Even lässt meine Hand los und streicht mir über die Stirn. »Nicht nachdenken, einfach nur genießen«, flüstert er mir zu, als er mich näher an sich zieht. Ich drehe mich um und lasse ihn seinen Arm um meine Taille legen, während wir gemeinsam über die Bahn gleiten.

»Achtung!«, ruft da Lin hinter uns und schon im nächsten Moment liege ich auf dem Eis, direkt auf Even. Wie hat er das denn bitte gemacht? Ich bin doch vor ihm gefahren? Lin liegt quer über mir.

»Sorry, ich muss noch lernen, wie ich bremse«, lacht sie, bevor sie sich hochrappelt. Ich kann nicht anders und stimme in ihr Lachen ein.

»O ja, das solltest du, Prinzessin«, kommt es höhnisch von Logan. Wie ein Kosename so wenig nach einem klingen kann, wundert mich immer wieder.

»Offensichtlich hatte ich nicht so oft Gelegenheit, Schlittschuhlaufen zu üben, wie der Rest der Gruppe.«

Logan fragt uncharmant nach: »Kannst du denn nicht Inliner fahren? Das ist doch das Gleiche.«

Ich sehe in Evens Augen und wir müssen beide über das Gespräch unserer Freunde schmunzeln. Da die beiden zu sehr in ihre Zankereien vertieft sind, um uns zu beachten, drücke ich Even schnell einen Kuss auf die Lippen.

»Du weißt genau, wie gut ich Inliner fahren kann. Aber da habe ich Teer unter den Füßen und nicht dieses kalte, rutschige Zeug«, höre ich Lins Stimme wie durch Nebel.

»Dann lass uns mal weiterfahren, Prinzessin, damit du dich mit dem Eis vertraut machen kannst.« Logan reicht Lin die Hand. »Bei euch alles klar?«, wendet er sich dann doch noch an uns.

»Ja, alles klar«. Ich versuche mich ein Stück aufzusetzen, doch Evens Arme um meine Hüften lassen das kaum zu. Ich sehe wieder zu ihm herunter und beiße mir auf die Unterlippe. Was tue ich hier eigentlich? Ich küsse den Kerl, den ich haben will, und kann es dem anderen, der vorgibt mein Freund zu sein, nicht sagen. Wie absurd diese ganze Situation ist. Dabei will ich nur eins. Mit Even glücklich sein. Ich muss unbedingt mit Jamie sprechen. So kann es nicht weitergehen.

Even

Ein wenig verwirrt sehe ich zu Amy auf. Genau das eben will ich. Ich will, dass sie alles um sich herum vergisst, wenn sie mit mir zusammen ist, und sich keine Gedanken um Jake macht. Trotzdem kann ich mir nicht erklären, warum sie mir eben diesen keuschen Kuss gegeben hat, obwohl der Typ ihr Freund ist. Doch irgendwie spüre ich auch, dass sie das mit uns genauso will wie ich. Nur Jason passt für mich nicht ganz ins Bild.

Zumindest für den Moment kann ich versuchen ihn einfach auszublenden. Doch bald muss ich mich damit auseinandersetzen, was genau zwischen Amy und ihm läuft.

Ein Räuspern lässt mich aufblicken. Natürlich. Gerade jetzt müssen Nora und Jace wieder auftauchen. Hätten die nicht noch ein paar Minuten länger wegbleiben können?

»Braucht ihr Hilfe?«, fragt meine Schwester und blickt uns mit skeptischem Gesichtsausdruck entgegen. Um diesen Typen so weit wie möglich von mir wegzubringen? Ja, auf jeden Fall.

Amy schüttelt ihren Kopf. »Nein, ich glaube, wir schaffen es auch so.«

»Gut«, meint Nora und zieht Amys zukünftigen Exfreund, der mir einen ziemlich bösen Blick zuwirft, an uns vorbei. Hoffentlich fährt er nicht die Kinder über den Haufen, die Amy und mich mit gerunzelter Stirn beobachten. Doch die Kleinen haben Glück, Schwiegermutterliebling macht einen Bogen um sie und konzentriert sich dann auf meine auf ihn einredende Schwester, statt mich weiterhin mit Blicken zu töten.

Schnell gebe ich Amy einen letzten Kuss auf die Nase. »Ich glaube, wir sollten besser aufstehen«, raune ich ihr zu.

»Sollten wir das?«, fragt sie keck.

»Ich denke schon. Eine Weile konnte ich ignorieren, dass mein Hintern immer kälter wird, aber langsam wird es unangenehm.«

Mit hochroten Wangen rappelt Amy sich auf. Es gefällt mir, wenn ihr Gesicht die Farbe wechselt und sie beschämt auf ihrer Unterlippe herumbeißt.

»Sorry, ich wollte nicht, dass du wegen mir frieren musst«, versucht sie sich zu entschuldigen, dabei wäre das gar nicht nötig.

Ich stelle mich neben sie, lege meinen Finger an ihr Kinn und zwinge sie so, zu mir hochzusehen. »Mach dir keine Sorgen. Alles ist gut. Außerdem habe ich es ja darauf angelegt, unter dir zu landen.« Ich zwinkere ihr zu und amüsiere mich, da Amy ihren Mund einige Male öffnet und wieder schließt, ohne etwas zu sagen.

»Und das gibst du einfach so zu?«, bringt sie dann doch heraus.

Ich zucke mit den Schultern. »Natürlich. Ist doch die Wahrheit.« Lächelnd greife ich nach ihren Händen. »Lass uns noch eine Runde fahren, vielleicht bekommen wir den nächsten Sturz wieder so gut hin.«

Amy lässt sich ohne Widerworte mitziehen und wir drehen händchenhaltend ein paar Runden. Dass mich eine solche Kleinigkeit, wie gemeinsam mit Amy über das Eis zu gleiten, so erfüllt, hätte ich noch vor einer Woche nie für möglich gehalten.

Meine Glücksgefühle halten solange, bis Jasper sich uns in den Weg stellt. Was ist sein verdammtes Problem? Gut, ich versuche ihm seine Freundin auszuspannen. Und das ziemlich offensichtlich. Aber verdammt noch mal ... er sollte einfach gar nicht hier und Amy am besten Single sein.

»Was willst du schon wieder hier?«, frage ich ihn und kann nicht verhindern, dass ich angepisst klinge. Nora hat ihn doch gerade eben erst vom Eis gezogen und jetzt ist er schon wieder hier. Er ist wie ein Bumerang.

Ich zucke leicht zusammen, als ich plötzlich Amys Ellbogen in meinem Magen spüre, doch sie tut so, als wäre nichts gewesen.

»Was ist los, Jamie?«, will sie von ihm wissen. Ihre Stimme hat einen gereizten Klang, aber vielleicht bilde ich mir das auch nur ein. Wunschdenken sozusagen.

Mit Genugtuung beobachte ich, wie sein Blick zu unseren immer noch ineinander verflochtenen Händen wandert. Auch Amy bemerkt es und lässt mich los. Ich muss mir auf die Innenseiten meiner Wangen beißen, um nichts Falsches zu tun, zum Beispiel sie über meine Schulter zu schmeißen und mit ihr abzuhauen. Wobei diese Option ...

»Ich wollte dich nur zum Kakaotrinken abholen«, meint er und unterbricht damit meine Gedanken. Mir schenkt er ein schadenfrohes Grinsen. Wenn er glaubt mich damit provozieren zu können, hat er sich getäuscht. »Logan wartet schon mit den Getränken«, fährt er mit säuselnder Stimme fort. Kurz sehe ich mich um. Ich habe nicht einmal bemerkt, dass sich unsere Freunde nicht mehr auf der Eisbahn aufhalten.

Der Hemd-in-Hose-Träger legt eine Hand in Amys Rücken und will mit ihr davonfahren, doch ich lasse mich nicht einfach so abschütteln. Schon gar nicht, da Amy mir einen Blick über ihre Schulter hinweg zuwirft und mich bedauernd ansieht.

Also hole ich ein paar Mal Schwung und schließe zu den beiden auf. »Richtig toll, dass es Kakao gibt. Ich liebe schokoladehaltige Heißgetränke.«

Amy schnaubt belustigt, während Junior meint: »Für dich haben wir jetzt leider kein Getränk besorgt. Mat meinte, du bist viel zu cool für Kakao.« Bitte! Wer ist denn zu cool für heiße Schokolade?

»Und wir haben dich nicht in den Urlaub eingeladen und trotzdem bist du jetzt hier«, fahre ich Jakob etwas schärfer an, als beabsichtigt. Na gut … es war genau so gemeint, wie ich es gesagt habe.

»Even, du kannst von meiner heißen Schokolade trinken«, bietet mir Amy an. Leider habe ich gerade das Gefühl, dass sie dieses Angebot nur macht, um einen Streit zwischen Jonathan und mir zu verhindern.

Dennoch lehne ich nicht ab. »Gerne, Honey.«

Joes Mund klappt bei der Erwähnung von Amys Spitznamen weit auf. »Ähm … Darling?« Was zum Teufel soll denn bitte *Darling* für ein Kosename sein? Er ist doch kein verdammter Brite. Amy wendet sich dem Weichspüler trotzdem zu, während wir das Eis verlassen. Mit den Schlittschuhen an unseren Füßen wanken wir auf einen kleinen Stehtisch zu, an dem sich unsere Freunde versammelt haben. »Du kannst meine Tasse haben«, bietet Jacob seiner Freundin an.

»Nein, lass mal«, murmelt Amy. Sie starrt Nora mit großen Augen an und deutet mit ihrem Kopf leicht in Richtung ihres Lovers. Meine Schwester zuckt nur mit den Schultern und konzentriert sich danach wieder auf ihr Getränk. Na, die war Amy jetzt keine große Hilfe.

Ich strecke Jayden meine Hand entgegen. »Danke, ich nehm den Kakao gerne.« Er hält die Tasse fest in seinen Händen und es kostet mich große Mühe, ihm die heiße Schokolade wegzunehmen, ohne etwas zu verschütten. Irgendwie komme ich mir gerade ziemlich kindisch vor. Aber letztlich ist es doch besser, wir ziehen an einer Tasse als an Amy.

»Nimm ruhig. Anscheinend hat es dir ja alles angetan, was zu mir gehört«, meint John und lässt los.

»Jetzt mach mal 'nen Punkt, Alter!«, fahre ich ihn an. »Ich würde sagen, das ist eher umgekehrt.« Logan – zumindest denke ich, dass er es ist – hustet laut und auffällig. Eigentlich weiß ich, dass Jack gerade auf Amy angespielt hat, aber ich antworte trotzdem mit: »Immerhin hast du dir heute Nacht mein Bett unter den Nagel gerissen.«

Verunsichert sieht Amy zwischen ihrem Freund und mir hin und her. Auch die anderen verfolgen unseren Schlagabtausch mit regem Interesse.

Ich starre ihn an, nehme einen kleinen Schluck von seinem Getränk und versuche nicht angeekelt das Gesicht zu verziehen. Wie viel Zucker hat der Typ da reingekippt?

Gerade will Sugarboy seinen Mund aufmachen, doch Lin geht dazwischen. »Wollen wir noch eine Runde drehen?«, fragt sie übertrieben motiviert. »Ich glaube, jetzt hab ich endlich raus, wie ich fahre, ohne jemanden zu verletzen.« Sie sieht ziemlich stolz aus.

»Besser ich komme mit«, meint Logan grinsend. »Nicht, dass es noch Schwerverletzte gibt.« Er zwinkert in die Runde und folgt Lin zurück zur Eislaufbahn.

Sofort frage ich in die Runde: »Wollen wir dann auch wieder?« Nur schnell weg hier.

»Du hast doch noch gar nicht ausgetrunken«, meint James grinsend.

»Ich habe keine Lust auf diese Diabetes-Brühe.«

»Hat Jamie wieder ein halbes Kilo Zucker in seinen Kakao gekippt?«, will Amy wissen. Ich nicke, denn eine Antwort bekomme ich nicht zustande. Amy scheint sich ja gut mit seiner Vorliebe für übersüßte Heißgetränke auszukennen.

»So schlimm ist es auch wieder nicht«, verteidigt er sich mit einem Grinsen im Gesicht.

Amy sieht ihn lächelnd an. »Jamie war schon in der Elemantary School ganz süchtig nach Zucker.«

»Das stimmt ... Amy und ich kennen uns übrigens schon seit wir Kinder sind und haben uns erst später ineinander verliebt.« Er greift nach ihrer Hand, die auf dem Tisch ruht.

Mat schaut zwischen meinem Arm, der immer noch auf Amys Schulter liegt, und J... – langsam gehen mir echt die Namen aus – Jays Hand hin und her, sagt aber nichts zu unserem Gehabe.

»So ungefähr«, flüstert Amy und klingt dabei alles andere als glücklich.

»Und wie lange kennst du Amy schon, Even?« Jack beugt sich nach vorn und sieht mich mit provozierendem Gesichtsausdruck an.

»Müsstest du das nicht wissen? Wo ihr doch schon so lange befreundet seid?« Ich mache eine kleine Pause und ziehe einen Mundwinkel leicht nach oben. »Aber um deine Frage zu beantworten: Seit zehn Jahren. Aber ich habe das Gefühl, dass ich Amy dieses Jahr auf eine völlig neue Weise kennengelernt habe.« Nimm das, du Sackgesicht!

»Whoa«, schreie ich in der nächsten Sekunde laut auf, als mir meine Schwester ihren Kakao ins Gesicht schüttet, der zum Glück nur noch lauwarm ist.

Nora sieht mich gespielt unschuldig an. »Sorry, ich bin gestolpert.« Das nehme ich ihr keine verdammte Sekunde ab.

Angewidert wische ich mir die Brühe aus dem Gesicht, Amy reicht mir ein paar Papierservietten.

»Ich glaube, wir fahren jetzt besser alle nach Hause«, verkündet sie mit genervtem Blick und wischt mir über das Gesicht. »Even sollte sich besser abtrocknen.«

»Und eine kalte Dusche nehmen, damit er mal wieder runterkommt«, murmelt Jacques.

Na gut, dann fahren wir eben nach Hause. Aber ich werde nicht aufhören Amy davon zu überzeugen, dass ihr Freund ein Idiot ist und sie besser mit mir dran wäre.

Amy

Die Stimmung im Auto ist mehr als gedrückt, da keiner ein Wort zu sprechen wagt. Ich konnte Jamie leider nicht davon überzeugen, dass er bei Mat, Nora und Lin mitfährt. Ebenso wenig wollte Even mich mit Jamie und Logan allein fahren lassen. Nun sitzen wir vier in den metallenen Wänden eingepfercht und die Anspannung steigt von Minute zu Minute. Wenigstens hat mich Logan zu sich nach vorn auf den Beifahrersitz geholt, sodass nicht einer der beiden Streithähne ausrastet, weil ich neben dem anderen sitze.

»Habt ihr eine Idee, was wir heute Abend kochen wollen?«, versuche ich ein unverfängliches Gespräch in Gang zu bringen.

»Wie wäre es mit Spaghetti Bolognese? Das ist doch dein Lieblingsgericht«, antwortet Jamie, ohne zu zögern, aber auch mit einem hämischen Unterton.

Ich wage einen Blick auf die Rückbank und sehe gerade noch, wie Jamie Even angrinst. Der zuckt nur mit den Schultern. »Pizza hat ihr bisher auch sehr gut geschmeckt.«

»Oh, wenn ihr lustiges Rätselraten spielen wollt, was Amy heute am liebsten essen mag, dann werfe ich gerne auch noch eine Antwort in den Ring.« Logan lacht auf und schüttelt entnervt den Kopf.

Ich muss grinsen, auch wenn mich langsam das Gefühl beschleicht, dass ich mich einfach zu Mat, Nora und Lin ins Auto hätte setzen sollen, ohne den Kerlen hier ein Wort zu sagen. Dass zwei Männer auf einmal an mir interessiert sein könnten, daran hätte ich im Leben nicht gedacht. Jahrelang haben mich Jungs eher kaltgelassen und niemals in Verlegenheit gebracht. Und jetzt sitze ich mit Even und Jamie – unterschiedlicher können zwei Männer eigentlich gar nicht sein – im Auto und sie zoffen sich wegen *mir*? Verdammt viele Mädchen würden sich nach den beiden die Finger lecken.

Da wir in diesem Moment auf dem Parkplatz vor unserer Hütte ankommen, schenke ich mir eine Antwort auf die bescheuerte Was-isst-Amy-lieber-Diskussion und öffne die Tür, kaum, dass der Wagen steht.

»Alles klar?«, ruft Mat zu mir herüber.

»Natürlich.« Ich beeile mich, so schnell wie möglich zu ihm zu kommen. Dann flüstere ich ihm zu: »Sie benehmen sich einfach merkwürdig.«

»Ich habe dir doch gesagt, du sollst die Sache klären.«

Ich seufze laut. Natürlich hat Mat recht. Aber ich bin gerade heillos überfordert. Ich liebe Even, darf mich aber nicht zu sehr hineinsteigern, damit ich mir keine ernsthaften Hoffnungen mache. Und Jamie will ich nicht verlieren. Wie soll ich da denn nur eine Minute klar denken können? Ist es nicht verständlich, dass ich erst mal darauf gehofft habe, meine Probleme würden sich wie durch ein Wunder auflösen?

An der Haustür angekommen, schaue ich zu den Jungs zurück, die auf mich zugeeilt kommen. Jamie drängt sich an Even vorbei, um zuerst die Veranda zu erreichen und seinen Arm um meine Schulter zu legen.

»Willst du duschen?«, fragt er mich durchaus ohne Hintergedanken.

»Ja, aber allein«, gebe ich trotzdem so laut wie möglich zurück, damit jeder endlich mitbekommt, dass ich auf diesen Hahnenkampf keine Lust habe. Anscheinend haben die beiden meine Ansage verstanden, denn sie schauen betreten zu Boden.

Ich lächele Mat dankbar an, der mir die Tür öffnet, damit ich reingehen kann. Ich eile die Treppenstufen hinauf in unser Zimmer, schnappe mir ein frisches Handtuch aus meinem Schrank und neue Klamotten. Für eine Sekunde bin ich tatsächlich versucht den Jeansminirock herauszunehmen. Aber ich möchte heute wirklich nicht noch mehr Öl ins Feuer gießen, also müssen es meine Jeans und mein rotes Top tun.

Als ich es im Türrahmen klopfen höre, drehe ich mich um und sehe in Mats Gesicht. »Wie sollen wir es denn heute Abend mit dem Übernachten machen?«

»Ich kann nicht bei Jamie schlafen. Bei Even genauso wenig.« Ich beiße mir auf die Unterlippe und male mit meiner Zehenspitze Kreise auf den Boden. »Ich habe keine Ahnung, wie wir das vernünftig regeln sollen.«

»Vielleicht können wir dir eine Matratze zu Lin und Nora ins Zimmer legen«, versucht Mat die Situation für mich zu lösen. Dankbar, dass er mich nicht zu einer Aussprache mit Jamie drängt, lächele ich ihn an. »Das wäre toll.«

»Dann übernehme ich das, während du unter die Dusche springst.« Er geht zum Bett hinüber und wirft das gesamte Bettzeug auf eine Hälfte.

Mit ein paar schnellen Schritten bin ich an seiner Seite und drücke ihm einen leichten Kuss auf die Wange. »Danke. Für alles.« Dann mache ich mich auf den Weg ins Bad. Doch ich habe die Tür noch nicht geöffnet, als schon der nächste meinen Namen die Treppe hinaufruft. Even.

»Amy, warte kurz.« Evens Stimme hat einen fast flehenden Unterton, der mein Herz schwer macht. Ich will ihn doch nicht verletzten.

Die Hand noch an der Türklinke drehe ich mich zu ihm um. »Was gibt es?«

Ich versuche meine Gefühle in meinen Blick zu legen, in der Hoffnung, dass er sieht, was er mir bedeutet.

»Ich …« Er kommt zu mir, sieht kurz die Treppe hinunter und zieht mich dann in seine Arme. »Ich wollte nur, dass du unter der Dusche an mich denkst.« Dann presst er seine Lippen auf meine und knabbert an meiner Unterlippe. Ich kann nicht anders und öffne meinen Mund, um seiner Zunge Einlass zu gewähren. Kaum fühle ich sie an meiner, stöhne ich unterdrückt auf und klammere mich an Evens Brust fest. Auch sein Atem geht schneller.

»Ach, schön. So sieht man es auch mal mit den eigenen Augen«, kommt es da spöttisch von Mat, der unbemerkt auf den Flur hinausgekommen ist.

Ertappt fahren Even und ich auseinander. An Mat habe ich überhaupt nicht mehr gedacht. Even schiebt mich wieder hinter sich und ich muss über seinen überdurchschnittlich ausgeprägten Beschützerinstinkt grinsen. Meine Hand lege ich auf seine Schulter und schiebe meinen Kopf unter seinem Arm hindurch.

»Und nun?«, lächelnd schaue ich Mat an.

»Geht mich nichts an. Aber die Show solltet ihr unten nicht unbedingt wiederholen. Außer ihr wollt heute noch ein handfestes Drama.« Er schiebt die Matratze, die neben ihm steht, in Lins und Noras Zimmer. »Aber denk an das, was ich dir heute früh gesagt habe.«

Even scheint sich weniger für Mats Worte zu interessieren, als für das Zeug, das er durch den Flur schiebt. »Was soll das?«

Mat, der gerade im Zimmer verschwinden will, dreht sich noch einmal um. »Amy wird heute bei den Mädels übernachten. So gehen wir jedem Streit aus dem Weg.«

Even verschränkt seine Hände vor der Brust. »Sie kann bei mir übernachten«, erwidert er trotzig, doch Mat zieht nur eine Augenbraue in die Höhe und macht weiter sein Ding.

Ich packe Even an der Hüfte und drehe ihn zu mir herum.

»Es ist besser, wenn wir die Situation etwas entspannen«, versuche ich ihn zu beruhigen. Doch seine Muskeln spannen sich unter meinen Händen an. Er sagt kein Ton, sondern sieht mir nur fragend in die Augen. Vielleicht wäre jetzt der richtige Zeitpunkt, um ihm die ganze Sache zu erklären. Aber da ich einfach nicht weiß, wie ich anfangen soll, und unbedingt mal für mich sein muss, hauche ich ihm einen Kuss auf die Lippen und verschwinde dann im Badezimmer.

13.

30. Dezember (Abend)

Even

»Verdammt«, fluche ich laut, weil ich mir meinen Finger am Topf verbrannt habe.

Lin und Amy stehen hinter mir und es macht mich tierisch nervös, dass die beiden mich dabei beobachten, wie ich versuche ein Abendessen zu kochen.

»Bist du sicher, dass wir dir nicht doch helfen sollen?« Lin sieht mich fragend an.

Ehrlich gesagt: Nein. Das sage ich aber nicht laut. »Ja, absolut«, murre ich stattdessen. Auch wenn die Küche aussieht wie ein Schlachtfeld und meine Nerven blank liegen. Das Hähnchenfleisch mit Lauch, Tomaten und einer leckeren Sauce ist bereits fertig. Es muss nur noch mit den Nudeln, die schon vor sich hin köcheln, vermischt werden. Das Gericht ist nicht besonders schwierig zuzubereiten, dafür extrem lecker.

Amy kommt näher, um in den Topf zu sehen. »Ich wusste gar nicht, dass du kochen kannst«, meint sie und nimmt einen tiefen Atemzug. »Und es riecht verdammt gut.«

Lin beginnt loszukichern. »Warte besser ab, wie es schmeckt, bevor du Even lobst!«

Ich höre, dass Schränke geöffnet werden und drehe mich um. Logan hat eine Packung Orangensaft unter seinen Arm geklemmt und reicht Lin gerade ein paar Gläser. »Du solltest nicht von dir auf andere schließen, Prinzessin.«

Sie verengt ihre Augen zu Schlitzen. »Obwohl es dich nichts angeht: *Ich* kann kochen.«

In der Zwischenzeit hat Logan Besteck aus einer Schublade herausgesucht. »Das glaube ich erst, wenn ich ein Drei-Gänge-Menü von dir vorgesetzt bekommen habe.«

Lin dreht sich um und verlässt die Küche, spricht aber munter weiter. »Das lässt sich bestimmt irgendwann einrichten. Wenn wir wieder in New York sind, lade ich dich abends mal ein. Du warst doch noch nie in meiner Wohnung, oder?«

Logan folgt ihr nach draußen. »Na darauf bin …« Den Rest seines Satzes höre ich nicht mehr, da Amy die Tür zur Küche schließt. Ich lege den Kochlöffel zur Seite. Für mich gibt es hier nichts mehr zu tun, außer abzuwarten, dass die Nudeln endlich fertig werden.

Amy kommt auf mich zu und schlingt ihre Arme um meinen Körper. Ihre Wange legt sie an meine Brust. »Ich liebe Nudeln.«

Und ich liebe dich, denke ich, behalte es aber für mich. Immerhin ist ihr Freund da draußen.

»Amy …«, ich breche ab, da ich keine Ahnung habe, was ich sagen soll. So etwas wie »Ich muss dir was sagen« wäre eine gute Idee. Stattdessen ziehe ich sie zu mir heran und lege meine Lippen sanft auf ihre. Zuerst nur ganz leicht, doch als Amy zufrieden seufzt, intensiviere ich den Kuss. Ich kann gar nicht anders. Ich muss es tun.

»Seid ihr denn komplett verrückt?«, faucht Logan in der nächsten Sekunde. Wo kommt der denn her? Die Küchentür war doch geschlossen. Ich hätte ihn doch hören müssen. Andererseits bin ich jedes Mal wie weggetreten, wenn ich Amy küssen darf.

Logan greift mir in den Nacken und zieht mich ein Stückchen von Amy weg. »Ihr könnt hier doch nicht einfach rummachen.« Anklagend zeigt er zuerst auf die Tür und dann auf Amy. »Dein Freund steht da draußen und du knutschst mit Even rum.«

Nervös knetet Amy ihre Hände. »Ich … ähm …« Sie ringt sichtlich um Worte.

Logans Stimme klingt vorwurfsvoll. »Willst du nichts dazu sagen? So bist du doch nicht, Amy!« Damit hat er recht. Amy ist nicht der Typ Frau, der seinen Freund einfach so betrügt. Vielleicht hat er sie mal betrogen und sie will es ihm mit mir heimzahlen? Oder sie ist eben nicht glücklich mit ihm. Ich habe keine Ahnung, was zwischen Jenson und ihr abläuft, aber eines weiß ich ganz genau: Logan darf nicht so mit ihr reden.

»Pass auf deinen Tonfall auf, Logan.« Ich drücke ihm ein paar Servietten in die Hand. »Keiner von uns weiß, was genau in der Beziehung«, bei dem Wort muss ich ein paar Mal heftig schlucken, um überhaupt weitersprechen zu können, »nicht in Ordnung ist, aber es geht uns auch gar nichts an.« Na ja, mich vielleicht schon ein bisschen, da ich ja drauf hinarbeite, dass Amy die Sache mit ihrem Typen beendet.

»Tut mir leid«, murmelt Logan an Amy gewandt. »Du hast bestimmt deine Gründe und ich kenne dich gut genug, um zu wissen, dass du niemanden absichtlich verletzen willst.« Er schenkt ihr noch einen eindringlichen Blick, dann geht er zum Esstisch. Die Tür lässt er offen. Ist vermutlich auch besser so.

»Danke«, wispert Amy und sieht mich traurig an.

Ich winke ab. »Schon okay.« Dann gehe ich zurück zum Herd und nehme den Topf runter. Die Nudeln gieße ich ab und vermische sie dann mit dem Rest. Nachdem ich das Ganze mit Salz und Pfeffer abgeschmeckt habe, nicke ich.

»Schmeckt gut. Magst du kosten?« Ich hole eine Gabel aus der Besteckschublade und spieße Amy einen Bissen auf. Ich puste ein paarmal, weil es noch verdammt heiß ist, dann führe ich die Gabel zu Amys Mund. So etwas habe ich noch nie mit jemandem gemacht. Mein Atem beschleunigt sich und ich kann nicht glauben, dass mir ein so einfacher Moment solches Herzklopfen beschert.

»Lecker«, sagt Amy und ihre Stimme klingt zittrig.

»Lass uns besser zu den anderen gehen«, flüstere ich und wende mich von ihr ab. Ich schnappe mir die Pfanne und einen Untersetzer und verlasse die Küche.

»Essen ist fertig«, rufe ich laut, als ich alles auf dem Tisch abstelle, damit es auch der letzte Penner, also Jeremiya, mitbekommt.

Nach und nach trudeln alle ein und nehmen Platz. »Lasst es euch schmecken.« Amy lässt sich auf den Stuhl neben mir fallen. Es kostet mich meine ganze Selbstbeherrschung, sie nicht anzufassen.

Die Stimmung bleibt das ganze Essen über angespannt. Vielleicht aber auch nur, weil ich nichts zum Gespräch beitrage, da ich entweder Jude böse Blicke zuwerfe, der sich angeregt mit Mat und Lin unterhält, oder Amy verstohlen aus den Augenwinkeln beobachte.

Am liebsten würde ich mein Gesicht in meinen Händen vergraben und mich ein bisschen selbst bemitleiden. Doch zumindest nutze ich das Essen, um mir einzugestehen, dass ich irgendetwas unternehmen muss. So kann es echt nicht weitergehen. Wenn Jade morgen nicht von allein verschwindet, werde ich Amy, sobald sich die Gelegenheit ergibt, sagen, dass ich mehr von ihr will. Alles andere wäre Amy, ihrem Typen und auch mir gegenüber unfair.

»Hilfst du mir beim Abräumen?«, fragt Lin. Ich brauche einige Sekunden, bis ich bemerke, dass sie mit mir spricht.

»Ähm. Ja?«, frage ich mehr, als dass ich es sage.

»Gut.« Sie beginnt die Teller zu stapeln und ich beobachte sie dabei. Lin trägt einen rosa Hausanzug, passend zu der Farbe ihrer Fingernägel.

Sofort will Logan von ihr wissen: »Machst du das jetzt nur, um mir etwas zu beweisen?«

Sie lacht spöttisch auf. »Als hätte ich es nötig die perfekte Hausfrau zu spielen.« Schwungvoll übergibt sie mir den Tellerstapel und ich werfe Logan einen tadelnden Blick zu. Kann ich ja auch mal machen und nicht immer nur die anderen.

In der Küche stelle ich gerade das Zeug vor dem Geschirrspüler ab, als Lin mit dem Rest hereinstapft. Sie knallt zuerst die Tür hinter sich zu und dann das benutze Geschirr auf die Anrichte. Danach krallt sie sich mein T-Shirt und stößt mich in Richtung des Kühlschranks. Scheiße. Hatte Lin in ihrer Kindheit, außer den Ballettstunden auch Krav Maga Training oder sowas?

Sie baut sich mit in die Hüften gestemmten Händen vor mir auf und ich habe wirklich kurz Angst, dass sie mich küsst. Deshalb rücke ich weit zurück und drehe meinen Kopf leicht zur Seite.

Ängstlich schiele ich zu ihr. »Lin?«

»Even«, kommt es harsch von ihr zurück.

»Ich gebe es ja nicht gerne zu, aber du machst mir Angst.«

»Du mir auch«, antwortet sie mir und macht ein paar Schritte zurück. Sie setzt sich auf die Küchenanrichte und lässt ihre Beine runterbaumeln.

»Wieso?«, will ich wissen und traue mich immer noch nicht vom Kühlschrank weg.

»Was ist das zwischen Amy und dir?«, will sie wissen.

Ich beiße mir auf die Unterlippe. »Woher das Interesse?«, stelle ich eine Gegenfrage.

Lin verdreht ihre Augen. »Denkst du etwa, ich will was von dir?« Mit schräg gelegtem Kopf sieht sich mich an. »Nicht jedes Mädchen betet den Boden an, auf dem du gehst.« Zu sagen, dass ich erleichtert bin, wäre eine Untertreibung. Mir fällt gerade ein großer Stein von Herzen. Doch dann fährt Lin fort: »Aber ich mache mir Sorgen um unser Küken.«

»Um Amy?«, krächzte ich. »Dazu gibt es doch keinen Grund.«

»Even, verkauf mich nicht für dumm. Ich sehe doch, wie du sie seit dem ersten Urlaubstag anschmachtest. Und sie dich. Ich frage mich nur, ob du es ernst meinst.«

Ich lasse meinen Kopf gegen den Kühlschrank fallen. Natürlich könnte ich jetzt einen blöden Spruch reißen und mich aus der Affäre ziehen, aber ich will Amy meine Gefühle gestehen, also könnte ich doch mal … bei Lin üben.

»Ich denke, ich habe mich in sie verliebt«, flüstere ich.

Lin legt die Hand an ihr Ohr und grinst mich an. »Wie bitte?«

»Du hast mich schon verstanden«, fahre ich sie an und verschränke bockig meine Arme vor der Brust.

Lin hüpft fröhlich von der Theke und beginnt damit, den Geschirrspüler einzuräumen. »Ja, das habe ich.«

»Und willst du nichts dazu sagen?«

Sie dreht sich zu mir um. »Meinen Segen habt ihr, aber bitte tu ihr nicht weh.«

»Das habe ich nicht vor.«

Über ihre Schulter hinweg wirft sie mir einen Blick zu. »Hast du dir mal überlegt, wie es nach dem Urlaub mit euch weitergehen soll?«, fragt sie grinsend. Mein Mund klappt weit auf. In den letzten Tagen habe ich mir über verdammt viele Dinge den Kopf zerbrochen, die früher nie ein Thema waren, aber daran habe ich nun wirklich noch keinen einzigen Gedanken verschwendet. Immerhin trennen uns ganze Bundesstaaten.

»Du kannst gerne deinen Gutschein einlösen, dann gebe ich dir einen gut gemeinten Ratschlag.«

Etwas unschlüssig stehe ich im Raum herum. Irgendwann stammele ich: »Aber … ähm … Amy will doch auf dasselbe College gehen wie ich.« Ihr Angebot übergehe ich einfach.

Sie sieht mich mit einem Blick an, den ich nicht wirklich deuten kann. »Und du schaffst es, ein halbes Jahr eine Fernbeziehung zu führen? Oder noch länger, wenn sie an ein anderes College geht?«

Ohne lange darüber nachzudenken, antworte ich: »Natürlich.« Und ich bin wirklich überzeugt von meiner Antwort. »Für Amy schaffe ich das. Sie ist es wert.«

»Na gut. Dann bekomm die Sache endlich geregelt. Immerhin ist noch immer ein unerwünschter Gast im Haus«, meint sie schmunzelnd und deutet mit dem Kopf zur geschlossenen Tür.

»Ich dachte, Nora und du seid so begeistert von Jamie?« Wow. Ich habe seinen Namen ausgesprochen, ohne dabei tot umzufallen. Irgendwie hatte ich ein bisschen Panik davor.

Lin zuckt mit den Schultern. »Er ist toll, aber sie will dich. Und das schon eine Ewigkeit. Also, was willst du noch hier?« Sie kommt auf mich zu, greift nach meinen Schultern und drängt mich in Richtung Wohnzimmer. »Husch, husch.«

Amy

Jamie lehnt sich gerade von hinten an meinen Stuhl und legt seine Arme um meine Schultern. Natürlich kann sich Even keinen anderen Moment aussuchen, um aus der Küche zurückzukommen. Seine Augen verengen sich zu Schlitzen und es sieht aus, als würden sich alle Muskeln seines Körpers anspannen. Verdammt, wieso muss er nur so gut aussehen, selbst wenn er sauer ist?

»Ist was?«, streut Jamie natürlich sofort Salz in die Wunde.

»Falls du noch etwas von oben aus meinem Zimmer brauchen solltest, dann hol es jetzt. Ich habe keine Lust das Zimmer mit dir zu teilen«, fährt Even ihn an. Ich zucke leicht zusammen, da ich mit diesem offensichtlichen Hass in seiner Stimme dann doch nicht gerechnet habe.

»Nein, danke.« Jamies Stimme trieft nur so vor Überheblichkeit. »Ich habe alles, was ich brauche schon in meinen Armen.«

»Jamie ...«, stoße ich leise zwischen zusammengepressten Zähnen hervor, sodass er es hören kann, ich aber nicht noch mehr Aufmerksamkeit auf uns lenke. Langsam übertreibt er sein Spiel maßlos. Wenn er sich nicht ein bisschen zurückhält, pfeife ich auf unsere Freundschaft und kläre doch alles direkt vor den anderen auf. Even geht ohne ein weiteres Wort zur Treppe. Ich streife Jamies Arme von meinen Schultern.

»Even, wartest du? Ich komme mit. Ich bräuchte noch meinen Schlafanzug. Den habe ich oben liegenlassen.« Dann wende ich mich an Nora und Lin. »Ihr habt doch nichts dagegen, wenn ich heute Nacht bei euch schlafe? Mat hat mir meine Matratze schon in euer Zimmer geschleppt.«

»Aber warum ...«, setzt Jamie an, doch ich bringe ihn mit einem bösen Blick zum Verstummen. Ich denke, langsam merkt er, dass er sein Spiel zu weit treibt.

Nora springt mir freudig in die Arme. »Auja ... wir drei machen heute eine Pyjamaparty.«

»Meinetwegen«, antworte ich grinsend.

Logan öffnet den Mund, um etwas zu sagen. »Sorry, Jungs. Aber ohne euch«, setzt Lin hinterher. »Nur für Mädels.«

»Kommst du?« Even steht schon am Fuße der Treppe und scheint auf mich zu warten, denn er streckt seine Hand nach mir aus. Unschlüssig, ob ich sie ergreifen soll oder nicht, gehe ich an ihm vorbei, die ersten Stufen hoch. Even folgt mir. Einen letzten Blick zurück zu unseren Freunden und ich sehe in fünf Gesichter, die gespannt verfolgen, was ich tue. Verdammt, was soll das eigentlich? Mat und Logan wissen sowieso, was los ist, und dem Rest dürfte der Machtkampf zwischen Jamie und Even nicht entgangen sein. Auch wenn es meinem besten Freund vermutlich das Herz brechen wird, kann ich doch nicht anders und greife nach Evens Hand, während wir die Stufen zu unserem Zimmer hinaufgehen.

Kaum sind wir durch die Tür gegangen, schließt Even sie und presst mich in der nächsten Sekunde mit seinem ganzen Körpergewicht gegen die Wand.

»Ich mag es nicht, wenn er dich berührt«, grummelt er. Fast könnte man meinen, er ist wirklich eifersüchtig. Doch ich darf nicht aus den Augen verlieren, dass hier wahrscheinlich nur die verletzte Eitelkeit aus ihm spricht. Und trotzdem kann ich nicht verhindern, dass mein Herz schneller schlägt, als sich seine Lippen meinen nähern. In dieser kleinen Berührung liegt so viel Verlangen, dass ich ihn am liebsten auf das Bett ziehen würde, um den Rest der Welt einfach auszublenden. Ich greife mit zitternden Händen nach seinem Oberteil und kralle meine Finger hinein. Mein Atem beschleunigt sich und ich verliere mich in seinen Küssen.

Ich habe keine Ahnung, wie viel Zeit vergangen ist, bis uns ein Klopfen an der Tür viel schneller wieder in die Realität zurückholt, als mir lieb ist. »Kommst du Amy? Wir warten schon auf dich«, tönt Noras Stimme durch das Holz.

»Bin gleich da.« Einen entschuldigenden Blick zu Even und ich tauche unter seinen Armen, die er links und rechts von meinem Kopf an der Wand abgestützt hat, hindurch, um mir den Schlafanzug vom Stuhl zu schnappen. Even taumelt ein paar Schritte in Richtung Bett und lässt sich darauf fallen. Natürlich auf die Seite ohne Matratze. »Aua«, murrt er und entlockt mir damit ein Lächeln.

»Geht's oder soll ich deine Schmerzen wegküssen?«

Even rappelt sich hoch und legt sich auf die richtige Seite des Bettes. »Ich schaffe es gerade noch so.« Immer noch vor mich hin kichernd gehe ich aus dem Zimmer. Mit einem breiten Lächeln auf dem Gesicht schlendere ich zu den Mädels hinüber, doch als ich an der Treppe vorbeikomme, packt mich doch wieder mein schlechtes Gewissen Jamie gegenüber. Er ist so viele Meilen hierhergefahren, um mich zurückzuerobern. Und was bekommt er dafür? Ich trete sogar unsere Freundschaft mit Füßen. Wenigstens eine Aussprache hat er verdient. Die hätte er schon gestern bekommen sollen. Und nicht nur das, ich hätte zu Beginn alle aufklären können, dass es zwischen Jamie und mir aus ist. So hätte ich den unnötigen Streit zwischen den Jungs vermeiden können und würde mich Jamie gegenüber jetzt vielleicht nicht ganz so mies fühlen.

Seufzend öffne ich die Tür von Nora und Lin und stecke meinen Kopf hinein. »Kommt ihr noch einen Moment ohne mich aus? Ich glaube, ich sollte da erst noch etwas klären.«

Zeit zu antworten lasse ich ihnen nicht, sondern schließe die Tür wieder und gehe die knarzenden Stufen hinunter. Jamie sitzt mit dem Rücken zu mir auf dem Sofa und tippt auf seinem Handy herum. Mit Sicherheit hat er gehört, dass jemand die Treppe hinuntergekommen ist, aber er zeigt keinerlei Reaktion. Ich sehe mich im Raum um, auch von Logan und Mat ist nichts mehr zu sehen. Gut, so können wir endlich das längst überfällige Gespräch führen, vor dem ich mich schon viel zu lange drücke.

»Mat und Logan sind auch ins Bett gegangen?«, versuche ich so locker und unbefangen wie möglich zu beginnen.

»Ja, sie hatten wohl keine Lust sich das Trauerspiel noch länger anzusehen.« Er dreht sich zu mir um und ich kann die Tränen in seinen Augen erkennen. Schnell laufe ich zu ihm, lasse mich aufs Sofa fallen und lege meine Hände auf seine Oberarme.

»Jamie, es tut mir so leid, wirklich. Ich wollte dich nicht verletzen. Das wollte ich nie. Du bist doch mein bester Freund.« Es fällt mir schwer, die Tränen zurückzublinzeln.

»Dein bester Freund? Und warum hast du mir dann nichts von ihm erzählt? Warum hast du seinen Namen nicht längst einmal fallen lassen?« Seine Augen verengen sich zu Schlitzen und ich muss schlucken.

»Ich hätte nicht gedacht, dass es dich interessiert«, versuche ich es halbherzig.

»Das hat dich auch nie davon abgehalten, mir von Logan zu erzählen. Nein, ich kann dir sagen, warum du mir nichts von ihm gesagt hast. Ihn nicht *ein* einziges Mal erwähnt hast. Weil er mehr für dich ist. Vielleicht schon immer war.«

Entsetzt weiten sich meine Augen und ich kann nicht anders, als Jamie anzustarren. »Wie kommst du darauf?«

Er schüttelt nur langsam den Kopf, bevor er wieder auf sein Handy starrt. »Immer wieder diese zufälligen Berührungen! Die Blicke, die ihr euch zuwerft. Er war der Grund, warum du mich die ganzen Jahre hast zappeln lassen, oder? Ich hatte nie eine Chance gegen ihn. Und ich Idiot dachte, du willst einfach nur warten, bis für uns beide der perfekte Moment gekommen ist.« Er erhebt sich vom Sofa und streicht seine Hose glatt.

»Wo willst du hin?« Ich greife nach seiner Hand, damit er nicht einfach so geht. Es zerreißt mir das Herz, dass unsere Freundschaft so enden soll. Trotz allem, was ich getan habe, um sie noch zu retten. Oder vielmehr geglaubt habe zu tun. In Wirklichkeit habe ich alles nur noch schlimmer gemacht ... Tränen steigen in meine Augen. Jamie dreht sich wieder zu mir, setzt sich aber nicht mehr hin.

»Ich habe hier nichts mehr verloren. Ich bin gekommen, weil ich für uns kämpfen wollte. Für eine gemeinsame Chance. Ich dachte, du bist einfach nur verwirrt oder unsicher. Aber die letzten zwei Tage ... Amy, das war mehr, als ich ertragen kann.« Mit hängenden Schultern steht er vor mir. »Ich hätte niemals hierherkommen und so tun sollen, als wäre ich immer noch mit dir zusammen. Und vor allem muss ich mir keinen weiteren Tag, und erst recht keine Nacht, hier mit euch zwei unter einem Dach geben. Ich weiß, wann ich verloren habe.«

Er macht sich von mir los und geht zur Tür.

»Aber wo willst du hin? Es ist schon spät, du kannst unmöglich noch zurückfahren.« Ich springe vom Sofa auf und laufe ihm panisch hinterher. Er kann mich doch nicht einfach hier so stehen lassen. Ich will ihn nicht verlieren. Wir müssen das doch irgendwie klären können. Wenn er nur noch eine Nacht bleiben würde ... wir könnten noch ein paar Stunden reden. Doch schon während diese Gedanken durch meinen Kopf schießen, zeigt mir ein Blick in das Gesicht meines Exfreundes, dass ich mir keinerlei Hoffnungen mehr machen muss. Es wird niemals wieder so sein wie vorher.

»Mache ich auch nicht. Ich habe mir ein Hotelzimmer gebucht. Morgen früh fahre ich zurück. Dann kann ich wenigstens noch mit Mona und Dan Silvester feiern.«

Er wirft mir einen letzten Blick zu und verlässt das Haus, ohne auf eine Erwiderung von mir zu warten. Mein Herz zieht sich für einen Moment zusammen. Gerade habe ich meinen besten Freund verloren. Nur durch meine eigene Dummheit habe ich eine jahrelange Freundschaft zerstört. Ich hätte Jamie niemals Hoffnungen auf eine Beziehung machen dürfen. Doch ich brauche nur an Even zu denken, der sich ein Stockwerk höher befindet, und ich weiß, warum Jamie niemals der Richtige für mich hätte sein können. Ich liebe Even seit Jahren und habe nie jemand anderen geliebt.

Ich sinke auf den Boden und lasse den Tränen endlich freien Lauf, während ich auf die geschlossene Tür starre, die das Ende unserer Freundschaft besiegelt. Leise Schluchzer schütteln meinen Körper und ich würde mich am liebsten einfach nur auf dem Sofa zusammenrollen und nicht mehr aufstehen. Ob ich einfach hier unten bleiben soll?

Nein. Nach einer Weile atme ich ganz tief ein und aus, fahre mir ein letztes Mal durch die Haare und gehe ins Bad, um mir mein Gesicht zu waschen, bevor ich die Treppe wieder hinauf ins obere Stockwerk steige. Die Tür der Mädels steht weit offen und hält mich so von der Versuchung ab, ein weiteres Mal in Evens Zimmer zu schleichen und mir einen Kuss zu stehlen. Außerdem habe ich keine Lust, ihm zu erklären, warum ich gerade geweint habe.

Beim Anblick meiner beiden Freundinnen muss ich dann aber doch lachen. Jede sitzt mit verschränkten Beinen auf ihrer Seite vom Bett und betrachtet die Bettdecke überaus interessiert.

»Ihr wisst schon, dass es sich nicht gehört, zu lauschen, oder?« Ich versuche einigermaßen streng zu wirken. Schließlich haben sie eigentlich meine und Jamies Privatsphäre verletzt. Aber da ich genau weiß, dass ich es an ihrer

Stelle genauso gemacht hätte, lasse ich mich aufs Bett fallen und sehe sie nacheinander an, bis Nora endlich den Mund aufmacht.

»Ich musste einfach wissen, was bei euch los ist. Du warst so merkwürdig die letzten beiden Tage. Und von Jamie hast du nie etwas gesagt.« Noras Stimme klingt leicht vorwurfsvoll, doch ihre Augen spiegeln etwas anderes wider – Mitleid.

»Nora hat recht. Wir telefonieren und skypen so oft. Warum hast du nie erwähnt, dass du einen Freund hast?«

Hilflos zucke ich mit den Schultern, denn ich weiß natürlich, auch wenn ich ihnen momentan leidtue, sind sie auch enttäuscht von mir. So etwas verschweigt man seinen Freundinnen eigentlich nicht.

Ich sehe sie um Entschuldigung bittend an. »Wir sind nicht lange zusammen gewesen. Jamies Name dürfte euch ja nicht unbekannt sein.«

»Ja« Lin lehnt sich gegen das Kopfteil des Bettes und zieht ihre Knie ein wenig näher zu sich, »aber du hast immer gesagt, er wäre dein bester Freund.«

»War er auch. Nur hat er immer wieder gesagt, dass er etwas für mich empfindet.« Ich beiße mir auf die Unterlippe und atme noch einmal tief ein, bevor ich weiterspreche. »Und da kein anderer Junge jemals mein Interesse geweckt hat …« Bei dieser kleinen Lüge muss ich natürlich rot werden.

Wenig hilfreich wirft Nora ein: »Du meinst, niemand außer meinem Bruder.« Sofort schießt noch mehr Blut in meinen Kopf.

Rot wie eine Tomate fahre ich fort: »Aber das ist ja aussichtslos. Ich meine, ihr beide kennt Even. Er ist nicht für etwas Festes zu haben.«

Abwartend sehe ich zwischen meinen beiden Freundinnen hin und her. Denn nun sollte eigentlich die übliche Belehrung kommen, dass ich mich nicht in etwas verrennen soll, oder so ähnlich. Doch beide schweigen. Nora kaut sogar auf ihrer Unterlippe herum. Ist es ihr etwa peinlich, dass ich auf ihren Bruder stehe, und das, obwohl ich weiß, wie er tickt? Oder hat sie Angst, dass unsere Freundschaft nicht mehr ist wie vorher, wenn dieser Urlaub – und damit auch mein Arrangement mit Even – vorbei ist?

»Nora, zwischen uns wird sich nichts ändern«, versuche ich es mit einem Schuss ins Blaue. »Ich weiß, was ich von Even erwarten kann und was nicht.

Das wusste ich immer. Ich glaube, das ist auch der Grund, warum ich vor ein paar Wochen Jamies Drängen nachgegeben habe und wir ein Paar geworden sind. Nur fühlte es sich nie komplett an.«

Nora streichelt mir über meinen Oberarm. »Und seit dem Urlaub weißt du auch, warum«, ergänzt sie meine Erklärung.

Ich schnappe mir ein Kissen und halte es mir vor den Bauch, bevor ich die Knie anziehe und mich hineinkuschele. »Ja, so könnte man es sagen. Daher habe ich vor ein paar Tagen mit Jamie Schluss gemacht. Ich hatte danach einfach nicht damit gerechnet, dass er hier auftaucht.«

Nach meinem Geständnis sehen mich meine Freundinnen einen Moment lang mit großen Augen an. Lin bricht als Erste das Schweigen. »Aber wieso hast du dann so getan, als wärst du immer noch mit Jamie zusammen?«, fragt sie behutsam.

Ich senke meinen Kopf und starre auf den Teppichboden. »Jamie hat mich überrumpelt. Ich wollte ihn nicht vorführen ... und vielleicht ... wollte ich auch einfach sehen, wie Even reagiert. Danach wusste ich nicht mehr, wie ich die Angelegenheit aufklären soll«, murmele ich verlegen.

Lin seufzt laut auf. »Ach, Amy!« Ich schaue von einer zur anderen. Beide wirken ein bisschen aufgekratzt.

Noras Stimme klingt ungeduldig, als sie wieder spricht. »Aber jetzt hast du alles mit ihm geklärt?« Ich sehe in ihr Gesicht und muss grinsen. Wie sehr sie auch versucht ihre Mimik unter Kontrolle zu halten und dabei ganz unschuldig zu wirken, es gelingt ihr einfach nicht. Außerdem ist mir doch sowieso längst klar, dass die beiden gelauscht haben.

Trotzdem fällt es mir beim Gedanken an Jamie schwer, die Tränen zurückzuhalten, die sich schon wieder ihren Weg bahnen wollen. »Ja, Jamie weiß jetzt, dass es für uns keine gemeinsame Zukunft gibt – und wohl auch keine Freundschaft mehr. Und auch wenn ich mir, was Even angeht, keine Hoffnung machen brauche, vielleicht finde ich irgendwann jemanden, der mich ihn vergessen lässt.«

Lin streichelt mir über meinen Rücken. »Ach, wir sollten heute nicht mehr zu sehr grübeln. Wollten wir nicht eine lustige Pyjamaparty feiern?«

Ich sehe sie dankbar an. »Brauchen wir dafür noch irgendetwas? Chips? Schokolade?«

Nora lächelt und springt hoch. »Alles! Bin gleich wieder da.«

14.

31. Dezember (Vormittag)

Even

Nervös laufe ich im Zimmer auf und ab. Ich bin mir nicht mehr sicher, ob meine Idee besonders gut ist. Zum gefühlt tausendsten Mal fahre ich mir durch meine Haare und stopfe noch ein paar Klamotten in die Reisetasche.

Dann gehe ich zurück zum Schrank und betrachte Amys Sachen. Ich greife nach einem hübschen Kleid und einem paar Strumpfhosen und lege sie ordentlich zu meinen Sachen.

»Was tust du da?«, höre ich Logans Stimme hinter mir. »Ich wusste gar nicht, dass du der Typ für Kleider bist.«

Ich verdrehe die Augen. »Bin ich auch nicht, aber ich entführe Amy.« Als mir klar wird, wie das klingt, füge ich hinzu: »Für einen Tag und eine Nacht.«

Logan verschränkt die Arme vor der Brust und sieht mich leicht angepisst an. »Even, hast du vergessen, dass wir hier sind, um gemeinsam Silvester zu feiern?«

»Natürlich nicht.« Ich ziehe einen Zettel aus meiner Hosentasche. »Hier sind die wichtigsten Infos.« Danach drehe ich mich um und packe noch ein paar Dinge in die Reisetasche. Mit meinen Fingern streiche ich über Amys sexy Nachthemd. Das muss definitiv mit.

Logan, der über meinen Rücken späht, meint: »Irgendwie machst du mir Angst.«

»Auf eine gute Weise?«, will ich wissen.

Er zuckt mit den Schultern. »Ich weiß nicht.« Mit schräg gelegtem Kopf mustert er mich. »Du meinst es wirklich ernst mit Amy, oder?«

»Hast du das immer noch nicht gecheckt?«, frage ich ihn.

»Langsam wird es«, gibt er zu und geht aus dem Zimmer. »Ich werde mal die anderen einweihen.«

Ich folge ihm in den Flur. »Danke. Ist Amy noch im Bad?«

Grinsend drückt er die Türklinke nach unten. »Abgeschlossen. Also ja.«

»Perfekt.«

Logan lässt mich stehen und geht kopfschüttelnd die Treppe nach unten. Ich klopfe ein paarmal gegen die Tür.

»Einen Moment noch«, höre ich Amys gedämpfte Stimme. »Ich ziehe mir nur kurz etwas an.«

Laut rufe ich zurück: »Meinetwegen musst du das nicht tun.«

Kurz darauf öffnet Amy, leider angezogen, die Tür zum Badezimmer.

»Was brauchst du?«, will sie mit einem Lächeln im Gesicht wissen.

»Dich«, raune ich ihr zu, mache aber keine Anstalten über sie herzufallen. Stattdessen sage ich: »Nein, nur deine Zahnbürste.« Ich gehe zum Waschbecken und schnappe mir ihre Schminkzeugtasche oder wie man das nennt – ich hoffe, es ist wirklich ihre – und packe einige Sachen zusammen, von denen ich denke, sie könnte sie brauchen. Amy beobachtet mich mit gerunzelter Stirn. »Was tust du da?«

Ich gebe ihr keine Antwort und verlasse schnellstmöglich den Raum, in der Hoffnung, dass sie mir hinterherläuft. Ihre Sachen schmeiße ich in die Tasche. Meine Badsachen habe ich bereits früh am Morgen dort hineingetan. »Even?«, fragt sie unsicher.

Mit gespielt finsterer Miene hänge ich mir die Tasche um und gehe auf Amy zu. Bei ihr angekommen, bücke ich mich und werfe sie über meine Schulter.

»Was machst du?«, will sie kichernd wissen.

»Honey, ich entführe dich gerade. Also, hör auf zu lachen.« Um meine Worte zu untermauern, gebe ich ihr einen Klaps auf den Po.

Schwankend gehe ich mit ihr die Stufen nach unten und bin froh, dass ich bereits meine Schuhe anhabe. Sonst würde ich jetzt vor einem kleinen Problem stehen. Amys liegen schon im Wagen, genauso wie unsere Jacken. Ich habe im Vorfeld, hoffentlich, an alles gedacht.

Unsere Freunde sitzen um den Küchentisch herum und ich winke ihnen zu. »Bis bald«, verabschiede ich mich. Gott sei Dank, sehe ich Julian gerade nicht, denn der würde meine Aktion bestimmt verhindern wollen und mir damit meine gute Laune verderben.

»Wollt ihr gar nichts tun?«, ruft Amy den anderen zu.

»Nein«, schreit Nora zurück.

Mat hingegen kommt eilig auf uns zugelaufen. Ich rechne bereits mit dem Schlimmsten, doch er sagt nur: »Ich mache euch die Tür auf.«

Ich zwinkere ihm zu. »Danke. Und schönen Tag noch.«

Dann stapfe ich mit Amy über der Schulter durch den frisch gefallenen Schnee auf meinen Wagen zu. Nachdem ich die Beifahrertür geöffnet habe, hebe ich mein Entführungsopfer von meiner Schulter und setze sie in den Wagen.

»Even, ich habe gar keine …«

»Schuhe?«, unterbreche ich sie, während ich mich nach unten beuge und ihr die Stiefel entgegenhalte.

»Irgendwie begreife ich nicht, was das hier …« Mein Finger verirrt sich auf ihre Lippen, um sie zum Schweigen zu bringen. »Nicht hinterfragen. Nur genießen.«

Amy nickt und beißt mir danach kurz in den Finger. Ach, ich würde sie jetzt so gern küssen. Aber ich reiße mich zusammen und laufe um den Wagen herum. Erleichtert, dass James uns nicht aufgehalten hat, nehme auf dem Fahrersitz Platz. Amy steckt ihre Füße in der Zwischenzeit in ihre Schuhe.

Jetzt nichts wie weg. Ich lenke das Auto auf die Straße nach Breckenridge.

Amy lehnt sich etwas nach vorn, um mich besser ansehen zu können. »Sagst du mir, wo wir hinfahren?«

»In das BlueSky Hotel.«

Aus dem Augenwinkel kann ich Amy dabei beobachten, wie sie ihre Nase kräuselt. »Wieso? Wir haben doch eine Unterkunft.«

Ich kann nicht anders, als zu lächeln. »Ja, aber kein gemeinsames Bett. Und keinen Spa-Bereich. Oder einen Pool. Und auch kein Candle-Light-Dinner.«

Ich werfe einen kurzen Seitenblick auf Amy. Sie nimmt eine ihrer braunen Haarsträhnen zwischen Daumen und Zeigefinger und spielt damit.

»Aber ...«.

»Kein Aber«, unterbreche ich sie. »Ich will einen schönen Tag mit dir verbringen. Wenn du später wieder zurückwillst, dann fahren wir eben zurück. Doch zuerst will ich ein bisschen Zeit mir dir allein haben.« Wenn sie mich jetzt bitten würde umzudrehen, würde ich es natürlich tun. Aber das muss ich ihr ja nicht auf die Nase binden.

»Wir können schwimmen gehen.« Wieso labere ich gerade so viel? Vielleicht, weil ich unheimlich nervös bin.

Amy räuspert sich. »Ich habe keinen Badeanzug dabei.«

Mein Mundwinkel wandert weit nach oben. Ich komme mir schon vor wie Joker aus Batman, da ich nicht mehr mit dem schiefen Grinsen aufhören kann. »Dann schwimmst du eben nackt.« Amy sieht mich böse an, also rudere ich zurück. »Ich habe deinen Bikini dabei. Sehr vorausschauend, dass du ihn eingepackt hast.«

Amys Wangen sind bereits wieder herrlich rot. Ich lenke meinen Wagen auf den Parkplatz des Hotels. »Wir sind da«, weise ich sie auf das Offensichtliche hin. Jetzt, wo es soweit ist, weiß ich gar nicht mehr, ob meine Idee so gut war.

Trotzdem steige ich aus, umrunde das Auto und will Amy die Tür öffnen. Natürlich hat sie das schon längst allein getan. Ich reiche ihr meine Hand und helfe ihr raus. Ich will ihr zeigen, wie ich wirklich bin. Wie ich sein kann, wenn sie mich nur lässt. Amy soll sehen, wie gut das zwischen uns werden könnte.

Mit ihr im Arm und der Reisetasche über der Schulter schlendere ich auf das Hotel zu. Es sieht eigentlich wie unser Blockhaus aus, wobei hier alles fünfmal so groß und zehnmal so teuer wirkt. Ich frage mich, wieso meine Eltern früher nicht hier eingecheckt haben.

Von innen ist das Hotel genauso cool wie von draußen. Ich höre Amy leise »Wow« flüstern. Nachdem ich ihr einen Kuss auf den Scheitel gegeben habe, gehen wir gemeinsam auf die Rezeption zu.

Die Empfangsdame sieht uns freundlich an. »Mein Name ist Even Holm. Ich habe reserviert«, lasse ich sie wissen.

Sie lächelt mich an und beginnt auf ihrer Tastatur herumzuhämmern. »Einen kleinen Moment bitte.« Sie klickt einige Male mit der Maus. »Ah. Da haben wir es ja. Mir fehlen nur noch einige Daten zu ihrer Reisebegleitung.«

Der Drucker beginnt zu rattern und ich ziehe Amy zu mir heran. »Das ist meine Freundin, Amy Harper.« Sofort sieht sie zu mir hoch, jedoch kann ich ihren Blick nicht deuten. Okay, vielleicht hätte ich sie nicht als meine Freundin vorstellen sollen, aber ich wünsche es mir, und sie soll das ruhig wissen.

Die Rezeptionistin zwinkert mir zu. »Dann muss Miss Harper nur noch ihre Daten in dieses Formular eintragen und ich kann ihnen auch schon den Zimmerschlüssel überreichen.«

Amy nimmt den Zettel entgegen und kritzelt darauf herum. Ihre Hand zittert leicht, als sie das Blatt zurückgibt. Ist sie genauso aufgeregt wie ich?

Fröhlich nehme ich die Schlüsselkarte entgegen und lasse mir den Weg zu unserem Zimmer beschreiben.

»Bereit?«, frage ich Amy, als ich mit ihr zu den Aufzügen gehe.

»Ich denke ... ja. Das bin ich.« Das Lächeln, das sie mir schenkt, lässt mein Herz aufgeregt klopfen. Mit einem Ping gleiten die Lifttüren auseinander und wir steigen ein. Amy drückt den Knopf für den dritten Stock. Sobald sich die Schiebetüren wieder schließen, nehme ich sie in den Arm. Ich neige meinen Kopf und reibe mit meiner Nase leicht über ihre. »Ich bin so froh, dass wir hier sind, Honey.« Und dann küsse ich sie.

Amy

Ich stehe im Zimmer und sehe mich um. Ich liebe diesen rustikalen Stil. Alles ist perfekt aufeinander abgestimmt und man hat immer noch das Gefühl, dass man in einer einsamen Berghütte steckt. Nur eben mit dem Luxus, hier auch einen Pool zu haben. Even quetscht sich an mir vorbei, da ich den Weg ins Zimmer versperre.

Er wirkt ein bisschen schüchtern, als er sagt: »Und? Gefällt es dir?«

»Natürlich.« Ich strahle ihn an. »Aber du weißt, dass wir auch so den Tag miteinander hätten verbringen können.«

Even überbrückt den Abstand zwischen uns, nachdem er die Tasche auf das Bett geworfen hat, und zieht mich in seine Arme. »Ich wollte aber mit dir allein sein, ohne dass irgendjemand uns stören kann.« In der nächsten Sekunde fühle ich seine Lippen wieder auf meinen.

»Ich kann nicht sagen, dass es mir nicht gefallen würde.« Vor allem, weil uns nicht mehr viel gemeinsame Zeit bleibt. Übermorgen ist unser Urlaub zu Ende und ich werde in mein Leben zurückkehren – ohne Even. Deshalb möchte ich die letzten Tage mit ihm genießen.

»Du hast etwas von einem Pool erzählt. Wollen wir?« Aufgeregt, wie ich bin, muss ich jetzt irgendetwas tun. Even grinst mich an und geht zurück zum Bett, um mir kurz darauf meinen Bikini entgegenzuhalten.

»Wenn du magst, kannst du dich im Bad umziehen. Ich warte dann hier auf dich.«

So rücksichtsvoll und zurückhaltend habe ich Even den ganzen Urlaub noch nicht erlebt. Ich werde das Gefühl nicht los, dass hier irgendetwas im Busch ist. Fest drücke ich den Bikini gegen meine Brust und gehe verwirrt ins Bad. Nicht, weil ich mich schäme mich vor ihm umzuziehen, sondern weil ich meine Gedanken sortieren möchte. Even benimmt sich schon den gesamten Morgen so merkwürdig. So anders. Denkt er auch nur eine Sekunde darüber nach, dass er mir den Abschied damit nur noch schwerer macht? Was ist mit ihm los? Erst schleppt er mich wie ein Neandertaler ins Auto, dann stellt er mich als seine Freundin vor und nun schickt er mich ins Bad, damit ich mich umziehen kann. Befinden wir uns plötzlich wieder im Paralleluniversum?

Ich streife mir meine Jeans, das Top und meine Unterwäsche ab und schlüpfe in den Bikini, der zugegebenermaßen nicht sonderlich viel verdeckt. Warum ich ihn eingepackt habe, kann ich überhaupt nicht mehr sagen. Ich hatte ganz bestimmt nicht vor mich Even so zu präsentieren. Aber nach allem, was nun schon zwischen uns war, ist Scheu hier fehl am Platz. Stattdessen prickelt meine Haut. Ich hoffe sehr, dass ihm gefällt, was er zu sehen bekommt.

Langsam öffne ich die Badezimmertür und entdecke Even, der auf dem Bett sitzt und darauf zu warten scheint, dass ich herauskomme. Er hat zwei Bademäntel über seinen Arm gelegt und nur noch seine Badehose an. Ich schlucke beim Anblick seiner muskulösen Brust. Snowboarden und Surfen sind mit Sicherheit nicht die einzigen Sportarten, mit denen er sich fit hält. Natürlich haben meine Finger jeden Muskel schon gespürt. Aber ihn so bei Tageslicht zu sehen, ist doch etwas komplett anderes.

Even steht auf und kommt zu mir.

»Gut, dass nur ich dich so sehen kann«, gibt er rau von sich, bevor er wieder einmal meinen Mund durch einen Kuss verschließt. Die Bademäntel fallen auf den Boden, als er seine Arme um mich schlingt und mich fest an sich presst. Meine Finger legen sich automatisch in seinen Nacken und fahren durch seine Haare. Er stöhnt an meinen Lippen auf und lässt mich fast im gleichen Augenblick wieder los.

»Wenn wir noch schwimmen gehen wollen, sollten wir das jetzt tun. Denn noch ein paar Sekunden und ich lasse dich aus diesem Zimmer nicht mehr heraus.« Er klingt mehr als heiser und seine Augen spiegeln meine eigene Leidenschaft wider.

Verlegen bücke ich mich und hebe die Bademäntel auf, um ihm einen zu reichen. »Na dann ... Los geht's.«

Hand in Hand schlendern wir nach unten zur Rezeption und Even lehnt sich auf den Tresen, während er wartet, dass die Frau von eben ihm ihre Aufmerksamkeit schenkt.

Als sie endlich aufblickt, sieht sie uns nur fragend an.

»Der Pool? Wo finden wir den?«

Mit ihrem Finger zeigt sie auf eine Tür, die ins Freie zu führen scheint. »Das Wasser ist beheizt.«

Meine Augen weiten sich und ich sehe Even fragend an. Er zuckt nur mit den Schultern, geht dann aber in die angewiesene Richtung und zieht mich hinter sich her. An der Tür angekommen, muss ich lachen. Vor uns befinden sich zwei Becken, umgeben von Schnee. Selbst auf den Liegen, die im Sommer wahrscheinlich zum Sonnenbaden einladen, liegen einige Zentimeter Schnee, die heute Nacht gefallen sein dürften. Zum Glück scheint die Sonne und taucht den Pool in funkelndes Licht.

»Bist du sicher, dass du da raus willst?« Even sieht mich zweifelnd an und streichelt mir über meinen Arm, während er den Gürtel meines Bademantels fester zieht.

»Ach, von den Temperaturen lassen wir uns doch nicht abhalten. Hast du nicht gehört? Der Pool ist beheizt.« Ich grinse und öffne die Tür.

Eine Welle aus kalter Luft schlägt mir entgegen und ich zucke kurz zusammen, doch dann schüttele ich mich und laufe nach draußen. Der Schnee knirscht unter meinen nackten Füßen und ich traue mich kaum, den Fuß länger als nötig auf einer Stelle stehen zu lassen. Even lässt meine Hand los, wischt den Schnee von einer Liege nahe am Pool und legt seinen Bademantel darauf. Ich tue es ihm gleich und springe schon im nächsten Moment ins warme Wasser. Vielleicht war es nicht wirklich geschickt, unterzutauchen, denn jetzt sind auch meine Haare nass. Als ich an die Oberfläche komme, spüre ich die Kälte umso deutlicher. Aber ich konnte der Versuchung nicht widerstehen, mit einem Schlag von warmem Wasser umgeben zu sein. Even hatte anscheinend mehr Geduld und kommt nur langsam über die Stufen ins Wasser. Ich schwimme auf ihn zu und warte, bis auch er mit dem Oberkörper im Wasser ist und sich am Rand festhält. Dann lege ich meine Arme auf seine Schultern und grinse ihn an.

»Hier lässt es sich doch aushalten, oder?«

»Mit dir auf jeden Fall.« Er schlingt seinen Arm um meine Taille und haucht einen Kuss auf meine Stirn.

»Ein kleines Wettschwimmen?«, fragend sehe ich in seine Augen und verliere mich schon wieder in ihnen.

»Wenn du möchtest? Aber dann über mehrere Bahnen, groß ist der Pool ja nicht gerade.«

»Fünfmal hin und zurück?«

»Du wirst verlieren.« Ein Grinsen überzieht Evens Gesicht.

»Was bekomme ich, wenn ich gewinne?« Mit etwas mehr Anreiz könnte es durchaus spannender werden.

»Hm …?« Even schiebt seine Unterlippe leicht zur Seite, während er seine Stirn in Falten legt. »Wenn du gewinnst, hast du einen Wunsch frei. Und wenn ich gewinne, gehört ein Wunsch mir.«

Sehr kryptisch. Aber warum nicht. Ich glaube, ich wüsste sogar schon, was ich mir von ihm wünschen würde. »In Ordnung.«

Wir schwimmen zum Beckenrand und halten uns daran fest. Even sieht kurz zu mir herüber, bevor er den Wettbewerb mit den Worten »Auf die Plätze, fertig, los!« eröffnet. So fest wie möglich stoße ich mich mit meinem Fuß an der Wand hinter mir ab und tauche einige Meter unter der Oberfläche, bevor ich das erste Mal zum Luftholen nach oben muss und meine Arme über meinen Kopf hebe, nur um sie in der nächsten Sekunde wieder ins Wasser zu tauchen und nach hinten zu ziehen. Ich versuche mich ganz auf den Rhythmus zu konzentrieren und schwimme die ersten Bahnen ohne zu gucken, wo Even ist. Als ich jedoch im Laufe der fünften Bahn aufschaue, sehe ich, dass er schon ein ganzes Stück vor mir schwimmt. Mist! Ich wusste nicht, dass er so gut ist. Aber das heißt noch lange nicht, dass ich ihn kampflos gewinnen lasse. Ich ziehe das Tempo an, schwimme eine Bahn nach der anderen und kann den Abstand wirklich mit jeder Berührung an der Wand verringern. Trotzdem kommt Even ein paar Sekunden vor mir an.

Atemlos ziehe ich mich an den Rand des Beckens. »Glückwunsch! Du hast einen Wunsch frei.«

Ich sehe in ein lächelndes Gesicht. Warum ist er immer noch so entspannt? Hat ihn dieser Wettkampf kein bisschen angestrengt? Er rückt näher an mich heran und streicht mir mit seinen Fingern die Wirbelsäule entlang. »Ich glaube, den hebe ich mir für den Zeitpunkt auf, an dem ich mal richtig Mist baue.« Er lächelt mich schelmisch an, sodass ich nicht mal die Augen verdrehen möchte, weil er gerade so … süß ist.

»Möchtest du noch in den Whirlpool?«

Ich kann nur nicken, denn ich muss immer noch um Atem ringen. Even hebt mich an der Hüfte hoch an den Beckenrand und ich bin geschockt durch die eiskalte Luft, die nun überall auf meine Haut trifft. »Uaaaah.« Doch schon in der nächsten Sekunde steht er neben mir und hebt mich auf seine Arme. Er geht zwei Schritte, dann befinde ich mich wieder im wohlig warmen Wasser. Genüsslich schließe ich meine Augen, während ich mich auf eine Bank sinken lasse und den Kopf auf den Rand lehne. »Das tut gut«, seufze ich.

Even lässt sich neben mich gleiten und ich spüre seine Hand auf meinem Oberschenkel. Ich öffne die Augen und drehe meinen Kopf ein Stück, um ihn anzusehen. Die Zärtlichkeit, die ich in seinen Augen entdecken kann, lässt mich schlucken. Wie oft habe ich mir gewünscht, dass er mich so ansieht.

Even

Ich liebe dich. Ich liebe dich. Ich liebe dich. Keine Ahnung, wie oft ich die Worte in Gedanken wiederhole, aber meinen Mund verlassen sie nicht.

Amy starrt mich an, als hätte ich es laut ausgesprochen. Seufzend lasse ich meinen Kopf in den Nacken fallen. Ich muss einfach wissen, wie sie zu der ganzen Sache hier steht und ob sie nach dem Urlaub einfach mit Jamie weitermachen will wie bisher. Immerhin bin ich meilenweit von ihr entfernt.

»Honey?«, frage ich sie leise.

Amy rutscht ein bisschen näher zu mir heran und ihr Bein streift dabei meines. Sie lehnt ihren Kopf an meine Schulter und greift nach meiner Hand. »Ja?«

»Du weißt, ich bin nicht der Typ, der eine Menge Fragen stellt«, oder überhaupt viel redet, »aber was ist das zwischen Jamie und dir?« Hey! Ich kann den Namen wirklich aussprechen, ohne in Flammen aufzugehen.

»Du zerstörst gerade den Moment«, meint sie leise.

»Amy ... ich muss das wissen. Bleibst du weiterhin mit ihm zusammen?« Wenn sie Ja sagt, weiß ich nicht, wie ich den restlichen Urlaub überstehen soll, ohne verrückt zu werden.

»Wir sind eigentlich gar nicht mehr zusammen«, gesteht sie mir.

»Und uneigentlich?«

Sie lacht leise auf. »Auch nicht.« Ich bleibe still, da ich den Sinn ihrer Worte nicht ganz verstehe. Amy sieht mein Schweigen als Zeichen dafür, dass sie weitersprechen soll. »Jamie ist – oder jetzt wahrscheinlich eher war – mein bester Freund. Wir kennen uns schon eine kleine Ewigkeit.« Sie hebt ihren Kopf und streichelt mit ihrer Nase leicht über meine Wange. »Vielleicht hätte er eine Chance gehabt ... wenn ich dich niemals getroffen hätte.«

Meine Mundwinkel wandern leicht nach oben. »Ich bin eben unwiderstehlich.«

»Das bist du«, flüstert Amy und beißt mir dann leicht in mein Ohrläppchen.

»Wieso warst du mit ihm zusammen?«

»Ich ... keine Ahnung.« Amy setzt sich auf meinen Schoß und lehnt ihre Stirn gegen meine. »Vermutlich wollte ich einfach versuchen dich aus meinen Kopf zu bekommen.«

»Hat ja nicht besonders gut geklappt.« Ich zwinkere ihr zu.

»Nein, ich dachte immer, mit der Zeit wird meine Schwärmerei für dich weniger, aber spätestens als ich dich am ersten Urlaubstag wiedergesehen habe, wusste ich, dass ich mit dieser Vermutung falsch lag.«

»Mein Glück, oder?« Ich grinse Amy immer noch an. »Wann hast du mit Jamie Schluss gemacht?«, will ich wissen. Immerhin ist er einfach aufgetaucht und hat beinahe den perfekten Urlaub zerstört.

Amy verzieht das Gesicht, als würde ihr die Antwort leichte Schmerzen bereiten. »Erinnerst du dich an unseren Beinahe-Kuss?«

Ich nicke. »War nicht gerade meine Glanzstunde«, antworte ich ihr in zerknirschtem Tonfall.

»Meine auch nicht. Ich hätte fast meinen Freund betrogen. Das wollte ich ihm nicht antun, deshalb habe ich mit ihm Schluss gemacht. Übers Telefon.« Sie schlägt die Hände vor das Gesicht. »Also auch nicht unbedingt meine beste Idee. Ich hätte persönlich mit ihm sprechen sollen. Vielleicht wäre er dann auch nicht einfach so aufgetaucht.« Na ja ... ein persönliches Gespräch war ja schlecht möglich, da sie meilenweit von zu Hause entfernt war.

Ich küsse Amy auf den Mundwinkel und lasse meine Hände über ihren Rücken wandern. »Irgendwie wusste ich, dass du kein Mädchen bist, das ihren Freund betrügt. Aber wieso hast du uns nicht gesagt, dass ihr nicht mehr zusammen seid, als er aufgetaucht ist?«

Amy sieht ein wenig verlegen aus. »Ich wollte ihn nicht bloßstellen.«

Ich kann nicht anders, als laut loszulachen.

»Das ist so typisch du, dass ich dir nicht mal böse sein kann.« Danach werde ich wieder ernst. »Dadurch hast du uns aber einen wertvollen Tag gestohlen, den wir miteinander hätten verbringen können.«

Amy schmiegt sich im nächsten Moment ganz fest an mich und drückt mich, als würde sie mich nie wieder loslassen wollen. »Ich werde dich schrecklich vermissen, wenn wir wieder nach Hause fahren.«

Ich vergrabe mein Gesicht in ihren Haaren. Erst jetzt wird mir klar, dass sie immer noch nass sind und Amy sich vermutlich erkältet, wenn wir nicht bald nach drinnen gehen.

»Wir werden so oft wie möglich miteinander telefonieren, okay? Aber jetzt gehen wir besser rein. Ich will nicht, dass du krank wirst.« Zum Beweis halte ich eine ihrer feuchten Haarsträhnen in die Luft.

»Okay«, murmelt sie.

»Dazu musst du mich aber loslassen, Honey«, scherze ich. Ich packe sie an der Taille und hebe sie von mir runter. »Warte kurz. Ich bringe dir deinen Bademantel.«

So schnell wie möglich hüpfe ich aus dem warmen Wasser und atme die kalte Luft stoßweise aus, während ich auf die Bademäntel zulaufe. Wir müssen uns beeilen. Ich habe beim Buchen des Hotels auch gleich Mittagessen aufs Zimmer bestellt, das bestimmt bald geliefert wird. Zurück bei Amy halte ich ihr den Bademantel auf und helfe ihr beim Hineinschlüpfen.

»Es ist echt so kalt hier draußen«, wimmert sie. Ich lege meinen Arm über ihre Schulter, um sie ein wenig zu wärmen.

Amys Zähne machen ein klapperndes Geräusch, während wir auf den Eingang zulaufen.

Ich öffne ihr die Tür und wir verschwinden im Warmen. Endlich. Obwohl ich mir vor Amy nichts anmerken lassen wollte, habe ich das Gefühl, meine Zehen würden jeden Moment abfrieren.

Gemeinsam gehen wir zum Aufzug. Ich hätte Amy gern im Lift geküsst, damit uns ein wenig wärmer wird, doch leider sind wir nicht allein. Ein Page mit einem Rollwagen ist ebenfalls anwesend. Er nickt uns höflich zu.

Ich will auf den Knopf für das dritte Stockwerk drücken, doch er leuchtet bereits. Schweigend fahren wir nach oben. Als wir aussteigen, nickt der Page nochmals.

Meine Hand angelt blind nach Amys und wir gehen gemeinsam zu unserem Zimmer. Hinter mir höre ich das Klirren des Rollwagens und langsam wird mir klar, dass der Typ gerade unser Mittagessen bringen muss.

Ich fische die Zimmerkarte aus dem Bademantel und entriegele die Tür. Der Page hat in der Zwischenzeit hinter uns gehalten. »Wollen sie zu uns?«, frage ich ihn.

»Ihr Mittagessen, Sir!« Mir wurden schon viele Namen gegeben – nicht immer nette –, aber Sir hat mich wirklich noch niemand genannt.

Amy sieht mich erstaunt an. »Wann hast du …?«

Ich gebe ihr einen Kuss. »Schon bei der Buchung«, flüstere ich. »Soll ich ihnen das abnehmen?« Ich deute auf den Wagen.

Er winkt ab. »Das mache ich schon.«

»Gut.« Zu dritt gehen wir in unser Zimmer und ich angele nach meiner Jeans, die ich einfach auf das Bett gelegt habe, um den Pagen ein paar Geldscheine überreichen zu können. »Danke.«

»Guten Appetit. Ich wünsche Ihnen noch einen schönen Aufenthalt.«

»Even … das ist doch zu viel«, meint Amy, nachdem die Tür ins Schloss gefallen ist. Sie deutet auf die silbernen Hauben, unter denen unser Essen darauf wartet, verspeist zu werden. »Das Hotel, das Essen.«

Ich gehe auf sie zu und lege meine Hände an ihr Gesicht. »Für dich ist es noch viel zu wenig.« Meine Stirn lehne ich gegen ihre. »Und ich habe nur Burger bestellt.«

Sie strahlt mich an. »Burger?«

»Genau. Mit Pommes.«

Sofort springt sie auf das Essen zu. »Ich habe so einen Hunger. Du hast mich ohne Frühstück aus dem Haus gehen lassen.«

»Genauer gesagt, habe ich dich getragen.« Ich nehme die Haube von dem ersten Teller.

»Sieht das gut aus!« Im selben Moment höre ich Amys Magen auch schon knurren. »Aber wo sollen wir uns hinsetzen? Es gibt keine Essecke.«

»Wir können den Wagen vors Bett schieben?«, schlage ich vor. »Oder wir setzen uns auf den Boden? Alternativ kann ich dir auch noch meinen Schoß anbieten, aber dann kann ich nicht versprechen, dass du noch zum Essen kommst.«

Amy streckt ihre Hand aus und deutet aufs Bett. Lachend schiebe ich den Wagen dorthin, während auch mein Magen sich knurrend meldet. Ich muss lachen. »Nicht nur du bist heute ohne Frühstück aus dem Haus gegangen.« Wir lassen uns aufs Bett fallen und ich beiße in meinen Burger. Glücklich sehe ich zu Amy rüber, die ebenfalls zu essen beginnt.

15.

31. Dezember (Nachmittag)

Amy

Die Augen geschlossen liege ich auf einer Liege und höre der leise klingenden Musik zu. Sanfte Hände wandern über meinen Körper und verteilen Öl darauf, das ein feines Rosenaroma verströmt. Für einen Moment gebe ich mich der Illusion hin, dass es Evens Hände sind, die gerade meinen Rücken bearbeiten, doch eine weibliche Stimme, die mich kurz darauf leise mit »Alles zu ihrer Zufriedenheit?« anspricht, reißt mich aus diesem Tagtraum.

»Ja, alles bestens«, gebe ich an die Masseurin zurück. Sie macht ihre Arbeit wirklich hervorragend und ich genieße das Verwöhn-Paket, das Even für mich gebucht hat. Er scheint mir die letzten Tage hier im Urlaub wirklich noch mal komplett versüßen zu wollen.

Ich bin schon so gespannt auf heute Abend, denn er hatte ja ein Candle-Light-Dinner erwähnt. Aber auch das schlechte Gewissen dem Rest der Truppe gegenüber macht sich in meinem Kopf breit. Wir sind schließlich hierhergekommen, um das erste Mal alle gemeinsam Silvester zu verbringen, ohne unsere Eltern. Auch wenn es mehr als verlockend wäre, mit Even diese Nacht im Hotel zu verbringen … vielleicht können wir ja nach der gemeinsamen Feier hierher zurückkommen?

Die Masseurin widmet sich mittlerweile meinen Beinen und ich ziehe scharf die Luft ein, als sie auf einen vom Snowboarden oder Schlittschuhlaufen verspannten Muskel trifft.

»Wenn es zu fest ist, müssen Sie es nur sagen«, meldet sie sich sanft zu Wort, passend zu den Klängen, die aus den Boxen tönen.

»Nein, es ist himmlisch.« Ich entspanne mich wieder und genieße die Zeit, die Even mir hier ermöglicht. Er scheint mich absolut verwöhnen zu wollen. Ein normaler Nachmittag zu zweit wäre auch super gewesen, aber wer sagt schon Nein zu einem solchen Wellnessprogramm?

Ich spüre, wie ein warmes Handtuch über meinen Körper gelegt wird. »Ruhen sie sich jetzt noch ein wenig aus, ich komme in fünf Minuten wieder«, verabschiedet sich die junge Frau von mir und verlässt den Raum.

Ich versuche mich auf die Musik zu konzentrieren und die Wärme in meine Muskeln hineinzulassen, als die Tür sich erneut öffnet.

»Sind die fünf Minuten ...« Ich verstumme als ich über meine Schulter blicke. In der Tür steht nicht die blonde Frau von eben, sondern Even, der mich verschmitzt anlächelt.

»War es gut?« Er kommt auf mich zu und zieht sich einen Stuhl neben meinen Kopf. Langsam hebt er das Handtuch hoch und seine Augen bekommen einen strahlenden Glanz. »Sehr nett, Miss Harper.«

Ich versuche ihn wütend anzufunkeln, doch es gelingt mir mehr schlecht als recht. Spätestens dann nicht mehr, als er sich zu mir herunterbeugt und mir einen Kuss zwischen meine Schulterblätter haucht.

»Even, lass das«, gebe ich lachend von mir. »Sie kommt gleich wieder. Was machst du überhaupt hier?«

»Sicherstellen, dass du dich nicht davonmachst, jetzt, wo du wieder so entspannt bist, dass ich dich wahrscheinlich bei einem Wettrennen nicht einholen würde.«

Ich drehe mich auf der Liege um und setze mich leicht auf, während ich das Handtuch mit einer Hand über meinen nackten Oberkörper ziehe. Mit der anderen streichele ich Evens Wange und fahre über seine Unterlippe. »Warum sollte ich wegrennen. Alles, was ich will, ist hier.« Auch wenn ich es nur noch zwei Tage haben kann ...

Damit er die Tränen auf keinen Fall sieht, die bei diesem Gedanken langsam in meine Augen steigen, rutsche ich näher an ihn heran und ziehe ihn für einen Kuss zu mir. Als sich unserer Lippen berühren, verdrängt das wunderschöne Gefühl die Trauer in meinem Inneren. Ich setze mich ganz auf, während Even zwischen meine Beine rutscht, um mich noch näher an sich heranzuziehen.

»Wann kommt sie wieder?«, flüstert er an meinen Lippen.

»Wer?« Zu keinem klaren Gedanken mehr fähig, weiß ich nicht, wovon er spricht.

Even lacht leise auf. »Die Frau, die dich eben verwöhnen durfte.«

»Du wolltest den Job ja anscheinend nicht übernehmen.« Langsam fahre ich mit meiner Zunge an seinem Hals entlang, bis ich am Schlüsselbein ankomme und ihn ganz zart küsse.

Even stöhnt auf. »Den Job nehme ich gerne. Ich würde sogar mein Studium sausen lassen, damit ich meine Hände jeden Tag auf dir haben kann.«

Jeden Tag – wie gern würde ich seine Worte ernst nehmen. Sofort verdränge ich die leise Hoffnung, die aufzukeimen beginnt. Ich darf mich nicht verrennen, sonst schmerzt der Abschied noch mehr, als er es sowieso schon tun wird. Stattdessen möchte ich mich ganz darauf konzentrieren, die restliche Zeit mit ihm auszukosten.

Ich flüstere in sein Ohr. »Dann fang am besten gleich damit an.«

»Wie?« Even scheint irritiert zu sein.

»Lass uns in unser Zimmer gehen und wir stellen den Vergleich an, wer mehr Talent hat, du oder die Masseurin.« Ich grinse ihn frech an. Anscheinend habe ich genau die richtigen Worte gewählt, denn Even schnappt sich den Bademantel, der an der Tür hängt, und hält ihn mir wortlos auf. Das Handtuch fällt zu Boden, als ich einen Arm nach dem anderen hineinstecke und Even den Gürtel vor meinem Bauch verknotet. Dann schnappt er sich meine Hand und zieht mich ohne ein weiteres Wort durch zahlreiche Korridore zum Aufzug.

Kaum haben sich die Aufzugtüren hinter mir geschlossen, finde ich mich auch schon mit dem Rücken an der Wand wieder. Even schiebt seine Finger unter den Bademantel und lässt sie über meinen Bauch wandern. Verlangend hebe ich meinen Kopf und knabbere an seiner Unterlippe. Mit einem leisen Stöhnen öffnet er den Mund und unsere Zungen finden sich zu einem sinnlichen Spiel.

Das Ping der Türen lässt uns erschrocken auseinanderfahren. Doch es steigt niemand ein, sondern wir sind auf unserem Stockwerk angekommen. Ich richte den Bademantel und schiebe meine Hand in Evens, der mich hinter sich her zu unserem Zimmer zieht.

Mit einem Grinsen auf dem Gesicht steckt er die Karte in den dafür vorgesehenen Schlitz und dreht sich zu mir um.

»Ich bin mir sicher, die Masseurin stinkt gegen mich ziemlich ab.«

Even

Ich schiebe Amy ins Zimmer und auf das Bett zu. Von hinten lege ich meine Arme um ihren Körper und knabbere an ihrem Hals. Meine Hände lösen langsam die Schleife ihres Bademantels. Ich würde alles dafür geben, um sie jetzt von vorn betrachten zu können. Seit ich Amy heute Vormittag in ihrem knappen Bikini gesehen habe, kann ich an nichts anderes denken, als daran, sie vollkommen auszuziehen.

Ich will ihr jedoch die Entscheidung überlassen, wie viel sie mir zu sehen gibt. »Ich gehe kurz ins Badezimmer und hole etwas Öl. Die haben doch bestimmt so etwas.«

Auch wenn es mir fast körperliche Schmerzen bereitet, löse ich mich von ihr und hole eine Flasche Bodylotion, da ich nichts anderes finden kann. Meinen Bademantel streife ich ab, während ich zu Amy zurückgehe. Sie liegt bereits auf dem Bett. Wie erstarrt bleibe ich stehen und genieße den Anblick. Dieses Mädchen ist so heiß, ich glaube, ich bekomme mein ganzes Leben lang nicht genug davon, sie einfach nur anzusehen. Okay. Ein bisschen Anfassen muss auch drin sein.

Ich muss einige Male schlucken, bis ich es schaffe, mich auf sie zuzubewegen. Im Moment bin ich ziemlich froh, dass ich noch meine Boxershorts trage.

Ich lege mich neben sie und beginne sanft mit meinen Fingern über Amys Haut zu streichen. Bereits ab der ersten Berührung kann ich erkennen, dass sich die feinen Härchen an ihren Armen aufstellen.

»Gefällt dir das?«, frage ich sie.

»Ja«, krächzt sie und bringt mich damit zum Schmunzeln. Ich richte mich auf und beginne ihren Rücken mit Küssen zu übersäen. Scheiß auf die Bodylotion. Das hier ist so viel besser.

»Besser als die Massage vorhin?« Ich will es schon ganz genau wissen.

Amys Kopf liegt auf der Seite und ich kann erkennen, dass sie ihre Augen geschlossen hat. »Viel besser.«

Jetzt bin ich zufrieden. Meine Hände wandern weiter nach unten bis zu ihrem Po, während ich weiterhin Küsse auf ihrem Oberkörper verteile.

»Honey, ich muss dich etwas fragen?«

Amy dreht ihren Kopf und sieht mich fragend an. Damit sie ihren Hals nicht so verdrehen muss, lege ich mich wieder neben sie, lasse aber meine Hände weiterhin über ihren Körper gleiten.

»Was hältst du davon, wenn ich, nachdem der Urlaub vorbei ist, noch ein paar Tage mit zu dir komme?«

Erschrocken weiten sich ihre Augen. »Wie … was …«, beginnt Amy zu stottern, doch ich lasse sie gar nicht erst richtig zu Wort kommen.

»Ich habe noch ein paar Tage Zeit, bis ich aufs College muss. Nora könnte den Wagen zurück zu unseren Eltern bringen und ich … könnte doch den Rest der Ferien mit dir verbringen.« Da ich mir nicht sicher bin, ob meine Idee besonders gut ist, wende ich verlegen den Blick ab. »Den Flug könnte ich umbuchen und von dir aus zurück nach Kalifornien fliegen.« Viel lieber würde ich bei ihr bleiben, aber ich muss irgendwann zurück aufs College. Vermutlich würden auch Amys Eltern leicht durchdrehen, wenn sie mich einfach so mitschleppen würde. Andererseits … sie kennen meine Familie und mich seit Jahren, also würde sich das Drama wohl in Grenzen halten.

»Even …«, flüstert sie. »Heißt das, du willst unser Arrangement verlängern?«

Eifrig nicke ich. »Ja. Unbedingt.«

Amy schluckt einige Male. »Bis zum Ende deiner Ferien?« Ich bin mir nicht sicher, aber ich glaube, in ihren Augen Tränen schimmern zu sehen.

»Ich hatte an ein wenig länger gedacht.«

»Even … es wird doch für mich von Tag zu Tag schwerer, dich gehen zu lassen. Erst recht, wenn du mit mir mitkommst.« Amy schluchzt auf.

Sofort ziehe ich sie an meine Brust. »Nicht weinen, Honey. Ich habe doch gesagt, dass ich an einen längeren Zeitraum gedacht habe.« Ich küsse jeden Zentimeter ihres Gesichtes und langsam wird sie wieder ruhiger.

»Wie lange, Even? Wie viel Zeit gibst du uns?«, murmelt sie gegen meine Brust.

Wie konnte dieses Gespräch nur so schieflaufen? In Zukunft werde ich mir eine Stichwortliste oder einen Drei-Punkte-Plan oder so was zulegen, damit ich es nicht wieder so grandios vermassele. Mein Herz klopft panisch in meiner Brust. Was ist, wenn ich Amy verliere, nur weil ich nicht die richtigen Worte finde?

Ich drücke sie leicht von mir weg und sehe ihr fest in die Augen. »Solange du mich willst, Honey. Aber von mir aus für immer.« Zärtlich hauche ich ihr einen Kuss auf die Lippen. »Amy Harper, ich liebe dich.«

Mit offenem Mund starrt Amy mich eine Weile an, sagt jedoch kein Wort. Langsam bekomme ich Panik, dass sie mich abweist, doch dann schlingt sie ihre Arme um mich und küsst mich. »Ich liebe dich auch.«

Zittrig lächele ich sie an. »Wirklich?« Ich kann nicht fassen, dass ich – obwohl ich mich die meiste Zeit wie ein Idiot verhalten habe – das perfekte Mädchen für mich gewinnen konnte.

Sie nickt. »Ja.«

Ich reibe meine Nasenspitze gegen ihre und meine Hände legen sich an ihre Taille. Mit leichtem Druck drehe ich sie auf den Rücken und lege mich auf sie, um ihr näher zu sein. Sie zieht meinen Kopf zu sich heran und unsere Lippen finden einander sofort. Tastend schiebe ich meine Zunge in ihren Mund und genieße dieses völlig neue Gefühl, das durch meinen Körper wandert und jede Berührung zehnmal intensiver macht als zuvor.

Ich habe keine Ahnung, wie lange wir uns küssen, doch irgendwann schieben Amys Hände meine Badehose nach unten und ich strampele sie ungeschickt von meinen Beinen.

Fahrig taste ich nach dem Nachttisch, in dessen Schublade ich einige Kondome gelegt habe, und rolle mir eins über.

Schwer atmend lehne ich meine Stirn gegen ihre. »Amy, ich weiß, die Frage ist jetzt vielleicht unpassend …«, beginne ich, »… aber bist du meine Freundin?«

»Ja«, flüstert sie, während sie ihre Beine um meine Hüften schlingt und mich zu einem weiteren Kuss an sich heranzieht.

16.

31. Dezember (Abend)

Amy

»Kannst du mir mal helfen?«, rufe ich aus dem Bad ins Zimmer hinein. Es ist ein Wunder, dass ich überhaupt ein dezentes Make-up hinbekommen habe, da ich mir vor Aufregung beinahe mit dem Kajal das Auge ausgestochen habe. Ich bin tatsächlich mit Even zusammen. Er will mich. *Mich.*

Even steckt seinen Kopf durch die Tür und seine Augen wandern an meinem Körper entlang. Sehnsüchtig, verlangend, besitzergreifend. Ich muss lächeln. Dass er mich irgendwann so anschauen würde, hätte ich nie zu träumen gewagt. Noch dazu in einem Kleid, das er für mich ausgesucht hat. »Wobei?«

Ich drehe ihm meinen Rücken zu und zeige auf den Reißverschluss des Kleides. Jetzt folgt auch der Körper seinem Kopf durch die Tür hindurch und er stellt sich hinter mich, sodass wir uns beide im Spiegel anschauen können. Seine Finger gleiten langsam über die nackte Haut meines Nackens hinunter zu meiner Hüfte und eine Gänsehaut überzieht meinen gesamten Körper.

Natürlich bemerkt er es sofort und das verschmitzte Grinsen, das ich so an ihm liebe, schleicht sich wieder auf sein Gesicht. Nun sieht er fast so aus wie der Teenager, in den ich mich damals verliebt habe.

»Du sollst den Reißverschluss schließen«, hauche ich heiser.

»Ich glaube, deine Anweisung war etwas unklar. Bist du sicher, dass ich dir nicht das Kleid ausziehen soll?« Seine Lippen legen sich auf meinen Nacken und doch lässt er den Augenkontakt im Spiegel nicht abreißen.

»Bin ich.« Doch meine Stimme klingt alles andere als fest. Ich kann nicht anders, als ihn im Spiegel anzustarren. Seine blonden Haare, die sich so herrlich weich anfühlen, wenn ich meine Finger darin vergrabe, sein Mund, den ich nur zu gern auf meinem fühle. Dieser Kerl bringt mich wirklich noch um den Verstand. Seine Lippen wandern meinen Hals bis zur Schulter hinunter und er schiebt den Träger hinunter, um sich auch ihr widmen zu können. Ich beiße auf meine Unterlippe und lasse mich gegen ihn sinken, als es an der Tür klopft.

»Mist«, grollt Even hinter mir und ich muss schmunzeln. »Das werden die anderen sein.«

»Sie sind hier?« Ich schaue ihn mit weit geöffneten Augen an.

»Hast du wirklich gedacht, ich klaue uns allen das Silvester, das wir uns erträumt haben?« Er küsst mich noch ein letztes Mal auf den Hals, schiebt den Träger wieder an die richtige Stelle und schließt in einer glatten Bewegung den Reißverschluss an meinem Rücken. Warum nicht gleich so? Dann wären meine Wangen jetzt weniger gerötet und mein Herz würde bestimmt einige Takte langsamer schlagen.

»Nein, aber ich dachte, wir fahren vielleicht später zu ihnen.« Nervös streiche ich über meine Haare und prüfe noch schnell mein Make-up. Passt alles so? Even dreht mich zu sich herum und nimmt meine Hände in seine.

»Sorry, falls du dir das Abendessen nur zu zweit ausgemalt hast.« Etwas betreten sieht er zu Boden, als es schon wieder an der Tür klopft. Diesmal energischer.

»Schon okay.« Ich drehe mich um und streichele ihm über die Wange, bevor ich sanft mit meinen über seine Lippen streiche und aus dem Bad in Richtung Tür gehe. »Der Tag war wunderschön. Jetzt können die anderen ruhig an unserem Glück teilhaben.«

Kaum habe ich den Türgriff in der Hand, klopft es schon wieder.

»Könnt ihr vielleicht mal nicht ganz so ungeduldig sein?«, werfe ich Logan entgegen, der seine Hand erhoben hat, um nochmals gegen die Tür zu klopfen. Ich sehe in den Flur, entdecke aber niemanden sonst.

Mit gespielt grimmigem Gesichtsausdruck murrt er: »Was dauert das denn so lange?« Dann wandert sein Blick an mir herunter und er hebt anerkennend die Augenbrauen. »Nicht schlecht, Küken.«

Im nächsten Moment befinde ich mich in seinen Armen und er drückt mich fest an sich. »Bist du glücklich?«, flüstert er mir ins Ohr.

»O ja«, bekomme ich noch heraus, bevor ich Evens Hand auf meiner Schulter fühle, die mich ein Stück von Logan wegzieht.

»Sie gehört jetzt zu mir.« Der Stolz in seiner Stimme ist nicht zu überhören. Ich grinse Logan an, der mir nur zuzwinkert, bevor er sich an Even wendet.

»Na ja, einen Versuch, sie dir auszuspannen, konnte ich doch wagen.« Nach einem Blick in Evens entsetztes Gesicht muss ich lachen und Logan stimmt in mein Lachen mit ein. »War nur ein Scherz, Alter. Krieg dich wieder ein!« Kein sonderlich guter, wenn man Even so betrachtet.

»Wie witzig«, murmelt er nur.

»Wo ist der Rest?« Ich greife nach Evens Hand, um ihn mit hinaus in den Flur zu ziehen.

Logan nickt in Richtung Aufzug. »Sie warten unten auf uns. Ich wurde losgeschickt, um euch Turteltauben zu holen.«

Evens Hand, die meine noch vor einer Sekunde festgehalten hat, als würde er mich nie wieder loslassen wollen, entspannt sich und ich streichele leicht mit meinem Daumen über seinen Zeigefinger, während ich ihm ein Lächeln schenke, in der Hoffnung, er versteht, wie glücklich er mich mit diesem Tag gemacht hat.

»Gehen wir mal besser runter, bevor Nora noch auf die Idee kommt, hochzukommen und das Zimmer zu übernehmen.«

Als wir im Aufzug nach unten fahren, reibe ich nervös meine Hände ineinander, denn ich weiß wirklich nicht, wie Nora, Mat und Lin nun reagieren werden. So sehr sich Logan anscheinend für uns freut, so wenig bin ich sicher, wie die anderen auf die Veränderung reagieren werden. Wird es etwas zwischen Nora und mir ändern? Wie wird Lin reagieren? Schließlich war sie von Anfang an skeptisch und hat mir geraten, meine Finger von Even zu lassen. Ob sie an Evens Verwandlung glauben kann?

Seine Hand liegt in meinem Rücken und streichelt darüber. Als würde er ahnen, welche Gedanken mir durch den Kopf gehen, rückt er noch ein Stück näher zu mir und flüstert mir ins Ohr: »Mach dir keine Sorgen. Es sind nur unsere Freunde.«

Ich nicke kaum merklich. Und dann öffnen sich auch schon die Türen des Aufzugs.

»Da sind sie ja!« Nora springt mir aufgeregt in die Arme und wirft mich gegen ihren Bruder, der hinter mir aus dem Aufzug getreten ist.

»Wow. Immer langsam Nora«, sagt Even lachend, während er mir wieder seinen Arm um die Hüfte legt. Eingekesselt zwischen den beiden Holm-Geschwistern beginne ich zu grinsen.

»Du hast also wirklich Nägel mit Köpfen gemacht?«, sagt Nora so laut, dass es vermutlich jeder einzelne Gast des ganzen Hotels hört. »Wahnsinn, dann sollte ich wirklich doppelt aufpassen. So eine tolle Schwägerin bekomme ich mein Lebtag nicht noch einmal.« Sie greift nach meiner Hand und zieht mich von ihrem Bruder weg zu Lin und Mat. Perplex stolpere ich hinter ihr her. Zumindest um Noras Reaktion hätte ich mir also keine Gedanken machen müssen. Kann es wirklich so einfach sein? Ich vermisse nach ein paar Sekunden zwar schon schmerzlich Evens Hand auf meinem Körper, trotzdem wächst gleichzeitig die Nervosität vor der Begegnung mit Lin immer mehr. Fragend schaue ich in ihr Gesicht, doch auch dort kann ich nur ein ehrliches Lächeln erkennen.

»Dass Even sich mal auf ein einziges Mädchen festlegt, hätte ich nicht für möglich gehalten. Aber ich freue mich, dass du es bist, Amy«, flüstert sie mir ins Ohr, als sie mich in ihre Arme zieht.

»Kann ich mal kurz mit dir reden?«, fragt Even hinter mir.

Ich drehe mich um, da ich annehme, dass er mit mir spricht, doch er hat die Hand auf Mats Schulter gelegt und sieht ihn bittend an.

Mat runzelt die Stirn. »Ähm … ja, natürlich.«

Entschuldigend sehe ich Lin an. »Ich gehe mal kurz …«

»Kein Problem. Ich quäle Logan einfach noch ein bisschen.« Ihr Gesichtsausdruck bringt mich zum Lachen.

Als ich näher an Mat und Even herangehe, höre ich meine Freund sagen: »… wollte nur, dass du weißt, dass ich dir wegen Chelsea nicht mehr böse bin.«

Mat hat seine Hände in die Taschen gesteckt und sieht schuldbewusst zu

Boden. »Even, wenn ich gewusst hätte, wie viel sie dir bedeutet, hätte ich nie …«

Even winkt ab, als ich mich neben ihn stelle. Sofort legt er seinen Arm um mich. »Mach dir keinen Kopf. Ich habe einfach ein Mädchen gebraucht, dass mir zeigt, was für ein Idiot ich war.«

Mat lacht leise. »Das bist du nicht. Nicht wirklich. Aber im Ernst, ich wusste es nicht. Du musst mir glauben. Erst viel später habe ich von Nora erfahren, dass du in sie verliebt warst. Ich meine, irgendwie war mir immer klar, dass etwas in diesem Urlaub passiert ist, nur wusste ich ziemlich lange nicht, dass ich mit Schuld daran bin.«

Even lacht laut auf. »Jetzt ist es ja auch egal. Ich dachte sowieso, dass es Logan war. Leider ist es nun zu spät, auch mit dir einen Wettstreit anzufangen, wer die heißesten Mädchen aufgabelt.« Kurz hält er inne. »Wobei … ich würde gewinnen. Amy ist einfach der Hauptgewinn.«

Ich bin mir nicht sicher, ob ich ihn für seinen Kommentar schlagen oder umarmen soll. Eine Mischung aus beidem wäre vermutlich eine gute Idee. Wenn ich an Chelsea zurückdenke, kommt es mir fast wie ein Wunder vor, dass er mich ihr vorziehen würde. Und insgeheim bin ich ihr dankbar, dass sie damals so unfassbar dumm war.

Mat ignoriert Evens Witz – ich hoffe, dass es einer war – und fragt: »Dann ist alles okay zwischen uns?«.

Even streckt ihm die Hand entgegen. »Auf jeden Fall.«

Das Lächeln auf Mats Gesicht lässt ihn strahlen. »Gut. Wollen wir dann langsam mal wieder reingehen?«, sagt er an die ganze Gruppe gewandt. Ich drehe mich um und sehe, dass Lin, Nora und Logan ebenfalls dicht bei uns stehen. Natürlich haben sie gelauscht. Was sonst! Aber ich kann ihnen nicht böse sein.

Mat sieht zum Eingang des Restaurants, der sich direkt neben dem Empfangstresen befindet.

»Natürlich.« Ich löse mich von Even, lasse es mir aber nicht nehmen, Mat wenigstens kurz zu drücken. Den Rest der Gruppe habe ich ja bereits geknuddelt.

Even steht sofort wieder hinter mir und greift nach meiner Hand, während wir gemeinsam mit unseren Freunden den Raum betreten, der von warmem Kerzenlicht durchflutet ist.

»Wow«, flüstere ich andächtig.

»Gefällt es dir?« Even sieht mich fragend an. Die Unsicherheit in seinem Blick ist neu, aber sie steht ihm. Es gefällt mir, wenn er nicht immer versucht, den obercoolen Macho raushängen zu lassen, sondern etwas von dem zeigt, was eigentlich in ihm steckt.

»Und wie. Die Überraschung heute ist dir wirklich gelungen.« Ich stelle mich auf die Zehenspitzen und gebe ihm rasch einen Kuss auf die Wange.

Even

Mit meiner Hand in Amys Rücken führe ich sie zu unserem Tisch. Überall um uns herum sitzen Pärchen und obwohl ich den heutigen Abend gern mit ihr allein verbracht hätte, bin ich dennoch froh, dass auch meine Freunde hier sind.

Und das sind sie nach diesem Urlaub ganz bestimmt wieder: meine Freunde. In Zukunft werde ich mich nicht nur bei Amy täglich melden, sondern auch regelmäßig bei den anderen. Das ist mein Vorsatz für das neue Jahr.

Ich rücke Amy den Stuhl zurecht und nehme dann neben ihr Platz. Nora setzt sich rechts von mir hin und Lin gegenüber.

Letztere lächelt mich an. »Ich bin schockiert, Even«, meint sie und stützt ihre Arme auf dem Tisch auf. »Du hast ja doch Manieren.«

Mein Mundwinkel zuckt belustigt nach oben. »Psst. Nicht so laut. Muss ja nicht jeder wissen. Das lässt die Erwartungen steigen.« Mat und Logan, die sich auf die freien Stühle gesetzt haben, starren mich ungläubig und leicht belustigt an.

»Du weißt schon, dass du die Messlatte ziemlich hochgelegt hast«, flüstert mir Amy ins Ohr.

Ich ziehe mich ein kleines Stücken zurück. Nur soweit, dass ich meine Stirn gegen ihre lehnen kann. Gerade als ich sie küssen will, räuspert sich Lin. »Nichts für ungut, aber … geht das jetzt die ganze Zeit so?«

Ich beiße mir auf die Lippe. »Ich denke schon, ja.«

»Zumindest bis zur Abreise«, mischt sich Nora ein. In diesem Moment wird mir klar, dass meine Schwester noch gar nicht weiß, dass ich nicht mit ihr gemeinsam nach Hause fahren werde.

Entschuldigend sehe ich sie an. »Eigentlich wollte ich mit Amy zu ihr nach Hause fahren und noch ein paar Tage gemeinsam mit ihr verbringen, bevor ich wieder zurück ans College muss.« Ich lächele glücklich in die Runde.

Nora stützt ihren Kopf auf den Händen ab. »Wenn ich mich nicht so für euch beide freuen würde, wäre ich jetzt richtig sauer.«

Eine Standpauke bleibt mir erspart, da der Kellner nach unseren Getränkewünschen fragt. Das Essen müssen wir nicht erst bestellen, da es eine feste Menüabfolge gibt.

Nachdem er den Tisch wieder verlassen hat, geht die Befragung unserer Freunde weiter.

»Und ihr seid jetzt richtig zusammen?«, möchte Mat wissen.

»Ja, Amy ist jetzt meine feste Freundin.«, antworte ich stolz.

Lin mischt sich sofort ein: »Sorry, dass ich die Spielverderberin raushängen lasse ... aber habt ihr euch mal Gedanken gemacht, wie es mit euch weitergeht? Irgendwann musst du zurück aufs College, Even.«

Ich lege meinen Kopf in den Nacken und starre an die Decke. Erschrocken zucke ich zusammen, als der Kellner plötzlich einen Teller vor mich stellt.

»Ich denke, das ist eine Sache zwischen Even und mir«, kommt mir Amy zu Hilfe. Dankbar greife ich nach ihrer Hand und streichele sanft mit meinen Daumen darüber.

»Aber wenn ihr die Kurzform hören wollt: In ein paar Monaten geht Amy hoffentlich aufs gleiche College wie ich. Bis dahin führen wir eine Fernbeziehung.« Lin nickt anerkennend.

»Genau«, stimmt Amy zu. »Außerdem gibt es an meiner Schule im Februar Winterferien.«

»Dann kommt bald darauf Ostern.« Mat sieht Lin mit schräg gelegtem Kopf an.

Nora zeigt mit ihrer Gabel auf Lin. »Spring Break.«

»Und nach den Sommerferien sind sie bereits am selben College«, meint Logan lächelnd.

»Okay«, gibt Lin sich geschlagen. »So verliebt wie er«, sie zwinkert mir zu, »dich ansieht, Amy, mache ich mir keine ernsthaften Gedanken. Ich wollte es nur mal gesagt haben.« Typisch Lin. Denkt immer zuerst an alle Konsequenzen, statt einfach auf ihr Herz zu hören.

Da für unsere Freunde die wichtigsten Themen bezüglich Amy und mir nun anscheinend abgehakt sind, genießen wir gemeinsam unser Abendessen. Bei der Nachspeise angelangt, lehnt Lin sich zurück und verschränkt ihre Hände über ihrem Bauch. »Ich bin so vollgegessen. Ihr könnt mich jetzt zurück zur Hütte rollen.«

Logan legt seinen Arm über die Rückenlehne ihres Stuhls. »Keine gute Idee, Prinzesschen.«

»Wieso?«

»Weil wir jetzt noch ausgehen. Oder habt ihr vergessen, wieso wir hier sind?«

»Natürlich nicht«, meint Lin und schnippt Logan mit dem Zeigefinger gegen seine Nase.

»Dann holt mal eure Jacken«, fordere ich die anderen auf. »Wir machen jetzt Party.«

»Müssen wir nicht erst bezahlen?«, will Amy von mir wissen, als ich ihr die Hand reiche.

»Nein, alles schon erledigt, Honey.«

Amy legt ihre Hände auf meine Schultern und haucht mir einen Kuss auf die Lippen. »Danke, Even. Ich glaube, das hier wird der schönste Silvesterabend meines Lebens.«

Ich winke ab. »Darauf würde ich mich nicht verlassen.«

Erstaunt sieht sie mich an. »Ist das eine Drohung?«

»Nein, ein Versprechen für die Zukunft.«

»Oh, Even«, haucht sie und lässt sich von mir umarmen.

»Kommt ihr endlich?«, will Logan wissen und zwinkert mir zu. Er kann es einfach nicht lassen in den unpassendsten Momenten dazwischenzufunken.

Aber ich habe mich damit abgefunden. Immerhin habe ich mit Amy den Hauptpreis gewonnen, also gönne ich ihm den Spaß, uns ein wenig zu ärgern. Wobei ich mich mit dem Gedanken, dass ich zusätzlich zu meinem Mädchen auch ihren beschützenden besten Freund dazu bekomme, erst arrangieren muss.

Amy zieht an meinem Ärmel. »Sie werden ungeduldig. Wir sollten besser gehen.«

»Ja, denke ich auch.« Seufzend mache ich mich von Amy los. Im Foyer angekommen, bitte ich die anderen zu warten, da ich noch kurz Amys und meine Jacken holen muss. Zu ungeduldig, um auf den Aufzug zu warten, laufe ich die Treppen nach oben, schnappe mir die Sachen und haste genauso schnell wieder nach unten.

Logan lacht, als ich keuchend wieder bei ihnen ankomme. »Du kannst dich wohl keine zwei Minuten von Amy trennen.«

Grinsend erwidere ich: »Nein, wirklich nicht.« Ich helfe meiner Freundin in die Jacke und gemeinsam schlendern wir durch das verschneite Breckenridge bis hin zum Ortskern.

Von überall her kommt Musik. Alle Clubs und Pubs haben draußen Bars aufgebaut. Gott sei Dank stehen in regelmäßigen Abständen verteilt Heizpilze, denn sonst würde Amy sich in ihrem Kleid vermutlich zu Tode frieren.

Wir laufen durch die Straßen, bis Lin darauf besteht, tanzen zu gehen. Sie schiebt uns alle auf eine provisorische Tanzfläche. Anstatt wie die anderen wild zu den Beats herumzuspringen, ziehe ich Amy in meine Arme und schunkele mit ihr zur Musik.

»Geht's?«, flüstere ich ihr ins Ohr und reibe über ihre Jacke, damit ihr wärmer wird.

»Solange du so nah bei mir bleibst, kann mir gar nicht kalt werden«, gibt sie lächelnd zurück.

»Ich würde nirgendwo lieber sein, als bei dir.«

Amy lacht leise auf. »Hoffentlich kann ich mich irgendwann noch an diesen neuen Even gewöhnen.«

Mit gerunzelter Stirn frage ich: »Wie meinst du das?«

»Dass du plötzlich sagst, was du denkst.«

»Hätte ich vielleicht schon früher machen sollen, oder?«

Amy nickt zustimmend. »Auf jeden Fall. Das hätte uns eine Menge Ärger mit denen da erspart.« Zur Verdeutlichung nickt sie mit ihrem Kopf in Richtung unserer Freunde.

»Ich war so eifersüchtig«, gestehe ich.

»Auf Logan?«, will sie wissen, während sie ihr Gesicht an meine Brust schmiegt.

»Auf Logan.« Grundlos. »Auf Jamie.« Begründet. »Auf den verdammten Liftboy, der dir einfach nur beim Einsteigen in die Seilbahn geholfen hat.« Ich bin mir sicher, er hat ihr absichtlich an den Po gegriffen, kann es aber nicht beweisen.

Amys Lachen lässt mein Herz seine Tätigkeit für eine Sekunde aufgeben, nur um danach doppelt so schnell weiterzuschlagen. »Gott sei Dank wollte ich immer nur dich«, flüstert sie an meiner Brust, nachdem sie sich wieder beruhigt hat.

»Ein schöner Gedanke.«

Rund um uns herum werden plötzlich alle ganz aufgeregt. Nora zieht an meinem Arm und deutet in den Himmel, der bereits von ersten Raketen erleuchtet wird.

Gerade als ich fragen will, was genau sie mir sagen will, beginnt die Menge laut von Zehn abwärts zu zählen.

»Drei ... zwei ... eins«, zählt auch Amy laut mit.

Wir werden reihum von unseren Freunden in die Arme gezogen und geherzt, doch ich lasse Amy keine Sekunde lang los. Während die anderen in den Himmel starren, lege ich meine zweite Hand an ihre Wange, um sie dazu zu bringen, mich anzusehen.

»Happy New Year, Honey«, raune ich gegen ihre Lippen. »Ich liebe dich.« Ich kann nicht in Worte fassen, wie sehr ich das tue. Amy ist perfekt für mich und ich werde alles tun, damit es zwischen uns beiden für immer so bleibt wie heute.

»Ich liebe dich auch.«

Epilog

Ein Jahr später ...

Amy

»Wo sollen die Kisten denn jetzt hin?« Mat hält mir einen Karton mit meinen schweren Unibüchern entgegen, während er sich suchend in der Wohnung umsieht.

»Erst einmal ins Gäste-, Arbeits-, Alleszimmer würde ich sagen. Dann kann ich in den nächsten Tagen alles wegräumen.« Ich zeige auf das Zimmer ganz hinten am Ende des Flures und Mat folgt meiner Anweisung ohne ein weiteres Wort.

»Warum habt ihr euch denn nur eine Wohnung ohne Aufzug ausgesucht?« Schnaufend betritt Lin den Flur, dicht gefolgt von Nora, deren Kopf ebenso rot ist wie der von Lin.

»Weil Amy es eben rustikaler mag und nicht hochmodern.« Even tritt hinter mich und legt seine Arme um meine Taille. »Und weil ich einfach verrückt nach ihr bin. Wie könnte ich ihr da einen Wunsch abschlagen?«

»Aber jeden Tag die Treppen in den dritten Stock hochlaufen?« Nora sieht mich mehr als skeptisch an.

»Würde dir auch nicht schaden«, kommt es da von Mat.

»So machst du dir keine Freunde, mein Lieber«, erwidert Nora halb zornig und halb lachend.

»Ich will ja euer Päuschen nicht stören«, quengelt Lin, »aber unten sind noch einige Kisten auszuladen. Und wenn wir damit fertig werden wollen, bevor das neue Jahr beginnt, sollten wir uns etwas beeilen.«

Ich nicke, mache mich von Even los und gehe mit Lin hinunter.

»Diese Aktion hättest du dir eigentlich sparen können, Küken. Zweimal in so kurzer Zeit Kartons ein- und auspacken. Warum seid ihr nicht gleich zusammengezogen?«

Mein Gesicht wird heiß, denn daran bin allein ich schuld. »Even wollte ja, aber ich habe doch etwas Panik bekommen. Von einer Fernbeziehung gleich in eine gemeinsame Wohnung? Ich hatte einfach Angst, dass es ihm zu eng ist und er es sich dann doch noch anders überlegt.«

Lin beginnt neben mir lauthals zu lachen. »Zu eng? Küken, deinetwegen hat unser Bad Boy seit über einem Jahr keine andere Frau mehr angefasst. Er liebt dich, verdammt noch mal. Da bekommt er doch keine Panik, weil du zu ihm ziehst.«

Ich zucke entschuldigend mit den Schultern. »Das hat er mir ja mittlerweile auch klargemacht.«

Mit immer noch geröteten Wangen muss ich an die letzten Monate denken, in denen wir uns entweder in mein Bett im Studentenwohnheim gequetscht haben oder in das nicht wesentlich größere in Evens WG. Ich freue mich jetzt auf unsere Zweisamkeit, die zuvor leider nicht wirklich möglich war. Und auf die erste Nacht in einem richtigen Doppelbett. Erst recht, da Even mir das Himmelbett gekauft hat, dass ich mir schon immer gewünscht habe – mein größter Wunsch nach ihm!

Wir nehmen zwei weitere Kartons aus dem Transporter und machen uns wieder auf den Weg nach oben.

»Wann kommt Logan eigentlich?«, frage ich Lin, als wir den Treppenabsatz im ersten Stockwerk erreicht haben.

»Soweit ich weiß, wollte er gegen acht hier aufschlagen. Dann haben wir noch genug Zeit, um gemeinsam was zu essen, bevor die Party losgeht.«

»Perfekt.« Ich sehe die Treppe hoch und blicke in die blauen Augen, die ich von nun an jeden Tag schon beim Aufwachen sehen werde. Die Augen, die meine Welt bedeuten. Die Augen, die es geschafft haben, dass heute alle an Silvester hier sind. Das zweite Silvester hintereinander, das wir alle gemeinsam verbringen. Das zweite Silvester ohne Eltern, mit viel Spaß und immer noch mit meiner großen Liebe.

Even

Seufzend lasse ich mich in unser neues Bett fallen. Ich bin froh, dass ich Amy endlich davon überzeugen konnte, mit mir in eine gemeinsame Wohnung zu ziehen. Auch wenn wir jetzt schon wieder Kisten schleppen. Diese Frau besitzt einfach zu viel Zeug.

Aber endlich können wir Zeit zu zweit verbringen, ohne dass ihre Zimmernachbarin sich darüber beschwert, dass ich mal wieder über Nacht bleibe. Oder meine WG-Kumpels eine Spontanparty schmeißen und damit einen romantischen Abend sprengen.

Ich ziehe Amy an meine Brust. »Endlich allein«, flüstere ich in ihr Ohr.

Amy räuspert sich. »Wenn man davon absieht, dass Mat, Nora, Lin und Logan auf sämtlichen freien Liegeflächen in unserer Wohnung schlafen, dann ja.«

Ich verdrehe meine Augen. »Ich meinte, in einem Zimmer.« Zärtlich beginne ich an ihrem Hals zu knabbern.

»Unglaublich, dass wir jetzt gemeinsam in einer Wohnung leben«, flüstert Amy leise. »Wer hätte das vor einem Jahr gedacht?«

Eigentlich sollte ich jetzt beleidigt sein. Bin ich aber nicht. Mir war von Anfang an klar, dass es eine Weile dauern würde, bis Amy sich ganz sicher ist, dass ich nicht einfach wieder zum Arsch werde. Die Tatsache, dass wir ein halbes Jahr eine Fernbeziehung führen mussten, hat es uns nicht gerade leichter gemacht. Doch Amy hat beschlossen mir zu vertrauen und ich habe das Vertrauen, das sie mir geschenkt hat, kein einziges Mal enttäuscht.

Für mich gibt es seit unserer Zeit in Breckenridge keine anderen Frauen mehr. Ich habe keinen einzigen Gedanken mehr daran verschwendet, dass ich etwas verpassen könnte.

»Ich nicht«, ziehe ich sie auf.

Sie schnippt mir mit ihrem Zeigefinger gegen die Nase, kuschelt sich danach aber gleich noch fester in meine Arme.

»Ich liebe dich, Amy!«, murmele ich in ihren Nacken.

Sofort dreht sie sich zu mir um und stupst mit ihrer Nase gegen meine. »Und ich liebe dich.«

Wie jedes Mal, wenn sie diese Worte ausspricht, klopft mein Herz aufgeregt in meiner Brust. Ich will mein Leben mit ihr verbringen. Und irgendwann werde ich sie bitten mich zu heiraten.

Danksagung

Zunächst möchten wir uns bei unserem Verlag bedanken. Danke, dass Amy und Even bei Impress ein Zuhause gefunden haben. Vor allem Pia und Nicole möchten wir an dieser Stelle einmal kurz virtuell drücken, da sie uns sehr schnell, das O. K. für »Alles, was ich mir wünsche« gegeben haben.

Ein ganz besonderer Dank gilt unserer Lektorin Birte, die mit ihren Anmerkungen die Geschichte noch besser gemacht hat. Es ist sooooo toll mit dir zu arbeiten. Wir machen bestimmt bald einen Birte-Fanclub auf.

Ein weiterer Dank gilt unseren Familien, da sie uns auch in »Krisenzeiten« immer zur Seite stehen, zum Beispiel, wenn wir mit den Fingern über der Lösch-Taste schweben und schreien: »Ich werfe das ganze Manuskript in die Tonne.« Was wir natürlich nie machen würden. ;-)

Auch *Anna Katmore* und ihre Online-Rollenspiel-Sucht wollen wir nicht unerwähnt lassen, da wir uns ohne sie nicht kennengelernt hätten.

Ich (Ina) möchte mich noch ganz herzlich bei Maya bedanken. Danke, dass du dieses Experiment mit mir gewagt hast. Ich würde jederzeit eine weitere persönliche Fortsetzungsgeschichte mit dir schreiben. Es ist viel lustiger, spannender, ... gemeinsam an einem Buch zu arbeiten, als allein. Du bist nicht nur eine wahnsinnig talentierte Autorin, sondern auch eine verdammt (um es mit Evens Worten zu sagen) gute Freundin.

Ich (Maya) danke dir, Ina, vor allem für dein Vertrauen in mich und unsere Geschichte. Die vielen Abende und Gespräche, die Geschichte mit dir, das alles hat mein Leben bereichert und farbenfroher gemacht. Ich bin unendlich dankbar, dass ich dich getroffen habe und in dir eine tolle Autorenkollegin, aber vor allem auch Freundin gefunden habe.

Und zum Schluss danken wir dir. Danke, dass du dieses Buch gekauft hast!

Tauch ein in
romantische Geschichten.
HOL DIR
BITTERSÜSSE
STIMMUNG
AUF DEINEN
E-READER!
E-BOOKS VON IMPRESS HIER:
CARLSEN.DE/IMPRESS
im.
pre
ss
impress IST DAS DIGITALE LABEL DES CARLSEN VERLAGS FÜR GEFÜHLVOLLE
UND MITREISSENDE GESCHICHTEN AUS DER GEHEIMNISVOLLEN WELT DER FANTASY.

Eine verbotene Liebe

Laini Otis
Street Love. Für immer die deine
(Street Stories 1)
Softcover
ISBN 978-3-551-30102-4

Als Nika Sky zum ersten Mal begegnet, lebt sie auf der Straße. Skys Job ist es, Jugendlichen eine neue Zukunft zu ermöglichen, aber Nika ist kein Mädchen, das sich einfach so retten lässt. Sie hat schon in genug Heimen gelebt, um zu wissen, dass sie alleine besser dasteht. Und sie ist schon genug Sozialhelfern begegnet, um ihnen nicht zu vertrauen. Dass Sky sie dennoch zu einem Platz in seinem Jugendprogramm überreden kann, liegt ganz sicher nicht an seinem faszinierenden Beschützerinstinkt oder seinem guten Aussehen. Denn Nika braucht niemanden und schon gar nicht jemanden wie Sky. Nur leider ist es für all die guten Vorsätze schon zu spät ...

www.impress-books.de

im.
pre
ss

Impress
Tauch ein in romantische Geschichten

Impress
Ein Imprint der CARLSEN Verlag GmbH
November 2018

Lektorat: Birte Ohlmann
Umschlagbild: shutterstock.com / © Kotenko Oleksandr / © Creative Travel Projects / © Durch Makkuro GL
Umschlaggestaltung: formlabor
Satz und Umsetzung: readbox publishing, Dortmund
Druck und Bindung: CPI Books GmbH, Birkach
ISBN 978-3-551-30135-2
Printed in Germany
www.carlsen.de/impress

Alle Bücher im Internet: www.carlsen.de